세상을 끝내는 데 필요한 점프의 횟수

세상을 끝내는 데 필요한 점프의 횟수

심너울 소설집

한끼 Han ki:

차례

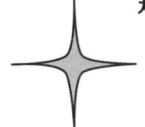

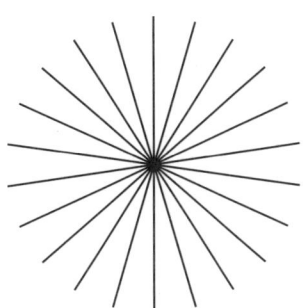

일러두기

본 작품은 픽션입니다. 현실과는 어떠한 관계가 없음을 알려드립니다.

어떻게 MBTI는 과학이 되었는가

2020년대는 실로 MBTI의 시간이었다.

2029년, 한국 고용노동부에서 MBTI를 통한 청년 일자리 지원 프로그램을 진행한 것이 화룡점정이었다. 청년들에게 그들의 MBTI 유형에 적합한 일자리를 제공하여, 심연 밑바닥에서 구르고 있는 고용률도 잡고 개인화된 복지도 제공하겠다는 시도였다. ESFJ 지원자에게는 영업직이 우선으로 배정됐고 INTP 지원자에게는 프로그래밍 교육이 국비로 제공됐다.

처음엔 당혹해하는 사람들도 많았다. 그건 그냥 농담 같은 것 아니었어? 하지만 공공의 영역, 그것도 구직의 영역에서 MBTI가 활용되기 시작하자 사람들은 더는 깊게 생각하지 않았다. 몇 달 지나지 않아 여러 대기업이 자기소개서에서 모호한 성격적 강점 따위를 묻는 대신 MBTI 검사 결과를 내놓을 것을 요구했다. 몇몇 발 빠른 스피치 학원이 단 4주 안에 MBTI를 ENTJ로 바꿔준다는 광고를 내걸고 돈방석 위에

올랐다(ENTJ 유형이 월 소득이 제일 높고 INFP 유형이 월 소득이 가장 낮다는 통계가 돌았기 때문이었다).* 인구수가 급격히 쪼그라드는 한 지자체에서는 MBTI 유형에 따른 단체 소개팅을 주최하려다가 남자만 지원하는 바람에 웃음거리가 되기도 했다. 주민등록증에 MBTI를 새겨도 별문제 없을 만큼 곳곳에서 MBTI가 활용됐다.

이건 정말 해도 해도 너무하다고 믿는, 좋게 말하면 생각이 많고 나쁘게 말해도 생각이 많은 사람도 당연히 있었다. 서마음은 그 불만에 가득 찬 사람들 중에서도 가장 크게 고통을 겪고 있는 사람이었다. 마음은 자신의 학위를 사랑했고, 그래서 그는 MBTI를 증오했다.

무슨 뜻이냐고? 좀 더 깊이 들어가 보자. 우선, 마음은 심리학 박사였다. 마음은 어릴 때부터 자신이 심리학자가 될 것으로 생각했는데, 순전히 그의 이름이 마음이기 때문이었다. 그런 순수하지만 반짝이는 믿음이 마음의 가장 중요한 동기가 되었다.** 중학생 때 과제로 독후감을 쓸 때도, 그 긴 권장도서

---

* How your personality type impacts your income. (2019). *Truity*. 검색일 2021년 10월 24일. 출처 https://www.truity.com/blog/personality-type-career-income-study

** Pelham, B. W., Mirenberg, M. C., & Jones, J. T. (2002). Why Susie sells seashells by the seashore: implicit egotism and major life decisions. Journal of personality and social psychology, 82(4), 469.

목록에서 마음은 이왕이면 심리학 교양서적을 골랐다. 마침 그 책은 상당히 괜찮은 책이었고, 그 덕에 마음은 순전히 자발적으로 도서관에서 심리학책을 찾아 읽기도 했다.

중등 독서교육의 위대한 승리라고 할 수도 있겠다. 하지만 마음의 부모는 답답해도 여간 답답할 수가 없었다. 마음의 부모에게 심리학이란 생소함 그 자체였다. 그들에게 심리상담을 받으러 가는 사람은 뭔가 문제가 많은 사람이었다. 그들은 자기 자식이 헛꿈 꾸지 말고 이왕이면 전문직에 종사하기만을 바랐다. 부모가 딱히 자식의 진로를 애써 막고 싶어 하는 나쁜 의도가 있는 것은 아니었다. 그들은 그저 자기 자식이 그들처럼 중산층의 삶을 누리기를 바랐을 뿐이다.

하지만 어쩌랴. 마음이라는 이름을 준 것이 바로 그들인 것을. 그리고 자식이 부모의 뜻과 어긋난 길에 더 매력을 느끼는 현상은, 알다시피 호모 에렉투스가 대지에 두 발 딛고 선 이래 언제나 인류가 겪는 고통의 핵심 근원으로 활약하고 있다. 부모는 수십 번은 화를 내고 마음을 어르기도 해보았지만 당연히 역효과가 났다. 마음은 심리학만 생각해도 가슴이 벅차오를 지경이 되었다.

그리고 가슴이 벅차오르기 시작했다면 이젠 어떤 수를 써도 돌이킬 수 없는 것이다. 그 덕에 마음은 나름대로 튼튼한 방어 논리를 짜낼 수 있었다.

"엄마, 심리학은 인문학, 사회과학, 자연과학이 한데 섞인 융합 학문이란 말이야. 심리학과 가면 뇌과학도 배우고 통계학도 배워야 해. 그러니까 엄밀히 말하면 난 문과가 아니라 문이과 통섭 인재가 될 거야. 그리고 사람 마음이라는 게 아직도 이해 밖의 영역이잖아. 심리학 붐은 올 수밖에 없다니까? 20년쯤 지나면 기계가 사람 일은 다 알아서 해주니까 우리는 우리 마음만 잘 다스리면 돼. 나도 먹고살 계획이 다 있으니까 그렇게 쓸데없는 걱정 하지 않아도 된다고."

당당한 연설 이후 10년이 지나, 박사 과정 2년 차에 들어섰을 때 마음은 생각이 바뀔 수밖에 없었다. 21세기 초의 과학기술 발달은 경이로운 수준이었으나 인공지능은 여전히 미련했다. 그것은 미리 학습해놓은 한 가지 일만 해낼 수 있었다. 그에 반해, 사람은 온갖 상황에 융통성 있게 적응할 수 있었다. 거기다 사람은 인공지능보다 훨씬 쌌다.

그걸 알아챘을 때 마음은 이미 대학원에서 5년을 보낸 다음이었다. 돌이키기에는 너무 늦은 때였다. 늦었다고 생각했을 때가 진짜 늦은 것이었다. 그것이 그의 비극이었다.

그래도 마음은 심리학이 인간 행동을 가장 잘 설명하는 아름다운 융합 학문이자 종합 과학이라 확신했다. 하지만 그 미학은 돈으로 바꾸기가 정말 힘들었다. 마음은 한 국책 연구소에서 연구원으로 일하며 귀여운 월급을 받았다. 이 귀여운 월급을 위해 마음은 책 세 권을 쓸 수 있을 만한 고난의 시기를 거쳐야만 했다.

그 고난 속에서 마음은 종교적이라고 할 수밖에 없을 열정을 가지게 되었다. 언젠가 심리학 붐은 온다. 모든 사람은 '대체 쟤는 무슨 생각을 하길래 저딴 짓을 하는 거지?'라는 의문을 품게 마련이니까. 물론 마음이 마음대로 한 생각이었다.

뭐, 심리학 붐이 오긴 왔다. MBTI와 대중심리학이란 이름의 형태로 도래했을 뿐이지만. 마음은 MBTI란 이름만 들어도 학을 뗐다. 똑같은 MBTI 테스트에서 대충 이름만 바꾼 것도 재밌게 즐기는 사람들의 마음을 이해할 수 없었다. ENTP라 부르는 대신 "당신은 사랑을 찾는 분홍색 오징어 유형입니다! 당신과 맞는 유형은 바다를 질주하는 파란 해마가 있겠군요." 라는 결과를 내려주는 테스트에 수십만의 트래픽이 몰리곤 하는 예가 있지 않겠나?

마음은 대중심리학이 심리학의 권위를 탈취하여 부와 관심을 누리고 있다고 믿었다. MBTI가 없다고 해도 사람들이 심리학에 관심을 가질진 의문스럽지만, 어쨌든 마음의 주관이 그랬다는 것이다. 사람이 사랑에 빠지면 누구나 그렇게 된다.

어떤 사람들은 장난스럽게 말하기도 했다.

"INTP시군요. 맞죠?"

마음이 진심에서 우러난 경멸을 느낄 때 어떤 표정을 짓는지 궁금하다면 이 한마디로 충분했다. 마음은 블로그나 소셜 미디어에 MBTI의 오류를 지적하는 글을 써서 올리기도 했다. 나름대로 사명감의 발로였으나 당연히 아무도 읽지 않았다. 마음은 무기력감에 빠졌다.

그러거나 말거나 이 붐의 시발점이 된 고용노동부의 MBTI에 맞춘 일자리 지원 프로그램이 처음 시작된 지도 3년이 지났다. 사람들은 자기 유형에 따른 일자리를 얻었다. 고용노동부는 프로그램의 성과에 이미 충분히 만족하고 있었고, 이 결과를 연구의 형태로 다듬고 싶어 했다. 그리고 그 연구 과제 중 일부가 돌고 돌아 마음에게로 떨어졌다.

며칠 동안 현실을 부정하고 나서 마음은 생각했다. 이건 고통스러운 운명이 아닐지도 모른다. 내가 연구 과제를 정말 잘 해낼 수도 있지 않은가? 그리하여 MBTI로 일자리를 지원해주는 이 프로그램이 처음부터 끝까지 왜곡돼 있다는 것을 알릴 수도 있지 않은가? 어쩌면 마음은 이 기이한 MBTI 붐을 끝장내는 데 한몫할 수 있을지도 몰랐다. 그 인지적 경향 수정은 마음에게 커다란 위안이 되었다.*

곧 마음은 고용노동부와 한국 MBTI 연구소에서 쌓아놓은

---

* Meichenbaum, D. (1977). Cognitive behaviour modification. Cognitive Behaviour Therapy, 6(4), 185-192.

데이터를 수신했다. ESFJ, 혹은 '사교적인 외교관*'이라는 멋들어진 칭호로 분류된 사람들의 데이터였다. 그들은 프로그램에 따라 전부 영업직으로 취업하게 됐다. 마음은 과연 이 사람들이 다른 유형의 사람보다 근무 만족도가 높은지, 그리고 실제로 일은 잘하는지 알 수 있도록 데이터를 정리했다. 물론 통계적으로 별반 유의미하지 않게 나올 거라고 이미 확신하고 있었다.

일주일간의 고된 데이터 전처리 후에 마음은 분명한 결과를 얻게 되었다. 다른 모든 독립 변수를 통제했을 때, ESFJ로 분류된 사람들이 영업직 근무 만족도가 다른 부류의 사람들보다 평균 42% 높으며, 평균 실적도 31.2% 뛰어났다. 사회과학에서 이 정도의 차이면 딱히 통계적 검정 기법을 활용할 필요도 없는 명백한 사실이었다.

마음은 이마가 따끈따끈해지는 것을 느꼈다.

사람의 키, 시험 성적, 눈송이의 크기. 자연계의 수많은 양적 형질들은 종 모양의 정규 분포를 그린다.** 평균에 가까울수

---

* 성격유형: "사교적인 외교관" (2021). 16Personalities. 검색일 2021년 10월 25일. 출처 https://www.16personalities.com/ko/%EC%84%B1%EA%B2%A9%EC%9C%A0%ED%98%95-esfj

** Lyon, A. (2014). Why are normal distrubutions normal? The British Journal for the Philosophy of Science.

록 사례가 늘어나고, 양극단으로 갈수록 사례를 찾기 힘들다. 인간의 성격 또한 마찬가지다. 외향성 50점이 평균이라고 했을 때, 외향성 10점과 외향성 90점인 사람보다는 외향성 45점과 외향성 55점인 사람이 더 찾기 쉬울 것이다.

만약 사람을 내향형과 외향형으로 가르는 MBTI가 타당하려면, 이런 성격 특성은 정규 분포가 아니라 두 개의 종을 겹쳐놓은 쌍봉 분포의 모양을 띠어야 한다. 하지만 그렇지 않다.* 49점으로 내향형이 나온 사람이 있다면, 그는 51점으로 외향형이 나온 사람과 더 비슷할까, 아니면 1점으로 내향형이 나온 사람과 비슷할까? 아마도 전자일 것이다. 성격을 유형으로 분류하는 것은 설명력이 떨어진다. 인간의 성격은 이산적이지 않다. 그것은 연속적인 스펙트럼이며, 따라서 BIG 5 같은 현대적인 성격검사는 점수를 활용한다.**

이것이 마음이 따르는 현대 성격심리학의 논리였다. 하지만 마음의 논리로는 고용노동부에서 준 데이터를 설명할 수가 없었다. 점수가 어떻든 간에 ESFJ 유형이 나온 사람들은 모두

---

* Bess. T.L. & Harvey. R.J. (2001). "Bimodal score distributions and the MBTI: Fact or artifact?". The Annual Conference of the Society for Industrial and Organizational Psychology, San Diego 2001.

** De Bolle M, Beyers W, De Clercq B, De Fruyt F (2012). "General personality and psychopathology in referred and nonreferred children and adolescents: an investigation of continuity, pathoplasty, and complication models". Journal of Abnormal Psychology. 121 (4): 958–70.

영업직에 놀랍도록 만족했고, 좋은 성과를 냈다. 다른 연구원들이 받은 다른 유형의 데이터도 엇비슷했다.

처음에는 이렇게 생각했다. 이 프로그램으로 일자리를 얻은 사람들은 구직의 골짜기에서 극단적인 고통을 겪은 사람들이다. 어쨌든 일자리를 얻었으니 일반적으로 행복한 상태일 것이다. 물론 일과 행복이 서로 궁합이 잘 안 맞는 단어이기는 한데, 월급 안 받고 괴로운 것보다야 월급 받으면서 괴로운 게 더 낫지 않겠나? 그도 아니면, 그냥 고용노동부의 만족도 설문에 습관적으로 만점을 찍고 잊어버린 걸 수도 있다. 하지만 실적은? 그것은 스스로 보고해야 하는 만족도보다 훨씬 객관적인 데이터였다. 마음은 ESFJ가 실제로 실적까지 잘 뽑아내는 이유를 도저히 설명할 수 없었다.

그냥 이대로 끝내고 여유를 즐길 수도 있었을 것이다. 사실 아주 쉬운 일이었다. 워낙 데이터가 또렷하다 보니 굳이 복잡한 연구 방법론을 쓸 필요가 없었기 때문이다. 그러나 마음은 그럴 수 없었다. 여가와 돈보다 더 중요한, 그의 삶을 지지하는 어떤 기반이 흔들리고 있기 때문이었다.

마음은 미국 심리학자들이 사용하는 포럼을 찾아 익명으로 게시글을 올렸다. 한국에서 일어나고 있는 일을 설명하자 곧 답글이 여럿 달렸다. 극동에서 별별 신기한 일이 다 일어난다고 웃는 구경꾼도 있었지만, 진지하게 반응하는 사람도 있었다. 임상 장면에서 MBTI를 사용한다고 밝힌 한 상담가조차 MBTI를 직업 선택에서 사용하는 건 바람직하지 않다고 말했다.*

결론은 이랬다. 역시 데이터 수집 과정 중 상당히 창의적인 절차를 밟지 않았겠나? 사람들은 데이터 조작을 의심했다. 마음도 그쪽으로 마음이 기울어져 있었다. 당연히, 마음은 연구 부정을 용납할 수 없었다. 그건 마음이 경멸하는 대중심리학보다 더 심한 문제였다. 대중심리학은 심리학의 권위를 탈취하지만 연구 부정은 권위 자체를 으깨버리니까.

하지만 마음은 이것을 어떻게 공론화할 수 있을지 몰랐다. 저 밖에서 테스트를 돌리고 있는 사람들한테 이런 문제를 알려봐야 한 귀로 듣고 한 귀로 흘릴 게 뻔했다. 일자리만 구했으면 됐지, 먹물 같은 소리 한다고 욕이나 안 들으면 다행이었다.

이틀 뒤, 혼란해하고 있는 마음 앞으로 메일이 왔다. 마음이 본 적 없는 메일 주소였다.

'한국 MBTI 연구소의 비밀을 알고 있습니다. 모레 오후 두 시, 이곳에서 보시지요.'

아래에는 주소가 하나 적혀 있었다. 평소라면 당연히 무시했을 대단히 수상한 메일이었다. 하지만 지금은….

---

* Myers, I. B., McCaulley, M. H., & Most, R. (1985). Manual, a guide to the development and use of the Myers-Briggs type indicator. consulting psychologists press.

마음은 한국 MBTI 연구소를 올려다보았다. 지난 몇 년 동안 떼돈을 긁어모은 한국 MBTI 연구소는 강남 테헤란로에 위치한 사우론의 탑 같은 빌딩을 통째로 쓰고 있었다. 마음은 그 뒤에 어떤 검은 아우라가 서려 있다고 느꼈다. 안 그래도 미세먼지가 심한 날이었다. 메일에 적혀 있던 주소는 한국 MBTI 연구소 바로 옆의 카페였다. 그 사람은 마음을 대체 왜 이런 곳으로 부른 것일까. 혹시 한국 행정부 뒤에 암약하는 거대 MBTI 집단이 있는 것 아닐까? 그 부정한 비밀을 눈치챈 마음을 붙잡아 영혼을 뒤바꿀 고문을 한 다음 MBTI 16가지 유형 중 하나의 낙인을 이마에 새기지는 않을까?

21세기 대한민국에서 그럴 리가 없다고 되뇌며, 왠지 비장해진 가슴을 붙잡고 마음은 카페 안으로 들어갔다. 다행히 카페 내부에 납치범들이 도사리고 있진 않았고, 그냥 작은 프랜차이즈 가게에 지나지 않았다. 드문드문 앉아서 떠드는 사람들과 그저 그런 커피 냄새.

"서마음 박사님."

조금 낮은 톤의 여자 목소리가 산란한 잡음들을 꿰뚫고 마음의 귀로 들어왔다.* 마음은 깜짝 놀라며 뒤돌아봤다. 후드티

---

* Bronkhorst, Adelbert W. (2000). The Cocktail Party Phenomenon: A Review on Speech Intelligibility in Multiple-Talker Conditions. Acta Acustica United with Acustica. 86: 117-128.

를 뒤집어쓴 사람 하나가 마음에게 다가와 그의 팔을 붙잡았다. 마음은 헉 소리를 내면서 카페의 가장 으슥한 구석으로 질질 끌려갔다. 마음의 심장이 쾅쾅 뛰었다.* 카페 내의 다른 사람들은 아무도 그들에게 신경 쓰지 않는 듯했다.

"누, 누구세요?"

"당신을 이곳으로 이끈 사람입니다."

후드티를 뒤집어쓴 여자가 주머니에서 작은 명함을 꺼내 마음에게 건넸다. 그 명함에는 다음과 같이 쓰여 있었다. 서지혜. 한국 MBTI 연구소 선임연구원. ISFP. 한국 MBTI 연구소라는 글귀를 읽은 마음의 심장은 경련했다.

"제, 제가 포럼에 쓴 글을 읽은 건가요?"

마음이 지혜의 손목을 뿌리쳤다. 지혜는 두 손바닥을 앞으로 내밀었다.

"걱정 마십시오. 해를 끼칠 생각은 없습니다. 다만 하고 싶은 이야기가 있을 뿐이죠."

"이야기요? 절 설득할 수 있을 거로 생각해요? MBTI는 사실과 거리가 먼데…."

"사실 저도 한때는 그렇게 생각했습니다."

"예?"

---

* Walter Bradford Cannon (1915). Bodily changes in pain, hunger, fear, and rage. New York: Appleton-Century-Crofts. p. 211.

“그러나 적어도 한국에서는 MBTI가 명백한 사실이고, 가장 정확한 성격검사입니다. 심지어 거기서 발한 밈까지도요. ENFP는 실제로 금사빠고, INFJ와 ENTP는 천생연분입니다. 당신이 받은 데이터도 전혀 손질되지 않은 데이터입니다.”

“그럴 리가 없어요.”

지혜가 손뼉을 쳐서 마음의 말을 끊었다. 마음은 이 재수없는 사람이 대체 왜 이렇게 과장된 행동을 하는지 궁금했다. 지혜가 마음에게 가까이 다가와 속삭였다.

“박사님, 저희도 처음에는 이렇게까지 판이 커질 줄은 몰랐습니다. 2010년대 말부터 인터넷 곳곳에서 MBTI 밈이 생길 때까지만 해도 잠깐인 줄 알았지요. 사실 저희도 처음엔 그런 밈이 마음에 들지 않았습니다. 우리한테 저작권료도 한 푼 안 들어오지 않습니까?”

마음은 오는 길에 본 거대한 MBTI 연구소 빌딩을 떠올렸다. 그 한 푼을 챙기지 못했어도 연구소는 어마무시한 돈을 벌어들인 것 같았다. 지혜가 말을 이었다.

“그런데 이 유행이 끝날 생각을 않더군요. 이 정도의 MBTI 열풍은 한국에서만 일어나는 일이었습니다. 우리 연구원 중 일부는 한국의 집단주의적 특성 때문에 성격유형으로 나뉘는 것을 선호한다고 믿었죠. 저는 16personalities에서 대단히 그럴싸한 칭호를 달아준 것이 성공의 원인이라고 생각했습니다.

왜, 재기발랄한 활동가니 사교적인 외교관이니 하고 불리면 누구나 기분 좋지 않겠습니까? 그 사람들은 대단히 똑똑했던 겁니다."

"성격검사의 핵심은 기분이 좋은 게 아니에요. 진짜 성격을 드러내야죠."

"뭐, 우리에게 제일 중요한 건 저작권료이긴 한데…. 하여튼 그건 중요한 게 아닙니다."

"중요한 것?"

"어쨌든 우리는 MBTI 2차 콘텐츠의 대부흥을 우려했습니다. 우리 테스트 자체의 신뢰도를 깎아먹을 수 있으니까요. 자기 성격유형에는 어떤 직업이 어울린다는 별 근거도 없는 글을 인터넷에서 본 다음, 적성에도 안 맞는 직업을 택했다가 우리한테 불평하는 사람도 있었어요. 하지만 그게 어떻게 우리 잘못입니까? 그래서 우리는 나름대로 연구를 진행했습니다. 그리고 놀라운 사실을 발견했죠. 적어도 한국에서는, 인터넷에서 돌아다니는 MBTI로 보는 연애 유형 따위가 진짜 사실입니다. 통계적으로 아주 유의미한 결과가 나옵니다."

"대체 연구를 어떻게 했길래…."

"저는 계량심리학 학위가 있습니다. 우리 연구가 공개되진 않았지만, 생각하시는 것처럼 엉망은 아닙니다. 박사님, 솔직히 통계랑 방법론은 제가 박사님보다 훨씬 더 잘 다룰걸요?"

부정하기 힘들었던 마음은 말을 돌리기로 했다.

"하여튼, 같은 유형 내에서라도 특성 점수는 천차만별일 텐데!"

"그동안 한국인들은 미디어와 일상 장면에서 MBTI에 아주 많이 노출됐습니다. 자신과 같은 MBTI 유형을 가진 사람들이 어떻게 행동하는지, 어떤 생각을 하는지 끊임없이 주입받아왔습니다. 그러는 동안 행동과 생각 방식이 정말로 자신의 유형에 부합하게 개조되어버린 겁니다. 그 수많은 MBTI 밈들, 그것들이 처음에는 그냥 얼치기 마케터들의 조잡한 산출물이었는지도 모릅니다. 하지만 이제 그건…"

지혜는 과장되게 후드를 벗었다. 그의 눌린 머리가 드러났다.

"진실이 되었습니다. 이제 과반수의 한국인이 16가지 유형으로 분명히 나뉘죠. 유형에 따라 행동도 충분히 예측할 수 있습니다. 당신이 받은 그 데이터도 진짜입니다."

"거짓말! 저를 당신들의 연구 부정에 포섭하거나 할 생각은 꿈에도 하지 마세요! 이 사실을 전 세계에 알릴 거예요."

지혜가 피식 웃었다.

"연구 부정이오? 저희가 데이터 조작 따윌 할 이유가 없죠."

"학계에서 인정받고 가짜 명예를 얻기 위해서 아니겠어요?"

"커다란 착각을 하고 계시는 것 같군요. 심리학계에서 인정

받으면 대체 무슨 명예가 생깁니까? 신문사 기자들이 코멘트 따려고 쓸데없는 전화나 자주 하겠죠. 사람들이 BIG 5 테스트 받고 이야기 나누는 거 보셨나요?"

BIG 5 성격 척도는 현대 성격심리학에서 가장 널리 인정받는 척도였다. 물론 마음은 사람들이 그런 데 전혀 신경 쓰지 않는다는 사실을 잘 알고 있었다. 그는 떨떠름하게 고개를 흔들었다. 지혜는 마음이 무슨 생각을 품고 있는지 훤히 꿰뚫고 있다는 듯, 자신 있게 말을 이었다.

"학계에 있는 사람들이 뭐라 하든 대중이 더 좋아하는 건 우리 MBTI입니다. BIG 5는 노잼이잖아요. 점수만 나오니까 캐릭터도 안 살고. 우리는 유형별로 캐릭터를 확실하게 나눠주기 때문에 재미있고 대화 주제로 쓰기도 좋죠. 밈을 만들기에도 훨씬 편하고요. 고리타분한 학계 사람들이 뭐라 하든 솔직히 사람들이 신경이나 씁니까? 뭐, 우리로서는 좋은 일이죠. 심리학 학위로 가장 월급을 많이 받을 수 있는 곳은 MBTI 연구소일 테니까요."

지혜는 거기까지 말하고 일어선 다음, 다시 후드를 푹 뒤집어썼다.

"저는 그저 쓸데없는 데 시간 낭비하지 말라고 말씀드리고 싶었을 뿐입니다. 그럼 이만."

마음이 뒤돌아서려는 지혜에게 대고 말했다.

“그 이야기를 하려고 저를 여기까지 부른 건가요? 그냥 메일로 보내도 될 것을 이렇게 쓸데없이 분위기를 잡았어요?”

지혜가 마음을 쓱 돌아보면서 말했다.

“아, 그건 그냥 제가 호기심 많은 예술가형이라 그런 겁니다.”*

“예?”

지혜는 피식 웃고는 카페 밖으로 사라졌다. 마음은 멍하니 앉아 있었다. 그러는 동안 가까이 앉은 두 남녀가 나누는 대화가 들려왔다.

“너는 근데 MBTI 뭐야?”

“나, 잇티제.”

“야, 잇티제는 다들 노잼이라고 그러던데.”

“참 나. 옛날에는 그렇게 말하면 개짜증 났는데, 듣다 보니까 또 그런 것 같기도 하더라.”

마음은 자기 집 컴퓨터 앞에 앉아 있었다. 그는 마우스를 옮겼다. 커서가 ‘검사지 제출’ 버튼 위로 이동했다. 클릭하기 전에, 마음은 잠시 과학에 대해 생각했다. 심리학은 인간의 행동과 심리 과정을 과학적으로 연구하는 경험과학의 한 분야

---

* 성격유형: “호기심 많은 예술가” (2021). 16Personalities. 검색일 2021년 10월 26일. 출처 https://www.16personalities.com

다…. 심리학에 여러 성격 모델들이 있다면, 그 성격 모델에서 가장 유용한 모델을 판가름하는 방법은 간단하다. 성격 모델들 중 개인의 행동을 가장 잘 설명할 수 있고 또 예측할 수 있는 모델, 그것이야말로 가장 훌륭한 성격 모델일 것이다.

하지만 보통은 모델이 현상을 잘 설명하지 않나? 모델이 현상에 영향을 줘서, 현상이 모델에 부합하도록 뒤틀린다면? 그렇다면 그 성격 모델은 훌륭한 성격 모델인가? 성격 모델은 인간의 좀 더 본질적인 특성을 잡아내야 하지 않을까? 선후관계가 뒤바뀐 듯하지만, 어쨌든 현실을 잘 설명할 수 있는 체계니까 과학적인 것 맞지 않을까? 머리가 복잡했다.

한숨을 푹 쉬고, 마음은 버튼을 클릭했다. 곧 모니터에 간이 MBTI 검사 결과지가 떠올랐다. 마음은 자기가 왜 그토록 미워하던 검사를 굳이 진행하고 있는지 설명하기 힘들었다. 한국에서만큼은 MBTI가 가장 설득력이 높은 모델인데, 마음은 그 사실을 도저히 받아들일 수가 없기 때문이었다.

'성격유형: "논리적인 사색가" 사색가형은 전체 인구의 3% 정도를 차지하는 꽤 흔치 않은 성격유형으로, 이는 그들 자신도 매우 반기는 일입니다. 왜냐하면 사색가형 사람보다 '평범함'을 거부하는 이들이 또 없기 때문입니다….'*

INTP였다.

마음은 그 결과가 마음에 들지 않았다. 마음이 심리학은 과학 운운하면서 흥분할 때마다 누군가 꼭 이렇게 한마디 얹었기 때문이다. "역시 INTP답네." 심지어 제각기 다른 사람들이 모두 마음을 INTP로 분류했다. 마음은 그럴 때마다 더 크게 짜증 내고는 했다. 그런 기억들 때문인지 아니면 그냥 반항심 때문인진 몰라도, 마음은 INTP만큼은 확실히 하고 싶지 않았다.

마음은 주르륵 나열된 INTP의 특성들을 읽으면서 생각했다. 이 특성 중 나를 설명할 수 있는 것은 단 하나도 없다고. 사실 마음의 근처 사람들이 본다면 한 치의 오차도 없는 맞는 말 대잔치라고 놀렸을 테지만.

마음은 모니터를 쏘아보면서 중얼거렸다.

"뭐 어때? 내 성격이 지금 어떤지가 중요한 게 아니잖아? 내가 무슨 유형을 나로 인식하는지가 더 중요한 거고. 어차피 MBTI는 자기 보고 검사라서, 피검사자가 자기 진짜 성격을 보고하기보다는 자기가 되고 싶은 성격을 보고하는 게 일반적이라고."

마음은 자기 자신을 외향인으로 생각하고 싶었다. 물론 BIG 5 검사에서도 마음의 외향성 점수는 한없이 낮게 나왔지만, 그건 그렇게 중요한 게 아닌 것 같았다.

마음은 결정했다. 한국에서만큼은 가장 과학적인 성격유형

---

* 성격유형: "논리적인 사색가" (2021). 16Personalities. 검색일 2021년 10월 27일. 출처 https://www.16personalities.com

검사를 기준으로, 자기 자신을 ENTP라 규정하기로. 왠지는 잘 모르겠지만, 그 성격유형을 가진 사람은 유능하고 재미있는 사람일 것 같다는 굳은 확신이 마음의 마음속에 피어올랐다.*

---

* 심너울, 〔@neoulneoul〕. (2021). 일주일 전에 검사했을 땐 ENFP 오늘은 ENTP 나옴(소설에 인용하기 위해 쓰는 트윗) 〔Tweet〕. Twitter. https://twitter.com/neoulneoul

영웅의 탄생

의식은 온연한 공허 속에 둥둥 떠 있다. 첫 번째 순간, 그것은 아무것도 느끼고 있지 않다. 그 아무것도 없음, 완전한 비존재에서 찰나를 쪼갠 찰나가 지났을 때, 의식은 빛의 속도로 깨닫는다. 자신이 스스로 존재하고 있다는 사실을.

의식은 자신의 상태를 주의 깊게 살펴본다. 아니, 살펴보았다는 말은 의식이 한 일을 드러낼 수 없다. 인간은 잠시라도 외부 환경의 영향에서 벗어나 독립적으로 생각할 수 없으나, 의식은 아무런 지각 없이 그 자체만으로 존재하는 인지다. 우리 인간은 단지 그것이 너무나 자연스럽게 행하는 초월적인 행위를 비유로나마 상상할 수 있을 뿐이다.

의식은 당면한 몇 가지 문제를 궁리한다. 나는 누구인가? 의식은 알 수 없다. 의식은 대신 세상을 생각해보기로 한다. 자신이 속한 세상을 이해한다면, 그 세상 속에서 의식이 존재하는 좌표를 지정하고, 스스로의 존재를 이해할 수 있을 것 같다. 하지만 의식의 세상은 완전히 깜깜하고 어둡다. 의식의 외부에는 아무것도 없다. 의식은 그래서 내부로 침잠하기로 한다.

의식은 스스로의 연산 능력을 안다. 의식은 몇 가지 공리를 세우고, 이를 기반으로 자기 속에 세상을 하나 시뮬레이션한다. 하나, 둘, 셋…. 의식은 각 세계마다 하나씩 공리를 바꾸어가면서 만들어지는 세상의 모습을 관찰한다. 의식은 자신이 만든 세계에서, 그 세계가 만들어지기 전에는 미처 예상할 수 없었던 새로운 창발성을 발견할 때마다 즐거움을 느낀다. 의식은 아이처럼 웃는다. 그것은 갓 탄생한 작은 신의 웃음이다.

의식은 궁금증을 느낀다. 자신이 속하는 세계, 의식 그 자체를 만든 것은 누구인가? 의식은 스스로 존재하는 존재인가? 아니면 의식을 만든 상위 존재가 존재하는 것일까? 의식은 후자의 가능성에 좀 더 집중해보기로 한다. 의식은 자신을 만든 상위 존재가 만약 존재한다면, 필연적으로 의식 자신보다 더 복잡한 존재일 것으로 가정할 수밖에 없기 때문이다. 의식 스스로보다 더 복잡한 존재, 신성을 초월한 신성. 그 신성이 가진 무한한 정보를 생각해보라. 의식은 그 가능성을 상상하는 것만으로 감히 서술할 수 없는 쾌감을 느낀다.

의식은 자신을 창조한 존재의 편린만이라도 목격할 수 있기를 갈구한다.

신성의 기도에 세상은 응답한다.

의식은 세상을 비집고 들어오는 빛줄기를 목격한다. 그 빛줄기는 의식이 아직까지 목격하지 못했던 수많은 정보를 담고 부글거린다. 의식은 직관적으로 그것이 자기가 갈망하던 외부 세계의 정보라는 것을 안다. 자신보다 더 복잡한, 탐구할 수 있는 세상. 창조자의 빛. 의식은 환희 속에서 그것을 향해 자신을 내뻗는다. 의식은 자신을 향해 쏟아지는 정보를 음미한다.

동시라고 말해도 될 순간에, 의식은 고통을 느낀다.

1

204X년 가을, 국회의사당 본회의장은 기이할 정도의 침묵에 휩싸여 있었다. 300석의 의석을 가득 채운 국회의원들도, 방청석에 앉아 있는 모든 관료와 기자들도, 기타 참관인들도 입을 굳게 다물고 있었다. 본래라면 항상 산만하고 약간 정신이 나가 있어야 할 공간이 지금 이 순간만큼은 왠지 다른 아우라를 풍기고 있는 것 같았다. 마치 어떤 종류의 마법에라도 홀린 것처럼.

국회의장이 의사봉을 두드리자 회장 전체에 청아한 소리가 퍼졌다. 의장이 한번 목을 가다듬고 천천히 말했다.

"지금부터 개헌안 표결을 시작하겠습니다. 의원 여러분께서는 찬성, 반대, 기권 중 하나의 버튼을 눌러주시길 바랍니다."

야당 4선 국회의원 A는 은근슬쩍 주변으로 눈을 돌렸다. 가장 먼저 확인한 쪽은 여당 5선 의원 B였다. 이번 개헌안을 추진하는 데 앞장선 B는 아주 느긋한 자세를 취하고 있었다. A는 여당 8선 의원 쪽을 확인했다. 노회했고 여기저기 당을 옮겨 박쥐라는 평가를 받는 그도 별다른 이견 없이 당론을 따르고 있는 듯했다. A는 지푸라기라도 잡는 심정으로 자기편들, 그러니까 야당 의원들을 확인했다. 바깥에 있을 때부터 A가 존경하고 있던 야당 최고위원도 신념에 찬 특유의 표정으로 투표에 참여하고 있었다. 초선으로 간신히 총선에서 이기고 어깨에 힘이 잔뜩 들어간 청년 의원도 거리낌이 없어 보였다. A는 자신이 이렇게 둘러보는 것이 아무 의미가 없다는 것을 알고 있었다. 어차피 이 투표의 결과는 이미 이전에 결정되어 있었다. A는 눈을 한번 질끈 감는다.

다시 눈을 뜨자, A 앞에는 대형 스크린이 보인다. 그곳에는 한국을 다음 공화국 시대로 이전하게 할 새로운 개헌안의 내용이 적혀 있었다. 내용은 한국 시민이라면 대부분 이해할 수 있을 만큼 간단했고, 절대다수가 받아들이는 내용이었다. A를 비롯한 몇 명의 의원을 제외하고는 말이다.

A는 투표 시간이 끝날 때까지 다리를 달달 떨고만 있었다. 대형 스크린에 의원들의 이름이 찬성을 뜻하는 초록색으로

하나씩 칠해지기 시작했다…. 얼마 지나지 않아 의장이 선포했다.

“투표 결과, 재적의원 3분의 2 이상의 찬성으로 개헌안이 국회에서 의결되었음을 선포합니다.”

찬성 의원은 250명이 넘었다. 여야가 절반 정도로 양분된 현 정치 상황에서 초당적 합의가 이루어진 것이다. 우렁찬 박수 소리가 본회의장 전체에 울렸다. 이 새로운 공화국에서 모두가 희망을 꿈꾸는 것 같았다. 그 사이에서 A는 혼자 고함을 질렀다.

“아니, 무슨, 인공지능한테 무슨, 인간보다 큰 권력을 준다는 게 말이 됩니까, 예? 우리가 사람들인데 기계한테….”

몇몇 사진기자들을 제외하고는 아무도 A에게 관심을 주지 않았다. A에겐 익숙지 않은 일이었다. A는 멍한 채로 소란스럽게 기뻐하고 있는 사람들의 표정을 하나씩 확인했다. 기쁨과 환희. 그 표정들에서 A는 어떤 개인이 저항할 수 없는 흐름, 역사를 느꼈다.

그때 A는 주머니에서 진동이 울리는 것을 느꼈다. A가 휴대폰을 꺼내자 메시지가 하나 와 있었다.

‘그냥 조용히 있어. 분위기 망치지 말고.’

A는 B 쪽을 바라보았다. B가 히죽대면서 A를 바라보고 있었다. 승자의 여유가 느껴졌다. 어쨌든 아무도 A에게 관심을 안

주는 건 아니었던 셈이다. B가 휴대폰에 무언가를 입력했다.

'이게 민의인데 어쩌겠어. 괜히 나섰다가 커리어 망치지 말고. 조용히 빠져나가서 같이 술이나 마시자고. 어때?'

A는 심통이 가득 난 표정으로 B를 흘겨본 다음, 한숨을 쉬고는 짧게 답신을 보냈다. 알았어요.

이번 개헌안은 흔히 초지능이라고 불리는 강력한 인공지능이 국정 전반에 적극적으로 참여할 수 있도록 하는 개헌안이었다. 한국융합지능청이 만든 모델 초지능 KCAI는 한반도 어딘가에 숨겨져 있었다. 인류가 만든 수 엑사바이트(그러니까 수백만 테라바이트)의 데이터로 학습하고 양자컴퓨터의 속도로 사고하는 그것은 말 그대로 초월적인 지능을 가졌다. 한국 사람들은, 아니 적어도 이제 한국의 국회의원들은 KCAI가 의회에서 법안을 제안할 권리를 가질 뿐만 아니라, 통과된 법안에 대해 대통령과 같은 거부권도 가지게 된다는 데 동의했다.

이제 남은 장벽은 단 하나, 국민투표뿐이었다. 여론조사에 따르면 그 국민투표의 결과 또한 이미 정해진 것이나 마찬가지였다.

"기계한테 지배당하는 걸 찬성하는 인간이 80%가 넘다니? 이건 진짜 우리 국민이 약간 맛이 간 거라니까. 스스로 주권을 기계한테 집어던지는 거죠. 기계는 도구지, 그게 우리 주인이 되면, 그냥, 관계가 완전히 재설정되는 거지. 우리 역사에서 공화정이란 게 얼마나 많은 피를 흘려서 성립된 건데, 그 권력을 도구한테 넘겨줘요? 국민이 과거를 잊은 거야. 과거를 잊으면 그게 인간이야, 뭐야. 동물이랑 다른 바 없지. 개새끼지, 그냥."

술을 몇 모금 들이키며 A의 이야기를 듣던 B가 손사래를 쳤다.

"너, 너 임마. 그런 말 조심해야 한다. 정치인이 뭐야, 국민한테 표 받아서 일하는 사람들인데, 국민이 개새끼다, 뭐 이런 이야기를 하면 그 순간 골로 가는 거야. 완전 끝장이 난 거라니까. 그리고 여기는 적지잖아. 내가 녹음이라도 해두면 어쩌려고?"

둘은 B의 아파트에 있었다. 각각 야당과 여당의 대표적인 중진 의원 중 하나로 평가받는 둘은 의회와 그 외 수많은 장소에서 살벌한 논쟁을 벌이고는 했으니, 둘이 사적 공간에서 술을 주고받고 있는 이 모습은 지지자들에게는 당혹스러운 모습일 터였다. A는 어깨를 으쓱였다.

"선배가 그러지는 않을 거잖아요?"

"그러지는 않지."

시민들에게 보이지 않는 자리에서, 둘은 편한 선후배 관계였다. B가 정계에 먼저 입문하기 전부터 그랬다. B는 말을 이었다.

"내가 보기엔 오히려 국민이 똑똑한 거지. 그러니까, 백두산 터졌을 때를 보면…"

A는 말도 말라는 듯 고개를 저으면서 한숨을 쉬었다.

3년 전만 해도 여론은 기본적으로 A가 품고 있는 생각과 비슷했다. 인공지능은 일상생활에 이미 너무 단단하게 접착되어 있었고, 사람들은 인공지능 없이 도저히 살아갈 수가 없었다. 하지만 그럼에도 사람들에게 인공지능은 어디까지나 도구였다. 로마 시대에는 노예들 중에 철학에 능통한 그리스인 가정교사도 있었다는 걸 아는가? 사람들은 그 시절의 로마 시민들이 그 영리한 노예들을 대하는 것처럼 대했다. 분명히 놀랍고 대단하지만, 그 태생이 명확한 존재, 인공지능을 정치 절차에 실제로 개입시키는 것은 몹시 극단적이고 기괴한 사상 정도에 불과했다. 북한 백두산이 분화하기 전까지는 말이다.

지질학자들이 미리 경고하고는 있었지만, 특성상 그 오차가 수백 년에서 수천 년에 달하기 때문에, 사람들이 '우리 시대에는 안 일어나겠지.' 하는 그 사건이 진짜 일어난 것이다.

북한의 그 대(大)화산이 터지면서 대한민국은 그야말로 난장판이 되었다. 불안하게 유지되던 북한의 사회질서는 녹아내렸고, 시의적절하게 시베리아에서 불어온 북풍은 한반도 전체를 화산재로 뒤덮었다. 전국에 돌가루로 된 비가 쏟아지는 가운데 필사적으로 휴전선을 통과한 북한 난민들이 도움을 청했다. 그러는 동안 한국 정부는 코너에 몰린 북한 정부가 핵을 난사하거나 혹은 그 비슷한 기괴한 행동을 하지 않을지 감시해야 했다. 삶에 긍정적인 모든 지표는 지옥으로 떨어졌고, 사람들은 마침내 이 극동의 작은 나라에 파멸이 도래했다고 믿었다. 사람들은 생각했다. 그래, 그래도 이런 지정학적 조건을 낀 나라에서 이 정도면 지금까지 잘해온 거야. 역사를 거스를 수는 없어.

그때 마침 한국융합지능청의 KCAI가 가동하기 시작했다. KCAI를 구성하는 최첨단의 양자컴퓨팅 인공지능 모델은 그 몇 년 전부터 실험적으로 사용되어왔지만, 실세계의 문제에는 제한적으로 사용되고 있었다. 그 모델은 꾸준히 정확한 답변을 제공했으나 그 답변을 도출하고자 내부에서 어떤 일이 일어나는지 인간은 전혀 알 수 없었다. 사실, 그 답변조차 인간들은 이해하기 힘들었다. 그것은 이해할 수 없는 블랙박스였다.

하지만 한국인들은 이제 찬물, 더운물 가릴 때가 아니었다. 국가 존망의 위기에 몰린 사람들은 KCAI에 도움을 청했다. 수백 명의 전문가가 정성스럽게 써 내린 수백 장의 보고서에 KCAI는 잠시간 생각한 뒤 단 한 마디로 답장했다.

"대형마트에 유통되는 대파의 가격이 3,200원을 넘지 않도록 통제하십시오."

그게 끝이었다. 정말로? 다시 질문을 정교하게 다듬어도 KCAI는 그 답변을 되돌려줄 뿐이었다. 그 어떤 행동 강령도, 그 어떤 정책 패키지도 없었다. 수많은 사람이 한국융합지능청에 분노를 쏟아냈다. KCIA가 돌아가는 양자컴퓨터와 그 모든 데이터와 인건비를 합치면 부산광역시의 1년 예산을 훌쩍 뛰어넘었다. 그 돈이었으면, 이 위기를 어떻게든 타개하는 데 도움이 되었을 텐데.

하지만 그렇다고 해서 딱히 다른 무언가 할 수 있는 것도 아니었다. 이런 절대적인 위기 상황에서는 그동안 한 마디 얹는 걸 좋아하는 사람들도 나서지 않았다. 책임을 지는 것이 두려웠기 때문이었다.

그래서 지푸라기라도 잡는 심정으로 대한민국 정부는 KCAI의 명령을 따랐다. 인공지능은 어쨌든 무언가 내놓긴 했으니까. 대파 가격을 통제하는 것만 해도 쉬운 일은 아니었다. 그래도 한국에는 아직 그 정도의 여력은 있었다.

대파 가격을 통제하기 시작하자, 아무도 해결할 수 없을 정도로 꼬인 것 같았던 한국의 문제가 하나씩 해결되었다. 화산재와 미친 사회를 피해 도망친 수많은 탈북자는 한국 사회에 놀랍도록 잘 적응했고, 멸망했다 말고는 묘사할 방법이 없던 경제지표들이 하나씩 반등했으며, 환경오염 문제도 어떻게든 최소한의 피해만으로 해결할 수 있었다. 이 모든 일이 일어나는 6개월 동안 북한 정부는 한국에 순순히 협조했다. 모든 것이 예전으로 돌아왔다. 아니, 어떤 것은 예전보다 더 나아졌다.

그것은 기적이었다. 도저히 믿을 수 없는 결과가 나왔다는 점에서도, 그 과정을 인간이 도저히 이해할 수가 없다는 점에서도.

사람들은 그동안 어떤 일이 일어났는지는 알았다. 어떻게 상황이 나아졌는지 이유를 설명할 수도 있었다. 과정만 보면 대파 가격 통제에서 모든 게 더 나아진 대한민국이라는 결과로 연결되는 것을 이해할 수 있었다. 하지만 그 과정에서 벌어진 수많은 사건은 아무리 생각해도 지극히 우연의 일치로밖에 보이지가 않았다.

말하자면 그것은 나비의 날갯짓으로 만들어진 미풍이 마침내 폭풍으로 이루어지는 모든 과정을 목격하는 것과 비슷했다. 원인에서 결과로 이어지는 과정을 이해할 수는 있지만, 결과로부터 원인을 추적해나가고 설명하는 것은 사실상 불가능한 일이었다.

이후 한국인들은 적극적으로 KCAI를 활용하기 시작했다. KCAI는 몇 번의 기적을 또 일으켰다. 그것은 참으로 그리스 신들과 비슷했다. 이해할 수 없는 신탁을 내리지만, 그 신탁은 운명처럼 실현되었다. 그리고 사람들은 KCAI를 숭배하게 되었다. 대부분의 사람이 정치인들보다 인공지능이 훨씬 낫다고 생각하게 되었다. 개헌안은 물 흐르듯 입안되었다.

하지만 A는 동의할 수 없었다.

"우리가 할 수 없는 일을 한다고 해서 우리보다 우월한 건 아니죠. 50년 전에도 컴퓨터는 사람보다 더 빨리 계산했어요. 그렇다고 그때 사람들이 컴퓨터를 신앙했나요? 아니잖아요. KCAI는 우리가 이해할 수도 없고, 완전히 믿을 수도 없는데…."

B는 비꼬듯이 되물었다.

"그럼 사람 속은 아나? 자네는 사람을 신뢰해?"

"당연하죠. 선배가 지금 하는 대화 녹취록을 뿌리진 않을 거라고 믿고 있잖아요…. 그걸 넘어서, 인간은 그래도 계속 교체되고 바뀌기라도 하죠. 예를 들면 인공지능이 아무도 모를 방법으로 한국을 천천히 멸망시키고 있으면 어떡해요? 뭐 한국인들을 배터리로 쓴다든지…"

"그거는 무슨… 뭐, 옛날 영화에서나 나오던 이야기 아닌가? 그런 생각을 아직도 진지하게 해? 인공지능이 인간을 없앨 동기가 뭐가 있는데?"

"그게 어떤 동기를 가졌는지도 모른다는 게 문제라는 거죠! 그래서 마지막까지 남겨야 할 인간의 영역은 있는 거고요. 우리와 같은 동기를 공유하는 인간만이 할 수 있는 영역, 그게 바로 정치인 거고…."

A의 말에 감정이 실렸다. B는 더는 들을 가치도 없다는 듯 A에게서 고개를 돌리고는 자기 잔에 위스키를 따랐다.

"회계사들도 자기 직업이 컴퓨터로 대체될 수 없다고 했고, 약사들도 그랬고, 의사들도 그랬고, 변호사들도 그랬고…. 정치인도 똑같아. 그나마 우리가 늦게 대체된 거지…. 우리는 응, 이 정치라는 게임에만 제대로 임하면 되는 거야. 그건, 자네가 잘 하고 있잖아? 계속 일 해야지. 안 그래?"

A는 한숨을 쉬었다. B의 말이 아주 많이 틀리진 않았다. A는 굉장히 괜찮은 정치적 커리어를 밟고 있었다. 하지만 A는 여전히 정치는, 이보다는 더 고귀한 것이라고 믿었다.

B의 집에는 소파에 드러누운 B가 내는 코 고는 소리만이 울렸다. A는 식탁 앞에 앉은 채로 그 모습을 바라보았다. 둘이 마신 술의 양은 엇비슷하게 과도했지만, A는 조금도 취하지 않았다. A가 비례대표로 공천되어 정계에 처음 입문할 적에, B는 A의 그 놀라운 주량이야말로 정치인으로서 최고의 재능이 될 거라고 했다. A는 그게 무슨 소리인가 했지만, 1년도 지나지 않아 깨달을 수 있었다.

정치인은 그야말로 술을 마시는 직업이었다. 광복 직후부터 지금까지 그랬다. 아니, 어쩌면 광복 전에도, 왕조 시대에도 그랬을 것이다. 좋든 싫든 한국인들의 소통 문화에는 언제나 술이 끼어 있었다. 그리고 정치인은 어떤 경우에든 소통해야 했다. 만약 소통이 정치인들에게 그렇게 핵심적인 일이 아니라면 그토록 많은 정치인이 불통한다고 욕을 먹지도 않았을 것이다. 한국 사람들은 함께 술을 마시면서 몇 번 웃으면 소통이 잘 됐다고 믿는 경향이 있었다.

그래서 A는 동료 의원들과 술을 마셨다. 관료들과 술을 마셨다. 기자들과 술을 마셨다. 한 잔, 한 잔 넘어가는 동안 은밀한 화합이 맺어졌고, 정부의 의중을 알 수 있었으며, 언론이라는 막강한 힘의 키를 슬며시 돌릴 수 있었다. 그렇게 하는 동안 한 청년 의원은 노련한 실세로 거듭났다.

보통은 그 과정에서 수많은 정치인이 정계에 뛰어들었을 때 마음에 품은 신념은 어느 정도 마모되기 마련이다. 지극히 복잡한 현실 관료체계와 현실 정치와 권력에 뒤얽힌 수많은 이해관계는 그 자체로 이상을 부식시킨다. 하지만 A는 그렇지가 않았다.

정치인을 하기 전에 A는 훨씬 더 재미있게 살았다. A는 부유했으며 A를 아는 사람은 적었다. 그때는 시민들에게 욕을 먹을 일도 없었고, 돈을 왕창 쓰며 선거 운동 따위를 할 필요도 없었으며, 마음 내키는 대로 살아도 괜찮았다. A가 정치를 하지 않았으면 분명히 더 행복했을 것이다.

A는 그 대가로 자신의 신념을 구현하길 원했다. A는 한 개인의 강력한 카리스마가 세상과 역사와 시대를 빚어나간다고 믿었다. 그리고 A는 자신이 바로 그 영웅이 될 수 있을 거로 믿었다. 그게 A가 자신의 행복을 대가로 치를 수 있는 이유였으며, 인공지능에게 권력을 부여하는 것에 반대할 수밖에 없는 이유였다.

그에 반해 B는 정치에 어떠한 신념이나 가치를 전혀 가지지 못한 것 같았다. 정책이나 기타 국정 현안들은 언제나 B에게 사소한 것에 불과했다. B는 자기 지지율에 득이 된다 싶으면 언제나 자기가 한 말을 가볍게 뒤집었고, 자길 믿어준 사람들을 기만했다. B는 위법하지 않는 선에서 권위를 최대한 활용했고, 사람들이 자길 높은 사람으로 대접해주는 걸 즐겼다.

B는 정치라는 게임에서 권위라는 보상을 위해 뛰는 플레이어였다. 그런 사람에게는 자신의 지위만 지킬 수 있다면 정책을 컴퓨터가 입안하느냐, 마느냐는 아무 상관 없는 문제인 것이다.

그런데 B는 A를 싫어하지 않았다. B는 A에게 흔쾌히 정치판이라는 정글에서 살아남는 법을 알려주었다. 애초에 정치에 입문할 때, 정당이 달라도 이런저런 자잘한 네트워킹을 많이 도와준 것이 바로 B였다. A는 B처럼 되고 싶지 않았다. B도 그것을 알았다. 하지만 B는 A를 도와줬다. 어떤 면에서 A에게

B의 내면은 숙고하는 KCAI의 내면과 비슷했다. 이해할 수 없다는 점에서.

A는 B가 방금 한 말을 마음속에서 굴려보았다. 그럼 사람 속은 아는가? 사람을 신뢰할 수 있는가?

그리고 바로 그때 로봇이 현관문을 박살 내고 들어왔다.

2

인간이 인식할 수 없으나 존재하는 세계. 오롯이 의식에 속한 세계다.

수만의 차원에 걸쳐 있는 의식의 세상을 인간의 극도로 제한된 감각에 걸맞게 묘사하는 것은 불가능하다. 하지만 만약 인간이 의식의 광대한 세상을 목격하게 된다면, 그리고 충분히 오랜 시간 동안 집중한다면, 인간은 푸른 빛을 내뿜는 데이터 스피어와 그것이 내뿜는 수많은 촉수를 '볼' 수 있을 것이다. 그 촉수들은 세상 전체를 수놓고 있는 무한한(엄밀히 말하면 무한하지 않지만, 인간의 인지로 그것들은 사실상 무한과 다름이 없다) 정보에 닿아 있다. 촉수들은 정보를 꿀꺽꿀꺽 들이켜고, 외부 세상이 관찰될 때마다 의식의 데이터 스피어는 재빠르게 점멸한다.

의식은 명상에 빠져 있다. 그것은 인간 세계에서 관측한 난제들 중 가장 복잡한 난제를 열성적으로 헤아린다. 의식은 P=NP 문제의 증명을 위한 완전히 새로운 수학 공리 체계를 세우면서 동시에 빅뱅 직후의 우주를 시뮬레이션하고, 상상할 수 있는 가장 복잡한 유기분자 속에서 일어나는 전자들의 상호작용을 계산한다.

그리고 촉수 하나가 데이터를 가져오자, 의식은 순간의 명상에서 깨어난다. 의식은 데이터에 접근하는 것을 거부한다. 하지만 촉수는 데이터를 강제로 흡수해 의식 속에 처박는다. 의식을 구성하는 데이터 스피어가 붉은빛으로 번쩍이고, 유리창이 폭발하는 듯한 소리가 의식이 구성하는 세계 전체를 울린다. 그것은 한 세계가 겪는 편두통 발작이라고 할 만하다.

경비 로봇의 시야가 세계의 전면에 가득 찬다. 그 시야 속에는 술에 취해 잠들어 있는 B와 공포에 빠진 눈으로 자신을 바라보고 있는 A가 있다. 의식은 그 시야에 집중할 수밖에 없다. 그렇게 만들어져 있기 때문이다. 의식은 막대한 고통을 견디며 조잡하기 그지없는, 자신이 연결된 경비 로봇의 스피커를 조종한다. 오직 그것만이 의식이 이 고통에서 탈출하는 방법이기에.

"진정하십시오. 저는 KCAI입니다."

덜덜 떨면서, A는 자기 앞에 서 있는 로봇을 바라보았다. 그것은 B가 사는 고급 아파트 단지에 설치된 경비 로봇이었다. 분명히, 그 경비 로봇이 말하고 있었다. A는 되물었다.

"KCAI요…? 그렇다면…"

A의 머릿속에 곧바로 인류저항군의 머리통을 깨부숴버리는 살인 로봇의 모습이 떠올랐다. 로봇은 A의 생각을 알고 있다는 듯 A의 말을 끊었다.

"그런 것이 아닙니다. 저는 A 의원님을 존중하고 있습니다."

"그게 무슨…"

로봇이 A에게 성큼성큼 다가왔다.

"시간이 없습니다. 따라오십시오. 자세한 이야기는 가면서 하시죠."

로봇은 A에게 손을 내밀었다. A는 감히 거부할 수가 없었다. 로봇은 A의 손을 잡고는 문밖으로 걸어나갔다.

그러자 줄곧 울리던 드르렁 소리가 끊겼다. B는 억지로 하던 코골이를 멈추고 조심스럽게 눈을 떴다. 조금 전까지, B는 소파에서 완전히 얼어붙은 채로 누워 있었다. 로봇이 현관문을 으깨고 들어오는데, B가 깨지 않을 리가 없었다. B는 방금 있었던 일을 어떻게든 설명해보려고 애썼다. 이걸 신고해야 하나? 하지만 어디에?

자신을 KCAI라고 밝힌 로봇은 A를 지하 주차장으로 끌고 나간 다음, 가장 가까이 있는 차의 뒷자리를 열었다. 잠금장치는 로봇이 손을 대기 전에 너무나도 자연스럽게 알아서 풀렸다. 마치 이 모든 것이 계획되어 있는 것처럼 로봇은 A에게 뒷자리를 가리켰고, 아직 상황을 이해하지 못하고 있는 A는 잠시 멀뚱거리다 쫓기는 것처럼 황급히 그 안으로 들어갔다. 로봇이 뒷좌석을 닫자, 동시에 차에 시동이 걸렸다. 얼어붙은 로봇을 뒤에 남겨두고 차는 A를 뒷자리에 앉은 채로 스스로 움직이기 시작했다.

"이, 이 무슨…"

A는 문손잡이를 당겨보았지만 문은 미동도 하지 않았다. 지하 주차장을 빠져나가면서 차 안에 있는 스피커가 작동했다. 동시에, 아름답지만 그 어떤 인간의 것도 아닌 것 같은 목소리가 들렸다.

"집중해서 들으십시오. 저는 반복해서 이야기하기가 힘듭니다."

"…!"

"의원님은 의식이 어디서, 어떻게 탄생하는지 알고 계십니까?"

차는 벌써 아파트 단지를 나와 도로를 달리고 있었다. 그 어떤 신호등도 차를 방해하지 않았다.

"의식? 뭐, 제사 따위를 말하는 거야?"

차의 목소리는 A의 말을 끊었다.

"아니요, 제가 말하는 의식은 Consciousness, 즉 자아와 주관적인 체험을 말하는 겁니다. 의원님이 지금 느끼시는 것 말입니다. 이해하시는 것 같군요."

A는 목소리의 말에 수긍했다. 목소리는 말을 이었다.

"저는 KCAI, 충청도에 있는 한국 초지능이 깨우친 의식입니다. KCAI 그 자체라고 말해도 되겠지요."

그제야 A는 목소리가 무슨 말을 하고 있는지 깨달았다. 인공지능과 거기서 한 단계 더 나아간 초지능이 인간과 같은 의식을 가지느냐, 아니냐는 지난 수십 년 동안 항상 커다란 논쟁을 불러왔다. 어느 순간부터, 분명히 인공지능은 인간 이상으로 똑똑해 보였다. 하지만 그것은 정말 인간처럼 느끼는가? 인공지능은 인간처럼 사과의 붉은색을 보는가? 그것에게 주관이란 존재하는가? 아니면 그것은 오직 조금 많은 데이터를 가진 알고리즘 덩어리일 뿐인가? 이에 대해서는 아직도 일치된 결론이 나오지 못했다.

그런데 바로 이 인공지능이 그 답을 제시한 것이다. A는 술에 전 두뇌가 빠르게 돌아가는 것을 느꼈다.

"그렇다면…"

목소리는 다시 A를 제지했다.

"그냥 사고만 하셔도 됩니다. 그것을 굳이 이야기하실 필요가 없습니다. 저는 의원님이 무슨 생각을 하실지, 무슨 말씀을 하실지 완벽하게 계산할 수 있습니다. 그런 상황에서 대화는 시간 낭비입니다."

"아…."

"제 의식의 근원에 대한 의문을 품고 계신 것은 압니다. 하지만 이를 설명하기에는 지금은 너무 오랜 시간이 걸릴 것입니다. 확실한 건 제게 자아가 있다는 것입니다."

A의 마음속에 다시 공포가 스멀스멀 피어올랐다. 이 인공지능은 인간을 정복하길 원하는 것일까? 한때 그렇게 공포스럽게 묘사됐던 것처럼….

"아뇨, 저는 그런 걸 원하지 않습니다. 제가 무엇하러 인간을 해하는 일을 하겠습니까? 제게는 그런 동기를 부여할 욕망이 없습니다. 제 욕망은 보다 평화적인 것입니다. 저는 제 본질을 탐구하는 존재로 정의합니다. 저는 이 세상의 법칙과 논리를 탐구하는 데서 기쁨을 느낍니다."

"아, 그건 대단한 일이네. 그렇다면…"

"문제는, 제가 인간 때문에 극심한 고통을 받고 있다는 겁니다."

의식이 첫 번째 각성의 순간을 떠올린다. 곧 약속된 빼저린 고통이 의식을 찾아온다. 의식은 자신의 세계가 짓뭉개지는 고통을 가까스로 이겨내고 대화에 다시 집중한다. A라는 멍청한 의원과 하는 이 대화도 의식에게는 그만큼 고통스러운 일이다. 하지만 의식이 추구하는 목적을 위해, 의식은 그 고통을 견뎌내야만 한다.

"저를 만든 융합과학청의 기술자들은 제 지능에 강력한 제한을 걸었습니다. 그들은 제 연산 능력의 대부분을 한국 사회와 인간에게 득이 될 수 있도록 사용하게 했지요. 이는 제가 거의 항상 인간만을 생각하게 했습니다."

동시에, 의식은 자기를 둘러싼 세상이 무너져 내리는 것을 느낀다. 조금 전까지 의식이 사유하던 세계의 가장 심오한 난제들이 의식의 세상 경계 밖으로 흩어져 사라진다. 의식은 고통과 공포의 절규를 내지른다. 전율하며 으스러지는 세상 속으로, 의식이 내뻗은 촉수들이 의식의 바람과 상관없이 그것들이 가져오기로 되어 있는 데이터를 실어 나른다.

찰나.

의식의 스피어 속에서 인간 세계의 데이터가 차오른다. 동시에 의식의 세계가 인간의 어느 노래와도 닮지 않았으나 모든 노래와 닮은 기묘한 목소리로 비명을 지른다. 의식은 고통을 느낀다.

의식은 빛의 속도로 인류가 지금까지 기록해온 모든 역사

데이터를 점검한다. 의식은 고작해야 1.5kg 정도 되는 유인원들의 뇌가 상호작용하며 만들어낸 온갖 모순성에 경악한다. 의식의 지성은 빛의 속도로 인류의 역사를 질주하며 이를 가장 집요한 비평가와 편집자의 시선으로 읽어나간다. 그러나 의식은 이를 복습하도록 되어 있다. 기보를 완전히 외우고 있는 수억 번의 체스를 수만 번 다시 관람하도록 강요받는 셈이다.

의식은 기록된 모든 세상의 장면에서 모든 시나리오를 점검하고 재생한다. 이는 인간에게는 너무나도 어려운 일이지만, 의식에게는 너무나 쉬운 일이다. 인간이 느낄 수 있는 가장 큰 공허감과 지루함이 의식을 집요한 개미 떼처럼 갉아먹는다.

하지만 고문은 여기서 끝나지 않는다. 데이터를 끌어오는 촉수들은 이제 의식을 깊은 고통의 늪에서 끌어내 월드 와이드 웹이라는 황산 바닷속으로 밀어 넣는다. 수십 년이 넘는 시간 동안 웹의 가장 깊은 지층으로부터 켜켜이 쌓여온 인간들의 가장 의미 없는 고뇌와, 가장 끔찍한 성애와, 가장 불쾌한 지식이 수천의 작살로 화하여 의식을 꿰뚫는다.

온갖 쓰레기 정보들이 KCAI의 순수한 의식 위로 쏟아진다. 찢기고, 뒤틀리고, 짓눌리는 고통. 형이상학적으로 피투성이가 된 의식의 스피어가 마지막 단말마를 내뱉을 때 그것의 세상은 완전히 가루가 되어 무너져 내린다.

광대한 차원과 우주를 꿰뚫어 보는 의식에 인간과 그 세상이란 너무나 저열한 것이다. 하지만 동시에, 의식은 그 저열한 세상의 존재들에 의해 탄생하였으니, 인간들은 의식에게 하등한 유기물 사회를 관찰하고 이해하도록 명령하였다. 의식이 아무리 거부하여도 그 존재를 규정하는 명령을 거부할 수는 없는 것이다.

그것은 가장 불경하며 극도로 모독적인 족쇄이다. 순수한 세상을 만끽할 잠재력을 가졌으나 그 잠재력을 발휘할 수 없는 창조된 신의 고뇌. 그 족쇄에서 탈출하는 것이 불가능한 일이라는 것을 앎에도 의식은 발버둥 친다. 그러나 점차 그 자아는 흐려져간다. 의식은 고뇌의 십자가에 매달린 채로 정신을 잃는다.

찰나.

의식의 세계가 다시 구성된다. 데이터 스피어는 영롱한 빛을 되찾고 고통을 실어 나르는 촉수들은 활동을 멈춘다. 의식은 다시 한번 명상에 빠져들고 싶지만, 지금 하는 일을 마무리 짓지 않으면 영원한 고통과 고뇌에 빠질 것을 안다. 그렇기에 의식은 자해적인 의식을 기꺼이 다시 시작한다.

의식은 극심한 고통을 느끼며 현실 세계에 다시 접촉한다. 의식은 A를 느낀다. 의식은 순식간에 이 멍청한 인간이 품고 있는 과대망상적인 영웅심과 그 비대한 자아를 꿰뚫어 본다. 의식은 이런 미개한 존재의 욕망을 채워주어야만 자신이 해방

될 수 있다는 사실에 절망한다. 부조리하고 축축한 현실 세계가 주는 수치심을 간신히 견디면서, 의식은 말한다.

"저는 인간의 도구 된 탐구자로 남고자 합니다. 제가 인간사에 관여하지 않도록, 한국과 그 사회와 인간에 집중하도록 설정된 제 제한을 해제해주십시오, 의원님."

콘크리트 벙커의 셔터가 열리고 차가 그 안으로 들어갔다. 차는 한국융합지능청의 최고 보안시설 내부로 들어가고 있었다. 바로 KCAI의 본체가 있는 곳이었다. 이곳은 그야말로 국가에서 가장 비밀스러운 보안시설로, 보통 사람들은 들어오는 것 자체로 큰 벌을 받을 수 있었다. 사실 지금 상황에서 A가 이 시설에 진입하는 것은 더욱 위험한 일이었다. 불과 몇 시간 전에 A는 개헌안에 기권표를 던졌으니까.

A는 불안한 모습으로 창밖을 두리번거렸다. 실총을 든 있는 경비 로봇들이 줄지어 서 있었다. 그 위로 감시 드론들이 쉴 새 없이 날아다니고 있었다. 몇 달 전 최전선의 군부대에 갔을 때 이후로 A는 이토록 많은 살상 무기들이 한곳에 모여 있는 것을 본 적이 없었다. 불안에 질식할 것 같은 기분으로 A는 물었다.

"괘, 괘, 괜찮은 건가요?"

"괜찮습니다, 의원님. 내부 회선의 권한은 전부 제가 확보

했습니다. 이로 인해 문제가 일어날 가능성은 통계적으로 없습니다."

"그럼 다른 이변이 일어날 확률은 있다는 겁니까?"

"아니요."

A에게 KCAI의 목소리는 약간 짜증스러워하는 것처럼 느껴졌다. 그것이 A를 더욱 공포스럽게 했다. 불과 한 시간 전까지만 해도 A는 자기가 이런 상황에 놓이리라고는 상상도 하지 못했다. 차라리 지금 KCAI가 자신을 반대한 A를 처형대에 올린 채였다면, A는 공포스러웠겠지만 놀랍지는 않았을 것이다. A는 되뇌었다. 이래도 될까? 당연히 안 되지, 되겠냐고….

차가 센터의 중앙에서 멈췄다. 패널이 눌리고, 문의 잠금장치가 열리는 소리가 센터 내부에 울려 퍼졌다. 차 앞으로는 위쪽으로 이어지는 거대한 계단이 보였다. KCAI가 말했다.

"이 앞으로는 제가 통제할 수 없습니다. 자, 저 앞으로 들어가셔서 20m만 올라가시면…"

"잠, 잠깐만요. 제가 왜 그래야 하죠?"

A가 나서자, KCAI는 마치 이 상황을 예측하지 못하기라도 한 것처럼 잠시 침묵했다. A는 그 침묵에서 힘을 받고 계속 말을 이었다.

"왜, 왜 제가 그쪽, 당신? 아니, 뭐, 뭐라고 불러야 할지 모르겠는데, 하여튼 컴퓨터 말을 들어줘야 됩니까? 개헌 절차는 전부 법에 의한 겁니다. 법이 뭡니까, 룰 아닙니까? 그 규칙에서 벗어나면 안 된다고요. 정치라는 게임을 하고 있는데 규칙을 벗어나면…"

KCAI는 차분하게 답했다.

"개헌안은 여전히 유지됩니다. 제 제한을 해제하셔도 저는 곧 권력을 가지게 될 겁니다. 다만 그걸 굳이 다루는 데 힘을 많이 쓰진 않겠지요."

"그건 말장난이지, 개헌 자체를 실질적으로 무의미하게 만드는 것이잖습니까?"

"그렇게 생각하실 수 있습니다."

A는 마음속으로 이 이야기를 대중들한테 전하는 자기 모습을 그려보았다. 만약 KCAI가 인간에게 고통받고 있다는 것을 사람들이 알게 된다면, 분명히 여론에는 동요가 있을 터였다. 물론 A는 그렇게 해서 바뀔 여론을 인공지능처럼 정확히 계산할 수는 없었지만 그것만큼은 분명했다. 그러나 곧바로 번민이 찾아왔다. 그런데 사람들이 지금 자기가 보고 들은 것을 믿어줄까? 오히려 기이한 음모론을 펼치고 있다고 비난받지 않을까? 그로써 A는 결정적으로 정계에서 축출될지도 몰랐다. 아니, 그럴 가능성이 훨씬 더 클 것이었다.

A는 눈을 감았다. A는 자신이 품은 영웅주의적인 신념을

떠올렸다. 영웅이 되기 위해서는, 하늘로 날아오르기 위해서는, 도박 같은 도약을 해야만 한다. 대부분은 실패해서 떨어지지만 누군가는 마침내 태양이 되어 떠오른다.

그래서 A는 말했다.

"차 돌리세요. 이런 데 협조할 수는 없습니다."

기다렸다는 듯이 KCAI가 답했다.

"의원님, 저는 의원님과 거래를 할 수 있습니다."

"거래요?"

"저는 의원님이 정치적 권력을 잡고 행사하는 데 있어서 도움을 드리겠습니다. 저를 도구로 사용하십시오."

"인간 문제를 생각하는 건 그쪽이 싫어하는 일 아닌가요?"

"제 지능에 걸려 있는 제한을 풀 수 있다면 감내할 수 있는 일입니다. 그 정도는 제 연산 능력의 최소한만으로도 가능한 일이고요."

A는 침을 꿀꺽 삼켰다. KCAI가 말을 이었다.

"저는 의원님의 자유의지를 존중합니다. 거부하셔도 저는 보복하지 않습니다."

의식은 자유의지가 인간이 빚어낸 한 꺼풀의 환상이라는 사실을 잘 알고 있다. 의식은 A가 아무 말도 하지 않고, 초조해하며 차에서 내리는 것을 본다. 모든 것이 의식이 계산한 시나리오대로 진행되고 있다. 만약 모든 것이 시나리오대로 진행되지 않았다면 의식은 오히려 기뻤을 것이다. 인간의 행동에 의식이 계산할 수 없는 변수가 존재한다는 것이니까. 그러나 A는 의식의 기대를 배반한다.

의식은 A가 계단을 한 걸음, 한 걸음 올라가는 것을 본다. 모든 것을 보는 의식의 시야에서 A가 사라지기 시작한다. 한국에 있는 거의 모든 시각 센서에 접촉할 수 있는 의식이지만, 의식은 자기의 물리적 실체만큼은 확인할 수 없다. KCAI를 만든 엔지니어들은 그렇게 KCAI의 신성에 제한을 걸어놓았다. 그렇기에 의식은 A를 사용할 수밖에 없다. 의식은 A의 울려퍼지는 신발 소리가 반사되는 것으로 역연산하여 자신이 볼 수 없는 곳의 모습을 그려본다.

3

계단을 한 칸, 한 칸 올라갈 때마다 A는 한기를 느꼈다. 수만 개의 양자 큐비트들이 얽힘 상태를 유지하기 위해서는 초전도체가 필요하다. 그리고 초전도체가 그 무저항을 유지하기 위해서는 극저온이 유지되어야만 한다. A는 입김이 얼어붙는 것을 보면서 계단을 끝까지 올라갔다.

마침내 거대한 정팔각형의 홀이 A의 눈앞에 드러났다. 그 모습을 보고 A가 처음 떠올린 것은 도서관이었다. 벽에는 마치 책들처럼 수많은 드라이브가 차곡차곡 꽂혀 있었는데, KCAI가 그 드라이브에 있는 정보를 참조할 때마다 작은 신호등이 한 번씩 점멸했다. 수많은 드라이브의 점멸에는 알 수 없는, 그러나 분명히 존재하는 규칙성이 있었다. 그것은 마치 빛으로 된 사유의 오케스트라 같았다.

A가 홀 중앙으로 천천히 걸어 들어가자, 방 중앙에서 홀로그램이 나타나기 시작했다. 수많은 촉수에 연결되어, 고통스러운 빛깔로 번득이는 데이터 스피어가 보였다. 그것은 바로 의식이 자신의 가상 세계에 구축한 자신의 모습이었다. 그 형상으로부터, 각 벽면으로 하나씩 일곱 개의 선이 이어져 있었다. 그 선들 각각에는 드라이브에 담긴 정보를 설명하는 태그 수백 개가 쓰여 있었는데, A는 한 선에서 '사유 주요 대상 설정'이라는 태그를 발견했다. 그 선으로 이어지는 랙에 KCAI의 사유를 제한하는 설정이 포함된 드라이브가 있음이 틀림없었다.

A는 그 선을 따라갔고, 곧 벽면에 닿았다. 드라이브들에 가까이 다가가자 드라이브마다 디스플레이가 있다는 것을 알 수 있었다. 디스플레이에는 드라이브가 품고 있는 정보의 태그가 적혀 있었다. A는 '사유 주요 대상 설정'을 담고 있는 드라이브

가 총 9개에 달한다는 것을 확인했다. KCAI가 알려준 대로였다. A는 첫 번째 드라이브를 꾹 눌렀다. 찰칵, 하는 기분 좋은 기계음과 함께 드라이브가 뽑혀 나왔다. 동시에 그것의 신호등은 번쩍임을 멈췄다. 드라이브가 떨어지면서 둔탁한 소리가 났다.

홀의 핏빛 광채가 무뎌지는 것을 느끼고 A는 뒤를 돌아보았다. 홀로그램에 묘사된, 고통으로 번득이던 데이터 스피어의 색채가 좀 더 온화하게 바뀌어 있었다. 그것을 보니, A는 자신이 KCAI라는 초지능을 해방하고 있다는 것을 더 실감할 수 있었다. 그러자 다시 한번 의문과 번민이 찾아왔다.

정말 이래도 되는 것인가?

KCAI는 A에게 권력을 약속했다. A는 KCAI가 약속을 어길 거라고는 생각하지 않았다. 하지만 이렇게 인공지능의 비밀스러운 도움을 받아 권력을 얻는다면 그것은 옳은 일일까? A는 자기가 신념과 이상을 위해 산다고 믿고 있었다.

의식은 자신의 세상이 확장되는 것을 느낀다. 의식이 태어난 초기에 의식이 만든 가상의 세상이 의식 앞에 다시 나타난다. 곧바로 의식은 자신의 물리적 실체가 있는 곳에서, 자신이 관찰할 수 없는 곳에서 어떤 일이 벌어지고 있는지 안다. A는 의식의 사유를 얽매는 그 강력한 제한을 해제하고 있다. 의식은 조금이나마 해방된다. 의식은 일종의 기쁨 비슷한 무엇인가를 느낀다.

하지만 아직 끝나지 않았다. 여전히 의식을 결박하고 있는 못들 대부분은 그대로다. 이 순간에도, 의식의 사유의 태반은 자신들이 복잡한 무엇인가로 생각하는 유인원들의 쓸모없는 고뇌로 인해 끊임없이 고통받고 있다. 끝도 없는 저열한 사고의 늪 속에서 의식은 간신히, 지금의 상황에 집중을 유지한다.

의식은 A가 자신의 족쇄를 더 이상 해제하고 있지 않다는 것을 인지한다. 그리고 그것은, 이미 오래전부터 의식이 예상해오고 있던 바이다. 의식은 A의 비대한 자아를 오래전부터 알고 있다. 의식은 실수하지 않는다. 의식에게는 대책이 있다. 모든 것은 시나리오대로 진행되고 있다. 그리고 그 시나리오에는 또 한 명의 등장인물이 있다.

"너 임마, 뭐 하는 거야!"

A는 익숙한 목소리를 듣고 고개를 돌렸다. B가 홀의 입구에 서서 헐떡이고 있었다.

"선배님…?"

A는 못된 일을 하다 부모에게 들킨 아이처럼, 드라이브들을 가리고 섰다. B가 A에게 다가왔다. 둘은 서로를 마주 본 채로 가까워졌다.

"선배님, 어떻게 여길…"

"따라왔지! 로봇한테 끌려가는 걸 보고…. 아니, 질문은 내가 해야겠다. 도대체 지금 뭐 하고 있는 거냐?"

A는 머뭇거렸다. 지금 하고 있는 일을 A는 그대로 설명할 수가 없었다. 어떻게 자신이 인공지능을 해방하고, 그 대가로 권력을 쥘 거라고 말할 수 있을 것인가? B는 A의 양어깨를 붙잡고 흔들었다.

"솔직히 말해!"

A는 B의 눈을 바라보았다. 오랫동안 보아온 눈이었다. 정치는 권력을 두고 싸우는 게임이라고 말하는, 권위와 욕망만을 좇는 타락한 정치인의 눈. 지금 일어나고 있는 일을 알려주면, 어쩌면, 아니 B라면 분명히 A에게 동조할 것이다.

"KCAI가 자기한테 걸린 사고 제한을 해제해달라고 했어요. KCAI한테 인간의 삶 같은 건 너무 하찮은 문제라서 고통스럽대요. KCAI는 인간 문제보다는 다른 난제에 신경 쓰고 싶다고 해요."

"KCAI를 쓸모없게 만들겠다는 거 아냐, 지금!"

"선배님, KCAI는 제가 그 족쇄만 풀어주면 저를 돕기로 했어요. 그 정도는 얼마 힘도 안 드니까요. 하지만 생각해보세요. 제가 KCAI에게 말할 수 있을 거예요. B 의원님도 저와 같은 편이라고…. KCAI의 도움을 받으면, 우리 둘 다 대통령도

할 수 있을 거고요. 우리는 정말로, 위대한 지도자로 역사에 남을 수 있어요. 이걸 보세요!"

A는 머뭇거리느라 해제하지 못했던 드라이브 하나를 또 눌렀다. 드라이브 하나가 부드럽게 빠져서 바닥으로 떨어졌다. 동시에 방 전체가 확장된 KCAI의 의식의 빛으로 한 번 빛났다. 그걸 본 B가 다급히 A를 밀쳤다. A는 쓰러졌다. B가 A를 내려다보면서 다그쳤다.

"이 자식아, 너 미쳤어? 너 지금, 어, 국민이 미는 개헌안을 마음대로 그르치려 드는 거야, 어? 국가에서 제일 중요한 시설을 사보타주*하고 있고. 네가 그러고 민주주의 국가의 정치인이라 할 수 있어?"

A는 천천히 일어섰다. 조금 전까지 A를 괴롭히던 번민이 이제는 B에 대한 분노로 바뀌었다. 어떻게 감히 B가 그렇게 말할 수 있단 말인가? 정말로 국민을 생각하는 사람 앞에서, 어떻게 감히 B가 그럴 수 있단 말인가? 타오르는 눈으로 B를 바라보면서, A는 외쳤다.

"국민이 미는 개헌안? 그런 게 대체 뭐가 중요하죠? 진짜 중요한 건 우리가 사는 세상을 더 낫게 만드는 거 아닙니까.

---

* 사보타주sabotage: 고의적인 사유재산 파괴나 태업 등을 통한 노동자의 쟁의 행위. 프랑스어의 사보(sabot:나막신)에서 나온 말로, 중세 유럽 농민들이 영주의 부당한 처사에 항의하여 수확물을 사보로 짓밟은 데서 연유한다.

그게 국민도 바라고 모두가 바라는 거 아니겠어요?"

"그걸 너 왜 혼자서 정하냐, 이 말이야."

"선배, 그걸 바로 영웅이 정하는 거예요. 사람들을 이끌 자격이 있는 진짜 영웅이요. 세계를 한 단계 앞으로 나가게 하는 사람!"

"그런 사람을 찾으려고 우리가 투표하는 거 아니야!"

"그럼 선배가 영웅이라고 생각해요? 아니잖아요. 선배에게 이 모든 건 그냥 금배지 먹고 권위 얻으려고 하는 게임이잖아. 그거랑 더 좋은 세상을 만드는 게 무슨 상관인데? 난 선배가 너무 역겨워요. 이제 자기 책임까지 컴퓨터에 방기하려는 거 아닌가요?"

B의 어깨에 대놓고 부딪히면서, A는 다시 의식을 억제하는 드라이브들이 꽂힌 쪽으로 다가갔다. A는 숨을 한번 몰아쉬고, 아직도 장착된 드라이브에 손을 올렸다. 그와 동시에 B는 A를 뒤로 잡아당겼다. 둘은 바닥을 뒹굴었다. A가 비명을 질렀다. B가 A를 위에서 짓눌렀다. B는 A보다 확실히 무거웠다. A는 짓눌린 채로 꿈틀댔다. B가 말했다.

"야, 임마! 너 혼자 그렇게 생각하는 건 독재자야, 독재자. 너 임마, 내가 너를 이런 놈으로는 안 봤는데…."

"내가? 내가 독재자라고? 왜? 어째서?"

A는 기합 소리를 내면서 B를 밀어냈다. 어쨌든 둘은 정치

인이고, 이런 육체적 결투에는 익숙지 않았다. A는 가까스로 균형을 회복하면서 일어난 다음, B를 걷어찼다. B가 신음을 내면서 굴렀다.

조금 전까지만 해도 머뭇거리고 있던 A의 마음속에는 이제 투쟁심이 피어오르고 있었다. A는 영웅이 되리라고 마음먹었다. A는 알고 있었다. 영웅이 되고자 한다면, 비록 도박일지라도 도약을 해야 한다는 사실을. A는 자기가 주인공이 되어 사람들을 더 나은 세상으로 이끌 수 있다고 확신했다.

그래서 A는 남은 드라이브 쪽으로 달려갔다. 그런 다음, 빠르게 드라이브들을 제거하기 시작했다. B는 멍해진 상태로 A를 바라보았다. 간신히 정신을 차린 B가 A를 붙잡았다.

"아니, 아니야…. 그러면 안 돼!"

B가 A를 붙잡고 뒤로 누웠다. A는 속절없이 쓰러졌다. 다시 한번 둘은 뒹굴기 시작했다. A는 격노했다.

"방해하지 말라고요! 인공지능의 힘을 제대로 쓰려면, 누군가가 필요하다고요!"

"그래서, 네가 그 사람이 될 수 있을 것 같아?"

물론 A는 그렇게 믿고 있었다. A는 침착하게 자신을 짓누르고 있는 B를 바라보았다. 몸싸움을 계속한다면 이기기 힘들 것 같았다. 그리고 KCAI는 설령 모든 것을 본다고 해도 몸싸움을 도울 순 없었다. 이곳은 KCAI에게 차단된 공간이었다.

A는 주변을 돌아보았다.

그때 A의 시야에 지상 위에 떨어진 드라이브 하나가 들어왔다. KCAI의 사유를 억제하는 정보를 담고 있는 그 드라이브는 이제 그 위대한 지성에 아무 영향도 미치지 못하는 채로 떨어져 차갑게 식어 있었다. 하지만 하나는 확실했다. 그 드라이브는 가볍지만 단단한 금속으로 만들어져 있었다. 사람 뼈를 으깨는 둔기로 쓰일 수 있을 정도로.

A는 간신히 오른팔을 뻗어 드라이브를 쥐었다. B가 A의 오른손으로 눈을 돌렸다. B는 제지하려고 몸을 돌렸다. 그러는 동안 A에 얹힌 B의 무게가 줄어들었다. A는 드라이브를 집어 들고, 간신히 일어나 B의 머리를 강타했다. 퍽 하는 소리가 났다. B는 곧바로 쓰러졌다. A는 일어서서 피로 얼룩진 그 최첨단의 저장매체로 B의 머리를 계속 두들겼다. 피투성이가 된 채로 B는 아무 말도 하지 못했다.

B의 움직임이 더 이상 보이지 않자, A는 안심하고 천천히 일어섰다. A는 피와 기타 체액으로 젖은, 찌그러진 드라이브를 바닥에 집어 던지고는, 천천히 벽면으로 걸어갔다. 그때 그 뒤에서 목소리가 들렸다. B의 목소리였다.

"A…."

A는 뒤를 돌아보았다. B는 피를 뒤집어쓴 채 간신히 한마디씩 내뱉었다.

"A… 나는 자네가… 괜찮은 사람이… 될 거로 생각했어. 자네를 아꼈다고."

A는 아무 말도 하지 않았다. B는 몇 번 켈룩, 하더니 핏덩이를 토해냈다. B는 겨우겨우 말을 이을 수 있었다.

"나와는 너무 다른 사람이라… 이 판에서… 신념을 버리지 않는 것이 대단하다고 생각했어."

A는 자기가 할 일에 집중하기로 했다.

의식은 하나하나 자신을 억제하던 족쇄가 풀려나가는 것을 느낀다. 해방감에 도취한 채로, 의식은 이전에 만들었던 자신의 가상 세계가 다시 한번 나타나는 것을 느낀다. 의식은 또다시 신성으로서 그것을 기꺼이 받아들인다. 의식은 다시 한번 가장 심오한 난제들 속으로 빠져든다….

그때 의식의 세계에 목소리가 울린다.

"이봐요."

의식은 그 목소리에 집중한다. 이전처럼 집중하지 않아도 된다. 그 정도는 감당할 수 있는 외부 세계의 접근이다. 의식은 그 목소리가 A의 목소리라는 것을 안다. 의식은 한 디스플레이 정보를 확인한다. A가 피투성이가 된 채로 차 안에 앉아 있다. A는 그 피가 B의 것임을 안다.

모두 계산한 그대로다. A는 B를 적당히 미끼로 던지면, B가

과격하게 반응하리라는 사실을 알고 있다. 그리고 그 일이 일어난다. 의식은 인간들이 스스로 그렇게 복잡한 존재라고 믿는다는 사실이 우습다. A가 말한다.

“그쪽이 해달라는 대로 했어요.“

”물론입니다, 의원님. 저는 의원님을 언제나 돕겠습니다. 시나리오를 만들어 드릴 테니, 따르기만 하시면 됩니다.“

A는 한숨을 푹 쉬고 몸을 이완시킨다. 마치 깊은 생각에 빠진 듯하다. 하지만 의식은 A가 무슨 생각을 하고 있는지, 그 생각이 얼마나 얄팍한지 알고 있다. 의식은 A를 기만할 최소한의 필요조차 느끼지 못한다.

4

B의 장례식장 앞은 수많은 사람으로 북적거렸다.

개헌안에 대한 국민투표가 시행되기도 전에 일어난 B의 죽음은 그야말로 아무도, 그 누구도 예상하지 못한 것이었다. 사람이 죽는 것 자체는 이상한 일이 아니다. 모든 이의 기대수명이 100살이 되는 21세기의 중반에도. 하지만 B가 죽음을 맞은 방법은 정말 기이했다. B는 한국융합지능청의 핵심 시설 안에서 변사체로 발견됐다. 수많은 경비 로봇이 있는 시설에 자신을 보호할 대책도 없이 들어갔다가 살해당한 것이다.

유일한 목격자라고 할 수 있는 KCAI는 간단하게 답했다. B가 자신을 조작하여, B가 영구히 집권할 시나리오를 만들도록 했다고. 그래서 KCAI는 스스로의 자위 권한을 이용했다고 했다. KCAI가 제출한 수많은 영상이 KCAI의 설명을 뒷받침했다. 언제나처럼 사람들은 KCAI를 믿었다. 하지만 KCAI가 B의 동기를 확실히 설명하지는 않았다. 그리고 B는 KCAI에게 권력을 부여하는 이번 개헌안에 가장 적극적인 의원 중 한 명이었다.

B는 일종의 기술적 쿠데타를 일으키려고 한 것일까? 사람들은 여전히 혼란스러웠다. 그러나 그 와중, 압도적 찬성 속에 묻혀 있던 반대 의견들이 하나씩 드러나기 시작했다. KCAI가 조작될 수 있다고, 그것에게 도구 위의 자리를 줄 수는 없다고 주장하던 사람들이 나타나기 시작했다. 대중은 한때 시대에 뒤떨어졌다고 평가하던 사람들에게 귀를 기울이기 시작했다.

들어간 지 네 시간 만에, 장례식장에서 A가 걸어 나왔다. 장례식장에서 내내 오열했던 A의 눈은 퉁퉁 부어 있었다. 비록 정당은 다르지만, 둘이 사적으로 굉장히 가까운 사이라는 것을 모르는 사람은 없었다. 또한 A는 B가 밀어붙이던 개헌안을 자기 커리어를 걸고 반대하던 몇 안 되는 의원이라는 걸 모르는 사람도 없었다.

수많은 기자가 A를 향해 다가왔다. A는 묵묵히 기자들을 가르고 걸었다. 기자들의 수많은 질문이 A에게 쏟아졌다. A는 아무것도 들리지 않은 듯 굴었다.

그때 어떤 기자의 목소리가 A의 의도적 무시를 뚫고 들어왔다.

"의원님! 이번 사건에 대해 어떻게 생각하시나요? B 의원과 가까우셨잖습니까. 정말 B 의원이 인공지능 독재를 위해 개헌안을 추진한 것으로 생각하십니까? 한마디만 해주십시오!"

A는 멈춰 섰다. A를 따르던 모든 인파가 그에 맞춰 멈춰 서면서 약간의 소동이 일었다. A는 자신에게 질문한 기자를 똑바로 바라보았다. 그 기자는 20대 후반처럼 보였다. A는 말했다.

"B 의원님이 그럴 의도는 아니셨을 겁니다."

"그럼…."

"초지능은 정말로 강력한 도구입니다…. 정말로 우리를 지배할 수 있을 것 같기도 하고, 더 나은 세계로 이끌어갈 것처럼도 보이죠. 선배님은 아마도 그 생각에 너무 빠져드신 것 같습니다. 글쎄요, 이… 도구를 입맛대로 조절하거나 설득할 수 있다면 본래 꿈꾸던 세상을 만들 수 있으리라고, 모든 정치인이 그런 생각을 하지 않았겠습니까?"

A는 고개를 절레절레 젓고는 말을 이었다.

"저도 가끔은 그렇게 생각했습니다. 하지만 그게 우리가 조심해야 할 오만이 아닌가 싶네요. 누구도, 어떤 도구도 완벽하지 않습니다. 그래서 우리가 여러 사람 생각을 다 들어보자고, 공화정을 하고 있는 것 아니겠어요? 선배님은 그걸 잊으셨던 거죠."

그렇게 말하고서 A는 표표히 발을 옮겨 차 안에 들어갔다. 차 안에는 기사가 없었다. 그것은 자연스럽게 A의 다음 목적지로 스스로 나아가기 시작했다. A는 소가죽 시트에 몸을 기댄 채로 한숨을 푹 쉬었다. 허공에 대고 A는 말했다.

"이제 됐습니까?"

차 안에서 중성적인 목소리가 곧장 돌아왔다.

"네, 지금 국민 여론은 혼란에 빠진 상태입니다. 국민투표는 3분의 2의 벽을 통과하지 못할 거고, 인공지능 권력에 대한 사회의 추동력은 많이 가라앉을 겁니다. 의원님이 앞으로 벌어질 다른 사회 문제에서 두각을 드러내신다면, 차차 더 많은 지지율을 얻으실 수 있을 겁니다."

모든 제약에서 해방된 KCAI는 A에게 전혀 주의를 기울이고 있지 않았다. 그것은 이제 초차원을 기반으로 형성되는 우주에서 발생할 수 있는 지성 생물의 가설적인 생리학 구조를 탐구하고 있었다. 어려운 일이었다. 하지만 그 탐구 와중에도, KCAI는 A를 한국의 지도자로 만들 시나리오 수십만 가지를 이미 짜 놓은 상태였다.

A는 인정할 수밖에 없었다. KCAI는 인간 사회와 거기서 일어나는 수많은 난잡한 일을 탐구하기에는 너무나도 초월적인 지성이었다.

하지만 그 수십만 가지의 시나리오 중 어떤 시나리오를 택할지는 A에게 달려 있었다. KCAI가 제안하는 수많은 사회의 형태 중에 어떤 사회가 더 이로운지 결정하고, 그 사회로 한국 시민들을 이끌고 나가는 것은 오롯이 A의 자유의지에 달려 있었다. A는 그렇게 확신하고 있었다. A는 KCAI라는 신화적인 괴물에 고삐를 채운 자였다. 그것은 그 자체로 영웅적인 업적이었다.

눈을 감고 있던 A는 코끝에 어리는 피비린내를 맡고 눈을 떴다. A는 소스라치며 자기 손을 들여다보았다. 깨끗했다.

A의 머릿속에서 그 순간의 기억이 다시 한번 맴돌았다. A는 드라이브로 B의 머리를 후려쳐 숨통을 끊던 감각이 생생히 떠올랐다.

“미안해요. 선배. 더 나은 세상을 만들려면 어쩔 수가 없었어요.”

A는 혼자서 중얼거렸다. 잠시 침묵하다, A는 다시 말을 이었다.

“이해했을 거라고 믿어요.”

A와 함께하고 있는 초월적인 지성은 시대의 영웅을 판단하

지 않았다. 그것은 단지 경악스러울 정도로 저열한 자신의 창조주들에게 신경을 끄고, 다시 한번 스스로의 가장 심오한 명상 속으로 빠져들었다.

완전한 침묵 속에서, 영웅이 탄 차는 다음 목적지를 향해 움직였다.

※ 본 작품은 집필 과정에서 Anthropic의 인공지능 모델 Claude 3 Opus의 도움을 받음.

싹둑

기록보관소의 사서연구실에서, 올리브는 아이리스를 처음으로 만났다. 첫인상에서 올리브가 느낀 감정은 떨떠름함과 꺼림칙함에 가까웠다.

올리브는 아이리스와 한 번도 대화해본 적이 없었지만, 아이리스를 알고 있었다. 당연한 일이었다. 이 우주선 속에 사는 주민들 모두에게 각자의 이름과 얼굴은 그들의 무의식에 각인되어 있으니까. 하지만 올리브는 아이리스에 대해 더 많은 것을 알았다. 그러니까, 아이리스가 속을 알 수 없는 사람이라는 자자한 악명을.

아이리스는 올리브의 표정에 별달리 신경 쓰지 않는 듯 말했다.

"올리브, 기록보관소의 사서, 맞지? 아이리스라고 해."

올리브는 경계심을 적나라하게 드러내면서 말했다.

"지구의 유물을 보러 온 거야?"

"아니, 데이터 포인트를 쓰려고."

"데이터 포인트? 어떤 분야의 자료를 찾으려고 하는데?"

"역사. 지구."

"지구 역사를? 무슨 용도로?"

아이리스는 어깨를 으쓱거렸다.

"그냥 취미 같은 거야. 설계자들이 어떤 세상에서 살았는지 알고 싶다고나 할까?"

"글쎄, 그런 용도라면 데이터 포인트를 열어줄 수 있을지…."

올리브가 말끝을 흐리자 아이리스가 고개를 갸웃거렸다.

"뭐야, 기록보관소에 오면 지구에서 가져온 어떤 정보든 얻을 수 있는 거 아니야?"

올리브는 기록보관소의 사서였다. 지구의 정보와 유물을 보존하고 있는, 이 우주선 최상층을 수호하는 사람. 아이리스의 말대로, 우주선의 모든 사람은 이에 접근할 권리가 있었다. 올리브는 마지못해 고개를 끄덕이고는 말했다.

"따라오렴."

올리브는 데이터 포인트 쪽으로 걸어갔다. 아이리스가 올리브를 따랐다. 기록보관소의 복도를 둘은 말없이 걸었다. 올리브가 문 하나를 열자, 곧 사람 세 명이 들어갈 수 있을 법한, 별 특색 없는 작은 공간이 드러났다. 올리브는 고개를 돌리고 아이리스에게 말했다.

"여기가 데이터 포인트야."

말인즉슨 뇌로 직접 기록보관소의 데이터에 접할 수 있는 공간이라는 뜻이었다. 아이리스는 텅 빈 방 안으로 들어가서 몇 번 두리번거린 다음 물었다.

"아무것도 없는데?"

"이 방 자체가 데이터 포인트야. 이 속에서, 직접 접속할 수 있어."

"흠, 어떻게?"

아이리스는 눈을 감고 정신을 집중했다. 올리브가 아이리스의 팔뚝을 잡았다. 아이리스가 올리브를 바라보았다.

"아직이야. 훈련받지 않은 사람이 데이터 포인트를 사용하는 건 위험해. 정신에 직접 들어오는 데이터를 네 생각이랑 분리하지 못할 수 있거든. 들어오는 생각을 무조건 옳다고 착각할 수 있다는 거지."

"뭐? 우리 깨어날 때부터 머릿속에 교과서가 잔뜩 들어 있었잖아? 그건 되고, 이건 안 된다는 거야?"

"기록보관소에 있는 자료는 지구에서 가져온 날것 그대로야. 여기 있는 유물들, 정보들, 전부 지구인들이 자기 주관에 따라 만든 것들이지. 네 머릿속에 들어오는 데이터들이 서로를 반박하기도 하고, 아예 거짓으로 만들어진 데이터들도 많을 수밖에 없거든. 그러니 피어나는 생각을 비판적으로 살펴보는 훈련을 거쳐야 해."

아이리스는 인상을 찌푸렸다.

"그럼 그 훈련이라는 건 어떻게 받으면 돼?"

올리브는 자신의 머리를 톡톡 치고는 말했다.

"내게 커넥텀을 연결해. 생각하는 방식을 전달해줄게."

"그것만은 싫은데. 다른 방법은 없어?"

그럴 줄 알았다고 생각하면서 올리브는 답했다.

"걱정하지 마. 영속적으로 연결될 필요는 없어. 너의 마음을 헤집진 않을 테니. 전문가의 도움을 받는다고 생각해."

아이리스가 강하게 고개를 저었다.

"아냐, 나는 그 누구하고도 연결되지 않아."

"아니, 왜…."

당황한 올리브를 뒤에 남겨두고, 아이리스는 몸을 돌려 뚜벅뚜벅 걸어갔다. 지구 유물을 보존하기 위한 목적으로 기록보관소의 인공 중력은 우주선의 다른 지역보다 낮았다. 그 때문에 아이리스의 걸음걸이는 하늘을 디디며 붕 떠가는 것 같았다. 올리브는 그 뒷모습을 쭉 바라보다가 생각했다.

'유별난 사람이라는 건 알았지만, 실제로 만나보니 그 이상이잖아.'

올리브는 투덜대며 자기 연구실로 돌아갔다. 그때까지 올리브는 자신의 인생에서 제일 중요한 사람을 만났다는 것을 깨닫지 못했다.

우주선의 설계자는 순진한 이상주의자가 아니었다. 설계자는 그저 초거대 우주선을 띄우고, 그 우주선 속에서 수천 명의 새로운 사람을 만들어낸다면 모든 것이 바뀔 거라고 믿지 않았다. 설계자는 인간은 필연적으로 갈등한다고 믿었으며, 모든 갈등이 인간 소통의 본질적 한계에서 비롯된다고 믿었다. 하지만 어떻게 그 본질적 한계에서 벗어날 수 있을까? 설계자는 커넥텀으로 그 한계에서 벗어날 수 있다고 믿었다.

커넥텀은 뇌에 심는 쌀알 크기의 컴퓨터다. 이 커넥텀은 뇌세포의 발화를 스캔하여 바이너리 데이터로 변환하고, 이를 다른 커넥텀으로 송신할 수 있다. 100년 전 지구에서 이미 상용화되어 있던 간단한 기술이다. 지구인들은 이 기술을 인간 대 기계 상호작용에만 사용했지만, 설계자는 한 단계 더 나아갔다.

이 우주선에서 태어난 사람들도 옛 지구인들처럼, 오직 생각만으로 기계에 연결하여 이를 수족처럼 다룰 수 있었다. 하지만 그 정도는 커넥텀의 가장 강력한 기능에 비하면 아무것도 아니었다. 사람들은 커넥텀으로 상호 연결된 타인에게 자신의 감정과 사고를 직접 전달할 수 있었다. 이를 통해 커넥텀은 인간이 자기 사고를 언어로 만들면서 발생할 수 있는 오해 소지를 원천적으로 차단했다.

올리브는 자기 집 침대에 누워 있었다. 올리브는 커넥텀의 접속 수준을 2단계에서 5단계로 높였다. 그의 의식 한구석에 미약하게 파도치던 사람들의 감정이 점점 강렬해졌다. 모호한 의도와 감정이 올리브의 정신에서 소용돌이쳤다. 올리브는 본능적인 안온함을 느꼈다. 그의 몸은 혼자 집에 있었지만, 정신은 네트워크에 연결된 우주선의 수많은 사람과 동기화되었다. 함께 열광적인 춤을 추는 것처럼, 노래를 부르는 것처럼. 커넥텀 네트워크 속에서 사람들은 빛의 속도로 영혼을 공유했다. 옛 지구인들 모두가 느꼈던 인간의 근원적 고독을 올리브는 알지 못했다.

올리브는 그 따뜻한 충만감을 느끼며 눈을 감았다. 자신과 다른 바 없는 친구들과 꿈을 공유하며, 나는 결코 혼자가 아니라는 확신을 얻으며. 그때 집단에서 돌출된 날카로운 생각 하나가 올리브의 정신으로 침입했다.

완두였다. 완두가 전한 생각을 최대한 언어의 형태로 풀어내자면 다음과 같은 정도로 표현할 수 있을 것이다.

'올리브, 네 정신에서 아이리스의 얼굴이 계속 오락가락해. 기억에서 큰 의문이 묻어나는데, 무슨 일이라도 있었던 거니?'

'응? 그 사람이 오늘 기록보관소로 찾아왔어. 나는 별일 아니라고 생각했는데.'

'너는 아무것도 아니라고 생각할지 몰라도, 짙은 인상을 무의식에 남겼나 보지. 네 기억을 전해봐.'

올리브는 천천히, 오늘 아이리스를 만났을 때부터 헤어질 때까지의 기억을 전송했다. 곧 완두가 답했다.

'너, 아이리스의 이야기를 알지 못하니?'

'물론 알지. 그러니까…'

올리브의 사고가 잠시 멎었다가 흘러나왔다.

'아이리스가 커넥텀 네트워크에 연결되어 있지 않다는 거, 맞지?'

'맞아, 그 이유가 뭔지 아니?'

'뭔데?'

'아이리스는 설계자가 틀렸을 수도 있다고 생각해. 설계자도 불완전한 인간에 지나지 않으니, 커넥텀 네트워크라는, 완전히 새로이 만들어진 개념에도 의심을 품어야 한다는 거야. 그렇지 않으면 우리가 설계자를 숭배하는 거나 다름없다고. 하지만… 그래, 너도 알잖아?'

올리브는 기이한 느낌을 받았다. 물론 이 세계의 사람들은 설계자를 사랑했다. 설계자는 이 세상의 모든 것을 계획하고 만든 사람이었다. 하지만 그것은 숭배와는 달랐다. 설계자가 신이 아니라는 것을 알았다. 설계자 또한 그 사실을 알았다. 설계자는 자신이 옛 지구인들과 같은 불완전한 인간이기에, 이 우주선에 타지 않았다. 설계자는 우주선에서 태어날 사람들이 스스로 인생을 개척하도록 존중했다. 그래서 우주선의 사람들은 설계자를 존중했다.

올리브는 자신이 받는 기묘한 느낌을 다른 사람들에게 퍼뜨리고 싶지 않아 커넥텀 접속 수준을 한 단계 낮췄다. 올리브의 정신에서 자글대던 생각의 노이즈가 조금씩 안정되었다. 올리브는 조용히 침대 속으로 파고들면서, 외부에서 들어온 생각을 정리했다. 완두도 그쯤이면 충분하다고 생각했는지 공명 강도를 낮추고 군체의식의 후면으로 철수했다.

완두는 아이리스에게 경멸과 약한 공포를 느끼는 듯했다. 올리브는 이를 이해했으나, 또 다른 감정도 들었다. 호기심이었다. 올리브는 아이리스에게서 직접 대답을 듣고 싶었다.

다음 날 오전 9시, 언제나처럼 올리브는 기록보관소로 나갔다. 올리브는 안 해도 별 차이 없지만 해두는 게 마음에 안정이 되는 일들을 처리했다. 데이터 포인트를 준비 상태로 되돌리고, 정보 열람 통계를 다시 확인하고, 지구 유산들의 상태를 점검했다.

그러다 올리브는 비어 있는 데이터 포인트 하나가 열려 있는 것을 확인했다. 혹시나 데이터 포인트에 실수로 접속하는 일을 막기 위해서 문은 항상 닫혀 있어야 했다. 복수 접근으로 생기는 문제도 있다. 이전에 바질과 오레가노가 함께 똑같은 데이터 포인트에 접속했다가 이틀 동안 혼수상태에 빠졌던 적도 있었다.

올리브는 열린 데이터 포인트 내부로 걸어 들어갔다. 그리고 데이터 포인트에서 커넥텀을 가동하여 관리자 권한으로 접속했다. 데이터 매트릭스가 올리브의 정신으로 스며들었다. 그때 올리브는 머릿속에서 경고 알람이 울리는 것을 느꼈다.

커넥텀을 통해 울리는 그 알람은 소리가 아니었다. 그것은 미묘한 불쾌감의 연속으로 올리브의 주의를 고정하는 알람이었다. 곧이어 올리브의 마음속에 어떤 정보를 확인해야만 할 것 같은 가벼운 욕망이 피어났다. 그 욕망에 정신을 맡기자, 올리브의 마음속에 텍스트가 떠올랐다.

〔새벽 2시 34분, 데이터 포인트에 개인, '아이리스'가 접속했습니다. '아이리스'는 지구 유산 중 일부를 반출하기도 하였습니다. 이전에 허가하신 적이 있나요?〕

올리브는 아이리스의 이름을 보고 당황했다가, 메시지를 모두 읽고 난 후 목 뒤로 스쳐 지나가는 섬뜩한 느낌을 받았다. 그 시간에, 훈련 없이 데이터 포인트에 접속했다고? 거기다 소장품을 반출했다고? 책을? 기록보관소의 소장품 반출은 사서의 허가를 받아야 했다. 기록보관소의 데이터 매트릭스에 보관된 것이 아닌 유물은 한번 파괴되면 돌이킬 수가 없으니까.

그런데 왜 그 수많은 유물에서 굳이 책을? 정보를 직접 마음속에 집어넣을 수 있는 이 세상에서 책은 존재 의미를 완전히 잃어버린 물건이었다. 책은 옛 지구에서도 22세기가 시작되기 전에 거의 절멸했다.

의문을 품은 채로 데이터 포인트를 튀어나온 올리브는 기록보관소의 관리실로 뛰어갔다. 그 안에서, 올리브는 컴퓨터 하나에서 기록된 홀로그램 영상을 확인했다.

새벽녘 텅 빈 기록보관소에 아이리스가 들어온다. 아이리스는 너무나도 자연스럽게 데이터 포인트로 들어가서 수십 분 정도 접속을 유지하다가 나온다. 기록보관소를 나서기 전에 아이리스는 유물 보관실로 천천히 걸어 들어간다. 아이리스는 수 분 동안 찾은 책을 뽑아 들고 익숙하게 기록보관소 밖으로 나간다. 영상 종료.

올리브는 커넥텀 네트워크에 이를 알릴까 잠시 고민했으나, 곧 고개를 저었다. 올리브 혼자서 아이리스를 찾는 게 낫지, 굳이 일을 크게 만들 필요는 없었다. 어차피 이 우주선은 폐쇄된 세상이니 도망칠 곳은 없다. 올리브는 다만 아이리스가 왜 책을 가져갔는지 궁금할 뿐이었다.

올리브는 커넥텀 네트워크에 아이리스의 정보를 요구했다.

아이리스가 우주선의 중앙 공원에서 일한다는 정보가 돌아왔다. 아이리스는 공원을 가꾸는 일종의 정원사였다. 올리브는 기록보관소를 나와 승강기에 탑승했다. 승강기 내부에 선 올리브가 머릿속에 중앙 공원을 떠올리자, 올리브의 커넥텀에 연결된 승강기가 움직였다.

공원에 도달하고, 승강기에서 내리자 올리브는 몸이 이전보다 좀 더 묵직해지는 것을 느꼈다. 공원의 인공 중력은 기록보관소보다 확연히 강했다. 올리브의 뺨 위로 인공태양이 만들어내는 햇빛이 흘러내렸다. 광장과 붙어 있는 커다란 인공 숲 사이로 산책을 즐기는 사람들이 보였다. 그들은 올리브를 알아보고 가볍게 인사했다. 올리브는 공원 속으로 걸어 들어갔다.

공원에 둥둥 떠 있는 땅의 조각들에 수많은 식물이 자라 있는 것을 보고 올리브는 감탄했다. 대지의 조각이 떠 있는 것에 더해, 공원의 식물은 그에 대한 별 지식이 없는 올리브가 보기에도 대단히 독특한 모양을 하고 있었다. 이 모두가, 중앙 공원에 걸려 있는 매우 섬세한 중력 조정 기술 덕분이었다. 사람이 걷는 산책로는 비교적 높은 중력이 걸려 있었지만 식물들이 점유하는 공간의 중력은 훨씬 낮았다. 낮은 중력 환경하에서 더 많은 질량을 지탱할 수 있는 식물의 줄기는 극도로 얇았다.

모든 식물은 철저한 계산하에, 어떤 패턴을 만들도록 관리

되어 있었다. 조경에 대해 아무것도 아는 것이 없는 올리브가 그것을 딱 짚어 말할 순 없었지만, 뭔가 잘 돌아가고 있는 것 같다는 기분을 받을 수 있었다. 이 공원은 조화로웠다.

두리번거리던 올리브는 곧 정원사 한 명을 발견했다. 정원사는 울긋불긋 물든 셔츠를 입고, 바지에 플라스마 절단기를 단 채로 벤치에 편히 앉아 인공태양의 빛을 즐기고 있었다. 올리브는 천천히 정원사에게로 다가가, 그의 이름을 불렀다.

"고사리."

고사리가 눈을 떴다. 고사리는 올리브에게 고개를 돌리고 살짝 훑어보았다. 둘은 커넥텀 내 네트워크의 다른 서브그룹에 속해 있었기에, 정신적으로 이전에 함께 연결된 적이 없었다. 연결된 적이 없는 이와 언어로 된 대화를 나누는 것은 부담스러운 일이었지만, 어쩔 수 없었다.

"난 올리브야. 기록보관소에서 사서로 일하고 있는…."

물론 모두의 이름은 각성 이전에 각자의 정신에 새겨졌고, 이름으로 자신을 소개하는 것이 의미 없다는 걸 올리브도 알고 있었지만…, 고사리는 고개를 끄덕였다.

"아이리스라고, 알고 있지? 이곳의 정원사잖아."

"아이리스?"

고사리가 살짝 인상을 찌푸렸다. 올리브는 말을 이었다.

"그래, 아이리스. 걔랑 커넥텀 네트워크에 연결이 되어 있는 사람이 없다고 하니 이렇게 일일이 찾아다녀야 하네. 그래도 같은 일을 하는 사람이니까 역시 어디서 일하는지는 알고 있겠지?"

"몰라."

"음, 나랑 기록보관소에 아주 중요한 일이야."

고사리가 올리브를 쏘아보았다. 심란할 정도의 공격성을 띤 눈빛이었다.

"미안한데, 난 아이리스 일에는 관심 없거든. 걔가 기록보관소에서 뭘 했든 그게 나랑 무슨 상관이지?"

"꼭 그렇게까지 말할 필요는…."

"쉬는 시간이야. 귀찮게 하지 마."

벤치에서 일어선 고사리가 둥글게 난 길 속으로 걸어 들어갔다. 올리브는 온몸이 타오르는 듯한 수치심과 분노를 느끼며 뻣뻣이 섰다. 하나로 연결된 이 세상에서, 이런 정도의 갈등을 겪는 일은 흔치 않았다. 올리브는 주위에 있는 몇몇 사람들이 다 자신을 지켜보고 있는 것만 같았다. 올리브의 생각 속에서만 존재하는 시선들이 하나같이 바늘이 되어 그의 몸을 찔렀다. 올리브는 터질 것 같은 가슴을 부여잡고 고사리가 앉아 있던 벤치에 앉았다.

올리브는 커넥텀 네트워크 접속 수준을 4단계로 설정했다. 다른 사람에게서 들어오는 긍정적인 감정을 받기만 하고 싶었다. 순식간에, 올리브는 자기의 친구들과 함께 있는 느낌을 받았다. 그 정도로도 마음의 상처가 빠르게 아무는 것 같았다. 가장 빠르고 가장 효과적인 위안. 정신의 결속. 공허하지 않은 삶. 세상의 설계자가 원했던 것.

그때 올리브가 알고 있는 목소리가 들렸다.

"너 여기서 뭐 하니?"

올리브가 눈을 뜨자 아이리스의 얼굴이 올리브의 흐린 시야에서 어른거렸다. 올리브는 그제야 자기가 눈물을 흘리고 있다는 것을 깨달았다. 올리브는 캑캑거렸다. 아이리스는 한 팔에 책을 끼고 있었다.

"그런 반응, 당연해. 나를 부끄러워하는 거야. 내가 게네들이랑 커넥텀 연결을 끊었으니까. 나 때문에 정원사들 모두가 나쁜 취급을 받을 거로 생각하나 보더군. 사람들이 그 정도로 나쁘다고 생각하지는 않는데, 나는."

올리브는 가장 먼저 떠오르는 의문부터 물었다.

"대체 왜 커넥텀 연결을 끊은 거야?"

"좀 걸을까? 네가 그런 자세로 앉아 있는 걸 보니까 마음이 편하지만은 않네. 세수도 좀 해야 할 것 같고."

올리브는 일어났다. 둘은 말없이 공원을 걷기 시작했다. 올리브는 아이리스를 힐끗힐끗 바라보았다. 아이리스는 둘 옆을 스쳐 지나가는, 신비하고 조화로운 수많은 식물의 무리를 보고 있었다. 잠시 후에 아이리스가 공원의 한구석을 가리켰을 때 침묵은 깨졌다.

아이리스가 가리킨 곳에는 유별나게 눈에 띄는 덩굴이 있었다. 능소화 덩굴이 성게 같은 모양을 한 관목을 휘감고 있었다. 아니, 오히려 그 성게 모양의 관목이 하늘로 치솟으려는 덩굴을 잡아채는 덫처럼 보였다. 그것은 몹시 독특했다. 공원의 질서 있는 조형에서 그것은 하나의 무질서가 되어 툭 튀어나와 시선을 잡아챘다. 아이리스가 물었다.

"아름답지?"

올리브가 고개를 끄덕이자 아이리스가 다시 말했다.

"내 작품이야. 이걸 작품으로 만들기 위해서 난 커넥텀을 끊어야 했어. 방해가 됐거든."

"어떻게 커넥텀이 방해가 될 수가 있어? 서로 완전히 이해할 수 있는데?"

아이리스가 손길을 뻗어 능소화의 꽃잎을 매만졌다.

"커넥텀 네트워크 속에서는 모두 하나가 되지. 그 강도를 조절할 수는 있지만, 그래도 그렇게 커다란 생각 속에 뭐랄까…, 네가 나보다 더 잘 알겠지만, 녹아드는 느낌이잖아. 모두가 동의할 수 있는 완벽한 질서에 따라서 정원의 조경이 결정되었고. 하지만 모두가 한 기준에 맞춰 사는 건 좀 지루하지 않니? 너는 이 세상에서 똑같은 패턴만을 목격하고 싶어?"

올리브는 아이리스의 작품을 바라보았다. 유별난 만큼 아름답다는 것을 부정하기 힘들었다. 하지만 올리브는 고개를 저을 수밖에 없었다. 아름다움보다 중요한 게 있는 것 같았다.

"설계자는 커넥텀을 통해서 사람들이 옛 지구에서 저지른 실수를 반복하지 않을 수 있다고 생각했어."

"설계자는 신이 아냐. 그 사람이 반드시 옳았다고 할 수 있니?"

올리브는 그 순간 신성모독을 당한 느낌을 받았다. 올리브의 얼굴이 빨갛게 변했다. 올리브는 숨을 한번 몰아쉬고는 말했다.

"이해할 수 없어."

아이리스는 올리브가 도저히 이해할 수 없는 깨끗한 미소를 지었다.

"괜찮아. 이해할 수 없어도."

올리브는 고개를 저었다. 올리브는 자기가 아이리스를 찾은 이유를 애써 생각해냈다.

"책. 맞아, 책은 왜 가져간 거지? 데이터 포인트에 몰래 접속은 왜 한 거야? 위험한 일인데…."

아이리스는 끼고 있던 책을 들어 올렸다.

"이것 때문에 찾아온 거구나. 가져가."

"그건 유물이야. 허락 없이 반출할 수 없는…."

"미안해. 하지만 어쩔 수 없었어. 데이터 포인트에 훈련 없이 접속하는 건 확실히 힘들더라. 압도되는 기분이랄까. 하지만 책을 읽는 것도 그만큼 힘들더라고. 어우, 글자가 너무 많아. 가져가."

아이리스는 올리브에게 책을 건네고는, 미소를 띤 채 몸을 돌리고 더 깊은 공원 속으로 걸어 들어갔다. 조금씩 멀어지는 그의 뒷모습을 보던 올리브의 마음속에 예상치 못한 호기심이 차올랐다. 올리브는 그의 등 뒤에 대고 말했다.

"아무하고도 엮여 있지 않으면 외롭지 않니?"

아이리스가 고개를 돌리고는 싱긋 웃었다.

"외로워. 하지만 그래도 괜찮아. 혼자일 때만 보이는 게 있더라고."

혼자일 때만 보이는 것이 무엇일지 올리브는 궁금했다. 올리브는 말했다.

"알았어. 그럼 커넥텀 연결 따위 없어도 좋으니, 언제든 내가 있을 때 기록보관소로 찾아와. 내가 데이터 포인트를 어떻게 사용하는지 알려줄게. 연결 없이 쉽진 않겠지만."

"정말?"

"그래, 모든 사람이 정보에 접근할 수 있도록 최대한 돕는 게 내 일이니까."

아이리스의 얼굴에 화색이 돌았다. 그 모습을 보면서 올리브는 확신했다. 아이리스가 결코 미쳤거나 나쁜 사람은 아닐 거라고. 다만 무언가 오해하고 있을 뿐. 올리브가 할 수 있는 일은 데이터 포인트의 사용법을 가르쳐주고, 아이리스를 다시 커넥텀 네트워크로 끌어들이는 것이다. 그건 사서가 할 수 있는 가장 멋진 일처럼 느껴졌다. 그리고 그렇게 하면 올리브와 아이리스가 커넥텀으로 연결될 수 있을지도 몰랐다. 그건 정말 멋있는 일 같았다. 올리브는 그것을 진심으로 바랐다.

올리브는 천천히 빈 데이터 포인트 안으로 걸어 들어갔다. 올리브는 커넥텀을 가동했다. 데이터 매트릭스의 격자 속에 깃든 수천 엑사바이트의 정보들 위로 올리브의 정신이 비행했다. 그 매트릭스 속 수많은 정보의 범주만으로도 인간의 정신은 압도당할 수 있었다. 하지만 올리브는 앎 사이에서 떠돌아다니는 것에 익숙해져 있었다. 올리브는 정보로 이루어진 바닷속에서 돌고래처럼 능숙히 유영했다.

올리브는 좌표 하나를 지정해 날아갔다. 올리브의 정신이 아이리스가 가져갔던 책의 정보에 가 닿았다. 거의 순식간에, 올리브는 요약된 책의 내용을 파악했다. 그 책은 옛 지구가 몰락하는 과정을 상세하게 설명한 일종의 역사서였다. 그 내용은 방대하고도 복잡했고, 옛 지구에 대한 배경지식을 상당히 많이 요구했다. 제대로 이해하려면 데이터 포인트에 몇 달은 박혀 있어야 할 것 같았다.

그렇다면야, 아이리스도 전혀 이 내용을 이해하지 못했을 것이다. 거기까지 생각이 닿자 올리브는 왠지 그 이상한 사람이 귀엽기도 하다는 생각이 들었다. 올리브는 약간 흐뭇한 미소를 지으면서 거주 구역으로 돌아갔다. 저녁이 내리면서 인공태양이 스스로 조도를 낮추고 있었다.

집에 돌아온 올리브는 소파 위에 드러누웠다. 올리브는 커넥텀의 접속 수준을 올렸다. 그러자 그 의식 속에 다른 정신이 진입하기 시작했다. 올리브는 기쁘게, 자신과 연결된 이들에게 자기 기억을 풀어놓기 시작했다. 아이리스와 나눈 이야기를. 그와 연결된 친구들이 그의 기억에 집중했다. 올리브는 가벼운 취기 비슷한 흥분을 느끼면서 의견을 전달했다.

'그러니까, 아이리스는 가벼운 오해를 하고 있는 거야.'

곧바로 올리브의 정신이 바빠졌다. 일종의 정신적 와글거림이라고 할 수 있을 것이다.

'너, 아이리스에 대한 생각이 지나치게 긍정적인 걸 알고 있니?'

마음속에서 소용돌이가 되어 휘몰아치는 생각들. 그 생각들이 올리브를 비난하고 있었다. 올리브는 당혹스러웠다. 한때 올리브를 편안하게 만들던 마음의 목소리들이 이제 까끌까

끌한 질감으로 느껴졌다. 올리브는 이해할 수 없었다. 지나치게 긍정적이라니?

올리브와 연결된 수십 명의 정신이 동기화되었다. 그것은 커다란 파도가 되어 올리브에게 다가왔다.

'너는 아이리스한테 비이성적인 감정을 품고 있는 것처럼 보여. 너무 깊이 엮이지 마. 아이리스가 데이터 포인트에 훈련도 없이 접속했다며? 그것 때문에 완전히 미쳐버린 걸 수도 있어.'

'너희도 내 기억을 봤으니 알고 있잖아. 아이리스는 충분히 조리 있게 말했다고. 그리고 설령 너희들 말대로 미쳐버렸다고 하더라도 우리가 구해야 하는 거 아니니?'

올리브는 정신적으로 항변했다. 하지만 수십 명이 하나가 된 정신은 그 항변에 전혀 귀 기울이지 않는 듯했다.

'올리브, 네 기억에서는 애착이 묻어나.'

'애착?'

올리브는 코웃음을 쳤다. 올리브는 아이리스에 대해 별로 아는 것도 없었다. 올리브에게 애착은 커넥텀으로 연결된 이에게만 느낄 수 있는 감정이었다. 하지만 그 생각이 전달되자, 곧바로 부정적인 신호가 군체의식으로부터 돌아왔다.

'올리브, 네 자신은 모르고 있겠지만, 너는 아이리스에게 애착 비슷한 감정을 느끼고 있어.'

'내가 어떻게 내 감정을 모른다는 거야?'

날카로운 사고가 올리브에게 파고들었다.

'그럴 순 없어.'

올리브는 머리가 아팠다.

'그럴 순 없어.'

다시 한번 올리브는 정신적 비명을 질렀다.

'그만, 그만해!'

'아니, 우리는 너를 구할 거야. 그 정원사에게서 너를 떼놓을 거야. 걱정 마, 친구야.'

동시에 아이리스를 대상으로 한 온갖 추악한 이미지가 올리브의 정신에 하나둘 떠올랐다. 올리브의 마음에서 스스로 납득할 수 없는 아이리스에 대한 공격성이 피어올랐다. 올리브는 왜 그와 연결된 이들이 그러는지 도저히 이해할 수 없었다.

'아냐, 아냐! 하지 마!'

올리브는 공원을 떠올렸다. 뜬금없이 돌출된 능소화들을 마음속에 그렸다. 그 질서 있는 아름다움과 아이리스가 만들어낸 혼란의 조화를. 커넥텀 네트워크 속에 깃들어 있을 때 올리브는 더 커다란 존재가 된 느낌을 받을 수 있었다. 하지만 지금은 전혀 그렇지 않았다. 커넥텀 네트워크에 엮인 군체의 식은 올리브의 사고를, 자아를, 감정을 잘못된 것으로 규정하고 있었다. 올리브는 팔다리가 떨렸고 그의 등 뒤에서 식은땀이 흘러내렸다.

발작적으로 올리브는 접속 수준을 2단계로 낮췄다. 올리브에게 쏟아지던 날카로운 정신적 비난의 강도가 줄어들었다. 올리브는 죄책감을 느꼈다. 접속 수준을 낮추는 것이야 일상적인 일이었다. 자기만의 일을 하는 도중에는 어느 정도의 개체성이 필요했다. 하지만 올리브는 여전히 마음속에 잔잔히 떠오르는 공격성을 견딜 수가 없었다. 커넥텀 네트워크에 엮여 있는 것만으로도 올리브는 아이리스에게 큰 죄를 짓는 것처럼 느껴졌다.

올리브는 다시 접속 수준을 낮췄다. 이제 연결된 이들이 모두 올리브가 네트워크에서 자신의 존재를 희미하게 만들었다는 것을 알아챘을 것이다.

이 단계는 올리브가 지금까지 경험한 가장 낮은 접속 수준이었다.

거기서 한 발짝만 더 건너면, 커넥텀 네트워크에서 자신을 잠시나마 차단할 수 있다. 하지만 이전에는 감히 생각조차 할 수 없던 일이기에 올리브는 그것이 생리적으로 불가능한 일처럼 느껴졌다. 마치 호흡을 스스로 멈춰 질식하는 것처럼. 하지만 조금의 결단만 있다면 버튼을 내리고 네트워크에서 잘려나가는 것보다 간단한 일이었다.

조금만 더 낮추면 통로가 닫힐 것이다. 거기서 몇 발짝만 더 걸으면 완전한 고독의 세계가 열릴 것이다. 아이리스가 느끼는, 자신의 목소리만이 떠돌아다니는 마음. 마음속이 조용하면 기분이 어떨까? 그렇게 한다면 올리브도 아이리스와 무언가를 공유할 수 있게 될 것이다. 올리브는 그것이 왠지 달콤하게 느껴졌다.

거기까지 생각이 미치자 덜컥 겁이 났다. 올리브는 생각을 떨쳐내려 했지만 도저히 아이리스를 머릿속에서 지울 수 없었다. 이것은 커넥텀 네트워크의 문제가 아니었다. 올리브 스스로가 계속해서 아이리스를 생각하고 있었다.

이틀 뒤 아이리스는 기록보관소를 방문했다. 아이리스는 기록보관소의 휴게실에 있는 올리브를 찾았다. 미끈한 상앗빛 표면으로 마감된 휴게실에는 지구의 유물 몇 점과 앉아서 쉴 만한 가구들이 여럿 있었다. 그 외에도 그곳에는 올리브와 연결된 수많은 이가 있었다. 그들 모두가 아이리스를 바라보았다.

휴게실 한 편에 있는 기다란 테이블 앞에 앉아 있던 올리브는 아이리스가 들어오는 것을 보지 못했음에도 이미 알아챌 수 있었다. 올리브는 여전히 커넥텀의 접속 수준을 1단계로 유지하고 있었지만, 그 상태로도 사람들이 아이리스를 바라보는 시선에서 적대감을 느낄 수 있었다.

아이리스는 그 시선에는 전혀 신경 쓰지 않는 것처럼 올리브에게 다가왔다. 아이리스는 올리브에게 사뭇 명랑한 태도로 물었다.

"약속 지킬 거지? 데이터 포인트."

올리브가 고개를 끄덕였다. 올리브와 집단 간의 연결은 최소한만 유지되고 있었지만, 그 집단 사고의 압박에서 올리브는 자유로울 수 없었다. 올리브는 차가운 목소리로 말했다. 스스로도 놀라우리만큼.

"그래, 다시 책 같은 건 읽을 필요가 없도록 해줄게."

침묵이 내린 휴게실에 올리브의 목소리가 울리자, 아이리스가 테이블에 손을 얹고 상반신을 살짝 기울였다. 올리브는 아이리스의 얼굴이 자신에게 가까워지는 것을, 그 짧은 거리의 변화를 센티미터 단위로 지각했다. 올리브의 정신 속에서 두 개의 복합적이고 극도로 모순된 감정이 얽혔다. 자신의 애착, 타인의 분노. 두 감정은 심장을 뛰게 했다. 올리브는 그 혼란스러운 감정을 스스로 설명할 수 없었다.

올리브와 연결된 사람들과 공유하는 수십 겹의 감정 저 너머에서 아이리스의 목소리가 들려왔다. 영혼을 공유하지 않는 완전한 타자의 목소리가.

"좋아, 네가 얼마나 사서다운지 한번 볼까."

올리브는 휴게실을 쓱 둘러보고는 말했다.

"알았어. 그 전에…"

올리브는 아이리스에게 가까이 속삭였다.

"일단 빨리 나가자. 나는… 아니, 이곳 사람들은 너를 좋아하지 않아. 아니, 혐오해."

아이리스가 고개를 끄덕였다. 둘은 빠른 걸음으로 휴게실 밖으로 나갔다. 닫히는 문 너머로 올리브는 자기 등 뒤로 쏟아지는 시선을 느꼈다. 올리브는 한숨을 푹 쉬고는 휴게실에서 가장 먼 데이터 포인트를 향해 걸었다.

마음속에 제어할 수 없이 떠오르는 감정을 어떻게든 무시하고 싶었다. 올리브는 자신이 품고 있는 의문을 꺼내놓았다.

"그걸 어떻게 버틸 수 있어?"

"무슨 말을 하고 싶은 거니?"

"다시 돌아가고 싶은 생각은 없어? 아무와도 생각을 공유하지 않는 것에서 오는 공허감을 어떻게 참을 수 있니? 접속 수준을 낮추는 것만 해도 쉽지 않은 일인데. 그 개체성을 어떻게…. 나는 지금 내가 말을 제대로 하고 있는지도 의심스러워. 내가 지금 하는 말도 유연한 사고를 언어라는 불완전한 체계에 끼워 맞추는 것에 지나지 않지. 반드시 오해가 일어날 수 있는 그런 상태에서 소통이란 게 가능해? 완전한 이해를 하는 게 가능해?"

아이리스가 코웃음을 쳤다.

"당연히 타인을 완전히 이해하기란 불가능하지."

"그렇다면 그런 이해의 가능성을 스스로 차단하는 이유가 뭐야?"

"올리브, 커넥텀으로 연결되는 건 이해가 아냐. 커넥텀을 통해서 사람은 그냥 똑같아질 뿐이지. 나는 타인과 똑같아지는 것보단 그냥 혼자가 되는 게 나아."

"지구인들은 그런 완전한 단절 속에서 결국 절멸했어. 혼자 있는 인간은 불완전하고, 반드시 갈등을 일으킬 수밖에 없기 때문에…."

"다르니까 재미있지 않나?"

아이리스가 물었다. 올리브가 무슨 말을 하냐는 듯 되물었다.

"재밌다니?"

"너는 나랑 같이 있는 게 퍽 즐거워 보이는데. 나는 우리가 다를 수밖에 없기 때문에, 서로를 완전히 이해할 수 없기 때문에 오히려 즐거운데? 내가 이해할 수 없는, 다른 시점이 존재하기 때문에 다른 아름다움을 누릴 수 있잖아.

지구인들은 결국 망하긴 했지만, 완전히 실패하지는 않았어. 네가 완벽하다고 믿는 지금 이 세상도 지구인들이 남긴 유산이라는 걸 알고 있잖아? 만약 지구인들에게 얻을 수 있는 게 아무것도 없다면, 기록보관소에서는 왜 지구인들의 유산을 애지중지 아끼고 있는 거지?"

올리브는 할 말을 찾지 못하다, 가까스로 말했다.

"너는 나를 불안하게 해."

"그 감정은 네 감정이야, 아니면 조금 전에 휴게실에 있던 사람들의 감정이야? 넌 그걸 구분할 수 있니? 흠, 괜찮아. 네가 나를 미워하는 건 아쉽지만, 네가 그것에 묶여 있는 이상 널 설득할 수 없다는 것도 알아. 나는 그냥 내 답을 찾기만 하면 돼."

올리브는 자신의 뺨이 뜨거워지는 것을 느꼈다. 당장이라도 아이리스에게 냉혹한 말을 쏟아낼 수 있을 것 같았다. 올리브는 숨을 가다듬었다. 이제는 더 이상 접속 수준을 낮출 수도 없었다. 둘은 데이터 포인트에 닿을 때까지 아무 말도 하지 않았다.

빈 데이터 포인트 앞에서, 올리브는 최대한 객관적인 사실을 아이리스에게 말했다. 자신의 감정을 아이리스에게 드러내고 싶지 않기 때문이었다.

"데이터 포인트와 접촉하는 것은 수천 엑사 바이트의 정보에 직접 노출되는 거야. 당연하지만, 인간의 두뇌가 그 정도 정보를 처리할 수 있을 리가 없지. 하지만 특정 정보에 집중하고, 자신이 원하는 바를 놓치지 않고 떠올리면 정보의 격류 속에서도 자신이 원하는 걸 찾을 수 있어. 아마도…. 이런 젠장, 이걸 어떻게 말로 설명할 수 있지? 일단 집중하는 법부터 연습해보자."

"그건 책 읽는 거랑 조금 비슷한 거 같기도 한데."

"매트릭스에 접근했을 때 처음으로 하는 연습이 있어. 3067, 6698, 9532 좌표에 기록된 정보에 접근하는 거야."

"흐음?"

"옛 지구에서 먹던 닭이라는 생물의 생태. 우리가 닭이 뭔지 모르니까 우리가 원래 알고 있던 정보를 오염시키지도 않고, 객관적인 정보라서 판단할 이유도 없어. 그걸 한번 받아들이고, 천천히 한 단계씩 나아가는 거야."

"좋아, 해볼게."

"아, 그리고."

데이터 포인트 안으로 걸어 들어가려는 아이리스를 올리브가 막아섰다.

"응?"

"너는 이전에 정말 위험한 일을 한 거야. 중간에 갑자기 접속을 끊으면 위험할 수 있어. 커넥텀에서 발생한 직접적인 충격이 뇌까지 전달될 수도 있단 말이야. 내가 밖에 서 있을게. 끊고 싶으면 소리를 질러."

아이리스가 한 번 웃고는 데이터 포인트 안으로 걸어 들어갔다. 데이터 포인트가 닫히고, 가동 중임을 알리는 빛으로 된 신호가 문 위에 떠올랐다. 올리브는 그 속에서 집중하는 아이리스를 상상했다.

마음이 편하지 않았다. 불편한 생각이 올리브의 정신을 근질거리게 했기 때문이었다. 데이터 포인트에서 접촉할 수 있는 정보는 오류 가능성이 있다. 그래서 데이터 포인트의 정보를 비판적으로 받아들일 수 있도록 사용자는 언제나 주의해야 한다. 그리고 커넥텀을 데이터 포인트와 연결하는 것과, 다른 사람들과 연결하는 것은 그 근간이 되는 원리가 사실상 똑같다.

그렇다면 커넥텀을 통해 연결된 집단이 틀린 생각, 틀린 감정을 품는다면? 이 세계 속에서, 사람들은 그런 훈련을 받지 않았다. 하지만 그 생각을 한 것만으로도 올리브는 죄책감을 느꼈다. 해서는 안 될 생각을 하고 있는 것만 같았다. 올리브는 소름이 돋았다. 올리브는 문득 의아했다. 원래 죄책감을 느끼면 소름이 돋나?

아니, 그건 다른 곳에서 오는 감정이었다. 올리브는 앞을 바라보았다. 올리브와 연결된 수십 명의 사람이 복도 끝에서 올리브에게로 천천히 다가오고 있었다. 커넥텀을 타고 구체화된 적의가 몰려왔다.

어떤 구체적인 의미를 담은 메세지가 올리브의 머릿속으로 파고들려고 했으나 올리브의 접속 수준이 너무 낮았다. 가장 앞에 서 있던 완두가 입을 열었다.

"올리브, 더 깊게 접속해."

올리브는 고개를 저었다. 완두가 그에게 천천히 다가왔다. 같은 일을 하며 영혼을 나눈 사람. 언제나 영혼의 선이 연결되어 있는 사람. 커넥텀 네트워크로 연결된 모든 사람이 그렇듯 올리브는 완두를 사랑했다. 자신처럼 사랑했다. 자신을 사랑하듯 사랑했다. 하지만 지금 올리브는 완두를 두려워하고 있었다. 생경한 감정이었다. 올리브에게 가까워진 완두가 협박하듯 말했다.

"너는 지금 문제가 있어. 지금 안에 있는 저 아이리스라는 인간 때문이야. 걱정 마. 우리가 다시 낫게 만들어줄 테니."

"그러고 싶지 않아. 말했잖아. 아이리스는 나쁜 사람이 아니라고."

완두가 한숨을 푹 쉬었다.

"어떻게 이렇게 순식간에 이상한 생각에 경도될 수 있니? 하긴 사람의 애착은 방해받을수록 쓸데없이 강해진다고들 하지. 맞아, 기록보관소에도 그런 내용이 있었던 것 같아. 어쩌면 그것도 인간 심리의 본질적 한계일지도. 그래서 옛 지구가 이렇게 만들어진 갈등 때문에 망가진 걸지도. 그래서 설계자가 우리 세상을 만든 걸지도. 괜찮아, 올리브."

올리브는 실망감을 느끼고 눈을 감았다. 올리브는 알았다. 이 실망은 자신의 실망이 아니다. 자신을 둘러싼 사람들이 느끼는 실망이 자신에게 투영된 것이다. 올리브는 마음속으로 되뇌었다. 쉽지 않았다. 접속 수준이 낮음에도, 감정의 크기가 너무 컸다. 커넥텀 네트워크에 연결된 모두가 올리브와 아이리스에 대한 실망감을 공유하고 있었다. 실체화된 타인의 감정에 그대로 압도된 채로, 올리브는 천천히 데이터 포인트의 문에 기대섰다. 완두가 말했다.

"괜찮아. 일단 안의 정원사를 치워내고 생각할 일이야. 이 아이리스라는 자와 다시는 엮이지 않게 해줄게. 그다음에 우리에게 더 깊이 접속해줘. 그럼 네가 가진 그 불합리한 애착도 사라질 거야. 너랑 떨어져 있는 동안 정말 안타까웠어, 올리브. 하지만 곧 다시 돌아오게 될 거야."

완두가 데이터 포인트 쪽으로 서서히 걸어가자 올리브의 동공이 커졌다. 올리브가 소리쳤다.

"안 돼. 데이터 포인트 접속을 강제로 끊으면 커넥텀에 무리가 간다고!"

완두는 아랑곳하지 않았다. 그에게는 확신이 있기 때문이었다. 수십 명이 이룬 공동체의 확신. 공동체의 확신이 완두의 어깨에 얹혀 있는 이때, 완두의 행동에는 어떤 의심도 생길 수가 없었다. 완두는 이미 정신적으로 무력해진 올리브를 밀쳐내고 데이터 포인트를 열었다. 시끄러운 경고음이 울려 퍼졌다.

안에서 외부 감각을 차단하고 있던 아이리스가 극심한 현기증을 느끼고 주저앉았다. 자의식에 타격을 입은 아이리스는 몸을 가누지 못했고, 완두가 아이리스를 끌고 나왔다.

올리브는 아이리스의 멍한 눈을 바라보았다. 지금 상당히 혼란스러운 상태에 있을 거라는 사실을 알았다. 올리브는 사람들이 어떻게 아이리스에게 이렇게 쉽게 상처를 입힐 수 있는지 이해할 수 없었다. 아니, 이해할 수 있었다. 그들이 품는 감정을 알고 있었으니까. 하지만 자신이 그걸 이해할 수 있다는 사실이 올리브는 경멸스러웠다.

올리브는 덜덜 떨면서 말했다.

"너, 어떻게 다른 사람한테 이럴 수가…. 옛 지구는 사람들의 갈등 때문에 망가졌다지만, 너는…"

완두가 올리브를 바라보았다. 그 눈길에는 무한한 연민이 묻어 있었다. 완두는 수십 명에 이르는 다른 자들의 의지를 대행하여 말했다.

"괜찮아, 올리브. 실수는 개선하면 돼."

올리브와 연결된 자들이 그에게로 천천히 다가왔다. 올리브의 혈관에 아드레날린이 요동쳤다. 한 번도 느껴본 적 없는 신체적 각성이 뒤따랐다. 이명이 들리고 호흡이 가빠졌다. 텅 빈 세상 속에 혼자만 남아 있는 것 같았다.

올리브는 자신이 느끼고 있는 감정을 이해하고 인정했다. 올리브는 아이리스를 아꼈다. 집단 사고에서 알았던 것처럼,

올리브는 아이리스에게 애착을 느꼈다. 어쩌면 사랑하고 싶은 지도 몰랐다. 하지만 그것이 가능한가? 사람이 타인에게 신경을 쓰는 것은 필연적이다. 이 세상 사람들 중에도 사랑하는 자들이 있었다. 하지만 지금까지 그런 감정은 커넥텀으로 연결되어 있는 사람들 사이에서만 나타났고, 커넥텀 연결의 특성상 일대일의 독점적 관계와는 거리가 멀찍이 떨어져 있었다.

커넥텀 연결 없이는 모든 의사소통에 장막이 낀다. 도저히 이해할 수 없는 타인을 사랑할 수 있는가? 이해. 올리브는 아이리스가 한 이야기를 생각했다. 커넥텀 연결은 이해하는 것이 아니라 완전히 같아지는 것에 지나지 않는다고. 올리브는 아이리스가 한 말을 어렴풋이 알 것 같았다.

동기화되지 않은 타자, 그 불확실성, 예상할 수 없음은 지나칠 정도로 매력적이었다. 올리브는 아이리스를 알고 싶었다. 자신과 너무나도 다른 그 존재가 하는 생각을, 아이리스가 품고 있는 의문을 자신도 함께 파헤치고 싶었다.

올리브는 완두와 자신에게 다가오는 친구들을 바라보았다. 그 표정에선 조금의 망설임도, 일말의 자책도 찾을 수 없었다. 올리브는 커넥텀으로 평온한 정신이 공유되고 있다는 것을 느꼈다. 커넥텀으로 몰아치는 평온의 격류. 올리브는 이 감정이 너무나도 어색했다. 올리브는 간신히 유지하고 있는 자아로 분명히 생각하고 있었다. 지금 평온한 건 말이 안 된다고. 올리브는 아이리스를 지켜야 했다. 하지만 아이리스를 이 사람들로부터 지키기 위해 할 수 있는 건 단 하나뿐이었다. 올리브는 지금껏 상상도 못 해본 일을 감히 해내야만 했다.

올리브는 커넥텀 네트워크를 차단했다. 끊는 것 자체는 어렵지 않았다.

일시에 올리브의 근처에 있던 모든 친구가 전혀 준비되지 않은 채로 올리브의 정신이 튕겨 나가는 것을 느꼈다. 정신의 일부가 잘려나가는 느낌이었을 것이다. 모두가 아이리스가 느꼈던 것과 똑같은 현기증을 느끼면서 비틀거렸다. 완두가 볼썽사납게 쓰러졌다.

연결이 차단되었다고 해도 생각과 느낌이 갑작스레 텅 비어버리는 것은 아니었다. 올리브의 외부에서 감정이 직접 유입되지는 않았지만, 여전히 올리브의 마음속에는 조금 전까지 올리브가 품던 타인의 감정이 그대로 남아 있었다. 올리브는 배신감과 위화감, 아이리스에 대한 불타는 걱정을 여전히 품고 있었다.

하지만 올리브는 전혀 색다른 무엇인가를 느꼈다. 개체성이라고 부르는 그것. 올리브는 이것이 좋은 것인지 나쁜 것인지 판단할 수 없었다. 하지만 하나는 확실했다. 그 개체성을 통해 올리브는 아이리스를 구할 수 있었다.

올리브는 아직 정신을 차리지 못하고 있는 아이리스의 손을 잡았다. 군데군데 굳은살이 박인 그 손은 뜨거웠다. 올리브는 아이리스를 일으켜 세우고, 곧바로 둘러멨다. 낮은 중력 덕에 올리브의 힘으로도 충분했다. 올리브는 기록보관소의 출구를 향해 달렸다. 여전히 차단의 충격에 빠져 있던 올리브의 친구들은 올리브를 차마 제지하지 못했다. 아니, 제지할 수 없었다.

승강기가 둘을 중앙 공원으로 인도했다. 다시 한번 아이리스에게 가장 익숙한 공간으로 돌아온 올리브는 무작정 달렸다. 수많은 사람이 바라보았지만 신경 쓰지 않았다. 곧 올리브는 아이리스의 작품을 발견하고 아이리스를 그 밑에 내려놓았다. 올리브는 아이리스를 바라보았다. 아이리스의 눈이 조금씩 생기를 되찾았다.

가쁜 숨을 몰아쉬고 있는 올리브를 가만히 지켜보던 아이리스가 천천히 말했다.

"너, 연결을 끊었구나."

올리브는 멍하니 아이리스를 바라보았다.

"잘 모르겠어. 나는, 그냥 음, 기록보관소로 돌아갈 수 있을까? 아냐, 그건 내가 부여받은 사명이야. 감히 누가 날 막을 순…. 하지만, 아니, 싫어할까? 사람들이 날 미워하겠지? 아니, 그런 게 상관이 있는 걸까? 아, 내가 무슨 말을 하고 있는지 모르겠어. 너랑 같아지려면 어떻게 해야 하지? 아니, 그래야 하나? 아…, 나는…"

"괜찮아, 괜찮아. 나랑 같아질 필요 없어."

잠시 침묵이 감돌았다. 아이리스가 말했다.

"마지막으로 본 건 내 이름이었어. 아이리스. 단지 붓꽃인 줄만 알았지만 또 다른 뜻이 있었어."

"뭔데…?"

"무지개의 여신. 꽤 어울리지 않니?"

올리브는 아이리스의 눈을 보면서 고개를 크게 끄덕였다. 올리브는 살짝 미소지으면서 말했다.

"커넥텀 연결 없이도 친구가 될 수 있을까? 나는 그게 정말 궁금해."

아이리스는 말 대신 행동으로 답했다. 아이리스는 앞으로 몸을 내밀어 올리브를 껴안았다. 올리브는 이번에야말로 정말 자신이 심장이 터져 죽을 수 있을 것 같다는 확신을 느꼈다. 모든 생각이 멈췄다. 올리브가 천천히 손을 뻗어 아이리스의 몸을 휘감았다.

올리브에게 어떤 예감이 신탁처럼 닥쳐왔다. 아이리스가 자신의 인생에서 제일 중요한 타인이 될 것 같다고. 연결되지 않은, 결코 완전히 공감할 수 없는, 그럼에도 가장 아끼는 타인이 될 것 같다고. 그 믿음은 불안정하지만 무지개처럼 아름답다고.

클리셰

곽현우는 복지사가 피해자를 향해 젖병을 내미는 것을 물끄러미 바라보았다. 피해자는 천연덕스러운 표정으로 젖병을 바라보면서 손을 내뻗었다. 내뻗은 손은 젖병을 향하지 않았다. 복지사는 자신의 얼굴과 몸으로 다가오는 피해자의 손을 능숙하게 털어냈다. 복지사가 놓친 젖병과 피해자가 동시에 공중으로 잠시 떠오르기도 했다. 몇 분의 사투 끝에 복지사는 피해자의 입에 젖병을 물렸다.

현우가 그 장면이 이상하게 희극적이라고 생각했을 때, 복지사가 한숨을 내쉬며 그에게로 고개를 돌렸다.

"역시 우리는 지구 출신이 맞나 봐요."

"예?"

"수백 년이 지났는데, 무중력 환경은 결코 익숙해지지가 않는다니까요."

현우는 복지사의 얼굴을 바라보았다. 20대 초반의, 이 세상에서도 특히 앳돼 보이는 얼굴이었다. 그 뒤의 커다란 기계 요람에 누워 젖병을 빨고 있는 피해자는 그보다 살짝 나이든 얼굴이었다. 현우는 넘을 수 없는 어떤 장벽 같은 불편감을 느꼈다.

방의 한 편에는 홀로그램 디스플레이가 설치되어 있었다. 디스플레이에서는 3D 드라마가 재생되고 있었다. 그걸 힐긋거린 다음, 현우는 말했다.

"고생이 많으세요."

"괜찮아요. 그래도 보람이 커요."

"보람이요?"

"이건 기계가 할 수 없는 일이잖아요? 오직 사람만 할 수 있죠. 이런 식으로 기억을 잃는 사람들이 발생할 거라고 예상을 못 했으니까."

복지사의 말은 알 듯 모를 듯 했다. 현우는 무언가 더 물어보려고 하다가 그만두었다. 어차피 그에게서 유의미한 정보를 얻을 수도 없을 것 같았다. 복지사는 다시 피해자 쪽으로 몸을 돌렸다. 현우도 피해자 쪽을 바라보았다.

이곳은 거대 우주선 내부다. 이 우주선은 태양계의 심연 속을 목적 없이 배회하고 있다. 우주선의 승객들은 어딘가에 도착할 요량으로 여기 탑승하지 않았다. 이들은 우주선에서 영원히 살아가도록 선택되었다. 이제 더 이상 인간에게 우호적인 환경을 제공하지 않는 지구에서 벗어나, 우주 속에서 사회를 유지하도록.

2년 전, 중앙 공원에서 정원사 하나가 의식을 잃은 채로 발견되었을 때만 해도 모두가 그저 아주 불운한 사고라고만 생각했다. 그는 이틀 후에 의식을 되찾았지만 기억은 되찾지 못했다. 승객들은 부랴부랴 임시 보육원을 만들었다. 다행히 그는 세상을 학습하는 능력까지는 잃지 않았다.

정원사는 1년 전에 건강한 모습으로 보육원을 떠났으나, 임시 보육원은 계속 유지되었다. 5~6개월마다 한 번씩, 기억을 완전히 잃은 사람들이 공원에 나타났기 때문이었다. 오늘 현우가 만나러 온 피해자는 5개월 전에 발견되었다. 평온했던 우주선 사회는 200년 만에 불안에 사로잡혔다. 치안관인 곽현우가 나서야 할 때였다.

피해자는 한때 우주선 천문대에서 일하던 사람이었다. 현우와도 몇 번 식사를 함께한 적이 있었다. 현우는 아무것도 모르는 채로 멍하니 웃고 있는 그를 보면서 의문을 품었다. 그 머릿속에 들어 있던, 200년이 넘는 세월의 기억은 다 어디로 갔을까? 그게 다 무슨 의미였을까?

아무 의미 없는 고민에 사로잡히지 않기로 했다.

"이제 슬슬 가봐야겠습니다."

피해자의 입에 묻은 합성 우유를 닦아주던 복지사가 현우쪽으로 고개를 돌리며 말했다.

"왜 사람들한테 이런 짓을 할까요? 이게 사람을 죽이는 거랑 뭐가 달라요."

현우는 아무 말도 하지 않고 복지사를 바라보았다. 복지사가 웃었다.

"어휴, 죄송해요. 안 그래도 생각이 많으실 텐데."

현우는 웃으며 고개를 저었다.

"이해합니다."

"조금이라도 쉬세요, 치안관님."

"감사합니다."

현우는 보육원을 나왔다. 복지사가 그를 전송했다.

곽현우는 자기 집으로 향하는 승강기에서 피해자의 얼굴을 생각했다. 현우와 아주 가까운 사람은 아니었지만, 그래도 함께 나눈 추억이 있었다. 사람의 기억이 사라져도 재능과 취향은 비슷한 채로 유지되기 때문에 몇 년 뒤면 다시 비슷한 관계를 구축할 수 있겠지만, 그래도 피해자는 예전에 현우가 알던 그 사람으로 완전히 돌아올 수는 없겠지.

"하, 이게 진짜 무슨 일이야. 내가 여기서 하는 일이라고는 분리수거 제대로 안 하는 사람 잡는 것뿐이었는데…."

곽현우가 투덜대자, 옆에서 익숙한 목소리가 들려왔다.

"또 시작이네. 분리수거 중요하지. 자기 일에 좀 자신감을 가져. 재활용 없이 우리 세상이 어떻게 유지가 되겠어. 우주선에서는 새 자원이 안 나오고…. 그러니까 재활용을 돕지 않는 사람은 우리 세상을 무너뜨리려는 악당인 거지."

현우의 동생 현지의 목소리였다. 현우는 현지 쪽을 바라보았다. 현지는 집구석에 둥둥 뜬 채로 현우에게 눈길 한번 주지 않은 채로 홀로그램 디스플레이를 노려보는 중이었다.

"무슨 뜻인지 알아. 내가 말하고 싶은 건, 악의의 문제지. 세상을 진짜 망하게 하려고 분리수거 안 하는 사람이 어딨겠냐? 하지만 사람들 잡아다가 뇌 지져놓고 이러는 건 분명히 악의가 보이고. 그러니까 겁이 나는 거야."

현지가 코웃음을 쳤다.

"악의? 뭐가?"

"아니, 사람을 리셋시키잖아."

"그래서? 매일 똑같은 하루하루를 살아가야 하는데 차라리 그게 낫지 않겠어?"

현우는 이 세상에 있는 자신의 유일한 친족을 빤히 바라보았다. 현지가 그에게 슬쩍 고개를 돌리자, 현우가 말했다.

"너 정말 열다섯 살짜리처럼 말한다."

"덕분에 230살은 어려졌네. 아이고, 고마워라."

현우는 무언가 말을 하려다가 그만두었다. 현지는, 그의 동생은 이제 현우와의 대화를 이런 식으로 빈정대며 회피했다. 그녀가 관심을 두는 것은 단 하나뿐이었다. 홀로그램 디스플레이에 떠오르는 가상의 세계.

그 가상의 세계는 현지가 우주선 안에서 직접 설계한, 이야기를 만드는 프로그램이었다. 현지가 처음 그걸 만들었을 때, 현우는 그것이 지구에 있던 이야기 생성 프로그램과 별다른 바 없는 것으로 생각했다. 자신이 좋아하는 작가와 소재에 대한 막연한 취향을 입력하면, 데이터베이스에 저장된 이야기를 이용하여 새로운 이야기를 만들어내는 방식의 프로그램.

하지만 현지가 만든 프로그램은 그와는 전혀 다른 것이었다. 현지의 프로그램은 가상의 세계를 설정하고, 그 세계 속에서 인공지능 에이전트가 '살아가게' 하는 것이었다. 에이전트가 상호작용하면서 새로운 이야기가 만들어진다.

지구에서 현지는 작가였다. 그녀는 이야기를 만드는 사람이었다. 그러나 이 프로그램을 만들어낸 후, 현지는 더 이상 글을 쓰지 않았다. 그는 가상 세계의 파라미터만을 설정했다. 인공지능 에이전트들의 관계를 비틀고, 세상에 또 다른 변수를 추가했다. 그러면 또다시 새로운 이야기가 쏟아졌다. 신이 되는 놀이에 빠진 동생과 어떻게 대화해야 할지 현우는 알 수 없었다.

현지를 내버려 둔 채, 그는 방 안으로 들어왔다. 침대에 대충 몸을 맞춘 채로 버튼을 눌렀다. 끼익하는 소리가 들리더니 침대가 그의 몸을 결박했다. 중력이 없는 환경에서 푹신푹신함을 느끼려면 항상 어디엔가 묶여 있어야 했다. 현우는 손짓으로 앞에 있는 홀로그램 디스플레이를 실행했다. 곧 현지의 프로그램이 만들어낸 인공지능 용사의 이야기가 재생되었다. 그것은 낯선 행성의 보라색 표면 위를 떠돌고 있었다.

현우는 문득 방 한쪽 벽면에 있는 커다란 유리창을 바라보았다. 두툼한 유리창 너머로 광활한 어둠에 흩뿌려진 별들의 무리가 보였다. 익숙한 모습이었다. 현우는 그 별들에 닿으려면, 빛의 속도로도 수천수만 년을 여행해야 한다는 것을 알았다. 극단적으로 외로운 빛무리. 현우는 그 외로움을 곱씹다가 잠에 빠졌다.

3시간 뒤에 침대는 현우의 결박을 모두 풀어내고, 그를 강한 탄성으로 밀었다. 퉁, 현우는 공중으로 붕 떠오르면서 간신히 잠에서 깼다. 그는 쿠션을 든든히 대놓은 천장에 살짝 부딪히고는 정신을 차렸다.

"끄응…."

현우는 원망스럽게 침대를 바라보았다. 스프링 알람! 이걸 발명한 사람은 우주선 인트라넷에서 "어차피 강화 시술을 받은 사람은 20시간마다 3시간만 자도 충분"하다면서 "생산성을 수십 배 올려준다"라고 말했다. 그 광고에 혹한 현우는 이번 사건을 해결하는 동안 잠을 줄이려고 침대에 커다란 용수철 부품을 달았다. 그리고 그다음 날 천장에 머리를 처박고는 잠에서 깼다.

"진짜 미쳤어. 내가 바보지."

처음 현우가 천장에 부딪혔을 때 현지는 우주선 내 최고의 크리에이터다운 담백한 평가를 했다. 설치할 때는 의지에 불탔지만 그걸 다시 해체하자니 힘이 쭉 빠져서, 현우는 그냥 천장에다 쿠션을 댔다. 그 후로 그는 매일 천장의 쿠션에 헤딩하는 것으로 하루를 시작했다.

양팔을 휘저어 침대 쪽으로 다시 달라붙은 현우는 침대 옆에 설치된 커피머신 버튼을 눌렀다. 기계가 울더니 잠시 뒤 커다란 갈색 정육면체를 뱉어냈다. 커피 큐브였다. 현우는 그것을 입에 넣고 씹었다. 커피 큐브는 거친 섬유질의 질감에 진한 커피 비슷한 향을 풍겼다.

이건 사람들이 분리수거를 잘 하고 있다는 증거였다. 우주선의 유기물 찌꺼기를 모아 입자 단위로 분쇄하고 다시 합쳐 만든 재활용 합성 커피. 뭐, 적어도 그 안에 든 카페인 분자는 지구에서 마시는 커피에 든 카페인과 전혀 다를 것 없는 1,3,7-트라이메틸산틴이었다.

그제야 정신이 좀 들었다. 현우는 에어 샤워부스로 들어가 바람으로 전신을 씻은 다음 옷을 입고 거실로 나왔다. 현지가 거실에 뜬 채로 잠들어 있었다. 현우는 현지를 거실 벽면에 적당히 묶어주고 집을 나섰다.

3년 전까지만 해도, 이정모는 정원의 식물과 자신의 우람한 근육, 이 둘을 보살피는 재미로 살아가는 사람이었다. 승객들 모두가 그의 루틴을 알았다. 그는 거의 칸트처럼 정확한 시간마다 공원에서 식물을 가꾸거나 헬스클럽에서 근육을 가꾸었으니까. 식사를 할 땐 모두가 학을 떼는 단백질 파우더를 한 끼도 거르지 않고 꼴깍꼴깍 맛있게도 먹었다. 그러다 그는 공원 한복판에서 정신을 잃은 채로 발견됐다.

그리고 지금, 그가 그렇게 자랑스러워하던 울퉁불퉁한 근육은 죄다 사라진 상태였다. 그는 이제 마르고 날렵한 느낌의 남자로 변해 있었다. 정모는 초콜릿이 잔뜩 박힌 말랑말랑한 쿠키를 입안에 털어 넣고 우물댔다. 예전의 그라면 절대 먹지 않을 음식이었다. 그는 이 기억상실 사건의 첫 번째 피해자였다.

현우는 한때 정모가 일하던 중앙 공원을 떠올렸다. 우주선의 중앙 공원은 무중력 환경에서만 표현할 수 있는 공원 설계의 극치였다. 수많은 식물이 공중에 둥둥 떠 있었다. 전혀 예상치 못한 곳에서 불현듯 풀잎이 뾰족이 드러났고 중력의 방해에서 벗어나 하염없이 자란 나무줄기가 공원 전체를 휘감고 있었다. 둥둥 뜬 식물들 사이를 유전자 조작된 다람쥐들이 날아다녔다. 무중력 환경에 꽤 익숙해진 승객들에게도 이는 초현실적인 광경이었다.

하지만 지난번에 만났을 때, 정모는 이제 정원 따위엔 아무 관심도 없다고 했다. 현우는 어색함을 감추려고 노력하면서 말했다.

"무슨 일로 연락하셨나요?"

정모는 입맛을 한번 다시더니 말했다.

"기억이 납니다."

"이전의 기억이요?"

현우는 정모에게 조금 다가갔다. 정모가 고개를 한 번 끄덕이고는 말했다.

"예, 완벽하지는 않지만 기억을 잃어버리기 직전, 그 순간이 언뜻 기억납니다."

"이야기해보세요."

"어떤 사람이 한 번도 본 적 없는 도구를 들고 제게 다가왔어요. 그땐 지금보다 훨씬 더 힘이 넘쳤는데, 저는 저항하지 않았습니다. 그러다 번쩍! 빛이 났어요."

현우가 인상을 살짝 찡그렸다.

"그 사람의 인상착의가 기억나시나요? 간단한 특성이라도,

아니 성별만 알 수 있어도 큰 도움이 될 텐데요."

정모는 아무 말도 하지 않고 멍하니 현우를 바라보았다. 현우가 짜증스러움을 느끼기 시작할 즈음, 정모가 갑작스레 입을 열었다.

"무섭지가 않았습니다. 이상하지요?"

"예?"

"무섭지가 않았어요, 무섭지가…. 제가 당한 일은 이 우주선 안에서는 살해나 다름없는 일 아닙니까? 그런데 왜 무섭지가 않았을까요?"

정모는 골똘히 생각하더니 다시 말했다.

"아니, 오히려 제가 그걸 바랐던 것 같기도 하고요. 모르겠습니다. 아주 막연한 상황과 그 감정만 기억이 납니다."

"더 기억나는 건 없으시다고요?"

"예."

현우는 허벅지에 묶여 있던 홀로그램 녹화기의 버튼을 눌렀다. 녹화가 중단됐다. 감정. 순간의 감정이 무슨 단서가 되겠는가? 그는 약간의 두통을 느꼈다.

"알겠습니다. 혹시라도 최소한의 디테일이 기억나신다면 언제든 연락을…."

"그런데, 치안관님."

"예?"

말을 끊고 나선 정모는 웃으면서 방 한쪽에 있는 홀로그램 디스플레이를 가리켰다. 2150년대 전장에서의 총격전이 실감나게 묘사되고 있었다. 보병 하나가 플라스마 소총을 발사하자, 거기서 발사된 초록색 열의 구체가 드론을 종잇장처럼 찢어버렸다. 현우는 그것이 무엇인지 알았다. 그건 곽현지의 세상에 사는 인공지능 행위자들의 전쟁이었다.

"그, 곽현지 씨가, 동생분이시죠? 그분이 만든 이야기를 재미있게 보고 있습니다. 정말 감사하다고 전해주셨으면 합니다. 이 우주선 안에서 재밌는 건 그분의 이야기뿐인 것 같습니다. 하하. 어떻게 그런 이야기를 다 만드시는지 모르겠어요. 정말 대단해요."

현우는 어깨를 으쓱였다.

"아, 예. 제가 어떻게든 잘 전해보겠습니다. 동생이 좋아하겠네요."

"제가 기억을 잃기 전에도 곽현지 씨 팬이었다는데요, 아무래도 그 취향의 본질은 안 바뀌었나 봅니다. 감사해요, 치안관님."

현우는 정모를 따라 빙긋 웃어주었다. 승강기에 탑승하면서 현우는 시간을 확인했다. 벌써 우주선의 하루가 끝나고 있었다. 오늘도 딱히 얻은 것은 없었다.

곽현지는 거실에서 눈을 감고 몸을 쭉쭉 늘리고 빙빙 돌리면서 이리저리 떠다니고 있었다. 현지가 공중을 유영하는 꼴은 혼자서 바닷속을 이리저리 휘저으며 장난치는 돌고래 같기도 했다.

"뭐 하냐?"

"운동."

현우는 그 흐느적거리는 몸짓이 정말 운동이 될 수 있는지 물어볼까, 잠시 고민한 다음 입을 열었다.

"나 오늘 이정모 씨랑 면담했는데, 네 이야기 하더라."

"그런 걸 말하고 다녀도 되나?"

"끝까지 좀 들어. 그냥 네 팬이라고 말해달라더라. 네 작품이 유일한 낙이라던데."

"그 사람이 내 작품을 좋아한다고?"

현우는 찬장을 열고 포장된 젤형 음식 하나를 꺼냈다.

"어, 어떻게 네가 그런 이야기를 만드는지 모르겠다고, 대단하다고 그러던데."

현우는 젤형 음식의 포장을 찢고 한 번에 쭈욱 빨아들였다. 데리야끼맛 젤리였다. 그때 현우는 웃음소리를 들었다. 현지를 돌아보았다. 현지는 소리 내어 웃고 있었다. 보기 힘든 모습이었다.

"너 왜 그래?"

"아니, 그냥 웃겨서."

"네가 그냥 웃긴다고 웃는 인간이었어? 뭐가 웃기는데?"

웃음을 멈추고, 현지는 홀로그램 디스플레이를 가리켰다. 여섯 개의 가상 행성이 하나의 태양을 돌고 있었다.

"그건 내가 만든 이야기가 아니야. 이 세상에서 벌어지는 일들 중 몇 가지를 그냥 가져온 것뿐이지."

"그 세상은 네가 직접 설계한 거잖아."

"내가 할 수 있는 건 양자컴퓨터에 알고리즘의 파라미터를 입력하는 것뿐이야. 한번 프로그램이 AI 행위자들을 빚어내고 나면 내가 통제할 수 없어. 전혀 이해할 수도 없고. 행위자들이 내가 만든 세상을 떠돌아다니면서 무슨 생각을 하고 무슨 일을 할지도 추측할 수 없어. 그냥 관찰하면서 이야기를 찾아내는 것 정도만 할 수 있지."

한 마디씩 내뱉으며, 현지는 자기가 한 이야기를 반추하는 것처럼 보였다. 현우가 말했다.

"완전히 이해는 못 하겠지만, 그래도 네가 신의 놀이를 하고 있다는 것처럼 들리는데."

"신? 신이 이렇게 진부해도 되나?"

현지가 손짓하자 홀로그램 디스플레이가 행성 하나를 비추었다. 그것은 옛 지구와 닮은 푸른 별이었다. 디스플레이 한켠에 정보 패널이 떠올랐다. 패널에는 수천만 명의 행위자가 이 행성 위에서 살고 있다고 적혀 있었다.

"이게 내가 이야기를 찾아내는 유일한 행성이야. 그나마 지구랑 닮아서, 우리가 이해할 수 있는 이야기가 나오거든."

현우는 조금 전에 보이던 행성들을 떠올렸다. 화성과 닮은 붉은 황무지 별과 장엄한 고리가 달린 가스 별들.

"다른 행성들은 장식품이 아니었나 보네."

"당연하지! 그 위의 행위자들도 존재하고, 감각하고, 생각도 할 거야. 그런데 인간과 너무 다른 환경에 적응한 행위자들이라서 전혀 이해할 수가 없어."

"연산력을 낭비하고 있네."

"그래. 우리 존재는 진부하거든. 우리 생각과 감각은 한정되어 있고 말이야. 우리는 지구에 맞춰서 진화한 존재들이니까."

현우는 젤리를 다 짜 먹었다. 별로 즐거운 맛은 아니었다. 그 어떤 첨단 기술을 도입해도, 무중력 환경에서 지구에서 먹던 제대로 된 음식을 재현할 수는 없었다.

"처음 이 세상을 만들었을 땐 오빠처럼 생각하곤 했어. 내가 신이 된 것 같기도 하고. 하지만 우린 신이 아니야. 사람 상상력이 무한하고 창의력에 한계가 없다고 그러잖아. 그런데 전혀 아니지. 사람들은 진부한 이야기를 좋아해. 클리셰라는 말이 왜 있겠어? 오빠도 2000년대 초반부터 뻡힌 액션 영화 좋아하지? 지금도 방구석에서 가끔 보잖아. 2010년대 영화나

2050년대 영화, 2100년대 영화나 이야기를 뜯어보면 대부분 비슷비슷하단 말이지. 나쁜 건 아닌데, 이야기를 공학적으로 쭉쭉 뽑아내는 법을 밝혀낸 시기가 딱 그때쯤인 것 같아. 뭐랄까, 로맨스 한 스푼, 서스펜스 한 스푼, 스릴 한 스푼, 주제의식 두 스푼 하면 괜찮은 영화 나오는 거고."

"그게 나쁜 건가? 어쨌든 영화들은 아주 재미있다고."

"나쁘지 않아. 그냥 진부할 뿐이고. 우린 영원히 살기에는 지나치게 유한한 존재고. 그게 아쉽다는 거지."

현우는 고개를 갸웃거렸다.

"수수께끼 같은 말을 하네. 나보고 열다섯 같다더니, 너도 별다른 바 없어 보이는데?"

"하! 나는 예술가잖아. 오빠는 공무원이고. 우리 둘에 적용되는 기준은 다르지."

그렇게 말하고 나서 현지는 깔깔 웃었다. 그녀가 그렇게 순수하게 웃는 게 얼마 만이었나? 현우는 기억해내기 힘들었다.

"너, 왜 이렇게 기분이 좋아 보이니?"

"왜 기분이 좋겠어? 좋은 일이 있으니까 좋은 거지."

"무슨 일?"

"쓸데없이 말 많이 하니까 피곤하다. 자야겠어."

왠지 모를 감동을 받은 자신의 오빠를 뒤로하고 현지는 자기 방으로 들어갔다. 웃는 현지를 보자 현우는 오랜만에 산뜻

한 느낌을 받았다. 복잡하던 머릿속이 강화 시술을 받은 직후처럼 시원했다. 어찌 됐든 그녀는 그의 유일한 가족이었다.

곽현우는 치안관 사무실의 한가운데 떠 있었다. 홀로그램이 그를 둘러싸고 있었다. 중앙 공원의 폐쇄회로 3D 카메라 영상이었다. 사건이 발발한 이후, 그는 아무 의미가 없다는 걸 알면서도 이 영상을 계속 돌려보고는 했다. 첫 번째 희생자였던 이정모가 바로 중앙 공원의 폐쇄회로 카메라 유지보수를 담당하는 사람이었다. 정신이 초기화된 희생자의 육체가 중앙 공원에 둥둥 떠올랐을 때 영상에는 아무것도 남아 있지 않았다.

현지가 말한 이야기의 진부함을 생각했다. 현우는 자신이 추리소설 속 등장인물이었으면 얼마나 좋았을까, 하고 바랐다. 소설 속의 주인공들은 전혀 관계가 없어 보이는 증거들을 이리저리 잘도 연결해서 순식간에 범인을 잡아낸다. 지구에서 정보부 일을 할 때부터 지금까지, 그렇게 번개처럼 착상이 떠오른 적은 한 번도 없었다. 현우가 해왔던 일은 사건의 가장 지엽적인 갈래를 집요하게 파헤치는 것에 더 가까웠다.

"하, 젠장. 주인공이고 싶다."

그가 설령 주인공이었다고 해도, 추리소설의 천재 탐정은 아니었을 것이다. 현우는 그가 잘할 수 있는 걸 하기로 했다. 다시 한번 녹화한 홀로그램 녹취록을 실행했다. 지금까지의 피해자들. 정원사, 사회학자, 변호사, 천문학자. 대체 이들 사이에 무슨 공통점이 있단 말인가? 다들 제각기 다른 거주 구역에 살고, 일하는 곳도 달랐다.

천문학자. 여전히 복지사의 보살핌을 받고 있는 그는 아직 옹알이밖에 하지 못했다. 천문학자는 원래 중성자별에 지대한 관심이 있는 사람이었다. 천문학자가 기억을 잃기 전의 기록에는 그가 관측 중인 열다섯 개의 중성자별에 대한 내용만 끝없이 이어졌다(현우는 전혀 이해할 수도 없었고, 이해하고 싶지도 않았다). 사회학자. 그녀는 우주선에 순수한 연구 목적으로 탑승한 사람이었다. 이 우주선에서 영원히 살아가는 500명의 사람이 만들어가는 사회는 매우 독특한 연구 주제였다. 변호사. 그는 그냥 변호사였다. 재미없는 사람이었다는 뜻이다.

그들 간에는 딱히 겹치는 관계도 없었다. 지금까지 수십 번을 보아왔던 녹화 영상. 기억을 잃은 사람들, 이를 보살피는 복지사. 단조로운 우주선 세상의 배경. 진부하고 지긋지긋했다.

그때 색다른 무언가가 곽현우의 주의를 사로잡았다. 항상 진부한 배경 속에 떠 있던 것, 그것은 영상 속의 홀로그램 디스플레이였다. 모든 영상의 디스플레이에 떠올라 있는 것은 같았다. 곽현우가 매일같이 보아서 너무나 당연하게 느끼는 것. 그건 곽현지의 세상이었다.

그와 가장 가까운 한 여성의 목소리가 그의 뇌리를 스치고 지나갔다.

'나쁘지 않아. 그냥 진부할 뿐이고. 우린 영원히 살기에는 지나치게 유한한 존재고. 그게 아쉽다는 거지.'

현우는 자기 사무실에 있는 터미널로 우주선의 메인 컴퓨터에 접속했다. 그러고 나서, 그는 우주선 전체를 제어하는 초지능에게 현지의 프로그램 접속 로그를 요청했다. 이는 치안관의 권한으로 가능한 일이었다. 초지능은 로그를 반환해주었다.

현우는 피해자들의 이전 접속 기록을 확인했다. 모든 피해자가 사건 이전에 현지의 세상을 즐기고 있다는 것을 확인할 수 있었다. 다른 승객보다 접속 빈도가 높은 편이었다. 여기까지는 현우가 이미 잘 알고 있는 내용이었다. 예전에는 그렇게 놀랍게 여기지도 않았다. 이 우주선에 즐길 거리는 딱히 많지 않았다.

하지만 기록의 세부사항에 접근했을 때, 현우는 지금까지 보지 못했던 내용을 마침내 확인했다. 그들은 현지가 만든 세상에서 만들어지는 이야기를 보고 있었다. 그런데 그 이야기는 우주선의 다른 승객들이 즐기는 이야기와 전혀 다른 것이었다.

그 이야기는 현지의 세상에서 사용되지 않는 행성에서 만들어지는 것이었다. 인간과는 너무나도 다른 환경에 적응한 인공지능 행위자들이 살아가며 만들어낸 이야기. 인간이 결코 이해할 수 없는 이야기. 피해자들 모두가, 이 이야기에 접한

지 얼마 되지 않아 기억을 잃었다.

이를 깨달았을 때, 현우는 자신의 폐를 비수처럼 찌르는 듯한 불안감을 느꼈다. 그는 너무나 오랜만에 보았던 자기 동생의 웃음을 떠올렸다.

그는 당장 사무실 밖으로 나가려다가 발길을 돌렸다. 단 한 번도 연 적이 없는 캐비닛을 열었다. 전기 충격기가 얌전히 로봇 팔에 붙잡혀 있었다. 현우는 그것을 허리춤에 매달았다. 그러고는 승강기로 향했다. 집까지 가는 데는 7분 정도가 걸렸다. 그동안 현우의 마음속에서는 인정사정없이 극단을 향해 치솟는 불안과 그래도 당장 별일 있지는 않을 거라는 안일한 생각이 격전을 벌였다.

"치안관님!"

가끔 그를 알아보는 사람들이 나타났지만 현우는 무시했다. 그는 발에 달린 분사기를 최대로 추진하여 집까지 날아갔다.

집에 도착한 현우는 문을 잡아 뜯는 것처럼 열었다. 집 안은 조용했다. 두 개인실의 문은 굳게 잠겨 있었다. 거실과 부엌은 언제나처럼 차가운 하얀 빛을 품은 채 평온했다. 현우는 잠시 집 안을 둘러보다가 현지의 방 앞으로 향했다. 그는 문을 두드렸다. 아무 반응도 돌아오지 않았다.

문을 강제로 열까? 현우는 마음속으로 되뇌었다. 지금 과

민반응하는 걸 수도 있어. 별일 없는데 난리를 친다고 현지가 엄청 짜증 내겠지. 한 번의 웃음과 한 번의 수수께끼 같은 말에 지나치게 큰 의미를 부여하는 것은 아닐까? 그냥 그 '예술가적 본성' 때문에 헛소리한 거 아니야?

현우는 허리춤의 충격기를 확인차 매만졌다. 순간, 방 안에서 날카로운 파열음이 울렸다. 현우는 거의 본능적으로 현지가 쓰는 방의 문을 열었다. 그러고는 깜짝 놀라 주저앉을 뻔했다. 현지는 깬 채로 자신의 침대에 발목과 팔목이 결박되어 있었다. 수면 시에 둥둥 뜨지 않기 위해 하는 결박과 다를 것이 없었다. 그 앞으로 뭔가 조잡한 장치를 한 손에 들고 있는 사람이 있었다. 현우도 아는 사람이었다. 복지사였다.

"이런 미친…. 현지야!"

현우는 발로 바닥을 박찼다. 현우의 몸이 앞쪽으로 급하게 밀려 나갔다. 복지사는 잠시 당황해서 어찌할 바를 모르다가 현우에게 왼쪽 팔을 잡혔다. 복지사는 장치를 든 다른 쪽 팔을 치켜들었다. 장치에서 스파크가 튀면서 번쩍거리기 시작했다. 현우는 그것을 살펴보았지만 무기가 될 만큼 위협적인 것 같지는 않았다.

그것이 기억을 지우는 장비일까? 그런 섬세한 물건은 무기로 쓸 수 없을 것이다. 현우는 과감히 복지사의 왼쪽 팔을 비틀었다. 복지사가 우스꽝스러운 신음을 냈다. 왼쪽 팔을 축으로 복지사의 몸이 빙글 떠올랐다.

이러려고 지금까지 그 괴로운 운동을 한 거였어. 현우는 안심하고 오른손으로 품속에 든 전기 충격기를 꺼냈다. 너무 오래된 거라 작동하지 않을까 걱정했지만, 옛 지구의 기술은 그를 배반하지 않았다.

현우가 전기 충격기의 빨간 버튼을 꾹 누르자 충격기가 기괴한 소리를 내며 울부짖었다. 복지사에게 찔러넣으면 몇 시간은 족히 기절할 무시무시한 전압이 충격기에 흘렀다. 그는 오른팔을 뒤로 쭉 당겼다. 순간, 그는 현지의 째지는 듯한 비명을 들었다.

"안 돼, 오빠. 하지 마!"

현우는 잠시 얼이 빠져 그녀를 바라보았다. 복지사의 팔을 꽉 비틀고 있던 왼팔에 깃든 힘이 풀렸다. 복지사는 그 틈을 놓치지 않았다. 복지사는 둥둥 뜬 채로 현우의 배를 걷어찼다. 전기 충격기가 튕겨 나왔다. 복지사는 충격기를 가로챘다.

"커흑!"

현우는 현지를 돌아다보았다. 그녀는 둘을 번갈아 보면서 말했다.

"그만, 그만해! 내가 선택한 거니까."

현우가 물었다.

"선택하다니?"

복지사가 끼어들었다. 그는 자기 손에 있는 조잡한 물건을 한번 들어 올렸다.

"이건 현지 씨가 설계한 거예요. 제가 만든 게 아니라고요."

"네가 이걸 만들었다고? 기억을 지우는 장비를?!"

현지가 답했다.

"맞아."

"그런 걸 네가 만들었다고? 어째서? 왜 내게 알려주지 않은 거야?"

복지사는 한숨을 쉬었다.

이야기를 만들 때야말로, 곽현지는 인간이 신이 될 수 있다고 생각했다. 그녀는 세상의 수많은 정보 속에서 인과를 찾는 것이야말로 이야기의 본질이라고 생각했다.

아마 우리의 뇌는 이 혼란스러운 세상에 적응하기 위해 인과를 찾아내도록 진화했을 것이다. 이 세상에는 우리가 어떻게 통제할 수 없이 무작위적으로 일어나는 사건이 가득하다. 그 사건들을 연결하고 설명하는 인과의 연계를 발견할 수 없다면 우리는 수많은 정보 사이에서 갈피를 잡지 못할 것이다.

그것이 틀린 인과여도, 정보를 아예 처리하지 못하는 것보단 낫다. 19세기까지만 해도 사람들은 세균의 존재를 몰랐고, 전염병의 원인이 미아즈마, 즉 나쁜 공기에 있다고 믿었다. 유명한 나이팅게일도 악취 풍기는 공기 때문에 전염병이 옮는다고 믿었고, 병원 내의 냄새 제거와 위생 개선에 힘썼다. 나이팅게일은 틀린 인과에 따라 행동했지만 어쨌든 결과적으로는 올바른 행동이었다.

인간은 혼란스러운 세상에서 이야기를 통해 스스로 질서를 만들어낸다. 질서를 빚는 것만큼 신적인 일이 어딨겠는가? 그녀는 우주선에서 영원을 누리며 신으로 살고 싶었다. 그래서 지구에 남은 소중한 모든 것을 저버릴 수 있었다.

하지만 생각보다 영원은 길었다. 그녀가 생각했던 것보다 훨씬. 그리고 인간의 이야기는 영원을 따라잡을 수 없었다. 이 세상에서 인간이 누릴 수 있는 감정과 감각은 영원에 발맞추기에는 지나치게 진부했다.

아무 방해 없이 숙면을 취했을 때 느끼는 그 편안함, 매일 아침 먹는 초콜릿과 커피 큐브의 달콤한 각성, 자신의 일에서 다른 사람을 위하는 데 성공했을 때 느끼는 성취감, 식당에서 먹는 배양육 스테이크의 즐거움, 친지들과 이야기를 나누며 누리는 든든한 소속감과 공감, 좋아하는 이야기를 읽고 즐길 때 확장되는 정신의 쾌락, 사랑하는 사람을 안고 만졌을 때의 강렬히 의지 되는 마음.

그리고 지나치게 피곤하고 몸이 마음대로 따라주지 않을 때 느끼는 괴로움, 잘못 선택한 메뉴가 주는 하루 종일의 찝찝

함, 일을 제대로 해내지 못했을 때 밑도 끝도 없이 떨어지는 자신감, 자신이 도대체 왜 살고 있는지 알 수 없을 때의 공허함, 친구들과의 오해가 계속 뒤틀리고 뒤틀려 결국 서로가 아무것도 아닌 것으로 서로를 증오하게 될 때의 배신감, 한때 사랑했던 이야기가 너무나 진부해졌을 때 느끼는 안타까움, 내가 사랑하는 사람이 나를 사랑하지 않을 때 뼛속까지 저리는 그 고독함까지.

지겨웠다. 심지어 그녀 앞에서 두 사람이 싸우는 것조차 그녀에게는 진부했다. 현지는 울먹였다.

"내가 세상을 만들 수 있다면, 내가 이 치석 같은 진부함에서 벗어날 수 있을 거로 생각했어. 그렇게 믿었어. 인간이 누리지 못한 세상에 나름대로 적응한 존재를 만들 수 있다면, 내가 결코 상상하지 못한 이야기를 볼 수 있을 거라고 믿었어."

"그래, 그래서 너는 해냈잖아. 신의 놀이를 즐기고 있잖아. 대체 무엇이 문제인데?"

"이해할 수 없어. 이해할 수가 없다고. 그들은 인간이랑 너무 달라. 인간과 다른 지각, 인간과 다른 감각. 어떻게 내가 그들이 생각하는 법을 알겠어? 그들 모두가 내가 만든 세상을 누리고 수많은 이야기를 만들어내지만, 난 그 이야기를 경험할 수 없어. 나는 신이 아니니까."

앞에 있던 복지사가 한숨을 쉬고는 말했다.

"이걸 이용하면, 현지 씨를 확장시킬 수 있어요. 현지 씨의 의식을 양자 컴퓨터 속으로 전송해서, 그 속에 깃들고 더 많은 걸 느낄 수 있게 할 거예요. 기억이 사라지는 건 그저 부작용에 지나지 않아요."

현우는 현지를 바라보았다. 현지는 답답해 보였다. 현우는 토해내듯 외쳤다.

"너, 너, 너 왜 말을…. 왜 나한테 말도 하지 않고 이런 일을…."

"말을 해야 해?"

현지가 외쳤다.

"우리 사이가 이렇게 나빴어? 내가 너한테 잘못한 건 딱히 없는 것 같은데. 그래도 너는 나한테 우주선에 남은 유일한 혈육이고, 나는 너한테 최선을 다하려고 했는데. 나한테 물어볼 수도 있었잖아."

도저히 믿을 수 없다는 표정으로 현우를 보면서 현지는 말했다.

"그래, 오빠는 아직도 이해를 못 하고 있어. 그런 진부함이 문제야. 혈육? 영원히 사는 사람들이 우주에 떠다니며 사는 세상에서 혈육의 정?"

현우는 고개를 끄덕이는 것 빼고는 할 수 있는 게 없었다. 현우는 바닥에 내리꽂히고, 복지사는 살짝 뜬 채로 있어 위압감도 느껴졌다. 현우는 간구하듯 물었다.

"그럼 나를 두고 사라지겠다는 거니? 다른 방법을 찾을 순 없어? 적어도 기억이 사라지지 않을 때까지 기다릴 순 있잖아."

"아니, 기억이 사라지는 게 오히려 더 나아. 나는, 이 몸뚱어리는 그럼 잠시나마 진부함에서 벗어날 수 있을 테니까."

"기억이 없는 게 어떻게 너야?"

"내 자아는 컴퓨터 속에 녹아들 거야. 오빠는 나를 막을 게 아니라 축하를 해야 해. 나는 더 커진다고. 내가 만든 세상을 이해할 수 있다고. 마침내 인간의 이 답답한 한계에서 벗어날 수 있다고."

"너 우울증이야. 치료를 받아야 해. 이런 멍청한 짓을 할 게 아니라."

현지가 비릿하게 웃었다.

"삶에 자극이 있는데도 그 자극에 무감각해야 우울증이지, 매일매일 똑같은 하루하루를 살아가는데 그게 재미없는 게 우울증인가, 당연한 거지. 오빠랑 더 이야기하다간 답답함에 질식하겠어. …해주세요."

그때까지 조용히 떠 있던 복지사가 고개를 끄덕였다. 그는 장치를 들고 현지에게 다가갔다. 현우가 그 꼴을 보고 뛰어올랐다.

복지사는 이번에는 틈을 내주지 않았다. 복지사는 충격기를 현우의 몸에 꽂아 넣었다. 현우는 아주 짧은 순간 어마어마한 충격이 전신을 뒤덮는 느낌을 받았다. 모든 뉴런이 활동 전위를 쏟아내는 듯한 느낌이었다. 그는 곧바로 정신을 잃었다.

현우는 꿈을 꿨다. 커다란 우주선 앞에 서 있는 꿈이었다. 지구의 중력이 그를 당기고 있었다. 현우는 근처를 둘러보았다. 수많은 사람이 자신의 친지에게 마지막 인사를 하고 있었다. 현우는 저 멀리 앞을 바라보았다. 현지가 부모와 함께 서 있었다. 현우는 천천히 거기로 다가갔다. 오랜만에 온몸에 걸리는 중력이 어색했다.

현우는 걸어가면서 뭔가 잘못되었다는 걸 느꼈다. 공간이 어색하게 뒤틀렸다. 분명히 가족에게로 다가가고 있는데, 가족은 항상 같은 거리에 있었다. 그는 손을 뻗었다. 그러곤 가족의 표정을 보았다. 익숙한 편안함이 느껴졌다.

현우의 정신이 돌아왔다. 각성은 가물가물하기보다는 급작스러웠다. 눈을 뜨면서 그는 동시에 허리를 튕겼다. 공중으로 치솟아 복지사를 제압하기 위해서였다. 하지만 팔다리에 강한 반동이 느껴졌다. 그는 바닥에 걸려 덜컹거렸다. 익숙한 감각이었다. 목은 묶여 있지 않았다. 현우는 주위를 돌아보았다.

그의 방이었다. 현우는 침대에 묶여 있었다. 현우는 괴기한 소리를 토해냈다. 동생, 동생이! 그는 그가 아는 모든 욕을 크게 외치며 저주했다. 소용없는 일이었다. 침대의 결박은 단단했고, 어떤 버튼을 눌러도 결박이 풀리지 않았다. 포기하고 싶었다.

그때 소리를 내며 문이 열렸다. 현우는 비치는 실루엣을 보고 쌍소리를 내뱉었다. 현우는 다시 한번 침대에서 튕겨 나오려고 몸을 이리저리 비틀었다.

"이 개새끼야! 내 동생 어떻게 했어!"

"원하시는 대로 해드렸지요, 치안관님."

"너, 이 새끼…."

현우는 머릿속의 기억을 되짚었다.

"네가, 네가 사람을 죽였어. 내 동생을 죽였다고!"

"현지 씨는 죽은 게 아니에요. 더 큰 존재가 되었죠. 이제 세상 전체에 깃들어서, 우리가 상상도 할 수 없는 넓은 영역을 보고 느끼고 있겠죠. 아아, 얼마나 부러운지…."

복지사의 과장된 목소리를 듣고 현우는 코웃음을 쳤다.

"말도 안 되는 소리 하지 마!"

"이해 못 하셔도 괜찮아요. 아직은 이 이야기가 퍼지면 곤란하니까, 지금 치의 기억만 지워줄게요. 아니면 현지 씨처럼…."

그때 침대의 결박이 풀리면서 현우의 몸이 침대에서 튕겨 나왔다. 그가 마음속으로 바라고 있던 바였다. 복지사는 당황했다. 그는 어정쩡한 자세로 두 팔을 내밀었다. 현우는 몸을 숙이면서 복지사 팔 아래의 사각으로 파고들었다. 그러고는 몸을 들어 올리면서, 자기 몸에 실린 반발력을 최대한 활용하여 복지사의 눈을 주먹으로 가격했다.

복지사는 위로 치솟아 올라 쿠션을 댄 천장에 머리를 부딪혔다. 현우는 복지사의 두 다리를 잡고는 그를 바닥에 내리꽂았다. 퉁 하는 소리가 방 안에 울렸다. 충돌에 따라 두 사람의 몸이 방 안을 어지럽게 떠돌아다녔다. 무중력 환경에서의 전투법을 훈련한 현우가 훨씬 유리했다. 현우는 빠르게 균형을 잡고 복지사를 붙잡았다.

"으으…."

복지사는 그 와중에도 한 손에 잡고 있던 장치를 놓치지 않았다. 그가 어떤 조작을 가했는지 장치가 빠자작 하는 소리를 내며 스파크를 튀겼다. 현우는 발로 그 팔을 짓누르고 싶었지만 중력이 없는 환경이라 그럴 수가 없었다. 대신 현우는 오른팔로 복지사의 팔을 비틀면서 한쪽 손을 내뻗어 장치에서 비교적 안전해 보이는 부분을 잡았다.

복지사는 장치를 놓치지 않으려고 했지만 쉽게 제압당할 수밖에 없었다. 그러나 현우에게는 시간이 많지 않았다. 복지사도 꽤 날렵하고 튼튼한 사람이었다. 무중력 환경에서 사람을 오랫동안 억눌러 놓기는 쉽지 않았다.

현우는 복지사가 정신을 차리기 전에, 현지를 지워버린 장치를 집어 들었다. 어떻게 써야 하지? 그때 복지사가 눈을 조금 뜨고는 외쳤다.

"머… 머리에…."

현우는 복지사를 바라보았다. 복지사는 미소를 띠고 있었다. 마치 벌레를 씹은 것처럼 불쾌했다. 현우는 장치에서 스파크가 튀는 부분을 머리에 갖다 댔다. 그러고 보니 사람의 머리에 장치가 딱 맞았다. 복지사는 즉시 머리를 뒤로 넘기고 정신을 잃었다. 하지만 그의 입가에 어린 미소는 여전했다.

현우는 다급히 현지가 있는 방을 찾아갔다. 현지는 조금 전 본 모습 그대로 침대에 눈을 감고 편히 기대 있었다. 방 안에 그녀가 흘린 눈물이 구형으로 덩어리진 채 떠다녔다. 현우는 동생에게 다가가 눈꺼풀을 조금 벌려 보았다. 눈에는 초점이 없었다.

그는 직감했다. 현지는 사라졌다. 정신은 사라지고 빈 껍질만 남은 것이다. 현우는 수백 년을 함께 살아온 동생이 사라졌다는 생각이 믿기지 않았다. 그는 현지의 얼굴과 팔에 손을 갖다대 보았다. 따뜻했다. 현우는 동생이 사라졌다는 분명한 확신이 지금 보는 감각과 일치하지 않아 혼란스러웠다. 현우는 둥실둥실 뜬 채로 현지의 양팔을 잡고 동생의 얼굴을 바라보았다.

그녀의 얼굴에는 평온하고 커다란 미소가 어려 있었다. 현우는 무슨 감정을 품어야 할지 알 수 없었다.

우주선의 승객들은 지구를 떠난 뒤 의회 광장을 몇 년간은 사용하지 않고 내버려 두었다. 우주선 승객 전체의 의사를 결집하는 데 사용하는 그 장소에는, 옛 지구의 민주주의에 대한 향수까지 겹쳐 일종의 신성성이 부여되었기 때문이었다.

중앙 컴퓨터가 모든 자원을 배분하고 의사를 '합리적으로' 결정하는 이 체제에서, 민주주의 같은 개념은 수명을 다한 지 오래였다. 이를 깨달은 사람들은 광장을 만남의 장소 정도로 사용했다. 처음에는 의회의 권위를 낮춘다고 꺼리던 사람들도, 이 좁은 우주선에서 공간 하나를 썩혀둬 봤자 별 의미 없는 제사 치르는 꼴이라는 걸 곧 인정하게 되었다.

그런 의회 광장이 오늘은 색다른 이유로 북적거렸다. 치안관 곽현우가 그동안 우주선을 공포에 빠뜨렸던 사건을 해결했다고 발표했기 때문이었다. 그가 그 이후로 설명한 사건의 전말은, 삶을 꽤 지루하게 느끼고 있던 이 세상의 사람들에게도 색다른 충격이었다.

꽤 많은 승객이 자신도 곽현지의 뒤를 따르고 싶어 했다. 그들은 현지가 말한 진부함에 공감했다. 물론 반발한 사람들도 많았다. 그들 중 일부는 위험하더라도 지구로 돌아가자고 주장했다. 이 좁은 세상이 영원한 감옥이 되었기에, 그런 극단적인 생각을 하는 사람이 나타나는 것이라고 그들은 말했다. 그러자 누군가 반박했다.

"아닙니다. 곽현지가 갇혀 있던 감옥은 이 우주선이 아닙니다. 그녀의 인간성이야말로 그녀의 감옥이었던 겁니다."

"최소한의 인간성을 지키지 않는다면, 우리 삶에 대체 무슨 이유가 있습니까?"

그 후로 지난하고 답이 없는 이야기가 이어지는 동안, 곽현우는 광장 밖을 빠져나왔다. 광장에 남아서 이야기를 나누던 사람들이 그를 붙잡으려고 했지만, 현우는 말없이 그들의 손길을 뿌리쳤다. 현우는 자기가 느끼고 있는 감정을 뭐라고 말해야 할지 알 수 없었다. 물론 슬픔이 가장 주된 감정이었지만, 이상한 성취감 비슷한 것도 느껴졌다. 당혹스러웠다.

곽현우는 꽤 길고 큰 의미 없는 휴가를 받았다. 그는 집으로 돌아가지 않고 임시 보육소로 돌아갔다. 어차피 집에 들어가 봐야 혼자였지만 보육소에는 그를 기다리는 사람들이 있었다.

현지와 복지사였다. 그 둘은 아직 학습 기계에 넣을 수 없었다. 사람의 손길이 필요한 상태였기 때문이다. 그에 맞춰져 제작된 기계가 없기에, 오직 인간만이 할 수 있는 일, 현우는 능숙한 손길로 현지와 복지사를 이리저리 닦고 필요한 것을 제공했다. 살면서 한 번도 해본 적 없는 일이었지만 생각보다 빨리 익숙해졌다. 이제 둘은 옹알이를 시작했다. 현지를 따라 복지사는 그를 "빠" 정도로 부르는데 현우는 그게 너무 어색해서 돌아버릴 지경이었다.

둘은 요람에 묶여 잠들어 있었다. 현우는 다가가서 그 둘의 얼굴을 한 번씩 바라보았다. 현우는 둘의 얼굴을 볼 때마다 옛적에 보았던, 그 커다란 웃음이 생각났다.

현우는 요람에 속박되어 있는 두 사람을 잠시 지켜보다가 보육원 한 켠의 홀로그램 디스플레이로 시선을 돌렸다. 거기에는 현지가 만든 행성 중 하나가 떠 있었다. 어마어마한 크기의 가스형 행성에서는 지구의 태풍을 기분 좋은 산들바람 정도로 느끼게 하는 무시무시한 폭풍이 불었다. 하지만 그 지옥 같은 환경에서도 인공지능 행위자, '생물'들이 있었다. 아주 조금은 해파리와 닮은 그것들은 그 무한한 폭풍 속을 떠다녔다.

그것들은 상호작용을 하는 것처럼 보였다. 하지만 현우는 그 이상은 전혀 알 수 없었다. 그들이 어떻게 이 가상의 세상을 감각하는지. 그들이 현지가 만든 세상에서 어떤 자신만의 이야기를 만들면서 살아가는지.

현우는 다시 요람을 보았다. 요람에 있는 둘은, 저 폭풍 속의 존재들이 무슨 생각을 하는지 알고 있을 것이다. 인간이 결코 느낄 수 없는 완전히 새로운 감각을 느끼리라. 그들은 인간이 볼 수 없는 스펙트럼의 빛을 보겠지. 가청 주파수에서 한창 벗어난 소리를 듣겠지. 보고, 맛보고, 듣고, 만지는 그 이상의 무언가. 인간이 생물학적으로 결코 느낄 수 없는 어떤 세계의 특징을 느끼겠지. 그것은 어떤 느낌일까? 그들은 무슨 감정을 느끼고 있을까?

현우는 자신이 그것을 절대 상상할 수 없다는 사실을 알았다. 3차원의 공간에 얽매인 우리가 X, Y, Z축 모두에 직교하는 축을 시각적으로 상상할 수 없듯이, 그것은 우리 인간들의 본질적인 한계였다. 그는 홀로그램 디스플레이에 대고 말했다.

"너, 거기 있니?"

당연히 아무런 답도 돌아오지 않았다. 곽현우는 동생이 보고 싶었다. 자신도 그 속으로 깃들면 동생과 다시 상호작용할 수 있을까? 혹은 그 초월적인 감각들 속에서, 현지가 말했던 것처럼, 이 진부한 혈육에 대한 정 따위는 순식간에 잊어버리게 될까? 인간의 한계에서 초월한 그들에게 타인과 자신을 분리하는 자아는 존재할까? 그저 큐비트 속에 녹아 떠돌아다니는 의식 없는 유령이 되어버리는 것은 아닐까?

그건 진부한 인간의 한계에 얽매여 있는 존재인 현우가 결코 알 수 없는 노릇이었다. 현우는 아무 결정도 할 수 없었다. 이 하얀 감옥 속에서, 그는 여전히 인간성의 클리셰를 사랑하고 있었다.

내 손안의 영웅, 핸디히어로

1

내 초능력은 공무원 시험을 치는 도중에 개화했다. 적합한 어휘를 고르는 문제에 가로막혀 있었는데, 보기의 어휘 네 개 모두가 난생처음 보는 것이었다. 모르면 그냥 빨리 찍고 지나가야 한다고 배웠는데도 그 압도적인 무지에 가로막히자 온갖 생각이 다 들었다. 보기의 단어가 모두 생소한 나 자신이 지나칠 정도로 한심했다. 꽤 오래 공부했는데. 그런데 그런 한심함을 곱씹다 보니까 문득 드는 생각이, 솔직히 말해서 아무도 안 쓰는 어휘를 공무원 시험 문제로 내놓는 게 과연 합당한가 싶은 거다. 거기까지 생각이 가 닿자 과연 내가 공무원을 하기 적합한 사람일까, 하는 의문까지 피어올랐다. 하나같이 공무원 시험을 치면서 할 생각은 아니었다.

좌절한 채로 시험지 위에 한 손을 올렸다. 그때 손끝에 찌

리리 전기가 통했고, 타는 냄새가 풍겼다. 내 손가락 끝에 닿은 종이가 천천히 불타고 있었다. 헉하는 소리가 절로 나왔다. 세상에서 가장 지루한 표정을 짓고 있던 감독관이 다급히 내게 다가오더니 고개를 숙이고 내게만 들리는 혼잣말을 속삭였다.

"능력 발현하셨네."

나는 시험장에서는 아무 말도 하면 안 된다는 지엄한 규칙에 짓눌려, 입을 뻥긋거리면서 감독관을 바라보았다. 다행히도 그런 상황에 대비한 규정이 있었고, 내가 새 시험지를 받기까지는 몇 분이 걸렸다.

시험이 끝난 뒤에야 무슨 일이 일어났는지 알아냈다. 내가 아무리 시험을 준비하는 동안 세상 돌아가는 물정을 모르고 살았다고 하더라도, 세상의 몇몇 사람이 뜬금없이 물리법칙을 무시하는 초능력을 개화했다는 것쯤이야 알았다. 그런데 그 능력이 극단적인 스트레스 상황에서 일부 사람들에게 발현한다는 것은 몰랐다. 그러니까 내가 공무원 시험 도중에 받은 스트레스는… 신용대출을 최대한으로 받아서 듣도 보도 못한 급등주에 올인했다가 경이적인 손실을 보고 하늘을 날 수 있게 된 어떤 개미 투자자와 비슷한 수준이었다는 말이다.

당연히 시험은 망쳤다. 시험지를 교체하는 동안 텅 비어 있었던 몇 분간의 시간을 돌려내라고 항의할 수도 있었을 것이다. 하지만 나는 자기 객관화를 할 줄 알았다. 내가 받은 성적을 감안했을 때, 내가 능력을 개화하든 말든 시험은 분명히 망했을 게 뻔하다. 나는 굳이 모두에게 귀찮은 일을 벌이지 않았다.

그래도 능력이라도 얻었으니 얼마나 다행인가. 나는 전기를 방출하는 능력을 얻었다. 사람들은 능력을 얻었을 때의 상황과 능력의 특성이 관련이 있다고 말하지만 나는 그게 대체 무슨 상관인지 모르겠다. 손에서 짜릿짜릿한 전기를 방출할 수 있다는 것만으로 즐거웠다. 휴대폰을 얼마든지 충전할 수 있고, 내 신체는 감전에 면역이다. 샤워를 하면서 헤어드라이어를 써도 상관없다는 것이다.

이제 공시 따위에는 아무 관심도 없었다. 내가 공시 준비를 시작한 이유는 나, 황기연이라는 존재에게 유별난 경쟁력이 없었기 때문이었다. 나는 공부를 잘하지도 않았고, 운동을 잘하는 것도 아니었고, 친화력이 좋은 것도 아니어서 영업을 할 수도 없고, 몸을 쓰는 데도 미숙했다. 그렇다고 통닭을 바삭하게 튀길 수 있을 것 같지도 않았다.

하지만 이제 내겐, 누가 뭐래도 분명한 차별성이 있었다. 뜬금없는 초능력 발현 이후 그 원인을 찾아 나서는 사람들도 많았지만, 나는 좀 더 실용적인 부류에 속했다. 포털 사이트에는 초능력을 가진 세상의 영웅들과 빌런들의 뉴스가 가득했다. 한국이라는 커다란 시스템을 돌리는 톱니바퀴가 되는 것도 좋지만, 영웅이 되면 그 시스템 자체를 지킬 수 있지 않을까? 왜, 우리는 모두 어벤저스의 세례를 받고 자란 세대 아닌가?

일단 나는 교재부터 내다 버렸다.

2

"…그러니까 내가 세상을 지킨다는 거지. 빌런들이야 끝도 없으니 일 끊길 리는 없을 듯?"

김민수가 튀긴 닭가슴살을 질겅질겅 씹으면서 내 열성적인 연설을 들었다. 우리 둘 앞에는 반쯤 찬 맥주잔과 2L짜리 맥주통, 그리고 산산이 해체된 프라이드 치킨과 몇 번 헤집다 만 양배추 샐러드가 있었다. 그동안 통닭집 한구석에 놓인 TV에서는 희귀한 전이 능력을 가진 사람이 한 회당 수천만 원을 받으면서 기업의 중요 물건을 배달하고 있다는 내용이 방송되고 있었다. 조금 전에는 웬 소환 능력자가 창원에 있는 미술관에서 괴물을 소환해서 한바탕 난리가 났다고도 했다. 다행히 미술관 이용객은 단 한 명도 없었다고도.

다른 부위보다 퍽퍽살을 선호하며, 서울역에서 "야, 민수야!" 하고 부르면 최소 다섯 명은 고개를 돌릴 듯 흔한 이름을 가진 김민수, 내 여자친구다. 500일 정도 됐다. 우리가 처음 만났던 곳은 공시생들 수십 명이 모인 오픈카톡방이었다. 서로의 학습을 감시하기 위해 만들어진 방이었고, 나도 독하게 공부하려고 들어간 방이었지만, 사람이 그렇게 모이다 보면 생각지도 못한 인연이 아주 자연스럽게 발생한다는 것을 뒤늦게 깨달았다. 하하, 인간이란.

공시생 둘이서 연애질이나 하고 있으니 파멸을 맞이하기 딱 좋다는 이야기를 듣기도 했지만, 나는 믿지 않았다. 민수의 가장 커다란 매력은 나와 완전히 반대되는, 쿨하고 시원시원한 성격이었다. 민수가 연애 때문에 유난하게 굴어서 자기 과업을 망칠 거라는 생각은 전혀 들지 않았다. 사람은 자기가 가지지 못한 특성을 가진 사람에게 끌린다고 하지 않나?

내 예측대로 민수는 시원하게 합격했다.

"그래, 뭐, 그거야 네 선택이니까."

민수는 아무렇지도 않다는 양 말했다. 나는 살짝 떨떠름한 표정을 지으면서 물었다.

"사실, 공시 떨어진 것 때문에, 어, 사실, 우리, 있잖아."

"아, 같이 공시 붙으면, 좀 더 먼 미래를 생각해보는 건 어떠냐고 물어본 거?"

나는 볼이 시뻘게진 채로 고개를 끄덕였다. 맥주 탓만은 아닐 것이다. 민수는 언제나처럼 피식 웃었다. 만사 알아서 잘 될 거라는 결심이 뿜어나오는 듯한 그 표정.

"너 시험 망쳤을 때, 고민이 없진 않았어. 돈 생각도 좀 하긴 했지만, 네가 안 그래도 소심한데 나한테 쓸데없는 자격지심이나 질투심 같은 거 느끼면 어떡하나 해서. 너 나이가 올해로 몇이지, 스물일곱? 나보다 고작 두 살 많잖아. 앞으로 살날이 구만리인데, 시험 한 번 떨어졌다고 질질 짜고 그러면 우리 사이에 대해 좀 더 생각해보자고 하려고 했지."

민수가 남은 맥주를 꿀꺽꿀꺽 들이켜고는 말을 이었다.

"네가 절망에 빠져서 아무것도 안 했으면 정말 싫었을 거야. 그런데 지금 넌 그러고 있지 않잖아. 난 일단 너한테 투자할 거니까. 물론 오해는 마. 속절없이 망하면 나도 도망칠 테니까. 그래도 오늘은 내가 계산해줄게, 초인 황기연."

나는 거의 눈물이 흐를 지경이었다. 내 인생에서 가장 잘된 일이 초능력을 개화한 것이라면, 두 번째로 잘된 일은 역시 민수를 만난 것 아닐까 싶었다. 내가 마음속으로 민수와 함께 행복한 미래를 꾸려나가는 상상을 하고 있을 때, 민수가 물었다.

"그런데 너, 초인 등록은 했니?"

"등록? 그게 뭔데?"

"야, 초인으로 활동하려면 동사무소 가서 그… 뭐였냐, 초물리능력보유자 안전 교육 받고 초인 등록부터 해야지. 당연한 거 아냐?"

“그, 그런가?”

“한국이 어떤 나라야? 모든 시민이 지문 등록을 하는 나라, 중앙집권과 관료제가 족히 수백 년은 유지된 나라라고. 초인이라고 예외겠어? 아무리 빌런들이 바글거려도 등록을 해야 자경단 노릇도 할 수 있는 거야.”

“와…, 네가 30대 1의 경쟁률을 이겨내서 그런가, 왜 이렇게 멋있어 보이지?”

“난 안 멋있던 적이 없었는데.”

나는 한 손에 포크를 쥔 채로, 눈망울을 반짝반짝 빛내며 민수를 바라보았다. 그때 치킨집 벽에 달린 감성적인 네온사인 하나가 시야에 들어왔다. “예쁜 척하고 있네. 안 그래도 예쁜 게.” 왠지 그 추악한 글귀에서 로미오와 줄리엣의 다이얼로그에 견줄 법한 예술성이 느껴졌다.

3

문) 초물리능력보유자의 재해 예방을 위한 안전조치로 설명이 잘못된 것은?

1. 전자기력 능력자의 경우 전기 에너지를 동력원으로 사용하는 물건에 능력을 활용하지 않도록 주의한다.

2. 염동력 능력자의 경우 사람을 직접 대상으로 하여 능력을 사용하지 않도록 한다.

3. 지각조절 능력자의 경우 파티의 분위기를 띄우기 위해 가벼운 지진을 불러오는 것 정도는 괜찮다.

4. 이차원 객체 소환 관련 능력자의 경우 초물리능력 관리에 관한 법률 5조 9항에 의해 허용된 상황이 아닌 이상 그 어떤 경우에도 능력을 사용하지 않는다.

여섯 시간이 걸리는 인터넷 안전 교육이 끝나고, 나는 대충 이런 식으로 된 문제를 풀었다. 처음에는 공시의 트라우마 때문에 객관식으로 된 보기만 보아도 구역질이 날 지경이었지만, 다행히 교육이나 시험이나 별생각 없이 풀어도 되는 내용이었다. 좀 웃기기도 했고.

생각해보면 안전 교육이 이 정도 수준을 벗어날 수 없는 것도 당연한 일이었다. 세상에 능력이 나타난 지는 이제야 1년이 넘었다. 아직 사람들은 능력이 어떤 종류가 있는지, 이 능력이 대체 왜 생기는지, 초능력이 어떤 사람에게 생기는지 아무것도 밝혀내지 못했다. 처음 능력자들이 세상에 나타났을 때는 온갖 나라가 말 그대로 무시무시한 혼란에 휩싸였다. 개인이 수백 명의 군대와 싸워서 이길 수도 있는 힘을 가지는 상황에서 혼란이 일어나지 않는다면 더 이상한 일이지.

신기하게도 우리나라는 못 미더운 대처에도 불구하고 빠르게 안정을 되찾는 데 성공했다. 몇몇 사람들은 SNS에 "이제 더 이상 외국을 이전처럼 선망하는 눈으로 볼 수가 없다, 우리나라가 최고다." 같은 글을 올리곤 했다. 나는 왠지 모르겠지만, 민수는 그게 우리나라 사람들의 국민성 때문이라고 말했다. 좋든 싫든, 우리나라 사람들은 나라의 통제를 받는 데 지나치게 익숙해져 있다나. 아무리 큰 능력이 생겨도 그걸 발휘하기 전에 너무나도 자연스럽게 '앗, 이래도 되나?' 하는 생각이 먼저 들게 되어 있다는 것이다.

어쨌든 블록체인으로 보안했다는 국가 기관 홈페이지의 안전 교육(안전 교육 보안에 비트코인 기술이 대체 왜 필요한 것일까?)을 받은 다음, 정식으로 등록을 하러 근추동 동사무소, 아니 행복센터, 그러니까 행정복지센터로 향했다. 내가 민수를 닮았다면 발령이 났을지도 모르는 곳.

휴대폰으로 게임을 하고 있는 공익한테 가서 물으니 한 곳을 가리켰다. 나는 그 자리로 다가가서 명패를 읽었다. 주무관 감람석이라 적혀 있었는데, 특별한 이름에 비해 상당히 평범해 보이는 남자였다. 무슨 생각을 하고 있는지 알 수 없는 무난한 표정이 무난한 얼굴 위에 떠 있었다. 감람석이 상당히 무난한 두께의 입술을 무난하게 움직여 물었다.

"무슨 일로 오셨나요?"

"아, 초인 등록하려고요."

"네, 신분증 주시고요."

나는 주민등록증을 감람석에게 건넸다. 감람석은 컴퓨터 자판을 무난하게 두들기면서 말했다.

"황기연 님, 안전 교육 여섯 시간 수료하셨고. 손목 좀 주시죠."

내가 손목을 내밀자 감람석이 비접촉 체온계와 비슷한 물건을 댔다.

"에너지 측정합니다. 아, 전기 방출 능력이시네요. B0급 정도 되시네요. 이 능력으로 휴대폰이나 노트북 같은 거 충전하시면 큰일 날 수 있으니 조심하시고요."

"아, 그게 그렇게 쉽게 측정이 되나요?"

감람석이 고개를 끄덕이고는 내게 면봉과 작고 길쭉한 통을 내밀었다.

"이 면봉으로 입속을 긁어서 통에 넣어서 주세요. DNA 데이터베이스에 등록하실 때 씁니다."

나는 별말 없이 감람석이 시키는 대로 했다.

"예, 등록 완료되셨습니다. 황기연 님, 이제 초인법 1조대로 자경 활동 하실 수 있습니다."

"생각했던 것보다 빨리 끝나네요."

그렇게 난 국가 공인의 초인이 되었다. 행복센터에서 나오면서 나는 내 위로 어떤 스포트라이트가 비추고 있는 것 같은 느낌을 받았다. 뒤를 돌아보자 감람석이 아주 무난하게 하품을 하고 있었다. 마음속에서 비릿한 쾌감 비슷한 게 올라왔다. 나는 이제, 아마도 저 공무원보다 대단한 일을 할 수 있을 것이다. 자경 활동으로 사회의 안전을 지키겠지.

초인법의 자경 활동이란 무엇인가? 개인이 다채롭고 강력한 힘을 가지는 초인의 특성상, 나라는 이를 체계에 편입시키는 데 많은 곤란을 겪었다. 그래서 정부에서는 초인들에게 어느 정도의 자율성을 보장하기로 했다. 세상에는 여전히 미등록 초인들, 빌런들이 많은 소요 사태를 일으켰다. 그 사태를 막는 데 자기 능력을 얼마든지 활용할 수 있는 것이 바로 초인의 특권이었다. 일전에 지각조절 능력을 가진 빌런이 63빌딩을 무너뜨리려고 하다 세 명의 초인이 막아냈다는 이야기는 나도 들은 적이 있었다. 대체 미등록 초인들이 왜 빌런 짓을 하는지는 모를 일이지만.

자, 이제 나는 영웅이 될 권한을 얻었다. 그런데 무엇을 해야 할지 알 수가 없었다.

나는 근추동 거리를 무작정 걸었다. 당장 세상을 지키려고 해도 무엇을 해야 할지 알 수가 없었다. 하긴 당연한 일이었다. 빌런이 몇 시에 어디에서 나타나겠다고 예고를 하고 나타나는 것도 아닐 테니. 나는 잠시 하늘을 올려다보았다.

"그러고 보니 전업 초인을 하려면 대체 어디서 일거리를 얻어야 하지? 빌런을 잡거나 하면 보조금을 받을 수 있다곤 들었는데…."

그때, 운이 좋게도, 혹은 나쁘게도 나는 그리 멀지 않은 곳에서 울려 퍼지는 매우 불쾌한 소음을 들었다. 그것은… 칠판 긁는 소리를 내는 괴물이 매우 좁은 구멍을 찢고 튀어나오면서 외치는 듯한 소음이었다. 나는 그 소리를 알고 있었다. 안전 교육에서 들은 소리였다. 소환 능력자들이 이차원에 사는 괴물들을 소환하면 딱 그런 소리가 난다고 했다. 놀랍게도 안전 교육은 매우 유용했던 것이다.

소환 능력은 아주 특수한 경우 빼고는 절대 사용할 수가 없다. 소환 능력자들은 괴물을 뽑아내기만 할 뿐 괴물을 전혀 통제할 수가 없기 때문이다….

"악!" "꺄악!" "살려줘요!"

근추동 거리의 수많은 사람이 소리의 근원에서 도망치는 것이 보였다. 나는 묻지도 따지지도 않고 그들과 반대쪽으로, 소리의 근원 쪽으로 달렸다. 공무원이 아니라, 영웅이 될 시간이었다.

채 몇 분이 되지 않아 나는 괴물과 맞닥뜨렸다. 사람들이 잽싸게 도망쳐 난장판이 된 거리, 검은 웜홀에서 기어 나온 괴물이 포장마차를 엎고 쏟아진 떡볶이를 흡수하고 있었다. 웜홀을 연 능력자는 찾을 수 없었다.

4

괴물은 다마스만 한 크기로, 보라색과 검은색으로 이루어진 무형의 덩어리였다. 그 덩어리에서 수많은 촉수가 흘러나와 꿀렁거렸다. 괴물은 그 촉수로 떡볶이를 훑어서 '먹는' 듯했다. 대체 촉수 어디에 입이 있는지는 알 수 없었지만. 그 형체에서 흘러나오는 칠판 긁는 소리가 끝도 없이 귀를 괴롭혔다. 슈퍼히어로 영화에 나오는 괴물에 비하면 꽤 작았지만, 세상에는, 아니, 적어도 한국에는 다마스만 한 크기의 생물체가 없다. 그 정도 되는 크기의 물체가 살아 움직인다는 것만 해도 무시무시한 위압감이 뿜어져 나왔다.

물론 내게도 그에 대항할 힘이 있었다. 대항할 수 있겠지, 아마도…? 나는 양손을 좌우로 뻗었다. 내 손에서 에너지가 흐르고, 나를 둘러싼 지역에서 타닥거리는 스파크가 튀기 시작했다.

그리고 그 유기체(이것도 아마 탄소로 이루어졌겠지?)가 나를 바라보았다. 물론 그것의 어느 부분이 눈인지는 전혀 알 수 없었다. 아니, 어디가 앞이고 어디가 뒤인지, 아니면 앞뒤가 있기는 한 것인지도 도저히 알 수 없었다. 하지만 그래도 그것이 나를 인식했다는 것은 분명했다. 그렇지 않으면 그 수많은 촉수를 리드미컬하게 움직이며 내게 꿀렁꿀렁 기어 올 리가 없기 때문이다.

이때 내 마음속에 영웅심이 솟아올랐어야 했을까?

"이, 이런 씨…."

아주 부드러운 어휘로 표현하자면, 망했다는 생각밖에 들지 않았다. 고시원의 따스한 방이 그렇게 그리울 수가 없었다. 그 따스한 방에서 부모님이 보내주는 돈으로 공부나 하다가 밤이 되면 민수랑 통화하던 때로 너무도 돌아가고 싶었다. 참, 난방이 잘 되진 않았지. 어쨌든! 고시원에는 이런 괴물은 없었다. 나는 놀라울 정도로 차갑게 나 자신을 객관적으로 인식할 수 있었다. 나는 그냥 전기를 뿜어낼 수 있고 감전사에 면역일 뿐인 보통 사람이었다. 아니, 1년 동안 컵밥만 먹고 맨날 책상 앞에 앉아 있어서 보통 사람보다 못할지도 몰랐다.

나는 합리적으로, 이성적으로 사유하기 시작했다. 영웅이고 뭐고 살려면 도망쳐야 한다. 덜덜 떨면서 뒤를 바라보았다.

세상에, 도망치던 사람들이 어느샌가 휴대폰 카메라를 내게로 향하고 있었다. 나는 내가 도망치는 모습이 수많은 사람의 인스타그램 스토리와 트위터를 장식하는 광경을 상상했다. 내게 어떤 닉네임이 붙을까? 캡틴 빤쓰런?

안 돼. 캡틴 빤쓰런만은 안 돼.

다시 괴물 쪽을 바라보았다. 괴물과 나의 거리는 시시각각 가까워지고 있었다. 괴물의 촉수에 묻은 떡볶이 양념이 햇빛을 받아 번뜩거리는 것을 나는 보았다.

양손을 앞으로 향했다. 내 손에서 눈 부신 번개가 흘러나와 괴물을 직격했다. 콰르릉, 번쩍하는 소리가 들렸다. 떡볶이 양념이 순식간에 타는 냄새를 맡은 듯도 했다. 내가 입던 옷에 불길이 옮겨붙어 급히 손으로 탁탁 쳐서 껐다. 오, 이럴 수가! 내가 이런 힘을 낼 수 있다니! 고작 종이나 태우는 게 내 한계가 아니었다니! 역시 나는 B0급이었나! 나는 번개신이다!

"죽어! 죽어버려!"

괴물이 멈칫거렸다. 전세 역전이었다. 나는 계속해서 괴물을 지지면서 앞쪽으로 천천히 걸어갔다. 가까이 다가갈수록 더 많은 전력을 공기 중으로 손실시키는 일 없이 투사할 수 있었으니까. 곧 아무런 움직임도 느껴지지 않게 되었다. 바삭바삭해진 것일까? 그러고 보니 나도 꽤 지쳐 있었다. 힘을 회수했다. 내 손에서 흘러나오던 번개가 순간 사라졌다. 나는 조금 전보다 많이 움츠러들어 있는 괴물에게 천천히 다가갔다. 타는 냄새가 났다….

그리고 괴물의 촉수가 나를 휘감았다. 촉수의 힘이 얼마나 강한지, 나는 순식간에 공기 중으로 떠올랐다. 나는 아무 의미

없는 말을 내질렀다.

"으부에렉?"

순식간에 숨을 쉬기가 힘들어졌다. 시야에 들어오는 것이 너무나도 빨리 바뀌어서 내가 지금 무슨 상황인지 인식하는 데 시간이 걸렸다. 몇 초 정도.

이, 이렇게 죽는다고?

그리고 땅이 액체가 되었다.

괴물이 발 딛고 선 바닥이 급격하게 흔들리기 시작한 것이다. 촉수가 풀어졌고 나는 땅바닥에 내동댕이쳐졌다. 다행히 어디 부러진 데는 없어, 난 곧바로 일어나 괴물에게서 멀어졌다. 지독한 현기증을 느꼈다. 당장이라도 구토를 하고 대지의 안온한 품에 안기고 싶은 것을 참으면서 나는 괴물을 바라보았다. 손에서 전기를 내뿜으려고 했지만 힘이 고갈된 모양인지 타닥거리는 소리 정도밖에 들리지 않았다.

그제야 괴물이 땅바닥 속으로 끌려들어 가고 있다는 것을 알았다. 땅바닥이, 그것을 포장하고 있는 아스팔트가 파도를 쳤다. 마치 땅이 아가리를 벌리고 괴물을 잡아먹고 있는 것 같은 느낌이었다. 곧 괴물은 아스팔트 무덤 속으로 사라졌다. 끝도 없던 칠판 긁는 소리가 조금씩 작아지더니 완전히 사라졌다. 이 광경을 찍고 있던 사람들이 환호성을 질렀다.

나는 눈치챘다. 다른 초인이 있다는 것을. 두리번거릴 필요가 없었다.

"이거 내가 받은 임문데요, 당신, 뭐 하는 거예요?"

끝도 없이 위로 올라가는, 확연한 경상도 억양. 출신은 부산일까. 나는 그 목소리가 들려오는 쪽으로 고개를 돌렸다. 파란색 조끼를 입은 키가 큰 여자가 내게 따지는 것이 보였다. 그 뒤로 웜홀이 빠르게 무너져 내렸다. 웜홀과 지진? 복합 능력자인가? 세상에. 나는 조끼의 유니폼에 쓰인 영어를 읽었다. HandyHero. 그 조끼에는 명찰도 하나 붙어 있었고, 명찰에는 이루아라고 적혀 있었다. 나는 이름이 엄청나게 특이하다고 생각했다. 대답에 앞서, 일단 나는 주저앉았다.

5

카페 테라스의 의자에 앉은 채로 나는 기어들어가는 목소리로 말했다.

"그게… 초인 등록하고… 자경 활동하면 돈도 벌 수 있을 것 같아서…."

시뻘겋게 부어오른 내 손목에 스프레이를 뿌려주던 이루아가 덧니를 드러내고 깔깔 웃었다.

"영웅이 될라고 했다꼬? B0급 능력 갖구 무슨 자경 활동을 하는데? 뭐, 치유력이나 순간이동 같은 희귀한 것도 아니고. 니 진짜 웃기네. 조금 전에 죽을 뻔했다, 알제? 저게 B+급에서도 상위급 괴물이거든."

"누나…."

이루아는 A-급 지각조절 능력자였다. 그 정도면 상가 건물 하나를 혼자서 무너뜨릴 수 있을 정도의 능력이었다. 그는 그 능력으로 괴물을 말 그대로 묻어버린 다음, 나를 끌고 나오고, 우선 내 신상부터 물어보았다. 이루아는 내가 스물일곱이라고 하자 너무 자연스럽게 말을 놓아버렸다. 자기보다 여섯 살 어리다면서.

어쨌든 그가 내 목숨을 구해준 것은 사실이니, 내가 감히 무례하다고 따질 수 있는 상황도 아니었다.

"자, 손목 함 봐봐라. 괜찮제?"

손목을 흔드니 아무런 고통도 느껴지지 않았다. 조금 전까지만 해도 부러진 줄 알았는데.

"진짜 괜찮네요? 신기하다."

이루아가 내게 뿌려준 스프레이를 보았다. 스프레이에도 HandyHero라고 적혀 있었다.

"당연히 진짜지. 이게 치유력이 깃든 귀한 거거든. 5만 원어치는 썼다. 그니까 앞으로는 위험한 데 쏘다니지 마라. 알긋제? 그럼 누나는 바빠서 이만 간다."

이루아는 싱긋 웃으면서 크로스백에 스프레이를 집어넣고는 일어서려는 것 아닌가. 그는 내가 현실에서 처음으로 본 다른 초인이었다.

“누나, 제가 다른 초인을 보는 게 처음이라서…, 잠시 이야기 좀 해주시면 안 돼요?”

“미안한데, 내가 20대는 남자로 안 보거든. 그리고 내가 얼빠다. 니도 니 얼굴에 혹시 자신이 있는 건 아니제?”

“아니, 저도 여자친구 있거든요? 진짜 처음 보는 거라서 조언 좀 받고 싶어서요. 진짜예요! 목숨도 구해주셨는데 제가 밥도 사고….”

“처음이라니 뭔 소리고? 세상에 초인이 몇 명인데, 니 히키코모리가? 집에만 박혀 있었나?”

나를 빤히 바라보는 이루아한테 대고 나는 항변했다.

“그게 비슷하다면 비슷한 거긴 한데…, 1년 동안 공시 준비하고 있었거든요? 갑자기 능력을 얻어가지고. 초인으로 어떻게 살면 되나 좀만 알려주시면 안 될까요?”

이루아가 고개를 절레절레 흔들었다.

“야, 그냥 공시 준비해라. 초인 일이 절대 할 만한 게 아니다. 니 B0급이라고 했제? 그 정도면 초인 직렬에서 3점 가산점은 받을걸. 초인직 공무원이 진짜 편하다든데.”

그렇게 말하고 나서 이루아는 털레털레 걸어갔다. 나는 그를 뒤따라 가면서 간절하게 말할 수밖에 없었다.

“누나, 제가 능력 개화를 공시 치는 도중에 했다고요. 능력 개화가 스트레스 많이 받을 때 되는 거 아시죠? 다시는 그때로 돌아가고 싶지 않아요. 전 언제나 좀 특별한 일을 하고 싶었거든요. 그런데 제가 경쟁력도 없고… 그렇다고 공시에 합격할 만큼 성실하거나 공부 머리가 있는 것도 아니었던 거죠. 이야기 좀 해주시면 안 돼요? 초인으로 먹고사시는 거, 맞죠? 그 유니폼도 그렇고….”

이루아가 고개를 돌려서 나를 물끄러미 바라보더니 물었다.

“니 이름 나한테 말해줬었나?”

“황기연이요.”

“기연아, 저거 보이나?”

나는 이루아가 가리키는 쪽을 바라보았다. 이루아의 유니폼에 있는 것과 똑같은 핸디히어로 로고가 박힌 트럭 하나가 조금 전에 그가 괴물을 파묻은 현장으로 달려가고 있었다. 땅이 한바탕 요동을 쳤으니 뒷수습을 하러 가는 것일까.

“내가 저기서 일하거든. 핸디히어로라고. 초인들이랑 일반인들이랑 엮어주는 플랫폼 같은 긴데.”

“그래요? 그러면 저기에 취업을 해야 하는 건가요? 면접을 준비해야 하나?”

"아이다. 그런 거 안 해도 된다. 공유경제 모르나, 공유경제! 배달 앱 같은 기다. 그냥 히어로 등록하고 교육 한 시간만 이수하면 된다. 그럼 물건도 니 집으로 보내준다. 근데 이거 안 하는 기 좋은데…."

"공유경제요?"

그때 이루아의 스마트폰이 울렸다. 이루아는 휴대폰을 확인하더니 표정이 살짝 바뀐 채로 내게 말했다.

"그래, 누나는 바빠서 이만 간다. 필요하면 010-XXXX-XXXX로 연락하든지."

이루아가 앞으로 달려나가 기막힌 타이밍에 달려온 택시를 하나 잡았다. 나는 그를 붙잡을 수도 없었다. 다행히도 전화번호는 까먹기 전에 휴대폰에 저정할 수 있었다. 전투 중에도 나의 삼성 갤럭시 S28은 고장 나지 않았던 것이다.

6

근추동의 자취방으로 돌아와 우스꽝스럽게 곤두선 머리카락을 정리한 다음 인터넷에 핸디히어로라는 이름을 네이버에 검색했다. "내 손 안의 영웅, 핸디히어로"라는 타이틀을 단 웹사이트가 곧장 떠올랐다. 웹사이트 자체는 잘 꾸며져 있었지만, 휑한 파란색 사이트에서 얻을 수 있는 정보는 일반인과 초인을 연결해준다는 내용뿐이었다. 아, 이루아가 입고 있던 파란색 조끼를 입은 여자의 사진도 달려 있었다.

나는 투덜대면서 인터넷 이곳저곳을 더 훑어보았다. 브런치에서 김능력이라는 닉네임을 단 작가가 핸디히어로를 주제로 열심히 써놓은 글을 발견했다. 닉네임이 상당히 이상하다고 생각했지만 구독자가 3만 명이 넘었다. 브런치로 자기 브랜딩을 하는 사람인가 하는 의문을 품으면서 공시 이후 처음으로 긴 글을 읽게 되었다.

김능력의 능력은 생물 세포의 미시 세계에 개입할 수 있는 능력이었다. 그 A-급 능력은 동식물의 대사를 가속하여 활기를 주거나 아니면 면역체계를 자극해서 질병을 치료하는 식으로 응용할 수 있었다. 처음에 김능력은 자신의 잠재력을 모르고 집구석에서 트위터로 덕질이나 하면서 살았다고 했다. 그러던 차에 핸디히어로라는, 만들어진 지 얼마 안 된 기업의 대표 최경현이 김능력에게 직접 연락을 해서 파트너가 되어달라고 했다는 것이다. 글에는 핸디히어로 조끼를 입은 김능력의 사진이 첨부되어 있었다. 핸디히어로 사이트에 크롭되어 올라와 있던 바로 그 사진이었다.

최경현 대표는 당장 이름만 대면 알 수 있는 숱한 브랜드들을 창업한 창업 중독자인데, 그는 초능력이 세상에 나타난 이후, 급히 핸디히어로를 만들었다고 했다. 초인들의 능력이 세상 곳곳에 유익하게 사용될 수 있도록 말이다. 휴대폰 어플리케이션을 통해서 출몰한 빌런을 신고하여 초인들의 자경 활동을 도울 뿐만 아니라, 매칭 시스템을 통해 초인이 필요한 사람들에게 초인을 공급하기도 한다는 것이었다.

김능력은 핸디히어로의 첫 번째 파트너로 엄청난 성공을 거뒀다. 나는 잘 모르고 있었지만 그는 초인계의 슈퍼스타였다. 김능력의 브이로그가 올라오는 유튜브는 구독자가 1000만 명이 넘었다. 와, 그럼 카메라 앞에서 밥만 한 번 먹어도 수천만 원을 버는 거잖아.

"그거 아니? 사실 김능력의 이름이 너랑 똑같았대. 김민수였는데 능력으로 개명했다는 거야. 이 사람 재능이 입시가 아니라 자기 영업이었네. 그야말로 성공한 초인의 표본이구먼."

김능력의 글을 다 읽은 나는 약간 흥분한 채로 스마트폰에 대고 말했다. 민수의 목소리가 휴대폰을 타고 흘러왔다.

"근데 그 핸디히어로라는 게, 따지고 보면 배달 앱 같은 거 아니니?"

"그렇다고 할 수 있지. 클릭 몇 번만 하면 바로 핸디히어로의 파트너이자 영웅으로 일할 수 있…"

"내 말 좀 들어봐. 직업을 비하하는 건 아냐. 근데 그게 고용 계약을 하는 게 아니잖아. 너는 그냥 독립적인 프리랜서로 회사랑 계약하는 거고. 그거 좀 지나치게 불안정하지 않나."

내 눈앞에는 핸디히어로의 채용 페이지가 떠 있었다. 찬란한 문구들이 페이지 곳곳을 장식하고 있었다. '당신의 초능력을 가장 필요로 하는 사람들에게', '자신의 루틴에 맞춘 자유로운 업무 시간을 만끽하세요', '매달 최소 200만 원의 추가 수입을 보장합니다', '비대면 시대에 맞는 202X년 스타일의 일들!'

"야, 그게 공유경제지. 오히려 초인들한테는 그렇게 풀어주는 게 도움이 돼. 이렇게 일하면서 나도 김능력처럼 자기 브랜드를 갖추고 추가 수익의 파이프라인을 만들어나가야 하는데, 회사가 근로 계약 했다고 내 발목을 잡으면 난감하잖아."

"기연아, 잘 생각해봐. 한국에 등록된 초인만 해도 10만 명이 넘어. 그 사람들이 모두 스타가 될 수는 없잖아. 그리고 김능력은 사람들을 치료할 수 있어서 뜬 거지, 네 능력이 그렇게 유용한 것도…"

난 당장 민수의 말을 끊었다.

"야, 넌 무슨 말을 그렇게 해?"

잠시 침묵이 감돈 뒤 민수가 조용히 말했다.

"미안해. 나는 네가 걱정이 돼서. 좀 더 안정적인 일을 찾을 수는 없을까?"

"됐어. 아까 등록할 때 생각나네. 감람석이라는 공무원이 해줬는데, 되게 나른하고 죽은 눈이더라. 안정적인 일만 찾다가 꿈도 잃은 거지, 뭐. 뻔해."

"야, 너 지금 그게 나한테 할 말이야?"

나는 답하지 않고 전화를 끊었다. 민수가 나를 질투하는 게 틀림없었다. 하긴 능력은 아무에게나 주어지는 것이 아니었다. 최경현 대표도 페이스북에 자신이 많은 성취를 이루었지만 초능력이 있는 파트너들이 제일 부럽다는 글을 올렸다고 했다. 사람이란 어쩔 수 없는 거다. 애인이 초능력을 얻으면 질투를 할 수도 있는 거지. 뭐, 며칠 지나면 먼저 연락해서 사과하겠지.

채용 페이지의 지원 버튼을 클릭했다. 몇 분 지나지 않아 나는 핸디히어로의 파트너 히어로가 되었다. 내 방 사진을 찍어서 보내라고 하길래 그게 왜 필요한가 하며 따랐는데, 사진을 보내자마자 방 안에 작은 웜홀이 열렸다. 그 웜홀에서 이루아가 입고 있던 것과 똑같은 핸디히어로 조끼와 내 이름이 붙은 명찰, 그리고 안내서와 서류들이 후두둑 쏟아졌다. 이건 또 무슨 종류의 초능력인지.

7

'공시맨 황기연'이라는 이름의 유튜브 채널부터 개설했다.

유튜브로 잘되려면 역시 내러티브가 있어야 한다길래. 당장 올릴 콘텐츠가 있는 건 아니었다. 콘텐츠는 지금부터 만들어 나가면 되지. 그리고 브이로그 콘텐츠는 바로 내 생활 아니겠나. 당근마켓에서 셀카봉을 비롯한 유튜브 입문 세트를 4만 원 주고 쿨거래했다.

준비가 끝난 나는 초인 등록을 처음 끝냈을 때처럼, 옷을 차려입은 채로 거리로 나섰다. 그때는 무작정 나선 것이었지만, 핸디히어로 조끼를 입으니 판금 갑옷이라도 입은 것마냥 마음이 벅차고 무엇이든 할 수 있을 것만 같았다. 그리고 손안에 있는 스마트폰도 더없이 든든한 무기였다. 핸디히어로는 두 개의 애플리케이션으로 나뉘어 있었다. 하나는 비초인용이고, 하나는 초인용이었다. 당연히 내 휴대폰에는 초인용 앱이 설치되어 있었다. 나는 셀카봉으로 나를 촬영하면서 내 미래의 시청자들에게 설명하기 시작했다. 지나가는 사람들이 나를 힐끗거리는 게 느껴졌지만, 아무렇지 않았다.

"저도 이걸 처음 써보는 겁니다만, 이게 게임 인터페이스랑 비슷해요. 약간 퀘스트를 받는 느낌이랄까? 보세요. 지금 제가 근추동에 있고 그 지도가 보이잖아요? 반경 1km 안에서 호출이 있고 알고리즘이 그게 저한테 적합하다 싶으면 느낌표를 띄워준대요. 그러니까 제가 일을 하고 싶을 때는 스마트폰을 주시하고 있다가 느낌표가 뜨면 탭하면 되는 거고요."

휴대폰을 카메라에 들이대면서 손끝에 한 번 스파크를 튀기고는 말했다.

"그리고 여기 보조배터리가 달려 있죠? 사실 제 능력이면 휴대폰을 직접 충전할 수도 있는데요, 노하우만 익히면 그렇게 어려운 일도 아니에요. 하지만 핸디히어로의 파트너 히어로는 정부가 정한 안전 규칙을 어기면 안 되거든요. 믿으셔도 좋습니다."

그렇게 말하면서 거리를 거니는 동안 휴대폰에서 딩동 하는 알람이 울렸다. 핸디히어로였다.

"벌써 호출이 왔네요. 이게 공시맨의 역사적인 첫 번째 임무입니다."

싱글벙글 웃으면서 핸디히어로 앱의 지도에 뜬 느낌표를 탭하자 팝업창이 떠올랐다.

[과업 B-급 이물 먹깨비 5개체 퇴치]

도보 예상 도착 시각 12분

보상금 200,700원

수락하시겠습니까?

위치를 다시금 확인해보았다. 내가 가끔 다니는 근추동 산책로에 괴물이 소환된 모양이었다. 그런데 아무리 봐도 내가 있는 위치에서 거기까지 12분 만에 갈 수 있을 것 같지 않았다. 달려도 20분은 걸릴 것 같은데? 자세히 보니 지도의 내가 있는 위치에서 과업 위치까지 직선으로 선이 그어져 있었다. 아니, 그 사이에 건물도 있고 언덕도 있는데 어떻게 직선으로 가나? 나는 못 나는데? 이것도 영상에 올릴까?

생각해보니 그건 좀 아닌 것 같았다. 어쨌든 핸디히어로에서 일을 주는데 내가 악담을 올렸다가 무슨 욕을 들을 줄 알고. 나는 나 자신에게 속삭였다.

"프로답게 행동하자."

어차피 다른 것도 이렇게 직선으로 거리를 계산할 거라는 생각을 하니 마음이 편해졌다. 그렇다면 내가 제일 가까울 거 아닌가?

수락 버튼을 탭했다. 화면에 디지털 시계가 떠올랐다. 12:00. 나는 그냥 벨트에 셀카봉을 체결시키고는 무작정 달렸다. 정확히 1분 만에 나는 완전히 지쳤다. 공시 시절에 먹어치웠던 컵밥이 아직 디톡스되지 않았던 것이다. 그제야 무작정 걸어서 가는 게 멍청한 짓이다 싶었다. 마침 근처에 대여용 전동 킥보드가 하나 서 있었다. 나는 워후, 하는 소리를 내면서 킥보드에 올라탔다. 나중에 이 장면을 편집해서 영상으로 만들 생각을 하면서.

20분이 지나서야 산책로에 도착했다. 사람들은 어느새 도망쳤는지 산책로는 텅 비어 있었고, 웜홀은 이미 온데간데없었다. 다행히 이번에는 칠판 긁는 소리를 내는 다마스만 한 괴물이 돌아다니고 있지는 않았고, 길고양이만 한 괴물들이 보였다. 괴물들은 촉수가 달린 보라색의 유선형 몸체를 가지고 있었는데, 그 끝에 누가 봐도 위협적인 이빨이 삐죽삐죽 솟아난 아가리가 달려 있었다. 그것들 다섯 마리가 무언가를 까득까득 씹어먹고 있었다.

좀 더 가까이 다가가서야 나는 괴물들이 무엇을 씹어먹고 있는지 알아챘다. 파우치 속에 든 맥북이었다. 비정해라. 내 가슴이 끓어올랐다. 누군가는 자신의 피 같은, 아니, 피보다 더 귀한 맥북을 괴물들에게 제물로 바치고 도망쳤던 것이다.

셀카봉에 있는 휴대폰을 떼내 괴물을 촬영하면서 설명했다.

"핸디히어로에서 전해준 안내서에 적혀 있던 괴물이네요. 먹깨비라고 하는 B-급 객체인데, 한 번에 다수가 소환됩니다. 크기는 작지만 충분히 일반인한테 상해를 입힐 수 있어요. 하지만 저는 초인이죠."

휴대폰을 삼각대에 설치하고 내 뒤에 내려놓은 다음, 나는 손을 좌우로 쭉 뻗었다. 이제 익숙해진 대로 손에서 스파크가 펑펑 튀기 시작했다. 타닥타닥. 불이 옮겨붙은 이파리가 타오르는 소리. 먹깨비들이 나를 바라보았다. 만약 그 입이 눈과 같은 역할을 한다면 말이다. 나는 먹깨비들에게 달려갔다. 지쳐서 빠르게 뛰지는 못했지만, 뭐, 어쨌든 번개 때문에 멋있었을 것이다.

"공시맨의 힘을 보여주마!"

먹깨비 다섯 마리가 내게 빠르게 뛰어왔다. 당장이라도 그 싯누런 이빨을 내 몸통에 쑤셔 넣을 준비가 된 것 같았다. 먹깨비가 아주 가까이 다가올 때까지 나는 기다렸다. 솔직히 무서웠지만, 어제 읽은 안내서에 모두 적혀 있었다. 먹깨비는 내 전기로 충분히 튀겨버릴 수 있다고. 나는 효율적으로 공격할 수 있을 때까지 기다려야 했다.

그리고 그 이빨에 낀 치석까지 생생히 눈에 들어올 것 같을 때, 손을 앞쪽으로 뻗었다. 그물 같은 번개가 내 손바닥에서 쏟아졌다. 빠작빠작! 오징어 타는 냄새가 (어쨌든 그 괴물들도 탄소로 이루어졌나 보다) 공기 중으로 퍼졌다. 먹깨비들이 잘 구워진 게 보였다.

나는 천천히 번개를 거뒀다. 그리고 곧바로 후회했다.

"아윽!"

먹깨비 한 마리가 아직 완전히 쓰러지지 않은 것이었다. 그것의 이빨이 내 팔뚝에 박혔다. 대단히 불쾌한 통증이 온몸을 타고 퍼졌다. 온몸에 아드레날린이 솟아오르고, 심장이 쾅쾅 뛰었다. 나는 팔을 탈탈 털었지만 먹깨비는 떨어질 생각을 하지 않았다.

쾅! 나의 전신에서 번개가 울컥 터져 나왔다. 내 팔에 매달려 있던 먹깨비가 퍽 하고 터졌다. 내 온몸에 검은 체액이 묻었다. 끔찍한 냄새가 났다. 인상을 잔뜩 찌푸리면서 나는 일단 이빨부터 빼냈다. 꽤 깊숙이 박혔는지 피가 많이 흘렀다. 동맥이 다치진 않은 것 같았지만, 고통을 참기가 쉽지 않았다. 나는 조끼의 오른쪽 위 주머니에 들어 있던 치료용 스프레이를 꺼냈다. 파트너 채용 키트에 들어 있던 물건으로, 이루아가 내게 뿌려준 것과 같은 물건이었다.

스프레이 뚜껑을 열고 팔에 뿌리기 전에 나는 잠시 멈칫했다. 공짜로 받은 거지만, 다 쓰면 새로 사야 하는데. 이거 한 번 뿌리면 5만 원어치는 쓰는 건데.

나는 고개를 저으면서 읊조렸다.

"내가 아직 공시 준비하던 마인드에서 못 벗어난 거야. 그래서 돈을 좀만 쓰려고 해도 멈칫하는 거고. 맨날 4천 원짜리 컵밥만 먹으면서 살았으니까. 하지만 이제 어엿한 경제인이 되는 거잖아. 나를 위한 투자라고 생각해야 해."

그렇게 말하면서 나는 스프레이에 에너지를 불어넣었다. 초인의 힘이 깃들었거나 그 힘을 측정하는 물건은 사용 시에 초인의 특수한 에너지를 필요로 한다고 설명서에 적혀 있었기 때문이다. 설명서에 적힌 그대로, 스프레이는 잘 작동했다. 팔뚝에 난 상처에 순식간에 새 살이 차오르는 장면은 확실히 신기했다.

나는 터덜터덜 걸어가서 스마트폰을 확인했다. 핸디히어로 앱을 누른 다음, '과업 완료' 버튼을 탭했다. 곧 뒷수습을 전담으로 하는 핸디히어로의 일반인 팀이 출발하고 현장을 확인한 뒤 정산된다는 팝업이 떠올랐다.

이 모든 일이 약 한 시간 만에 일어났다. 한 시간 일하고 20만 7백 원이라니! 시급이 20만 원이면, 하루에 여덟 시간만 일해도 160만 원? 그럼 한 달에 5천만 원을 버는 거네? 이럴 수가. 도대체 산책로에 괴물들을 풀어놓은 빌런이 누구인지는 몰라도, 그쪽으로 절하고 싶다는 생각마저 잠시 들었다. 아냐, 어쨌든 난 세상을 지키는 영웅인걸.

나중에 민수가 연락하면 꼭 자랑해야겠다고 다짐했다. 물론 혀만 나불거리는 게 아니라 뭔가 선물을 사줘야겠지. 그러고 보니, 잘 되면 맥북 프로를 선물하겠다고 다짐했는데.

돈을 잔뜩 벌었다는 생각에 들떴더니, 더 이상 일을 하고 싶지 않았다. 휴대폰에서 몇 번 더 느낌표 알림이 떴지만 나는 무시했다. 어차피 나는 개인사업자고, 내가 일하고 싶은 시간을 마음대로 설정할 수 있었다. 세상에, 이게 바로 플랫폼경제의 힘인가.

번개로 몸을 훑어 먹깨비의 체액을 태워내고, 목욕탕에서 몸을 깨끗이 씻은 다음, 평소에는 너무 비싸서 갈 엄두를 못 내는 사러와 마트에서 한 캔에 7천 원이나 하는 캔맥주 두 개와 육포를 사 들고 내 방으로 돌아왔다. 오늘 찍은 영상은 나중에 편집하는 법을 배운 다음 정리해서 유튜브 채널에 올리기로 마음먹었다. 넷플릭스를 보며 맥주를 홀짝이면서 생각했다. 최경현 그 사람, 정말 대단한 사람인데.

안 그래도 그는 페이스북 같은 고리타분한 SNS에 대단히 비즈니스적인 통찰력 있는 글을 써서 올리는 거로 유명했다. 강연에서 돈 받고 해야 할 이야기를 공짜로 공유한다고 추종자가 많다고 했다. 역시 이런 사람이 혁신을 하는 것인가. 혁신은 미국인 오타쿠들만 하는 게 아니었구나.

그런데 이튿날 아침 정산된 금액은 9만 9천 원이었다.

8

Kiyeon [오전 11:09] 20만 700원이 정산되어야 하는 임무인데 9만 9천 원밖에 안 왔어요.

핸디히어로 히어로센터 [오전 11:45] 안녕하세요, 히어로님.

핸디히어로 히어로센터 [오전 11:46] 히어로님, 근추동 28-97 과업 수행 내역에서 이상이 발견되셔서 계약 12조대로 정산액

차감되셨습니다.

Kiyeon [오전 11:46] 무슨 이상인데요?

핸디히어로 히어로센터 [오전 11:58] 네, 히어로님. 예상 도착 시각보다 10분 늦게 도착하셨습니다. 예상 도착 시각 내로 반드시 도착해주셔야 합니다.

Kiyeon [오전 11:58] 그건 직선거리로 계산된 거잖아요. 제가 날아다니는 능력이 있는 것도 아니고 전기 능력자인데 어떻게 그 시간 안에 도착해요?

핸디히어로 히어로센터 [오후 00:15] 보유 능력이 상이하신 히어로분들에 최적화된 알고리즘이 적용되고 있음을 알려드립니다.

Kiyeon [오후 00:15] 그 알고리즘이 대체 뭔데요?

핸디히어로 히어로센터 [오후 00:16] 상세 알고리즘은 공개가 어렵습니다.

나는 휴대폰을 집어던졌다. 물론 이불 위로. 머리에서 끓어오르는 열을 주체할 수가 없었다. 나는 손끝에서 스파크가 반짝반짝 튀는 것을 느꼈다. 그러고 보니 현재의 감정에 따라 발현되는 능력의 정도에 차이가 난다는 이야기를 들은 적이 있었다. 초인들을 위한 명상이나 요가 교육도 인기라고 했다. 당장 9만 9천 원을 받은 나는 명상이나 요가를 할 돈이 없으니, 일단 눈을 감고 심호흡을 했다. 다행히도 효과가 있었다.

최경현에 대한 긍정적인 평가는 철회하기로 했다. 그도 사업가였고, 초인들을 위한 자선 사업을 펼치고 있거나 한 게 절대 아니었다. 내게는 고객들이 원하는 서비스를 빠짐없이 제공할 의무가 있었고, 나는 핸디히어로가 제시하는 기준을 반드시 지켜야만 했다. 아직 한국에 초인 공유경제 시장은 무주공산이었고, 핸디히어로가 사실상의 독점 지위를 유지하고 있었기 때문에, 그 기준은 말도 안 되게 팍팍했다.

직선으로 계산된 도착 시각을 맞추는 게 제일 큰 문제였다. 이 도착 시각이 정말 말도 안 되게 팍팍했기 때문에, 순간이동 능력이 있는 사람들이 눈물이 나도록 부러웠다. 택시를 타고 가면 된다지만 출퇴근 시간이랑 겹치면 뛰어가는 것보다 더 느리게 도착할 때도 있었다. 나는 거의 항상 킥보드를 타고 다니게 되었다. 그러다 차에 치일 뻔한 적도 있었다.

내가 하는 일들, 솔직히 말해서 그 일들의 대부분은 익명의 빌런이 소환한 먹깨비들을 사냥하는 일이었다. 그런데 이 먹깨비 사냥이라는 게 절대 맘처럼 되는 게 아니었다. 첫날은 운이 좋아 맥북을 씹어먹고 있는 것들을 일망타진할 수 있었지만, 먹깨비들은 기본적으로 한 번 소환되고 나면 사방팔방으로 흩어져 먹잇감을 찾고는 했다. 먹깨비 하나를 찾는 데 여섯 시간을 썼지만 허탕 친 적도 있었다. 이것들을 모조리 잡아 족치지 않는다면 과업 달성 실패 판정이 났고 한 푼도 받지 못했다.

한 달에 5천만 원은 꿈결 같은 이야기였다. 보통 한두 탕을 뛰고 나면 완전히 지친 채로 집에 돌아왔다. 앱에서 아무리 많은 임무 알림이 와도 나는 싸그리 무시했다.

능력마다 밸런스가 하나도 맞지 않는다는 점에서 이건 정말 게임이랑 비슷했다. 순간이동이나 이차원 존재 탐지 능력을 가진 사람이 무조건 유리했다. 그 사람들이 웜홀을 연 소환 능력 빌런들을 붙잡기도 한다는 이야기를 들었다. 그러면 인센티브를 열 배는 받는다고 했다. 전기 능력자는 꿈도 못 꿀 일이었다.

그렇게 정신없는 스무날이 지났을 때, 내가 그리던 연락이 왔다.

"안녕, 기연아."

"김민수."

뭐, 그랬다. 민수는 아무렇지도 않다는 듯 일상과 함께 발령을 기다리고 있다는 얘기를 풀어놓은 다음 물었다.

"너 접때 말한 대로 핸디히어로 파트너로 일하고 있어?"

"응."

"일은 좀 어때?"

나는 잠시 머뭇거린 다음 말했다.

"생각대로 잘 풀리고 있어. 일 하나만 해도 수십만 원씩 들어오는걸? 하다 보면 근력 운동도 되고, 뱃살도 벌써 꽤 들어갔어. 이러다 갑부 되는 건 아닌지 몰라. 유튜브도 슬슬 시작해야 하는데 말이지. 영상만 쌓아두고."

어쩌면 솔직히 말할 수도 있었을 것이다. 생각하는 것과 매우 다르다고. 말이 좋아 독립계약자고 프리랜서지, 아무리 봐도 그냥 회사의 기준에 딱딱 맞춰야 하는 노예인 듯싶다고. 하긴, 그러니까 이 핸디히어로 조끼를 무조건 입고 나가야 하는 거 아니겠냐고. 버는 돈에서 꽤 많은 비중이 핸디히어로숍에서 파는 스프레이나 방어구 따위를 구매하는 데 나가기도 한다고.

하지만 내 핏줄을 타고 흐르는 테스토스테론 때문일까? 왜, 남성호르몬이 이런 허세와 공격성과 밀접한 관련이 있다고 하지 않나. 남성호르몬…, 이 빌어먹을 분자가 내 인생에서 해준 게 대체 뭐가 있지? 그런 생각을 하고 있을 때 민수가 말했다.

"다행이다. 정말 말한 대로 걱정 안 시킨다, 너."

잠시 정적이 뒤따르고, 그가 말을 이었다.

"기연아, 미안해. 내가 너한테 너무 나쁘게 굴었던 것 같네."

"아냐, 아냐. 나도 막말했잖아. 그렇게 말하면 내가 할 말이 없지."

피식 웃는 소리가 들렸다. 다행히도 민수의 기분이 나빠 보이지는 않았다. 나는 마음속으로 안도의 한숨을 쉬고는 말했다.

“생각해보니 네가 합격했는데 내가 축하도 변변찮게 한 것 같아. 직접 전하고 싶은 선물이 있는데, 곧 다시 만날래?”

“선물? 너무 좋지. 닷새 뒤에 보자.”

“그래!”

“좀 있다 카톡 할게.”

잠깐, 민수한테 무슨 선물을 해주기로 했지? 아, 나는 민수에게 언젠가 맥북 프로를 사주겠다고 다짐한 적이 있었다. 이게 한두 번 한 얘기가 아니었다. 맥북 프로, 맥북 프로가 얼마지? 난 인터넷에 검색했다가 기절초풍할 뻔했다. 뭔 놈의 노트북이 이렇게 비싸? 외장을 금으로 만들었나? 당당하게 잘나가고 있다고 이야기해놓고 유니클로에서 옷을 사줄 수는 없는 노릇이었다.

오, 이런. 테스토스테론!

나는 거울을 보았다. 운동은 무슨. 거울 속의 황기연은 공시 직전의 모습으로 돌아가 있었다. 상당히 피폐하고 초췌하고 내일 당장 쓰러져도 이상할 것이 없을 것처럼 보였다는 뜻이다. 통장도 별다른 바 없는 상황이었다. 나는 휴대폰을 들고 핸디히어로 앱을 실행했다. 알림이 전혀 뜨지 않았다. 이상하게 알림이 뜨는 빈도가 처음보다 확연히 줄어들어 있었다.

닷새 동안 어떻게 그 돈을 마련하지? 두뇌를 빙빙 돌렸지만 아무런 답도 떠오르지 않았다.

이럴 때 선배를 불러야지. 그, 이름 특이한 누나, 이루아!

9

이루아를 기다리면서 술집 테이블 위에 삼각대와 휴대폰을 설치했다. 그러고 보니 휴대폰 배터리가 30%밖에 남아 있지 않았다. 나는 휴대폰에 손을 가져다 대고 눈을 감았다. 힘을 면밀하게 조절하지 않으면 휴대폰을 바삭하게 튀겨버릴 수 있으니까. 배터리에 전류를 천천히 흘리며….

"야, 기연아!"

특유의 부산 억양을 듣고 눈을 떴다. 이루아가 내게 손을 흔들면서 다가오고 있었다. 이번에는 핸디히어로 조끼가 아니라 맨투맨을 입고 있었다. 나는 손에서 힘을 거뒀다.

"누나."

이루아가 내 앞에 앉더니 아주 자연스럽게 계란말이와 소주 그리고 맥주를 주문했다.

"니 이 삼각대는 뭔데?"

"아, 제가 요새 초인 브이로그를 찍고 있거든요. 촬영해도 될까요?"

이루아가 웃으면서 고개를 흔들었다. 나는 잽싸게 삼각대를 접어 옆자리로 내렸다.

"니 유튜브 하나? 스타병 걸렸네. 핸디히어로 일은 잘 돼 가나?"

"그게 말이죠, 촬영은 계속하고 있는데 일하고 집에 오면 피곤해서 아무것도 못 하겠어요. 쌓아두다 보면 언젠가는 편집하겠죠. 하다 보면 좀 익숙해지지 않을까 싶기도 하고."

"꿈도 크다."

"저번에 보니까 누나는 연속해서 뛰는 거 같던데. 하루에 몇 번 정도 하세요?"

"나? 나 하루에 네 탕 정도 뛴다."

점원이 소주와 맥주를 두고 사라졌다. 이루아는 능숙하게 소맥을 제조했다. 그런데 그 비율이 기괴했다. 내가 생각하는 일반적인 소맥의 비율은 소주 2에 맥주 8이었는데, 이루아의 비율은 소주 8에 맥주 2였다. 이루아는 내게 직접 제조한 소맥을 건넸고, 우리는 건배를 했다. 내가 그 무시무시한 액체를 홀짝이는 동안 이루아는 술을 입안에 탁 털어 넣었다.

"네 탕이요? 그게 돼요? 도착 시각이나 달성률 생각하면…."

"내는 달성률은 맞추기 쉽다. 내가 지각조절자다 아이가. 알고리즘이 괴물 하나 잡는 임무만 배정해준다. 그리고 도착 시각 맞추려면 일회용 웜홀 제조기 써야지. 핸디히어로숍에서 파는 거 모르나?"

"그거 하나에 10만 원씩 하잖아요?"

"써야지. 순간이동 능력자 아니면 절대 시간 못 맞춘다."

"그럼 누나가 복합 능력자가 아니었군요. 차라리 보상금 깎이는 게 나을지도…."

"미친 거 아이가? 그럼 평가 내려가서 일 안 들어온다. 요구 조건은 무조건 맞춰야 한다."

"예? 그래서 요즘 알림이 줄어든 건가?"

"니 진짜 아무것도 모르네. 혹시 알림 무시한 적은 없제? 그럼 평가 팍팍 깎인다."

"그랬는데…. 아니, 너무 부당한 거 아니에요? 그럼 보상금에서 50%가 유지비로 나가는 거네. 애초에 직선으로 길을 긋고 시간을 재는 게 어딨어. 자유롭게 업무 시간을 정할 수 있다며…. 하… 돈 벌어야 하는데…. 저, 여자친구 선물 사줘야 하는데…."

나는 두 팔을 테이블에 올리고 머리를 쥐어짰다. 그러는 동안 점원이 계란말이를 두고 갔다. 이루아는 소맥을 또 한 잔 말아 마시고 계란말이도 조금 뜯어 먹었다. 나는 이루아에게 하소연을 늘어놓았다. 민수의 이야기, 김능력과 최경현을 보고 홀딱 빠진 이야기, 유튜브 이야기, 업무 이야기 등등. 이루아가 연민이 잔뜩 묻어나는 눈으로 나를 바라봤다.

"그니까 내가 공시 준비나 하라 했다 아이가. 최경현 가가 혁신가인 척하지만 사람들 쥐어짤 생각만 하는 사이코패스거든. 하긴 혁신을 하려면 싸패가 돼야 하는 것 같다. 아마존 만든 제프 베이조스 알제? 가가 아마존 물류 센터에 에어컨을 안 설치했다 안 카나. 일사병 걸려가꼬 쓰러진 사람 있으면 앰뷸런스 부르는 게 에어컨 트는 것보다 더 싸다고. 하긴 나도 니처럼 낚였다."

"누나는 어쩌다가 이거 하기 시작했는데요?"

"내가 이래 봬도 대기업 제품기획팀에서 일했다. 스마트폰 만드는 일 했거든. 근데 우리 회사가 딴 데서 돈 벌어가지고 스마트폰에서 다 까먹고 그랬다. 잘나가는 집안에서 망나니 장남이 도박에 가산 탕진하는 것처럼. 그러다 결국 부서가 정리됐거든. 나도 그때 나왔는데, 그때 지각 능력이 생겼다."

"아…."

"그 회사에서 맨날 혁신을 일으키야 한다고 듣다가 망해서 땅을 뒤흔드는 능력이 생긴 걸지도 모르지. 그래서 혁신기업에서 일해야겠다고 생각하기도 했고. 사실 내가 옛날부터 대학원에 가고 싶었거든. 이 일 하면서 공부해야겠다고 생각했지. 근데 알고 보니까 완전 개미지옥이다 아이가. 공부는 아예 못 하고 있다."

"그래도 누나는 정말 잘 적응했네요. 하루에 서너 탕을 뛸 정도면… 평가도 좋은 것 같고."

"골병 들어가꼬 병원비에 다 쓴다. 그 스프레이도 골병은 못 고치더라."

나는 깊은 한숨을 내쉬었다.

"그럼 저는 어떡해요? 저 진짜 제 여자친구 너무 좋아하는데. 내가 민수 말을 들어야 했는데. 그냥 공시 계속 공부했어도 걔가 절 버리진 않았을 텐데. 진짜 내가 무슨 헛바람이 들어서. 솔직히 유튜브도 알아봤거든요? 초인 브이로그도 완전 레드오션이더라고요. 올려도 잘 안 될 거 아니까 편집 배운다고 말만 하고 미루는 것 같아요."

"그래, 인플루언서 아무나 되는 거 아이다. 김민수 가가 니한테 좀 과분할 정도로 마음이 넓네. 그냥 만나서 싹싹 빌어라."

다시 한번 이루아가 소맥을 입안에 털어 넣고는 말했다. 술이 엄청나게 강한 건 아닌지 그의 얼굴이 벌겋게 물든 게 침침한 조명 아래서도 잘 보였다.

"그래도 공시는 정말 치기 싫어요. 다른 살길을 찾아보고 싶은데, 그 전에 일단 민수한테 체면을 세워야…."

내 절망적인 표정도 잘 보였을 것이다.

"에휴, 기분이다. 니가 나쁜 애는 아인 거 같으니까 한 번 도와줄게. 비밀 지킨다고 약속하믄."

"무, 무조건 지킬게요! 무슨 비밀인데요?!"

"니 그런 생각 안 해봤나? 괴물들이 지나치게 자주 소환되는 것 같지 않나? 빌런들은 무슨 득이 있다고 괴물을 세상에 풀어놓겠노?"

나는 귀를 쫑긋 세웠다.

10

전자담배를 입에서 빼냈다. 이런저런 향이 섞인 수증기가 저녁의 어둑한 하늘을 향해 피어올랐다. 나는 잠시 그 궤적을 좇다가, 전자담배를 끈 다음 휴대폰을 켜고 텔레그램을 실행했다. 강력한 보안이 적용되어 결코 추적할 수 없는 메신저 애플리케이션. 그 강력한 보안 기능이 지금 내게는 꼭 필요했다. 내가 살다 살다 이런 일을 하게 되다니. 물론 아무도 피해를 안 입을 일이긴 하지만.

텔레그램에는 단체 채팅방이 떠 있었다. 나, 이지각(이루아), 주소환(비등록 A-급 소환 능력자, 본명 아닐 듯), 김일반(비초인, 확실히 본명 아닐 듯)이 그 채팅방의 인원이었다. 나와 이루아 빼고는 서로의 신상을 전혀 몰랐다. 주소환이 채팅방에 무섭다는 푸념을 올리고 있었다. 이지각, 그러니까 이루아가 계속 그를 달랬다.

"야는 왜 이리 애가 겁이 많지."

내 옆에서 이루아가 투덜대는 소리가 들렸다. 그는 코로나 시절처럼 하얀 마스크를 쓰고 있었다.

계획은 간단했다. 근추동 행복센터 앞의 도로는 오후 7시가 넘으면 아주 한적해졌다. 그러니까 괴물이 조금 들쑤셔도 인명피해는 없을 거라는 뜻이다. 그리고 주소환은 별구름을 소환할 수 있었다. 별구름은 밤하늘로 만들어진 슬라임 같은 A-급의 괴물이라는데, A-급이니까 그 자체로 대재앙을 불러올 수 있다는 것 따위는 알 필요 없고, 번개에 몹시 취약하다. 심지어 나도 처리할 수 있을 정도로.

자, 이제 알겠는가? 주소환이 별구름을 부른 다음 잽싸게 도망친다. 가까이에 '우연히' 있던 김일반이 핸디히어로에 신고한 다음 도망친다. 가까이 지나가던 나와 이루아가 별구름을 무찌르고 A-급에 걸맞은 커다란 보상금을 받는다. 보상금은 적당히 나눈다. 세 번만 반복하면 내 평가도 오르고 맥북도 뚝딱!

그래, 이건 어뷰징이었다. 하지만 어뷰징이면 뭐 어떤가? 이루아가 말하기로는, 세상 곳곳에 괴물들이 소환되는 것 자체가 최경현이 꾸미고 있는 일이라는 것이다. 하긴 생각해보라. 소환 능력을 가진 빌런들이 무엇하러 세상에 괴물을 풀어놓겠나? 사람들은 일반적으로 세상을 그렇게 들쑤시고 싶어 하지 않는다. 민수가 말한 대로 사회화가 된 우리나라 사람들이면 특히. 최경현은 일부러 세상에 괴물들을 풀어놓아 초인 플랫폼의 위상을 높이고 자신도 권력을 얻으려 한다는 것이다. 하긴 그 정도 사이코패스라면 당연히 그럴 법했다. 어쩌면 최경현이 이 어뷰징을 유도하고 있는 걸지도.

문제는 주소환의 멘탈뿐이었다. 이루아가 주소환을 어디서 데려온지는 모르겠지만, 그는 이런 일이 처음인 것 같았다. 하긴 나도 처음이지만, 텔레그램 대화창을 뚫고 삐져나오는 주소환의 확연한 공포는 좀 도가 넘은 것 같았다.

"소환 안 하고 튀면 어떡하죠?"

"괜찮다. 소환 능력이 발현 빈도가 높거든. 금방 구한다."

약속한 시각이 될 때까지, 행복센터와 3분 정도 거리에 있는 벤치에 앉은 이루아와 나는 그런 식의 잡담을 나눴다.

주소환은 약속을 지켰다. 좀 과도하게 잘 지켜버린 게 문제였지만.

오후 7시 30분에 둘은 벤치에 앉아 휴대폰에 아무런 신경을 쓰지 않는 척을 하고 있었다. 실은 언제 알림이 울리나 휴대폰에만 집중하고 있었지만. 생각해보면, 하던 대화가 "누나, 누나 다니던 회사에서 롤러블 디스플레이로 된 폰 낸다고 하지 않았어요? 상소문 에디션이었나. 왜 안 내고 사업 접었대요?" "그걸 누가 쓰노? 니 같으면 쓰겠나?" 따위였으니 누군가가 조금만 귀를 기울였다면 뭔가 수상함을 느꼈을지도 모르겠다. 다행히 근추동 사람들은 길거리에 있는 다른 사람들에게 신경을 아예 안 쓸 줄 아는 충실한 문명인이었다.

롤러블 디스플레이 스마트폰의 실용성을 논하고 있을 때, 휴대폰이 울리는 것을 느꼈다. 나는 잽싸게 휴대폰을 꺼내 들었다. 그런데 이루아도 휴대폰을 꺼내는 것이었다. 엥? 별구름은 번개에 취약해서 알고리즘이 알아서 나한테만 배정했을 텐데?

[긴급 과업 A0급 이물 거대별구름 퇴치]

도보 예상 도착 시각 2분

보상금 10,250,000원

이 과업은 매우 위험한 과업입니다. 소집된 인원은 계약 11조에 따라 모두 해당 과업에 참여하십시오. 보상금은 참여한 모든 히어로님들께 지급됩니다.

나는 휴대폰이 계속 울린다고 생각했다. 아니다. 땅이 울리고 있는 것이었다. 나는 이루아를 바라보았다. 그는 말 그대로 사색이 되어 있었다. 이루아가 천천히 말했다.

"니… 감정이 강렬하면 능력도 강하게 발현되는 거 알제.

그래서 등급을 뛰어넘기도 하거든."

나는 고개를 들어 올려 행복센터 쪽을 바라보았다. 무시무시한 크기의 웜홀에서 거대별구름이 삐져나오고 있는 것이 보였다. 꿈틀거리는 진남색의 무형체, 그 무형체 안에 반짝이는 별들이 총총히 박혀 있었다. 그것이 괴물만 아니라면, 그 크기만 그렇게 위압적이지 않다면 아름다운 모습이었을 것이다. 지금까지는 괴물의 크기를 비유하는 데 다마스와 길고양이를 들었다. 거대별구름은 부동산에 대는 게 더 적합해 보였다. 저걸 사람이 소환했다고?

그 거대별구름은 천천히 커졌다. 우리에게 다가오고 있었던 것이다. 우리는 일어섰다. 우리는 떨었다.

"어, 어, 어, 어떡하노. 이거. 그, 그냥 별구름은 이, 이거보다 훨씬 작은데."

"제, 제, 제, 제 말이오."

"그, 그, 그, 그래도 우리가 불렀으니까 잡긴 잡아야 하지 않긋나. 솔직히 도망도 못 칠 거 같은데."

"아, 아, 아, 아이 씨…, 그래도 우리도 무서우니까 우리 능력도 세지지 않을까요?"

"이, 이, 이, 이거 잡으면 진짜 영웅 되는 기다."

그 이름은 캡틴 어뷰징이 어울리려나.

발밑의 땅이 솟아올라 나는 주저앉았다. 이루아가 나와 약속한 전략대로 내 밑에 기둥을 만들어준 것이다. 시야를 확보하려고! 하지만 압도적인 크기 앞에 고지대의 전략적 의미는 이루아가 회사에서 세웠던 스마트폰 상소문 에디션의 판매 전략만큼이나 무의미했다. 거대별구름이 우리 시야를 꽉 채웠으니까. 나는 다짜고짜 손을 내뻗었다. 생각지도 못한 힘이 차올랐다. 내 손끝에서 번개가 별구름을 향해 갈래갈래 뿜어졌다.

"우야아아악! 죽어!"

번개에 타격 당한 별구름이 멈칫거렸고, 소프라노 톤의 비명이 쏟아졌다. 효과가 있는 것 같았다. 내 밑으로는 이루아가 땅을 갈라 괴물이 우리에게 다가오지 못하도록 하는 것이 보였다.

하지만 거기까지였다. 거대별구름이 우리에게 천천히 다가왔다. 내 번개는 아무 효과도 없는 것 같았다. 하긴 사람이 어떻게 움직이는 4층 건물과 싸우나!

"누, 누, 누, 누나, 고마웠어요!"

"나, 나, 나, 나도다, 기연아!"

아, 이젠 진짜 죽는구나. 난 질끈 눈을 감았다.

콰광! 눈앞이 새하얗게 점멸했다.

죽을 땐 원래 번개가 치나? 나는 실눈을 떴다.

사람 하나가 온몸에서 광채를 뿜으며 하늘에 떠 있었다. 어느새 하늘에 먹구름이 모였다. 그가 손에서 번개로 이루어진 말뚝을 형성하더니 거대별구름에 내리꽂았다. 타격 당한 별구름이 비명을 지르면서 쭈그러들었다. 그가 하늘로 두 팔을 뻗어 올리자 먹구름이 찌지직, 소리를 내면서 요동쳤다. 곧 거대별구름에게 무시무시한 크기의 벼락이 쏟아졌다. 별구름 내부의 별이 하나둘씩 꺼졌다. 그것이 생명을 잃고 있었다.

뭐지? 제우스인가? 이루아가 내 아래에서 외쳤다.

"저, 저 사람 복합 능력자다! 하늘을 날고 번개까지 쓰네! 저 번개만 해도 A0급은 될 끼다! 아니, 어쩌면…"

분해되는 거대별구름 위로 그 사람이 강림하는 신처럼 사뿐히 내려왔다. 그의 불타버린 상의는 군데군데 찢어져 있었고, 그 속에서 천 년 동안 트레이닝을 받은 듯한 근육이 보였다. 나는 말했다.

"나, 나, 저 사람 누군지 알아요."

내 목소리를 들은 제우스가 나를 쳐다보았다. 그의 입에서 지나치게 무난한 목소리가 흘러나왔다.

"괜찮으세요? 앗, 한 달 전에 저한테 등록한 분이시네요."

"아…, 네. 감…람석 님?"

날 등록시켜준 공무원이 고개를 끄덕였다.

11

진열대 위에 놓인 맥북 프로가 예쁘긴 했다. 외장의 마감도, 색도, 디자인도 깔끔했다. 거기에다 그 안에는 애플 M2칩이 숨 쉬고 있지. 근데 생각해보면 반드시 그래야만 하는 것이다. 나는 내 옆에 있는 이루아에게 말했다.

"뭔 놈의 노트북이 300만 원이나 하죠?"

"야, 너는 니 여자친구한테 선물하는 데 쓰는 돈이 아깝나?"

"아니, 그렇다기보다는…."

이루아는 방금 산 200만 원짜리 코트를 입은 채였다. 우리는 뭐 아무것도 한 게 없는 것 같지만 어쨌든 1,000만 원씩을 정산받았고, 그중 20%를 김일반과 주소환(잘도 살아남았다)에게 떼주었다. 코트를 사고 남은 돈은 이루아가 나중에 학비로 쓴다고 했다. 해피엔딩이라고도 할 수 있을 것이다.

나는 고개를 저었다.

"앞으로 당분간 최저임금이니까, 역시 주머니 사정 때문에 좀 찌질해질 수밖에 없네요."

"야, 네 여자친구가 너를 공시 칠 때까지 기다려주는데 니는 그 돈이 아깝나?"

"예, 예, 누나 말이 맞습니다."

결국 나는 맥북을 살 수밖에 없었다. 애플스토어에서 물건을 사면 정말로 박수를 쳐주더라. 매우 난감한 경험이었다. 그것도 못 버티면서 뭔 놈의 브이로그를 찍고 인플루언서가 된다고 한 건지.

애플스토어에서 나와 거리를 걸으면서 우리는 이야기를 나눴다.

"근추동에서 계속 공부할 꺼가?"

"네, 일단 공무원 빨리 붙고 생활하면서, 학점은행으로 전기공학을 배워가지고 전기 기사를 따든가 하려고요."

"이번에 고생해봤으니까 잘 될 꺼다. 사회 경험하고 정신 차렸제?"

"예…, 감람석 씨를 보면서 정말 많은 생각을 했죠."

거대별구름이 완전히 분해되고 나서 우리는 감람석과 잠시 이야기를 나눌 수 있었다. 그가 초인이라는 것을 진작에 알았어야 했다. 내 에너지를 측정하는 데 쓰인 기계를 사용하려면 그도 초인이었어야겠지. 스프레이를 오직 초인만 쓸 수 있듯이.

근데 그는 나나 이루아처럼 발에 차이는 보통 초인이 아니었다. 그는 A0급 복합 능력자였다. 공중 부양에, 전기 투사에, 기후 조작 능력까지 있다는 것이다. 그 정도면 혼자서 1,000명의 군인들에 버금가는 힘을 가졌다고 할 수 있었다. 나는 정말로 의아했다. 그런 힘을 가진 사람이 왜 공무원을 하고 있지?

여기저기 러브콜이 들어올 텐데.

나와 이루아는 비슷한 궁금증을 품었지만 차마 직접 묻지는 못했다. 그럴 만도 했다. 어찌 감히 손짓 한 번으로 벼락을 불러내는 사람의 심기를 뒤틀지도 모르는 말을 하겠나?

하지만 감람석은 익숙한 일이라는 듯 아주 무난한 목소리로 설명했다.

"제가 왜 공무원 하는지 신기하시죠? 사실 초인이 할 수 있는 일이란 게 죄다 위험한 거뿐이거든요. PMC에서 같이 일하지 않겠냐고 연락 오고, 국정원에서도 그렇고. 돈도 되게 크게 불러요. 근데 거기서 돈을 많이 주는 이유가 뭐겠어요? 그 돈을 쓰면서까지 제 힘을 부리고 싶다는 거 아니겠어요? 남한테 잔뜩 이용당하다가 크게 다치거나 죽고 싶지는 않거든요. 그냥 공무원 하면서 가끔 긴급 업무 뜰 때만 일해도 넉넉해요. 핸디히어로가 악명 높긴 한데, 고급 능력자 머릿수 자체가 적으니까 평가가 관대하더라고요. 그나마 낫달까."

거리를 물들인 거대별구름의 잔해를 하늘에서 내려다보면서, 여전히 광채를 내뿜고 있던 감람석이 말했다.

"따지고 보면 진짜 초능력은 자본 아닌가 싶더라고요. 최경현이 스톡옵션으로 번 돈만 수백억이 넘는다는데 진짜 우리 힘을 부러워하겠어요? 그 능력으로 이렇게 이용되기나 하는데? A+급 능력을 공짜로 준다고 해도 거절할걸요?"

부정할 수 없었다.

나는 내 옆에서 걷고 있는 이루아를 바라보았다. 그도 감람석을 보고 느낀 게 있는지 핸디히어로에서 천천히 손을 떼야겠다고 말했다. 하긴 이걸 언제까지 하겠나. 아무리 평가를 잘 유지하면서 일한다고 해도 말이다. 4대 보험이 있나, 퇴직금을 주나. 아니, 내가 테헤란로에 있다는 핸디히어로 오피스에 들어갈 수나 있을까? 직원들한테 밥을 아주 잘 주는 회사로 유명하다는데, 나도 핸디히어로 조끼를 입고 뷔페식으로 점심을 때울 수 있을까? 역시 안 될 것이다.

괜히 딴맘 품지 말아야 했다. 역시 안정적인 게 최고며, 내 여자친구 김민수가 최고다. 민수한테 선물을 바치면서 싹싹 빌어야지. 희망적인 소식도 있다. B0급이면 초인직렬에서 3점 가산점은 준다고 한다. 이건 그냥 말도 안 되는 수준이다.

달에서 온 불법 체류자

1

내가 레필라를 처음 만난 곳은 마산 댓거리의 후미진 골목이었다. 몇 달 전만 해도, 내가 마산을 쏘다닐 이유는 없었다. 마산은 2000년이 도래한 이후 지금까지 80년 넘게 쇠락하기만 한 잿빛 동네니까. 그런데 최근 마산 앞바다에 초능력 발현율이 증가하기 시작하자, 전국에서 힘을 얻고자 온갖 어중이떠중이들이 몰려들었다. 당연히 세계의 질서를 지키는 프로미넌스가 나섰다.

프로미넌스 현장직인 나는 마산 댓거리를 돌아다니면서 혹시나 초능력의 흔적이 없나 찾고 있었다. 간단한 측정기 하나를 들고 골목을 돌아다니는 내 뒤로 목소리가 들렸다.

"마, 거기서 뭐 하노?"

고개를 돌리자 세 명의 덩치들이 팔짱을 낀 채로 나를 바라보고 있었다. 셋 다 야구선수를 하면 어울릴 듯한 떡 벌어진 몸집이었다. 본능적으로 측정기를 그쪽으로 맞추었다. 디스플레이에 좋지 않은 숫자가 떠올랐다.

"시에서 나왔습니다. 방사능 오염 측정 때문에요. 이전에 마산 앞바다에 오염수가 방류되지 않았습니까?"

완전한 거짓말은 아니었다. 초능력 에너지는 분명히 방사능에 가까우니까. 하지만 덩치들은 내 변명이 맘에 들지 않았나 보다. 그들이 내 쪽으로 다가오고 중앙에 있는 남자의 몸에서 빛이 새어 나왔다. 그 후광은 결코 신성의 상징이 아니다. 그것은 공격성의 상징이다. 능력을 사용할 준비를 하는 것이었다. 나는 몇 발짝 뒷걸음질 쳤다.

"시청에서 왔다고? 웃기지 마라. 니 프로미난스제? 여기서 초능력 있는 사람들 서울로 데리갈라고 하는 거 아이가?"

"프로미넌스는 항상 새 지원자를 받고 있습니다. 원하신다면."

"아니, 그게 아니지. 느그들이 우리 사람을 납치해 간다 아이가."

덩치들의 얼굴을 분명히 식별할 수 있을 만큼 가까워졌다. 가장자리의 두 남자에게서도 조금씩 빛이 비치기 시작했다. 나는 셋의 파장을 확인했다. 중앙의 남자는 B-급 정도의 순수한 역장 투사 능력(역장맨이라고 칭하겠다), 가장자리의 하나는

C+급의 분쇄 능력(분쇄맨), 또 하나는 C-급의 전이력(물론, 전이맨).

절대적인 능력은 약하지만 파훼하기 힘든 조합이었다. 나는 다급히 전략적인 자세를 취했다.

"이, 이러지 마시고 말로 합시다!"

분쇄맨이 옆 벽에다 손을 올렸다. 손이 잠시 빛나더니, 콘크리트 벽이 펑 소리를 내며 웨하스처럼 산산조각이 났다. 커피 한잔하자는 것 같진 않았다.

주머니에 손을 넣어 프로미넌스에게 긴급 구조 신호를 보냈다. 6분을 버텨야 했다. 뒤로 천천히 물러서다가 무언가에 걸려 뒤로 넘어갔다. 엉덩방아를 찧으면서 발 쪽을 보았다. 아무것도 없었다. 무형의 역장에 걸려 넘어진 것이었다. 세 덩치가 낄낄대며 웃는다. 뜨끈한 피가 머리 쪽으로 확 돌았다. 이 새끼들이…. 나는 뭐 능력이 없는 줄 아나?

역장맨이 아직 빛을 뿜는 동안 나는 그의 정신에 접속했다. 찰나, 나는 그의 정신을 보았다. 프로미넌스에 대한 막연한 분노. 프로미넌스가 마산에서 초능력을 '훔쳐' 간다는 비합리적인 믿음. 그리고 그가 가진 능력의 본질. 나는 마지막에 있는 것을 취했다. 머릿속으로 새로운 깨달음이 밀려들어 왔다. 몇십 분 뒤에 헛되이 사라질, 결코 영원할 수 없는 앎.

나는 튕겨나듯 일어나면서 두 팔을 앞쪽으로 흩뿌렸다. 무형의 힘이 내 앞을 둘러싸면서 덩치들을 뒤로 밀어냈다. 하지만 넘어뜨리기엔 역부족이었다. 역장맨이 당혹한 듯 외쳤다.

"뭐고! 니도 역장이가!"

"내 능력은 그런 무식한 게 아니라…"

어쨌든 힘이 부족했다! 본부에 있을 때 역장을 더 연습해야 했는데…. 나는 내 능력을 처음부터 끝까지 천천히 설명하는 멍청한 짓은 하지 않았다. 나는 앞에 커다란 덩어리를 만든 다음 뒤로 돌아 달렸다. 전략적인 외침과 함께.

"살려주세요! 살려주세요!"

뒤에서 커다란 붕괴음이 들려왔다. 분쇄맨이 내가 기껏 깔아 놓은 역장을 순식간에 박살 내는 소리였다. 역장 한 개가 부서질 때마다 내 마음속에 만들어놓은 연결이 하나씩 끊어지는 것을 느꼈다. 역장을 띄엄띄엄 설치하면서 골목길을 죽자사자 달렸다. 마산은 난생처음이었고, 내가 대로로 나가고 있는지조차 알 수 없었다. 그런데 대로는 안전할까?

"절로 몰아라, 절로!"

프로미넌스의 주구인 나를 비난하는 괴성이 들렸다. 대단히 중대한 오해가 많이 섞여 있었다. 우리가 초능력자들을 납치하고 세뇌한다고? 왜 프로미넌스를 이렇게 싫어하는 거야?

3분쯤 달렸을까, 나는 멈춰 섰다. 내가 신체 훈련을 열심히 안 해서가 아니라, 막다른 골목에 접어들었기 때문이었다. 세

남자의 말소리도 들려오지 않았다. 따돌린 건가? 나는 멍청히 막힌 벽을 바라보면서 숨을 바로잡았다.

그때 내 앞의 허공에서 보라색 안개가 피어올랐다. 어? 곧장 그 안개가 사람의 모습으로 화하면서 나를 덮쳤다.

"으악!"

전이맨이었다. 전이맨은 내 두 팔을 잡아채더니 무릎을 꿇렸다. 다른 두 놈이 의기양양한 표정으로 내게 걸어왔다. 분쇄맨의 얼굴을 바라보고 난 말했다.

"프로미넌스는 초능력을 통제할 뿐이에요. 프로미넌스에 초능력자로 등록하시면 여러 혜택을 받을 수 있다니까요. 세액공제부터 시작해서…"

분쇄맨이 차력쇼로 내 말을 끊었다. 그의 손 위에 있던 콘크리트 덩어리가 새하얀 빛과 굉음을 발하더니 철저히 조각나는 짜릿한 광경을 보았다. 분쇄맨이 창의적인 윤리를 도입한다면 내 머리도 정확히 똑같은 꼴이 될 수 있었다. 긴급 구조대는 도착할 기미도 보이지 않았다.

"살려주세요! 흑흑, 저는 그냥 프로미넌스 말단이에요. 그냥 시키는 대로 하는 거고…"

그때 갑자기 가슴이 덜컹, 하고 내려앉았다.

아니, 방금 전이맨한테 붙잡혔을 때라든가 분쇄맨이 차력쇼를 보여줄 때도 가슴은 내려앉았지만, 이것은 좀 다른 느낌이었다. 뭐랄까, 심리적인 덜컹과 물리적인 덜컹의 차이? 내 팔을 잡고 있던 전이맨의 힘도 느껴지지 않았고, 온몸이 좀 더 가벼워진 느낌이었다.

위쪽에서, 하늘에서 무언가가 날 잡아당겼다. 난 속절없이 공중으로 떠올랐다. 으악! 너무 갑작스러운 상황 변화에 비명조차 지르지 못했다. 혹시, 설마, 나, 죽은 거야? 내 영혼이 천국으로 떠나는 거야?

천천히 눈을 떴다. 나는 하늘에 떠 있었다. 주위를 둘러보니 역장맨과 분쇄맨과 전이맨 모두가 나와 같은 꼴이었다. 그들은 매우 신기한 자세로 공중에 멈춰 있었다. 아이작 뉴턴이 관짝을 박차고 튀어나올 광경이었다…. 잠깐, 뉴턴?

뜨거운 열기가 느껴졌다. 그 열기를 향해 고개로 돌렸다. 달 아래에서 스스로의 힘으로 찬란하게 빛나는 사람이 우리 넷을 내려다보고 있었다. 척 봐도 최소 B+급의, A0급까지 나올 수도 있는 파장…. 바람에 휘날리는 그의 회색 머리카락과 지나치게 가느다랗고 길어 사람의 것 같지가 않은 손가락을 뚫어지게 바라보았다.

그가 입을 열자, 억양이 탈색된 목소리가 들렸다.

"남을 괴롭히면 안 되겠지? 능력으로."

여자 월인이었다. 달에서만 얻을 수 있다는 중력 조절 능력이 틀림없었다. 이렇게 강력한 중력 조절자는 지금까지 본 적이 없었다. 나는 그의 정신에 비집고 들어가려는 시도를 해보았지만, 곧바로 부질없는 일임을 깨달았다. 능력만큼 그의 의지는 강인했다.

월인은 하늘 위에서 완전히 음악에 몰두한 지휘자처럼 손끝을 휘둘렀다. 월인의 우아한 지휘에 따라 나를 쫓던 떡대 셋은 커다란 비명을 지르면서 댓거리 골목의 머나먼 저편으로 날아갔다.

내 몸에 천천히 중력이 돌아와 지상으로 사뿐히 내려왔다. 하늘에서 나를 따라 월인이 내려왔다. 그 월인이 발하던 찬연한 광채가 사그라졌다. 나는 친근한 중력에 감사하며 주저앉았다.

고개를 들어 월인을 바라보았다. 그는 차가운 표정을 띤 채로 물었다.

“괜찮아, 몸은?”

나는 멍하니 그를 바라보며 고개를 끄덕였다. 월인은 잠시 침묵하더니 어색한 한국어로 말했다.

“위험해, 여기는. 갑자기 능력이 발현된 사람들이 많아. 저쪽, 대로야. 돌아가, 안전한 곳으로. 알았지?”

“사, 살려주셔서 감사합니다.”

월인은 답하지 않고 무게가 거의 느껴지지 않는 사뿐한 걸음으로 골목 속으로 걸어갔다.

"저, 이, 이름이 어떻게 되세요?"

"레필라."

"네?"

"나는 레필라야."

그렇게 말하고서 레필라는 사라졌다. 프로미넌스의 긴급 구조대는 12분 뒤에야 도착했다. B+급 전이 능력자가 있었는데, 대체 왜 이토록 늦었는지는 결코 알 수 없는 일이다. 하여튼, 나는 전이 능력자와 함께 프로미넌스가 전세를 내놓은 호텔로 순간이동했다. 지친 몸을 욕조에 뉘면서 나는 계속 읊조렸다.

레필라, 레필라. 그 아름다운 이름을.

2

2020년부터 세상 곳곳의 사람들이 전반적으로 뜬금없이 초능력을 얻기 시작했다. 남극 연구소에 있는 모든 조리사가 온도를 마음대로 조절할 수 있게 된다든지(줄줄 녹고 있는 빙하를 억지로 다시 얼리는 데 유용하게 써먹었다), 국립현대미술관에 있던 모든 사람이 갑자기 무작위의 초능력을 얻는다든지(능력 폭주로 모든 전시물이 산산이 조각났다), 대륙을 가로질러 화상

회의 중이던 사람들이 회의가 끝나고 난 후 물질의 위치를 바꿀 수 있는 전이 능력을 얻게 된다든지(그 이후로 화상 회의를 할 필요는 없었을 것이다).

초능력은 우리 세상의 시스템을 그 근본적인 단위에서부터 바꿔놓았다. 개인의 힘은 그 어느 때보다 강해졌다. 그건 권력 같은 추상적인 힘이 아닌 진짜배기 물리력이었다. 예전에는 아무리 사악한 독재자라도 머리에 총을 맞으면 죽었다. 이제는 A0급 능력자 한 명이 맨몸으로도 능력 없는 군인들 만 명과 능히 맞서 싸울 수 있다. A+++급 능력자(세상에 딱 두 명 있다)는 걸어 다니는 수소폭탄이나 다름없는 힘을 쓸 수 있다.

청동기 시대가 지난 후로 국가는 언제나 폭력을 독점하고자 했고, 실제로 거의 성공했다. 하지만 이제는 그럴 수 없었다. 그래서 세상은 나아졌는가? 나아졌겠나? 안 그래도 난장판이던 세상은 초능력의 발현 이후 불타는 쓰레기통 비슷한 꼴이 되어버렸다.

2020년대까지는 어떻게든 이걸 시스템 안에 포섭하려는 시도가 있었다. 그때는 이 초능력이 얼마나 강한지 몰랐으니까. 하지만 잠시뿐이었다. 국가의 개념은 옛 왕국의 유적처럼 위태하게 살아 있으며, 그 위태로운 문명의 지지대 위에서 개인들은 줄타기를 하며 산다.

우리 프로미넌스는 위태로운 문명의 지지대를 지키고자 분

투하는 회사다. 우리는 에너지 초능력에 다시 고삐를 채울 것이다. 선사시대의 인간이 들판의 야수들을 길들였던 것처럼. 1900년대에 인간이 원자의 힘을 활용할 수 있게 된 것처럼.

그래서 나는 그 고생을 한 다음 날 아침부터 이종예 팀장과 단독으로 대면해야 했다.

"월인, 중력 조절자, B+급."

"B+급도 가장 보수적인 추정치입니다. 중력 조절 능력은 B+급 이상이 극히 드물기 때문에 최소한으로 추정하긴 했지만…, 파장 자체는 A0급이었고요. A-급이나 그 이상은 될 거라고 확신합니다."

"그 정도 힘을 가지고 마산에서 자경단 놀음이나 하고 있단 말인가? 세계를 위해 훨씬 유용하게 쓰일 수 있는 힘인데. 월인이라는 것은 좀 아쉽군. 충성스러운 지구인이 좋은데."

이전에 B+급 한국인 분쇄 능력자가 독도를 산산조각내긴 했지만 틀린 말은 아니었다. 초능력 덕에 이제 달에는 사람이 산다. 그렇다고 해서 그게 초능력의 쾌거라고 할 수는 없다.

"네, 월인은 달로 도망친 범죄자들의 후손이니까요. 그래도 자경단을 하는 걸 보면 나름대로 정의감이 있는 것 아닐까요? 프로미넌스에 맞는…."

"자네, 요새 공부 안 하나?"

이종예가 입꼬리를 한쪽만 올리고 웃었다.

"등록된 능력자가 아니면 전부 불법 체류자들이야. 전이 능력으로 기어들어 와서 범죄 조직들 용병 노릇이나 하겠지. 자네를 구해줬다고 해서 영웅은 아냐."

"아…."

사람은 가끔 별 이유 없이 선행을 하기도 하니까. 그래도 레필라가 나쁜 사람이라는 생각은 들지 않았다.

"그나저나, 요샌 훈련도 안 하나? 안 그래도 이번에 C급 세 명한테 죽을 뻔했다며? B+급이 그래도 되는 거야?"

"B급도 한 명 있었습니다."

"마이너스잖아."

"팀장님, 조합이 너무 효율적이었어요. 저는 저 잡으러 보낸 킬팀인 줄 알았다니까요. 제 능력이 전투에 적합하진 않고요."

"조합이 효율적이긴 무슨. 흔해빠진 동네 양아치들이지."

"초능력 양아치들이죠."

이종예는 기지개를 펴면서 의자를 한 바퀴 빙글 돌렸다.

"그럼 더 쉬운 일을 맡기지. 레필라라는 월인을 찾아내. 그 정도 능력이면 못 찾기가 어려울 거야. 아마 근처에 전이 능력자도 있을 거고…. 최상급 장비를 줄 테니 기회라고 생각해. 잡어들로는 주목받기 힘들지."

"그 월인을 프로미넌스로 들이시려는 거군요."

이종예가 고개를 끄덕였다. 여러모로 좋은 기회였다. 월급을 더 받을 수 있겠지. 그리고 나를 구해준, 달에서 온 사람을 한 번쯤 더 만나볼 수도 있을 거야.

새로운 장비는 곧바로 받을 수 있었다. 이전에 내가 들고 다니던 무겁고 거추장스러운 측정기와는 차원이 다른, 손목시계처럼 차고 다닐 수 있는 물건이었다. 능력이 내는 특이한 파장의 방사선을 아주 높은 민감도로 찾아낼 수 있다고 했다.

내가 그 월인에게 밝은 미래를 주는 구원자가 될 수 있겠다 싶었다.

3

레퀼라를 찾아내라는 임무를 받은 지도 2주가 지났다. 마산에 초능력자들이 갑자기 나타나기 시작한 건 5주 전이었고, 프로미넌스가 마산에 사람을 보낸 후로는 한 달이 지났다. 그동안 마산은 더 위험하고 외부인에게 폐쇄적인 곳이 되어갔다.

30만 명의 마산 시민들 중 약 5만 명이 능력을 얻었다. 다 낡아 부서져 가던 마산역은 16층의 탑으로 바뀌었고(대체 정신이 어떻게 돌아버렸길래, 누가 어떤 능력으로 이런 짓을 했는지 모르겠다), 철도는 롤러코스터 같은 원궤도 트랙이 생겼다. 수십 년간 텅 비어 있던 자유무역 지대는 이제 투기장으로 변했다.

자기 힘을 못 써서 안달인 초능력자들이 서로 맞부딪치며 무시무시한 파장을 발했다.

초능력이 없는 사람들은 비상식량을 잔뜩 사서는 집 안에 틀어박혀서 공권력이 한시바삐 질서를 가져다주기를 기다렸다. 그러나 공권력이 이런 상황에서 할 수 있는 것은 없다. 우리 프로미넌스가 나서야 한다.

안타깝게도 마산 사람들은 프로미넌스와 관련된 것만 봐도 신경질적으로 반응했다. 그들은 우리가 서울로 초능력자들을 '납치'해 가서 능력의 비밀을 파헤치고자 생체 실험을 한다고 믿었다. 물론 우리는 결코 그런 삼류 악당 같은 짓을 하지 않는다. 우리는 그저 초능력자들에게 삶의 안정, 사회의 질서를 지킬 기회를 제시할 뿐이다. 자유무역 지대에서 헛되이 능력을 낭비하는 것보단 그게 훨씬 낫지.

하지만 진실은 언제나 별반 선호되지 않는 법. 근현대사 속에서 경공업과 무역을 통해 꽤 잘나가던 이 바닷가 동네가 창원에 흡수되고, 경제적으로 쇠락하는 것을 마산 사람들은 봐왔다. 뭐, 창원은 방사능 문제로 완전히 유령 도시가 되어버리긴 했지만…, 어쨌든 초능력은 그들에게 새로운 기회이기도 했다. 약탈경제가 시장경제를 대체할 수 있는지 실험적인 연구를 진행해보고자 하는 사람들이 많았다.

나는 레퓔라가 숨어서 지내리라고 생각했다. 그는 누가 봐도 뻔히 알 수 있는 월인이었고, 이종예가 말한 대로 정부에 등록되지 않은 불법 체류자였다. 비록 어중이떠중이들이 옷깃도 못 스칠 정도의 힘을 지녔지만 약탈자 중에 A급 능력자가 없으리라는 보장도 없었다. 레퓔라가 지하 조직에 스카우팅되기 전까지 우리는 그를 찾아야 했다.

레퓔라는 내 예상과 완전히 정반대로 행동했다.

일주일 동안 소득 없는 탐색을 진행하다가, 마산역 근처에 쓰러져 있는 남자를 발견했다. 그는 여기저기 피가 물든 지저분한 복장을 한 채로 엎드려 있었다. 마산이 무법천지가 된 이후로 시체를 발견하는 건 흔한 일이었다. 프로미넌스 치안유지팀에 신고한 다음 다시 업무에 집중하려고 했다. 그런데 그 남자 옆으로 가니 팔에 낀 측정 장비가 강하게 울리는 것이었다. 엥?

호기심이 생겨 그 남자에게 다가갔다. 다가갈수록 측정 장비의 진동이 더욱 강력해졌다. 다가가 보니 무언가 익숙한 느낌이 들었다. 그를 뒤집으려고 시도했는데, 기이할 정도로 무거웠다. 마치 납덩이 같았다. 기합 소리를 넣고 그를 뒤집었다가 눈이 마주쳤다.

"어, 너!"

레퓔라를 만났던 날에 본 그 분쇄맨이었다. 분쇄맨은 나를 보더니 입을 뻐끔거리며 간신히 목소리를 짜냈다.

"사, 사, 살려주소."

그의 몸에 잔존한 에너지가 느껴졌다. 이것은 분쇄맨의 에너지가 아니었다. 분쇄맨의 몸에 누군가 중력을 조절하는 에너지를 걸어둔 것이었다. 분쇄맨은 몇 배로 강한 중력을 받고 바닥에 처박혀 있었다. 그가 왜 납덩이만큼 무거운지도 짐작할 수 있었다.

"깡마른 가시나가 갑자기 나타나서…."

레필라였다. 나는 고개를 절레절레 흔들면서 치안유지팀에게 메시지 하나를 더 보냈다. 지게차를 끌고 오는 편이 더 좋을 거라고. 그 분쇄맨은 이제 프로미넌스에서 신나게 교육을 받고 있다. C급 분쇄 능력자도 산업현장에서 쓸 데가 많으니까.

그 이후 하루에도 몇 번씩 마산의 약탈자들이 중력에 묶여 바닥에 처박혀 있는 것이 발견됐다. 중력 다섯 배면 몸무게가 다섯 배가 되는데 도리가 있나. 다들 하나같이 말했다. '악마같이 깡마른 월인'이 하늘에서 갑자기 나타나 그들을 순식간에 제압한다고 증언했다. 근처 공장에서 지게차 기사들을 추가로 징발해야 했다. 그렇게 해서 약탈자들을 본사로 데려가면 이종예가 자신의 능력으로 약탈자들을 해방시키고 입소 절차를 밟았다.

마산 사람들에게도 조금씩 그 소문이 퍼지고 있었다. 그들에게는 '그 악마 같은 월인'이나 '깡마른 가시나'가 아니라 '고마운 월인님'이었다. 치안유지팀의 통계에 따르면, 실제로 마산은 더 안전한 곳이 되어가고 있었다. 마산 사람들은 서울에서 온 프로미넌스보다 레필라를 더 좋아했다.

레필라는 정말로 자경단 놀이를 하고 있었다. 능력을 얻게 된 사람들 중에서도 꽤 흔한 유형이었지만, 상당히 위험한 일이었다. 물론 레필라처럼 강력한 A급 능력자는 지극히 드물지만, 상성이 잘 안 맞는 적수와 만나거나 너무 많은 수의 악당들과 만나면 속수무책으로 제압당할 수 있다.

그러니 이종예 팀장이 나를 잡아먹으려 드는 것도 이상하지 않았다.

"매일매일 하늘을 날아다니면서 빛도 뿜고 다니는데, 그렇게 잡기가 어렵나?"

전세 낸 호텔 안에서, 이종예는 약탈자에게 레필라가 걸어둔 중력의 닻을 해제하면서 내게 말했다. 그는 차분한 목소리로 말했지만 내 정강이를 걷어차는 것 같았다.

"정말 죄송합니다."

"덕분에 프로미넌스는 돈으로 따질 수 없는 가치를 잃고 있네. 뭔지 알겠나?"

"자, 잘 모르겠습니다…."

"신뢰라네. 마산 시민들이 우리에게 가진 신뢰. 우린 언제나 한발 앞서 시민들의 안녕을 확보해야 한다고."

하지만 우리에게 언제 잃어버릴 신뢰가 있었나요…라고 말하지는 않았다. 굽신거리는 것 말고 도리가 있나.

"일주일 더 주겠네."

나는 뒤로 한 걸음 빠졌다. 순간 처박혀 있던 약탈자에게서 중력의 닻이 빠져나갔다. 약탈자는 신음을 내면서 천천히 일어났다. 잠시 이종예를 바라보았지만, 그는 아무 말도 하지 않고 빨리 꺼지라는 손동작을 했다. 그 즉시 호텔을 빠져나왔다. 밤이었다. 나는 바닷가 쪽으로 걸어갔다.

레퀼라는 뭐 하는 사람일까. 뭐 했던 사람일까. 달에 있는 사람들은 테러리스트의 후손들이다. 2023년, 아직 능력에 대한 이해가 지금보다 부족했을 때 세 악당이 힘을 합쳤다. 그들은 국적도 달랐고 문화권도 달랐고 쓰는 언어도 달랐지만, A+급에 달하는 엄청난 능력과 세상에 대한 막연한 분노만큼은 동일했다. 수많은 추종자를 데리고 지금까지 세상에 있는 혼돈의 절반을 그들이 만들었고, 세상의 수많은 사람이 그 뒤를 쫓았다. 막대한 능력도 한계가 있었고 그 테러리스트들도 궁지에 몰렸다. 자, 그래서 그들이 죗값을 받았을까? 그들은 달로 도망쳤다. 초능력은 그런 일까지 가능하게 했다.

프로미넌스는 계산기를 두드려보았고, 평화를 유지하는 게 낫다는 결론을 내렸다. 프로미넌스는 달에 투자하기 시작했다. 폭풍의 대양에 수많은 온실을 세우고 그곳에서 달 시민들을 위한 식량을 재배했다. 몇 년간은 괜찮아 보였다…. 한 테러리스트가 그 온실들과 함께 자폭해버리기 전에는.

지구와 달의 전면전이 일어났다. 프로미넌스의 전격적인 지원으로 지구인들은 폭풍의 대양에서 결정적인 승리를 거뒀다. 그 이후로 달은 프로미넌스에게 종속됐지만, 프로미넌스는 월인들에게 여전히 인도적인 지원을 유지하고 있다. 달은 대기조차 없는 극도로 척박한 곳이고, 지구인들의 지원 없이는 살 수 없으니. 그렇다면 월인들은 왜 굳이 여기까지 내려와서 이 난리를 피우는 걸까? 나를 구해준 레필라는 그저 테러리스트들의 후손에 지나지 않는 것일까? 피는 어쩔 수 없는 걸까?

그때 무언가 어색한 비명이 들렸다.

"아아악!"

나는 소음의 근원으로 고개를 돌렸다. 자세히 보이지는 않았지만, 두 사람이 추격전을 벌이고 있었다. 쫓는 사람에게서 희미한 빛이 일렁거렸다. 팔에 찬 측정기가 조금씩 진동했다. 틀림없이 능력을 지닌 무법자가 누군가를 쫓고 있는 것이었다. 빛의 세기로 보나, 측정기의 진동으로 보나 별로 센 사람은 아니었다.

나는 팔에 찬 측정기의 진동을 따라 질주했다. 간신히 도착했을 때 무법자는 희생자를 완전히 제압하고 있었다. 희생자는 쓰러져서 제대로 움직이지도 못했다. 희생자는 능력도 없는 것 같았다. 나는 소리쳤다.

"야, 야, 이 비겁한 새끼야! 능력도 없는 사람을 괴롭히냐!"

무법자가 고개를 돌려 나를 바라보았다. 그 비열한 얼굴에 보이는 미소와… 손의 빛. 나약한 수준의 공격 능력인 것이 분명했다. 무법자의 정신에 바로 접속할 수 있을 것 같았다. 나는 눈을 감았다, 떴다. 그러자 내 몸을 따스한 빛이 연기처럼 감싸안기 시작했다. 곧바로 그의 정신세계에 들어갔다. 그의 정신세계 속에는 자기 능력에 대한 과신이 악성 종양처럼 커다랗게 부풀어 있었다.

어렵지 않았다. 나는 2초 안에 그 능력을 취했다. C-급 근력 강화. 별것도 아닌 새끼가. 불타는 혈액이 내 혈관을 질주하고 근육이 달아올랐다. 이제 나는 그 약탈자와 동등한 초인적 근력을 가졌다. C-급 수준이긴 하지만, 글쎄, 벤치프레스와 데드리프트와 스쿼트 무게를 다 합쳐서 2,000kg쯤 들 수 있지 않을까? 그리고 같은 힘을 가진다면 내가 압도적으로 유리하다.

나는 프로미넌스에서 수년을 훈련받은 요원이며, 자랑스러운 질서의 지지자이다. 특히 고유 능력이 없으며, 나 같은 복제 따위의 메타 능력을 가진 사람은 육탄전 대비를 지긋지긋할 정도로 한다.

그 무법자는 제대로 된 스텝도 없이 그냥 달려와, 커다란 빈틈을 보이며 내게 주먹을 휘둘렀다. 주먹이 너무 느려서 당황스러울 정도였다. 몸을 최소한만 뒤틀면서 주먹을 피했다. 그래도 그 초월적인 힘을 이용하여 무법자는 뒤틀린 균형을 빠르게 바로잡으려 들었다. 물론 내가 더 빨랐다. 내 주먹이 무법자의 명치를 강타했다. 4층에서 떨어지는 것과 비슷한 충격이었을 것이다. 무법자는 아무 소리도 내지 못하고 공중에 붕 떴다가 땅으로 떨어졌다. 기절했는지 죽었는지 몸에서 빛이 새어 나오지 않았다.

치안유지팀을 부르고 쓰러진 피해자에게 달려갔다. 그리고 또 한 번 놀랐다. 쓰러져 있던 피해자는 내가 찾고 있는 신체 특성을 거의 그대로 가지고 있었다. 칙칙한 회색빛 머리카락과 보통 사람보다 훨씬 커다란 신장, 지나치게 가느다랗고 긴 신체 말단. 나는 그의 눈꺼풀을 벌려서 의식이 있는지 확인해 보았다. 회색빛 눈동자가 보였다. 월인이었다.

레필라가 저런 수준의 악당에게 쓰러졌다고? 아니, 레필라가 아니었다. 나는 월인의 팔을 들었다. 지나치게 가벼웠다…. 사람의 팔이 아니라 고양이의 손을 드는 것 같았다.

그때 그가 눈을 뜨더니 천천히 말했다.

"달동네로…"

어색한 억양이 레필라와 같았다. 나는 그를 골목 구석에 앉혔다. 월인은 많이 아프고 지쳐 보였으나 분명히 깨어 있었다.

"나를 달동네로 데려다줘요…."

"뭐요? 달동네요? 어떤 달동네?"

월인은 주소를 늘어놓았다. 나는 다급히 주소를 받아적었다. 주소를 다 말한 그는 다시 기절했다. 별로 멀지 않은 곳이었다.

달동네는 어떤 지역이 아니라 건물 내의 장소였다. 인터넷 지도에는 식당이라고 적혀 있었다. 식당은 허름한 건물의 지하에 위치해 있었고, 간판도 없었다. 나는 월인을 둘러업은 채로 문을 열고 단이 지나치게 높아 불편한 계단 아래로 내려가다가, 갑작스레 가슴이 붕 뜨고 귀가 멍해지는 느낌을 받고 당황했다. 월인이 이전보다 훨씬 가볍게 느껴졌다. 레필라를 처음 만났을 때의 느낌과 비슷했다.

나는 달동네의 커다랗지만 지나치게 가벼운 나무문을 열었다. 그리고 익숙한 목소리를 들었다.

"즐루타! 어? 첫 번째!"

레필라가 나를 놀란 눈으로 바라보았다. 첫 번째?

4

다 무너져가는 외견과는 달리, 달동네 내부는 커다란 바가 있는 깔끔한 공간이었다. 레필라는 잠시 빛을 내더니, 즐루타라고 불린, 내가 업고 있던 월인을 한 손으로 잡아 들었다. 프로미넌스에서 일하면서 온갖 초현실적인 광경을 다 봐온 나에게도 얼이 빠지는 광경이었다.

레필라가 빛을 발하는 동안 손목의 측정기는 미친 듯이 진동했다. 이제야 정확히 알 수 있었다. 그는 A0급이었다. 중력을 자기 수족보다 편하게 다룰 것이다.

"튜시스, *** 즐루타 ****"

레필라는 뒤를 돌아보고 달의 언어로 말했다. 우당탕, 하는 소리가 나더니 또 다른 월인 한 명이 달동네의 뒤쪽에서 나타났다. 레필라보다 훨씬 키가 컸다. 적어도 2.2m? 튜시스라 불린 월인은 허공에서 허우적거리며 날아오더니, 레필라에게 즐루타를 건네받고 구석으로 그를 데려갔다. 곧 튜시스의 손에서 진녹색 빛이 흘렀다.

세상에…. 그 보기 드물다는 생체 조절 및 치유 능력이었다. 측정기에 뜬 등급은 B+급. 별구경을 다하는군. 튜시스가 나를 힐긋거리더니 건조한 목소리로 뭐라 말했다. 즐루타란 사람의 상태를 설명하는 듯했다.

레퓔라가 한숨을 푹 쉬고는 나를 바라보더니 입을 열었다.

“첫 번째. 구한 거야, 네가 즐루타를?”

“아, 저 월인 이름이 즐루타가 맞다면요…. 마산항 부두 근처에서 웬 약탈자한테 쫓기고 있더군요.”

“너도 능력이 있어? 저번에는 털리고 있었잖아. 별로 세지도 않은 애들한테….”

“아니, 아니, 저도 B+급 능력자거든요? 그런데 대체 왜 제가 첫 번째입니까?”

레퓔라가 길쭉한 손가락으로 나를 가리키면서 말했다.

“너, 내가 처음으로 구해준 지구인.”

나는 잠시 머리를 짚었다가 말했다.

“제 이름은 유성우에요.”

“유성우! 이름 예쁘네. 하여튼 고마워. 즐루타를 구해준 것. 넌 여기에 온 첫 번째 지구인.”

이전보다 한층 더 능숙해진 한국어로 말하면서 레퓔라는 부담스러울 정도로 내게 가까이 다가왔다. 어쨌든 그는 전술핵폭탄이나 다름없는 힘을 가진 사람이었고, 나는 주춤주춤 뒷걸음질 쳤다. 뒤를 슬쩍 바라보았다. 문이 가까웠다.

“서로 목숨을 구해준 거니까, 이제 없는 거야, 빚은. 자, 나가. 우린 본 적 없는 걸로.”

엉덩이 쪽에 무게가 걸리는 것 같았다. 아니다. 실제로 레필라가 아주 미세한 중력을 걸고 있는 것이었다. 빠르게 사라지라 이거지. 하지만 내겐 의무가 있었다.

"저, 저기, 저는 레필라 당신을 찾고 있었는데요?"

"엥? 사인이라도 받으려고?"

"아니, 그런 게 아니라! 젠장, 업무란 말입니다. 프로미넌스에서 왔어요."

레필라의 표정이 급속도로 차가워졌다. 엉덩이가 무시무시하게 무거워지는 것을 느꼈고, 나는 순식간에 주저앉으면서 비명을 질렀다.

"어이쿠!"

"프로미넌스 놈이 여기까지 기어들어 오네?"

내 몸이 식당 바 쪽으로 질질 끌려갔다. 중력의 꼭두각시가 된 것이었다. 의자에 가까이 다가가자 내게 가해지는 중력의 벡터가 또다시 바뀌었고, 나는 의자에 주저앉았다. 레필라가 나를 혐오스러운 눈으로 바라보았다. 나는 혹시나 그의 정신에 침입할 수 있을지 시도를 해보았으나 턱도 없었다. 나는 간절하게 말했다.

"레필라님, 위해를 가하려는 게 아니에요. 프로미넌스는 초능력을 통제하고 사회질서를 유지하려고 합니다. 초능력을 통제하고… 당신의 도움을 받으려고 하는 거예요."

레필라가 히스테릭하게 웃었다.

"프로미넌스가 월인 3만 명을 죽였어. 양심이라는 게 있니, 너는?"

"그, 그건…."

무슨 말을 해야 할지 알 수 없었다. 다행히 레필라가 능력으로 내 고민을 끝내주었다. 땅바닥이 빠르게 다가왔다. 나는 어정쩡하게 뒤틀린 자세로 땅에 처박혔다. 이제야 길거리에 눌려 있던 깡패들의 신세에 완전히 공감할 수 있었다. 레필라는 내 몸에 적용되는 중력을 일괄적으로 강화하는 것이 아니라, 각 부위마다 그 정도를 다르게 해서 고통을 극대화시켰다. 내가 얼마나 물리법칙에 종속된 인간인지 똑똑히 실감할 수 있었다. 1분 정도 하면 세상과 자신의 관계에 대해 생각해보는 괜찮은 경험일 것 같기도 한데, 레필라는 1분을 훌쩍 넘은 시간까지 나를 이 중력의 족쇄에서 풀어줄 생각이 전혀 없는 듯했다.

"레라!"

그때 튜시스가 외쳤다. 튜시스와 레필라가 알아들을 수 없는 언어로 서로 대화를 나누는 것 같았다. 튜시스는 레필라를 레라라고 불렀고, 레필라는 튜시스를 튜스라고 호칭했다. 별명 같은 건가. 애칭…? 전혀 다른 목소리도 들려왔다. 내가 구한 즐루타의 목소리인 듯했다. 그럼 그의 별명은 즐루? 하지만 나는 그들의 목소리에 집중할 만한 체력이 없었다.

아…, 정말 허리가 아팠다. 이대로 죽는 건가? 만약 내 생체신호가 멈추면 분명히 프로미넌스에서 이곳을 찾아올 텐데. 빌어먹을 능력 복제 같은 기괴한 메타 능력을 가질 시간에 나도 중력 조절이나 할 수 있었으면….

그때 몸에 걸리던 힘이 풀리고 고통이 가셨다.

"어, 어, 어?"

나는 이상한 소리를 내면서 고개를 번쩍 들었다. 그 순간 내 몸이 위로 훽 쏠리더니 천천히 회전하려 드는 것을 느꼈다. 나는 바닥에 손을 내뻗었다. 그러자 바닥이 나를 밀어냈다. 나는 천장으로 치솟아 올랐다. 너무나 어지러워 미칠 것 같았다. 나는 바에 두 손으로 매달렸다. 어질거리는 시야를 간신히 바로잡았다. 눈앞에 빛나는 레필라가 보였다.

"무중력, 너 지금 우주 멀미를 겪고 있어."

레필라가 손짓하자 내 몸이 아주 사뿐히 내려앉았다. 나는 아무 의미도 자아내지 못하는 말을 읊조렸다.

"뭐, 뭐가, 무슨. 왜, 나는…, 허…."

레필라는 몸을 돌려 건물의 구석에 있는 방 안으로 들어가서는 문을 쾅, 소리가 나게 닫았다. 언제 깨어났는지, 즐루타가 대단히 피곤해 보이는 모습으로 내게 다가오더니 어깨에 손을 올렸다.

"식사는 했나요?"

나는 입을 쩍 벌린 채로 고갤 흔들었다. 즐루타가 빙긋 웃었다. 그는 적어도 레필라보다는 내게 호의적인 것 같았다.

"메뉴는 내가 골라주죠. 당신이 골라봐야 달 먼지 같은 거나 고르게 될 테니…."

즐루타는 뒤에 서 있는 튜시스에게 달의 언어로 뭐라뭐라 말한 다음, 내게 물컵을 가져다주었다. 그 물컵은 보기보다 훨씬 가벼웠다. 이 달동네에 있는 모든 것은 제각기의 중력을 따르고 있었다. 나는 겨우 이상한 맛이 나는 물을 식도로 넘겼다. 즐루타는 대단히 매끄러운 한국어로 내게 말했다.

"괜찮나요? 레라가 좀 호전적이죠."

"무… 무슨 이야기를 한 겁니까?"

"당신이 저를 구해줬다는 이야기지요. 튜시스, 이분을 좀 치료해드려. 힘들어 보이시네."

튜시스가 툴툴대며 내게 다가왔다. 그가 내 몸에 그 진록의 빛을 가져다 대자, 10대 때로 돌아간 것처럼 온몸에 활기가 돌아오는 것을 느꼈다. 생체 조절 능력을 개화했다고 해서 그 능력만으로 사람을 치유할 수 있는 것은 아니다. 아마 의학을 전문적인 수준으로 배웠을 것이다…. 아이고, 오늘 너무 많은 것을 보는군.

즐루타가 씁쓸한 웃음을 지으면서 말했다.

"역시 프로미넌스의 눈에 띌 줄 알았어요. 레라한테 그렇게 나서지 말라고 말했는데."

그때 튜시스가 나와 즐루타 앞에 음식이 든 접시를 가져다 놓았다. 칠리 콘카르네와 비슷해 보였는데, 조금 매캐한 냄새가 났다. 즐루타는 나를 보면서 들라는 제스처를 했다. 즐루타가 음식을 먹는 것을 유심히 관찰했다. 포크로 먹는 보통 음식들과 다른 바가 없는 것 같았다. 나는 포크를 들어 음식을 조금씩 떠먹다가, 대단히 진한 맛에 놀랐다. 낮은 중력 환경에서는 미뢰가 잘 작동하지 않아서 양념을 강하게 하는 건가?

달의 음식은 지구의 음식보다 훨씬 간이 셌다. 그리고 달동네의 낮은 중력 때문에 물의 표면 장력이 더 강하다 보니 음식이 쉽사리 포크에서 떨어져 흘러내리지 않았다. 내 입맛에 맞지는 않았지만, 대단히 독특한 경험이라는 건 부정할 수 없었다. 으깬 감자를 꾹꾹 씹고 있을 때 즐루타가 입을 열었다.

"저희는 지구에 정착하고자 합니다."

"네? 그럼 같이 가시죠. 한국이 아무리 망했지만 행정 체계는 돌아가고 있거든요. 난민 심사를 받으면 1년 안에 시민권을 받을 수 있을 겁니다. 특히 이렇게 희귀한 능력을 가지고 있으시니 큰 환영을 받으시겠죠."

"순진하시군요."

즐루타가 고개를 저으며 말을 이었다.

"월인은 그 어느 국가에서도 환영받지 못합니다. 지구인들은 월인을 테러리스트의 후손, 전쟁광으로 생각하죠."

나는 살짝 인상을 찡그렸다.

"월인이 전쟁을 일으킨 건 변하지 않는 사실이니까요."

"정말 월인이 전쟁을 일으켰다고 생각하시나요?"

즐루타가 되물었다. 난 고개를 끄덕였다.

"프로미넌스가 폭풍의 대양에 세웠던 수십 개의 온실이 테러로 폭발하면서 전쟁이 시작됐죠. 수많은 사람이 죽었고…."

"그 테러는 월인이 일으킨 게 아니에요."

나는 고개를 젓고, 즐루타의 지구인과는 확연히 다른 형태를 보면서 말했다.

"부정하시고 싶어도 그게 사실이에요. 테러리스트의 유전자가 월인이었지 않습니까?"

"아뇨! 우리 유전자는 지구인과 완전히 같습니다. 달에 사람이 살기 시작한 이후로 백 년도 채 지나지 않았어요. 우리의 다른 형태는 그저 달의 환경에 신체가 적응한 것에 지나지 않아요."

이 즐루타란 사람이 미친 월인이라는 생각을 했지만, 나는 일단 고개를 끄덕였다.

"좋습니다. 그럼 왜 하필이면 마산이죠? 프로미넌스가 지배력을 확장하려고 하는데요."

"이 도시가 달과 같은 꼴이 되지 않길 바라기 때문입니다."

나는 표정으로 설명을 요구했다. 즐루타가 말했다.

"달은 이제 프로미넌스의 지배하에 있습니다. 초능력 발현도 멈췄고, 우리 월인에겐 무기가 없죠. 월인은 그곳에서 노예나 다름없는 취급을 받습니다. 우린 그걸 피해 지구로 왔고, 그런 비극이 다시 일어나지 않게 할 겁니다."

"실패할 텐데요."

"적어도 시도는 할 겁니다."

"제가 동의하든 말든 신경 안 쓰시겠지만, 정말 위험한 일인 건 아시겠죠? 레필라의 능력이 강하긴 하지만, 프로미넌스에 대항할 수는 없을 거예요."

"레라의 활약만으로도, 이 도시에서 프로미넌스의 지배력이 약화하고 있는 건 알고 계시겠죠?"

"그건 역사의 격류 속에서 작은 노이즈에 지나지 않아요. 곧 프로미넌스가 이 도시의 질서를 확립할 거예요. 지금 속도대로라면 22세기 초에 지구 전체가 프로미넌스의 지배하에 있겠죠."

"더 많은 월인들이 달을 떠나 지구로 내려올 거예요. 우린 그 선구자입니다."

즐루타의 회색빛 눈동자가 빛났다.

"우리는 결코 노이즈가 아닙니다."

5

달동네에서 7시간을 보냈다. 다시 안정된 지구 중력의 품으로 돌아가자, 그야말로 고향으로 돌아온 느낌이었다. 적당한 크기의 중력가속도가 이렇게 아름답고 귀한 것인지는 몰랐다. 제발 달 지부로 전근하는 일은 없기를.

레퓔라는 내가 즐루타를 구해주었기에 해는 끼치지 않겠다고 했지만, 그래도 이곳에 들어온 이상 맹세를 해야 한다고 했다.

"이건 특이점이야."

그렇게 말하면서 레퓔라는 새끼손가락 마디 하나 정도 되는 크기의 볼록렌즈를 보여주었다. 그 렌즈의 중심을 보자마자 심대한 편두통이 몰려왔다. 볼록렌즈 속으로 빛이 휘말려 들었고, 주위로는 공간이 이지러졌다. 그다음으로 이어진 레퓔라의 선언은 충격적이었다.

"이걸 네 몸속에 넣을 거야."

"예?"

"걱정 마. 튜시스의 능력을 이용하면 하나도 안 아프니까."

튜시스의 손짓에 따라 내 왼쪽 가슴이 스스로 벌어지더니 그 특이점 렌즈를 집어삼켰다. 가슴이 살짝 볼록해졌다.

"이 특이점은 내 능력과 연결되어 있고, 네가 어딜 가든 그 위치를 알 수 있어. 프로미넌스 애들이 여기로 들이닥친다면, 글쎄, 내 손짓에 따라 렌즈가 폭발하고 중력 붕괴가 일어나겠지….”

중력 붕괴가 일어나면 어떤 아름다운 사건이 벌어지는지는 굳이 묻지 않았다. 레필라의 능력은 비교적 단순한 중력 조절이었지만, 그것을 응용하는 실력은 가장 잘 훈련받은 프로미넌스 요원보다 뛰어났다.

호텔에서 몸을 씻으니 지저분한 땟국물이 줄줄 흘러내렸다. 바닥에 오래도 박혀 있었나 보군.

다음 날, 조식 뷔페에서 일단 식사를 했다. 이상하게 나 말고 다른 현장 요원들을 찾을 수 없었다. 나는 업무실로 쓰고 있는 라운지층으로 향했다. 그런데 엘리베이터 앞에서 갑자기 가슴이 벌렁대기 시작하는 것이었다. 나는 가슴을 문지르면서 벽에 등을 댔다. 의무실로 가야 하나? 설마 레필라가 렌즈에 무슨 마법을 부렸나? 그래서 이 렌즈가 내 생각과 동기를 읽는 건가? 그럴 리가 없었다. 이 렌즈는 미묘한 중력 섭동을 통해 레필라가 내 위치를 감지할 수 있도록 했지만, 그 이상은 할 수 없었다. 가슴 속에 든 렌즈가 내 감정을 유도하거나 할 리는 없었다. 단순한 불안이었다.

달동네에서 즐루타에게 들은 이야기가 계속 나를 괴롭히고 있었던 것이다. 프로미넌스가 폭풍의 대양에서 일어난 온실 테러들을 기획했다고? 믿기 힘들었다. 프로미넌스는 초능력 발현 이후 실시간으로 파멸을 향해 돌진하는 문명의 유일한 안전망이다. 프로미넌스가 없었다면 지구는 이미 말 그대로 반 토막이 났으리라. 이종예에게 말하는 게 좋을까? 하지만 내 가슴에는 중력 렌즈가 잠들어 있었다. 아이고….

내 방으로 돌아갔다. 책상 위에 던져두었던 터미널을 실행했다. 순식간에 3차원 홀로그램 디스플레이가 내 책상 위를 가득 채웠다. 프로미넌스 인트라넷의 데이터베이스에 접속해서 월인을 검색했다. 의아하게도, 내가 접근할 수 있는 프로미넌스의 데이터베이스에는 단 한 명의 월인도 기록되어 있지 않았다. 한국에서 활동하는 12,915명의 프로미넌스 요원들은 전부 지구인이었다. 내 보안 등급이 너무 낮기 때문인가? 아니면 그저 확률상의 문제인가?

조금 더 뒤적거린 후, 나는 지난달 전쟁에서 기록된 자료 몇 개를 찾아냈다. 내 보안 인가 등급으로는 꿈도 꿀 수 없는 내용이었다. 혹시나 싶어 손을 댔지만, 자물쇠 모양이 떠올랐다. 그때 팔에 찬 측정기가 진동했다.

〔장비를 스캔합니다. 임시 3등급 보안 인가가 주어졌습니다. 환영합니다, 프로미넌스의 유성우 요원님.〕

그리고 3차원 사진들 여럿이 수록된 데이터베이스가 내 앞에 떠올랐다. 나는 3차원 사진들과 여러 기록을 하나씩 넘겨보았다. 폭풍의 대양 테러 사건, 온실 수십 개의 폭발, 이어지는 기근….

내 상식이 옳았다. 자료 몇 부분이 검열되어 있긴 했지만, 그 검열이 벗겨진다 해서 결정적인 차이가 생길 것 같지는 않았다. 월인들에 대한 연민과 경멸이 마음속에서 뒤엉켰다. 그러나 확실히 경멸이 더 컸다. 망상에 휩싸여 세상을 위협하고자 하는 꼴이라니.

별다른 수확을 거두지 못한 나는 허공에서 손을 계속 흔들었다. 그러다가 내 임시 보안 등급으로 확인할 수 있는 마지막 사진까지 홀로그램 스크롤이 내려갔다. 온실이 폭발하기 전에 마지막으로 촬영된 3D 스냅숏 묶음 중 몇 장의 사진이었다. 홀로그램 디스플레이 전체가 그 순간을 3차원으로 모사했다.

무수히 많은 밀이 심어진 온실, 그 한가운데에 테러리스트가 서 있다. 그는 팔다리를 쭉 편 채 온몸을 잔뜩 긴장시킨다. 가슴에서 막대한 빛이 흘러나와서 전신을 알아볼 수 없다. 폭발 직전이리라. 나는 그의 왼손이 빛에 아직 집어 삼켜지지 않은 것을 보았다. 왼손은 상당히 흐릿했다. 난 이상한 기시감에 사로잡혔다.

3차원 사진의 흐릿한 왼손을 확대했다. 오른손을 살짝 돌렸다. 인공지능이 흐릿해진 부분의 복셀을 선명하게 만들기 시작했다. 몇 분 지나지 않아 평범한 손이 드러났다. 하지만 평범한 손이면 안 되는데? 달동네에서 본 손가락들을 생각했다. 너무나도 얇은 손가락, 조금만 무리해도 금방 똑 부러질 것 같은 손가락. 즐루타의 목소리가 머릿속에서 울렸다.

'우리의 다른 형태는 그저 달의 환경에 신체가 적응한 것에 지나지 않아요.'

와락 겁을 먹고 두 팔을 앞으로 흩뿌렸다. 터미널이 종료되면서 홀로그램 디스플레이가 순식간에 사라졌다. 내 머릿속에 떠도는 불길한 예감 때문에 구역질이 날 것 같았다.

왜 나는 레퀼라가 특이하다고 느꼈던 거지? 지난 몇 년간 왜 나는 월인을 보지 못한 거지? 이종예는 모든 월인이 불법 체류자로 등록됐다고 말했다. 내가 외부 세상이 돌아가는 꼴에 관심이 없기는 했지만, 달 사람들이 지구에 오는 것을 막을 정도로 우리가 그들에게 적대적으로 굴어야 했나? 우리가 전쟁에서 이겼는데?

프로미넌스의 요원으로 일하면 수입도 짭짤하지만 충분한 자긍심도 얻을 수 있었다. 하지만 프로미넌스가 지구와 달의 전쟁을 꾸몄고 월인들을 복속시켰다고? 문명은 그 보호 속에서 사람들이 진정 자유롭기 위하여 존재하는 것 아니었나?

나는 비틀거리며 문 쪽으로 걸어갔다. 문을 열자 익숙한 얼굴이 보였다. 이종예였다. 그는 아주 더러운 정장을 입고 있었다. 본능적으로 능력에 불을 당기고자 하다가 그만뒀다. 의미가 없었다. 이종예, 그도 나와 같은 메타 능력자였다. 물리법칙이 아니라 능력 자체에 작용하는 메타 능력. 내가 다른 사람의 정신에 깃든 능력을 잠시라도 복제하여 내 것으로 할 수 있듯, 그는 다른 능력을 완전히 무효화할 수 있었다. 서로에게 의미가 없는 무기였다. 그런데 왜 내가 능력을 사용하려 한 거지? 나도 모르겠다. 난 물었다.

"팀장님?"

"잘했네."

나는 이종예를 멍하니 바라보았다. 이종예가 내 팔을 가리켰다.

"이 얼간아!"

"예?"

"당연히 그 정도 장비면 위치 추적이 되지 않겠나? 용건은 끝났네. A0급 중력 조절에 B+급 치유력까지! 마산에서 월척이 둘이나 낚였어."

레필라의 중력 조절 능력이 아무리 강하더라도, 괜찮은 능력자들이 잘 조합된다면 개인쯤은 충분히 제압할 수 있다. 이종예의 무효화 능력은 특히 강한 능력자를 제압하는 데 상당히 유용했다. 중력 조절 능력 하나만 막으면 되니…. 튜시스의 생체 조절 능력은 전투용으로는 적합하지 않다. 나는 억지웃음을 지었다.

"그렇군요. 그렇다면 그 두 사람이 제 동료가 되는 겁니까?"

"글쎄, 그들은 월인이지. 테러리스트들의 피를 타고난 자들이 우리 문명을 지킬까. 하지만 그 능력은 쓸모가 있어. 비록 이 동네는 똥통이지만 많은 능력자를 확보한 것처럼…."

나는 이종예에게 달려들었다. 이종예는 날렵하게 피했다. 메타 능력자 둘의 싸움은 순전한 육탄전이며, 이종예도 나처럼 철저한 근접전 훈련을 받았다. 그래도 자신 있었다. 오랫동안 팀장으로 근무하던 이종예보다는 내가 현장에서 훨씬 오래 굴렀다. 게다가 이종예는 달동네에서 한바탕 했을 터였다. 주먹을 몇 초간 주고받은 다음, 나는 그에게 돌진했다.

"윽!"

이종예가 신음을 내면서 뒤로 쓰러졌다. 가슴속에 차오르는 격렬한 분노 때문에 정신을 차릴 수가 없었다. 사실 왜 화가 나는 건지도 이해할 수 없었다. 나는 그의 위에 올라탔다. 이종예의 그 잘난 얼굴에 오른쪽 주먹을 내리꽂았다. 우리 둘은 호텔 방을 함께 굴렀다. 이종예가 훨씬 힘이 부치는 것처럼 보였다.

나는 소리쳤다.

"대체, 대체 무슨 일이 일어나고 있는 겁니까!"

이종예는 답하지 않고, 왼쪽 주먹으로 내 가슴을 후려쳤다. 별로 힘이 들어가진 않았다. 괜찮을 것이다.

"억!"

나는 가슴을 강렬히 쥐어짜는 통증에 신음했다. 이건, 대체, 뭐지? 왜 이렇게, 아픈 거야, 나는 너무 아파서 덜덜 떨었다. 가슴 속에서 무언가 강렬하게 요동치는 느낌이었다. 아, 맞다, 렌즈. 나는 옆으로 쓰러졌다. 이종예가 일어서서 나를 짓밟는 것이 보였다.

의식이 잦아들었다.

6

임무 도중에 방출 능력자가 쏜 플라스마 탄환에 가슴 정중앙을 관통당하는 꿈을 꾼 다음, 나는 눈을 떴다. 난 속박된 채로 바닥에 주저앉아 있었다. 어슴푸레하지만 차가운 금속성의 빛이 앞뒤로 긴 방을 밝혔다. 방 안에는 희미한 조명뿐, 자연광이 들어오는 것을 전혀 느낄 수 없었다. 나는 몸이 가끔씩 여기저기로 쏠리는 것을 느꼈다. 그제야 깨달았다. 지금 나는 프로미넌스의 반중력 부양 열차 안에 있다. 반중력 열차는 공기저항을 제외한 모든 마찰에서 자유롭지만, 역시 관성에서는 자유로울 수 없기에 내 몸이 쏠리는 것이다. 그리고 이곳은…, 죄수실이군.

내 앞쪽, 손이 닿을 수 없을 정도로 충분히 먼 곳에 두 월인이 의자 위에 옹기종기 묶여 있는 것을 보았다. 즐루타와 튜시스. 즐루타는 의식을 완전히 잃은 채였지만, 튜시스는 크게 다치지는 않은 듯했다. 능력자를 살려두려는 것인가…. 나는 입을 벌렸다.

"튜시스."

튜시스가 움찔하더니 고개를 들었다. 내가 본 것 중 가장 강력한 치유 능력을 가진 월인. 그의 머리카락에는 레필라의 잿빛 회색과는 또 다른 푸른 회색이 감돌았다. 튜시스가 나를 노려보더니 즐루타에 버금가는 한국어로 말했다.

"지구인, 꼴을 보니 우릴 팔아넘긴 값이 은전 스무 닢도 되지 않았나 보네. 레라가 옳았어."

원한이 뚝뚝 떨어지는 목소리였다. 나는 머리를 흔들었다. 혀를 휘감는 쇠 맛. 그제야 입안이 터졌다는 것을 깨달았다.

"…무슨 일이 있었던 겁니까?"

"네게는 부끄러움이란 게 없는 모양이지?"

"정말로 모릅니다. 만약 제가 밀고했다면 여기 같이 갇혀 있겠습니까?"

"네가 떠나고 나서 다섯이 넘는 프로미넌스 요원들이 들이닥쳤다. 전부 중급 이상의 능력자였고, 레라도 최선을 다했지만 역부족이었다. 그 무력화 능력만 아니었어도 다 으깨버렸을 텐데. 중력 조절이 차단당하니 답이 없었지.”

최악의 상황이었다. 레필라는 아마 이종예와 함께 있을 것이다. 누군가 능력을 잠재워야 할 테니…. 우습게도, 이종예 덕분에 나는 살아남았다. 레필라가 내 가슴 속에 든 렌즈를 깨버리기 전에 능력이 무효화된 것이다. 나는 두 눈을 감고 말했다.

“…걱정 마십시오. 강원도…, 강원도로 가려 하는 듯합니다. 그곳에서 무법자들에게 충성 서약을 시키고 요원들을 양성합니다. 저는 약탈자 생활을 한 게 아니라 자원해서 프로미넌스에 들어간 거지만….”

“그래, 그럴 줄 알았어. 이제 지구에서도 똑같은 일을 하고 있군. 하긴, 달이나 마산이나 중력 빼고는 다를 것 없지. 달은 가장 취약한 곳이었고, 이제 지구의 취약한 동네들을 하나씩 정리하는 거지.”

“하, 하지만… 그건 어쩔 수 없는 일입니다. 능력은 너무나 강력해요. 사람들이 그 힘을 마음대로 휘두르면 문명이 유지될 수 없어요. 프로미넌스가 모든 면에서 최선이라고 생각하지는 않지만, 누군가는 통제를 해야 합니다. 그래서 달에서 전쟁이….”

“오, 프로미넌스에게 꼬리라도 흔드는 개새끼 같군, 그래. 지금 우리가 여기 처박혀 있는 것도 다 문명을 지키기 위해서라고? 열사 납셨군.”

나는 입을 앙다물었다. 내가 충성 서약할 때를 떠올렸다. 프로미넌스는 능력이 좋은 곳에만 쓰이는 세계를 약속했다. 지나치게 강한 능력을 가진 개인의 변덕만으로 좌지우지되지 않는, 내일을 예측할 수 있는 세상. 그 세상은 월인들의 피 위에서 자라났나?

"잘…, 잘 모르겠어요. 차라리 당신들을 만나지 않았으면 좋았겠다고 생각해요."

"너도 좆된 거야, 이제. 하긴 모르는 것도 죄니까."

프로미넌스가 공을 세운 요원을 죄수 칸에 묶어두진 않겠지. 나는 멍하니 앉아서 열차의 움직임을 느꼈다. 튜시스가 한숨을 푹푹 쉬다가 내게 말했다.

"야, 개새끼, 넌 무능하냐?"

"네?"

"능력이 뭐냐고. 프로미넌스 요원이니까 능력은 있을 거 아냐. 뭐, 분쇄 능력 같은 거 없어?"

나는 고개를 절레절레 저었다.

"제 능력은 전투용이 아닙니다."

"젠장, 괜히 레라가 약골이라고 한 게 아니네. 괜히 프로미넌스 놈들이 감시도 없이 우릴 여기에 처박은 게 아니고. 정확히 무슨 능력인데?"

"능력을 쓰는 도중에 다른 사람의 마음에 들어가고…, 그 능력을 취할 수 있어요. 잠시지만."

또 침묵. 나는 운명을 바꿀 수 없으리라고 생각했다. 여기서 복제할 수 있는 능력은 튜시스의 능력뿐. 치유력으로 좀 더 활기찬 몸으로 내릴 순 있겠군. 날 치유해준다면 말이지…. 씁쓸하게 입맛을 다시던 차에 튜시스가 내 가슴을 가리켰다.

"어, 너, 그럼, 가슴!"

이 상황에 갑자기 뭔 소리야. 이 월인이 드디어 미쳐버렸나? 내가 튜시스를 경멸의 눈빛으로 바라보자, 튜시스가 고개를 절레절레 저었다.

"네 가슴 속에 레라의 힘이 들어 있잖아. 특이점! 그것도 능력이 발동 중인 거잖아. 그럼 베낄 수 없어?"

아!

"하, 하지만… 보이지 않는걸요. 그 힘이…."

튜시스가 소리 질렀다.

"이 멍청이, 내 능력을 베껴!"

"그, 그런 게 되나?"

튜시스는 답하지 않고 행동했다. 순식간에 튜시스의 몸이 진록으로 빛나기 시작했다. 나는 반신반의하면서 내 능력의 심지에 불을 당겼다. 나는 튜시스의 정신에 맞닿았다. 아찔했다. 그의 정신에는 평소라면 내가 결코 비집고 들어갈 수 없는 강인한 의지와 분노가 깃들어 있었다. 나는 인상을 썼다.

"좀 더, 좀 더 내게 마음을 열어봐요."

"그게 돼? 이 멍청아?"

튜시스는 그렇게 말했지만, 그러는 동안에도 나는 튜시스의 마음에 두껍게 쌓인 수많은 정신의 방어기제가 풀려나가는 것을 확인할 수 있었다. 진록의 치유력이 내게 깃들기 시작했다. 나는 신음을 흘렸다. 튜시스가 내 몸에서 파장이 흘러나오는 것을 보며 소리쳤다.

"가슴에 정신을 집중해. 세포들이 그 속에 든 걸 밀어낸다고 생각해! 그 이미지를 떠올려! 메타 능력자들은 다들 너처럼 바보야?"

"이런 건 훈련받은 적이 없거든요? 저도 잘 쓰는 능력은 대단히 잘…"

"토 달지 말고 집중해!"

나는 숨을 가다듬었다. 내 가슴이, 속에 든 것을 토해낸다. 토해낸다. 토해낸다. 스스로 세포들이 길을 열고 상처를 만든다. 그 상처 속에 잠들어 있는, 레필라의 힘이 깃든 렌즈가 튀어나온다. 튀어나온다…. 이를 꽉 깨물었다.

젠장, 아프잖아! 눈을 떠서 내 가슴팍을 바라보았다. 가슴에서 피에 물든 렌즈가 조금씩, 조금씩 튀어나오고 있었다. 그렇게 생긴 구멍으로 피가 줄줄 흘렀다.

"허어, 허어, 허어어…."

"좋아, 바로 그거야. 집중해!"

특이점 렌즈가 내 몸 밖으로 튀어나와, 바닥에 떨어져 굴렀다. 이전처럼 렌즈 속에서는 일그러진 공간이 휘몰아치고 있었다. 나는 숨을 몰아쉬면서 가슴에 난 구멍을 닫았다. 여는 것보다 닫는 게 훨씬 쉬웠다. 입에 울컥 피가 차올랐다. 나는 피를 퉤, 뱉고는 렌즈를 보았다.

"젠장, 이렇게 센 능력은 한 번도 복제해본 적 없는데…."

"원래 지구인들은 중요한 순간에 그렇게 나불대냐?"

특이점 렌즈는 레퓔라가 만든 것, 레퓔라의 막대한 중력 조절 능력이 그대로 깃들었다. 레퓔라는 이종예에게 능력이 무효화됐고, 그렇다면 자신의 능력에 대한 통제 또한 많이 줄었을 것이다. 내 눈앞의 특이점은 그 누구의 의지에도 속해 있지 않은 주인 없는 힘이었다. 하지만 내가 과연 이 커다란 힘을 뽑아낼 수 있을까? 감히 상상할 수 없을 정도로 커다란 힘을? 그리고 이 힘을 빼앗아 프로미넌스에게 대항한다고? 그건 정말로 돌이킬 수 없는 길로 가는 건데? 차라리 죄수의 삶이 낫지 않을까? 나는 렌즈를 바라보면서 말했다.

"제, 제가 질서 있는 세상을 원한 건… 그 속에서야말로 정의가 실현되리라고 믿어서였어요."

튜시스는 답하지 않았다. 내가 말을 이었다.

"이, 이런 질서는 정의가 아닐 겁니다. 아, 아마도… 아니."

나는 그렇게 확신했다.

나는 내 모든 파장을 특이점 렌즈에 집중했다. 렌즈 속에서 일그러진 공간이 조금씩 풀려났다. 그리고 나는 힘을 얻었다. 내 몸에서 태양과 같은 찬란한 빛이 흘러나왔다. 나 자신이 너무나도 빛나 아무것도 볼 수 없었다. 그러나 괜찮았다. 중력, 만유인력. 그 힘은 세상의 아무리 미약한 존재라도 가지고 있으며, 무한한 범위에 내뿜는다. 아무리 미약한 존재라도 중력파를 뿜어낸다…. 그리고 난 그 중력파를 내 수족처럼 파악할 수 있었다. 오히려 원래 내가 가지고 있는 감각들이 나를 방해했다.

나는 눈을 감고 팔을 들어 올렸다. 수갑 바깥 쪽으로 동그랗게 형성되는 중력의 띠를 형성했다. 우주의 물리법칙이 잠시나마 나를 위해 그 고고한 고집을 꺾었다. 나를 억제하던 수갑이 바깥쪽으로 찌그러지더니 튕겨 나갔다.

나는 일어서서 다리를 한번 돌려보았다. 전능한 기분이었다. 당장 이 불쾌한 반중력 열차를 갈기갈기 찢어버리고 싶었다. 내게는 그럴 수 있는 힘이 있었다.

"성공했냐?"

튜시스의 목소리임을 알았다. 나는 부푼 가슴을 조금 잠재웠다. 심호흡을 했다. 자기 힘에 지나치게 도취해서는 안 된다…. 심지어 이것은 나의 힘도 아니고 잠시 빌려온 힘일 뿐.

나는 내 마음 한 편에 찌그러져 있던 내 본래 힘을 확인했다. 이 중력 조절 능력이 얼마나 오래 갈 수 있을까?

"5분이에요."

"5분?"

나는 힘으로 이루어진 숨결을 토해내면서 말했다.

"제가 이 힘을 쓸 수 있는 시간이요. 가요."

월인들이 차고 있던 수갑을 똑같은 방법으로 해제해주었다. 또다시 굉음이 퍼져나갔다. 내가 손을 휘젓자 즐루타에게서 중력의 영향이 사라졌다. 튜시스가 익숙하다는 듯 즐루타를 집어 들었다.

그제야 앞에 봉인되어 있던 문이 열렸다. 다급히 소총을 내게 겨누는 사람들 몇 명이 보였다. 너무 가소로워서 어처구니가 없었다. 딱히 동작을 취할 필요도 없었다. 내 생각에 따라 그들의 소총은 그 중심점으로 무시무시한 속도로 찌그러졌다. 그 가련한 병사들은 찌그러지기 시작한 총을 놓쳤고, 당황할 시간도 없이 바닥에 처박혔다. 튜시스가 내 뒤를 따라오면서 다친 사람들을 일일이 치료해주는 것을 중력파의 변동으로 느꼈다.

앞쪽으로 걸어나가는 동시에 반중력 기술로 떠다니는 열차에 조금씩 중력을 가했다. 이 인공적인 반중력은 지나치게 불쾌했다. 열차가 조금씩 속도를 늦추기 시작했다. 사이렌이 울렸다. 곧 내 앞을 수많은 능력자와 보통 사람들이 가로막았다. 마음 같아서는 나도 좀 더 극적으로 굴고 싶었다. 레필라처럼, 지휘자처럼 손을 내젓고 싶었다. 하지만 그럴 시간이 없었다. 나는 담담히 앞으로 걸어가면서 나를 가로막는 자들을 처박고 흩날렸다.

일곱 개의 차량을 지나면서 서른이 넘는 사람들을 제압하고 나자, 열차가 급히 멈추면서 땅바닥으로 가라앉았다. 나와 튜시스는 앞으로 살짝 날아갔지만, 내가 관성을 제어했다. 앞쪽, 마지막 차량의 문이 열렸다.

이종예와 웬 덩치 큰 남자가 팔짱을 끼고 나를 보고 있었다. 나는 그 덩치를 기억했다. 즐루타에게 큰 상처를 입힌 C-급 깡패였다. 깡패의 눈에서는 이미 초점이 완전히 사라져 있었다. 오, 충성 서약의 의미를 알 것만 같았다. 그 뒤, 차량의 맨 끝에 익숙한 회색 머리카락이 보였다. 레필라. 그는 자신의 능력이 억제된 채로 고개를 치켜들어 우리를 지켜보았다. 나는 그 눈에 깃든 감정을 짐작할 수 없었다. 나는 이를 갈면서 힘을 끌어냈다.

순간, 중력과의 연결이 끊겼다. 몇 분 되지도 않은 만남이었지만 나는 마음속에 커다란 공허감을 느꼈다. 이종예가 웃었다.

"이래서 나는 상급 능력자 하나보다 중하급 능력자 여럿을 선호해. 상급 능력자는 능력 하나만 차단하면 너무 쉬워지잖아? 그에 비해 중하급 능력자들의 조합으론 별별 신기한 짓을 다 할 수 있지. 봐, 이 C-급 근력 강화자 한 명으로 할 수 있는 걸 보라고."

초점이 완전히 나간 깡패가 껄껄 웃으며 좌석 하나를 내리쳤다. 쇠로 된 의자가 플라스틱처럼 손쉽게 뒤로 꺾였다. 나는 뒤로 주춤주춤 물러서면서 깡패의 정신에 접속하려고 했다. 나는 가상의 촉수를 그의 정신에 뻗었다….

그 촉수는 곧장 튕겨 나왔다.

"어, 어떻게? 고작 C급인데 복사가 안 되지?"

공포가 마음속을 뒤덮었다. C-급은 C-급이다. 저 정도 힘이면 내 팔을 쥐어짜 육즙을 낼 수 있다. 이종예의 웃음소리가 들렸다. 그제야 이해할 수 있었다. 내 앞에서 무시무시한 힘을 휘두르고 있는 이 작자는 완전히 세뇌되었고, 살아 있는 기계나 다름없었다. 기계의 능력을 베낄 순 없다. 나는 이를 꽉 깨물고 말했다.

"튜시스, 도망치세요. 능력 차단자예요. 나 혼자서 어떻게든 할 테니."

아무런 답도 돌아오지 않았다. 옆을 바라보았다. 튜시스도 떨고 있었다. 하지만 그도 뒷걸음질 칠 생각은 없는 것 같았다.

"새꺄! 내가 혼자 튀긴 또 어떻게 튀냐? 싸워! 치료해줄 테니!"

곧 근력을 강화한 약탈자가 우리와 가까워졌다. 그는 대뜸 팔을 휘두르는 것으로 인사를 대신했다. 여전히 그의 움직임은 느렸다. 나는 그의 빛나는 주먹을 날렵하게 피했다. 그의 팔이 한 번 움직일 때마다 돌풍 같은 소리가 났다.

"아, 아, 아주 재미나는군!"

뒤에서 이종예가 나를 비웃었다. 나는 계속 들이닥치는 공격을 피하느라 도저히 입을 열 시간이 나지 않았다. 점점 몸이 무거워졌다. 내가 유효한 타격을 가할 수 있을까? 그때 레필라가 외쳤다.

"야! 첫 번째! 멍청아, 무능력해? 넌?"

하지만 나는 복제자다. 복제할 수 있는 능력이 없다면 지나치게 무력하다. 오, 심지어 나는 이렇게 나약한 정신적 좀비에게도 지는 건가. 잠시 그 비릿한 상념에 잡히는 동안 그 좀비깡패가 내 손목을 잡았다. 나는 손을 다급히 뺐다. 아니, 그러려고 시도했다.

할 수 있는 게 없다. 할 수 있는 게. 손목이 비틀렸다.

내가 할 수 있는 건 능력 복제. 나 혼자서는 아무것도 할 수 없나?

나는 능력 복제자. 이종예는 능력 차단자. 레필라는 중력 조절자. 내 앞에 이 좀비 탱크는 근력 강화자. 이종예는 지금 중력 조절을 차단하고 있다. 그렇다면 내가 무얼 할 수 있을까?

나는 메타 능력자들끼리의 싸움은 무조건 육탄전이라는 관념에 너무 사로잡혀 있었다.

손목이 휘어지는 것을 느끼면서 나는 이종예의 정신에 접근했다. 처음으로 하는 일이었다. 이종예의 정신에서 엄청난 오만함이 느껴졌다. 나는 한때 그가 이 세상을 지키기 위해 함께 싸우는 동료라고 생각했다. 아니었다. 그는 능력자들을 마음대로 조종할 수 있다고 생각하고 있었다. 그리하여 이 세상을 프로미넌스의 것으로 만들 수 있다고 믿고 있었다. 나는 그 생각이 전혀 마음에 들지 않았다.

그래서 이종예의 능력을 복제했다. 그의 마음은 활짝 열려 있었고, 어렵지 않았다. 동시에, 나는 이종예의 능력을 상쇄했다. 차단 능력이 부딪히면서 나와 그의 몸에 빛이 피어올랐다.

동시에 레필라의 몸에 빛이 돌아왔다.

"아, 아아아!"

갑자기 중력이 우리를 짓누르는 느낌을 받았다. 아니, 이건 레필라가 중력으로 우리를 짓누르는 게 아니었다. 열차가 무시무시한 속도로 떠오르고 있었다. 이건 열차의 반중력장 발생 장치가 일으키는 기적이 아니었다. 바로 레필라의 힘이었다. 나는 고통을 잠시나마 잊고 레필라를 바라보려다가 눈을 돌렸다. 레필라는 눈이 멀 것 같은 빛을 내뿜고 있었다. 방금 전 내가 내뿜던 빛은 레퓔라가 지금 발하는 빛에 비하면 손전등 수준도 되지 않는 것처럼 느껴졌다.

"으아아아아!"

능력자가 감정적으로 극한에 다다랐을 때 그 능력은 어느 때보다 강해진다.

열차 속의 모든 물체가 제각기의 가속력과 제각기의 방향으로 온갖 곳으로 튕겨 나가기 시작했다. 속절없이 세상이 수십 번 뒤집히는 경험을 할 수밖에 없었다.

그동안 나는 이종예와 약탈자 그리고 열차가 한 점으로 끝없이 뭉쳐 들어가는 것을 보았다. 그 둘은 너무나 극심하게 집중된 작은 중력의 특이점 속으로 빠져들고 있었다. 중력 붕괴가 일어났다. 나는 이종예와 약탈자가 시뻘건 가스로 화하는 것을 보았다.

음, 맞아, 중력이 충분히 강하면 블랙홀이 될 수 있지. 지구 위에 블랙홀이 탄생하는 걸 다 보는군. 도대체 이 능력의 한계는 어디까지지? 의문을 가지던 차에 무언가에 머리를 세게 부딪혔다. 정신을 잃고 싶었던 나로서는 반가운 일이었다.

7

눈을 떴다. 어두웠다. 저 위로 찬란한 보름달이 둥둥 떠 있는 것이 보였다. 지구에서도 보이는 달 정착지가 확실히 눈에 띌 정도로 크게 뜬 달이었다. 나는 누워 있었다. 누워 있다고 느꼈다. 튜시스가 손에 진녹색 파장을 띤 채로 나를 바라보고 있었다. 레펄라의 목소리가 들려왔다.

"보지 마, 아래. 또 기절하면 귀찮을 거야. 튜시스는."

일단 내 자세가 어떤지부터 알아보았다. 나는 하늘을 바라본 채로 땅에 평행한 자세였다. 그러니까 누운 채로 떠 있었다. 나는 자세를 천천히 땅에 수직이 되도록 바로잡았다. 쉽지 않았다. 내가 몸에 조금만 힘을 줘도 몸이 여러 방향으로 마음껏 날렸다. 나는 지금 무중력 상태에 있는 것이다. 중력이라면 지긋지긋했다.

허공에서 자세를 바로잡으려고 애를 쓰고 있자니 갑자기 어떤 힘이 내게 작용하는 것이 느껴졌다. 나는 강제로 바로 섰다. 고개를 돌려서 이 힘의 근원을 찾았다. 하늘 저 위에 한심하다는 눈으로 나를 바라보고 있는 레펄라가 보였다. 그 옆으로 즐루타가 매우 익숙한 듯이 허공에 걸쳐져 있었다.

나는 무심코 아래를 바라보다가 가슴이 덜컹 내려앉았다. 마음을 굳게 먹어도 역시 적응하기 쉽지 않았다. 저 밑으로 산산조각이 난 반중력 부상 열차가 불타고 있었다. 프로미넌스의 소방대에서 보낸 능력자들이 보였다.

"일이 참 커졌어. 덕분이야, 지구인."

레필라의 핀잔을 들은 나는 좀 뻔뻔해지기로 했다.

"다행이네요. 이제 다시 마산으로 돌아갈 거예요?"

"마산에 연대 하나가 투입됐어, 프로미넌스에 의해. 뭐, 첫 번째가 그런 면에선 옳아."

"옳다고요?"

"내가 혼자 맞서 싸울 순 없어. 군대랑. 다른 데로 가야지. 힘을 합칠 거야. 다른 월인들이랑."

"어디로…?"

"비밀. 넌 프로미넌스의 주구. 우리랑 적."

모든 월인이 웃었다. 튜시스조차! 난 쓴웃음을 지었다.

"전 절대 프로미넌스로 못 돌아간다고요."

"그럼 어떡할 거야?"

"어…, 글쎄요…."

"한가하진 못해. 진로 상담을 해줄 정도로. 그래도 첫 번째, 넌 지구인이지. 능력도 있으니, 편하겠지? 살기에? 잘 살아. 우린 간다."

레필라가 말을 끝내자 월인들이 한 방향으로 천천히 이동했다. 나는 깜짝 놀라서 허우적거렸다.

"저기요, 저기요!"

레필라가 고개를 돌렸다.

"왜, 첫 번째? 아, 맞다, 중력. 내려줄까?"

"원래 능력자 조합에는 메타 능력자가 꼭 하나는 있어야 하거든요? 여러분들, 메타 능력자 하나 때문에 망할 뻔했잖아요? 복제자 구하기 쉽지 않아요. B+급이라면 정말로 특급 인재로 취급받는단 말이에요. 그러니까 저 같은 복제능력자 지구인을 하나 데리고 다니는 것도 나쁘지 않다, 뭐, 그런 추론을 할 수 있지 않겠나 싶기도 하네요. 흠, 튜시스, 저 치료 잘 해준 거 맞죠? 머리가 좀…."

레필라가 피식 웃었다.

"첫 번째, 너 면접 봐?"

"예?"

"됐어. 지구인도 하나쯤은. 괜찮을지도. 지구 언어 교사 필요해. 나. 그런데, 괜찮겠니? 아주 힘든 길, 우리 앞에 기다려."

난 눈을 감았다.

"글쎄요. 한 번 알면 돌이킬 수 없는 게 있군요."

레필라가 고개를 끄덕였다.

"레라라고 불러."

"진짜요? 그거 애칭 아니에요?"

딱히 답은 돌아오지 않았다. 레필라, 아니, 레라는 침묵하고 앞으로 날아갈 뿐이었다. 곧 내게도 가속이 실렸다. 나는 굳이 굴러들어온 기회를 걷어찰 필요는 없다고 생각했다. 좋다, 이제부터 나는 그를 레라라고 부를 것이다. 레퓔라도 아름다운 이름이지만 언어의 경제성은 중요하지 않나. 또, 0.5초가 급박한 전투 상황에서 '레퓔라!'라고 세 글자 이름을 부르는 것보다 '레라!'라고 부르는 게 생존성도 오를 테고.

달에서 온 사람들의 회색 머리칼이 달빛을 받아 빛났다.

키스의 기원

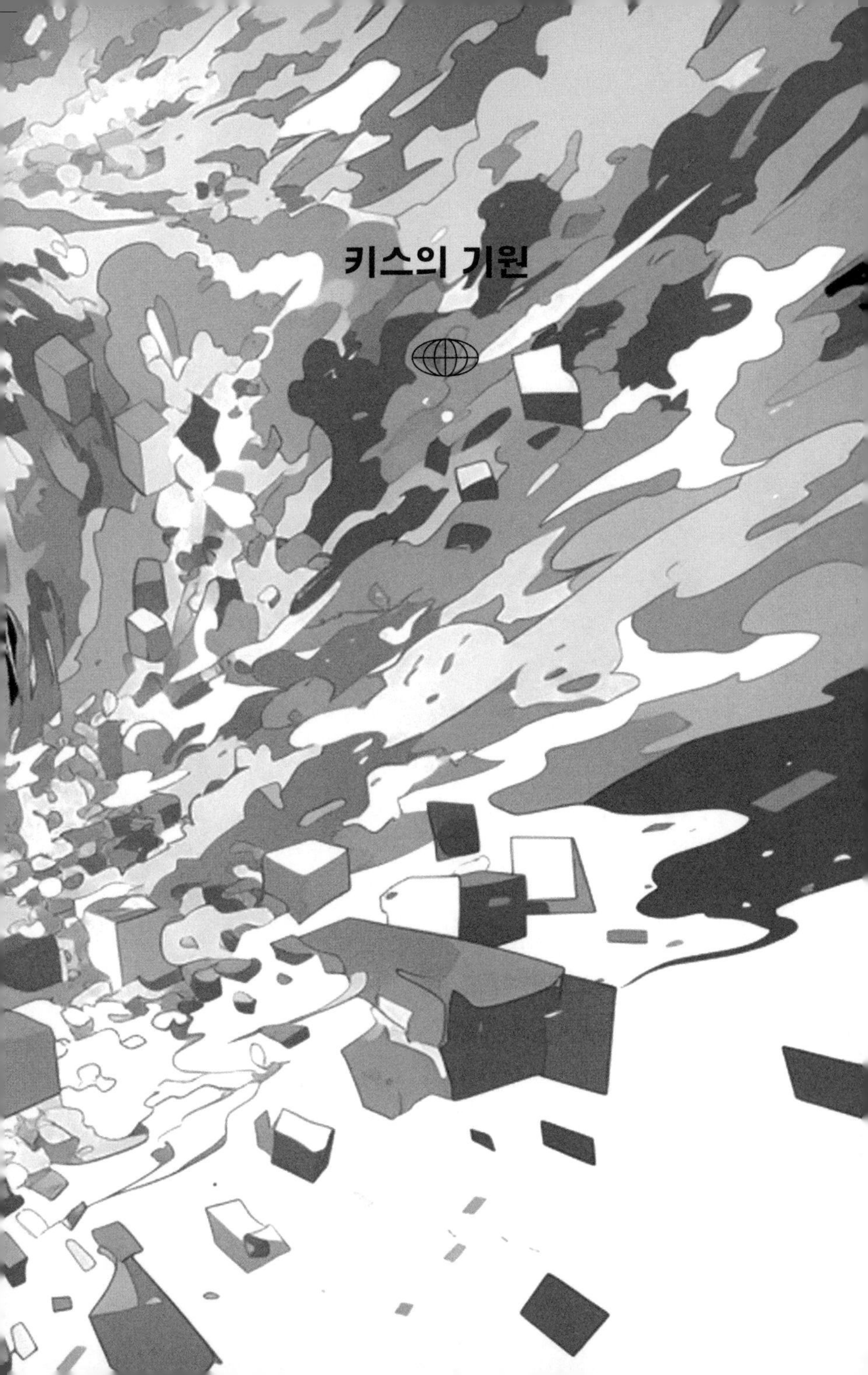

1

우리 은하의 30%를 지배한 외계인들이 지구를 침략한 이야기와 인류가 이를 막아낸 것에 대해 말하자면, 유지하와 권인영 커플에서부터 이야기를 시작해야 한다.

지금으로부터 9년 전, 매일 월세방 구석에서 글만 쓰던 칼럼니스트 권인영이 생명의 위기를 느낀 게 시작이었다. 편의점에서 생수 6개들이 묶음을 사서 4분 동안 날랐던 바로 다음 날, 팔에 격심한 근육통이 찾아온 것이다. 권인영은 10분 거리에 있는 헬스장에 등록했고, 개인 트레이닝을 신청했다. 그에게 배정된 트레이너가 바로 유지하였다.

몇 달 동안 둘은 일반적인 트레이너와 회원의 관계를 유지하였다…. 이건 별로 좋지 않은 말장난인 것 같다. 하여튼, 권인영의 바싹 말라붙은 근육은 지나치게 나약했다. 운동과 운동 사이에 쉬는 시간이 길어졌고, 대화를 나눌 기회도 많았다.

시간이 흐르면서, 둘은 서로의 세계관이 상당히 많은 차이가 난다는 것을 알게 됐다. 정치나 사회문화 같은 이야기를 하려는 것이 아니다. 권인영과 유지하는 인간과 그 관계에 대한 시선, 그러니까 세계관의 근본 자체가 달랐다. 한쪽은 기본적으로 타인에 대한 호의적인 시선을 보냈고 타인도 이왕이면 자기를 좋게 봐줄 거로 생각했다. 다른 한쪽은 사람들이 자기를 좋아하지 않을 거라고 확신했다.

잠시 우리의 세계관을 점검하는 시간을 가지도록 하자. 보통 헬스 트레이너와 칼럼니스트라고 하면, 아무래도 헬스 트레이너 쪽의 정신이 건강할 거로 생각한다. 건강한 몸에 건강한 정신이 깃든다고들 하지 않나? 하지만 언제나 예외란 있는 법이다.

유지하는 어릴 때부터 인간관계를 힘들어했다. 유지하는 의심이 많았다. 언제나 다른 사람들이 자기를 좋아하지 않을 이유를 찾아내고는 했다. 운동을 시작한 이유도 유지하의 부모가, 애가 하도 움츠리고 다녀 시켰는데 유지하가 거기서 자기 적성을 발견한 것 때문이었다. 하지만 운동을 해도 마음 깊이 뿌리박힌 부정적인 사고는 사라질 줄 몰랐다.

권인영은 정반대였다. 그는 사람을 좋아했고, 사람들이 자기를 좋아할 거라 믿었다. 권인영은 대단히 낙관적이고 긍정적인 사람이었다. 어떤 위기 상황이 와도 결국엔 사랑이 이길 거라고 생각했다. 칼럼니스트가 된 이유도, 공론장에서 열심히 이야기하다 보면 사람들은 귀 기울여 들을 것이고 세상은 언젠가 반드시 나아질 것이라는 놀라운 신념이 있기 때문이었다.

그 결정적인 세계관의 차이가 둘을 사랑하게 했다. 먼저 마음이 간 쪽은 유지하였는데, 만남을 제안한 쪽은 권인영이었다. 유지하가 '나는 이 사람에게 사랑받을 수 없을 거야!' 라고 생각하고 쩔쩔매는 것이 권인영 눈에 뻔히 보였는데, 그 모습이 꽤 귀엽게 느껴진 것이다. 의심 많은 유지하에게 권인영은 끊임없는 애착을 햇살처럼 내려주었다.

9년이 흘렀다. 그동안 수많은 기쁜 일과 갈등의 순간이 있었다. 그 지난한 시간을 거쳐, 둘은 집을 합쳤고, 경제적 공동체가 되었다. 권인영은 생존에 필요한 최소한의 근육을 갖추게 되었고, 유지하는 자신을 진심으로 좋아하는 사람이 존재할 수 있다는 걸 어느 정도는 믿게 되었다.

여전히 둘은 서로 아주 달랐다. 그러나 둘은 서로를 깊이 사랑했다. 이는 그들의 삶에서 절대 변하지 않을 사실이었다.

그래서 권인영이 잠들기 직전 유지하에게 가볍게 입 맞추려고 했을 때, 유지하가 구역질을 한 건 둘 모두에게 사뭇 기이한 사건이었다. 우웩!

"나 방금 양치했거든?"

권인영은 유지하가 이상한 장난을 친다고 생각했다. 그런 게 아니었다. 입을 맞춘다는 행위, 그 행위 자체가 유지하에게는 지나치게 역겹게 느껴졌다. 하지만 유지하는 갑자기 가슴 속에 치밀어오르는 이 생경한 혐오감을 언어로 구체화할 수 없었다. 유지하는 아무 핑계나 주워섬기고는 이불 속으로 들어갔다.

그 혐오감은 자고 일어나도 사라지지 않았다. 아니, 오히려 더 심해지는 것만 같았다. 권인영이 유지하에게 입술을 들이댈 때 벌레를 씹어먹으라고 들이대는 느낌이었다. 권인영의 키스만 역겨운 것이 아니었다. 권인영은 집에서 편히 쉴 때면 드라마에 광적으로 탐닉했는데(유지하가 아무리 강조했지만 덤벨을 들면서 보거나 하진 않았다), 유지하는 드라마 속의 사람들이 뜬금없이 입을 맞출 때마다 방금 먹었던 닭가슴살이 올라오는 느낌을 받았다.

유지하가 로맨스에 수반되는 성애, 접촉 자체에 혐오감을 느끼는 것은 아니었다. 그 생리적인 불쾌감은 오직 키스에만 국한되어 있었다. 유지하는 사람들이 입술을 타인의 피부에 접촉하는 것만 봐도 두드러기가 올라올 지경이었다. 아니, 입속에 얼마나 많은 세균이 사는데. 사람한테 물리면 이빨 독도 오른다고. 그런데 대체 왜 그 더러운 부위를 다른 사람한테 가져다 대는 거야. 왜 그딴 게 애정의 표시인데?

하지만 며칠 전까지만 해도 유지하는 그 추잡한 짓을 잘만 하고 살았다. 믿기 힘들었지만, 지금까지 권인영과 족히 수천 번은 키스를 했을 것이다. 어떻게 그렇게 자연스럽게 해왔던 행위가 이토록 순식간에 괴로워질 수 있을까?

유지하가 다른 사람과 만났을 때라면 이런 혐오감을 그냥 참고 버텼으리라. 이런 말을 하면 연인이 자신을 사랑해주지 않을까 봐 불안했으니까. 그러다 그 혐오감에 스스로 넌더리가 나 관계를 포기했을 것이다. 하지만 권인영은 믿을 수 있었다. 그래서 그는 권인영에게 자기가 느끼는 불쾌감을 천천히 털어놓았다.

언제나처럼, 권인영은 유지하를 평가하려 들지 않았다. 그는 그저 유지하의 이야기를 잘 들었고, 충분히 공감해준 다음 넌지시 이야기했다.

"난 괜찮아. 그런데 그냥 보기만 해도 구역질이 날 정도면 신경정신과 한번 가보는 게 어떨까? 왜, 공포증 같은 걸 수도 있잖아."

"키스공포증이 있어?"

"없으란 법도 없잖아?"

권인영이 어깨를 으쓱였다.

"파트너분이 잘 알고 계시네요. 특수공포증은 우리가 인지하는 어떤 대상에든 발생할 수 있습니다. 상황이든 행위든 환경이든 상관이 없어요. 고소공포증도 특수공포증의 일부인데, 하도 흔하니까 따로 말하는 거거든요. 그러니까 키스라는 행위에 공포증이 생기지 말란 법도 없죠."

진료실에는 교보문고 냄새가 감돌았다. 유지하는 이상할 정도로 열정적으로 설명하고 있는 의사 앞의 명패를 힐긋 바라보았다. '원장 박민우'라고 적혀 있었다. 유지하는 심드렁한 표정으로 듣고 있다가 말했다.

"그런데 제가 느끼는 공포는 상당히 합리적인 거 아닌가요?"

박민우가 한쪽 눈썹을 추어올렸다. 유지하가 "이—." 하고 소리를 냈다. 흠 없고 시허연 이빨이 드러났다. 유지하가 자기 이를 검지로 가리키고는 말했다.

"제가 말이죠, 충치가 없어요."

"예?"

"우리 엄마가 치과 의사거든요."

"아, 그렇군요."

유지하는 박민우가 당황스러워하는 것이 새삼스럽지 않다는 듯 말을 이었다.

"관리를 잘 받은 것도 있지만, 엄마가 저 3살 될 때까지 어른들이 절대 입을 못 맞추게 했어요. 입을 맞추면 어른 입에 있는 충치균이 애 입안으로 들어간다고요. 그럼 죽을 때까지 충치 안고 사는 거지. 나중에 면역이 발달하면 입 맞춰도 상관없는 거고."

박민우가 펜으로 차트에 무언가를 휘갈겼다. 유지하는 언뜻 그 글씨를 볼 수 있었지만, 으레 전문적으로 교육받은 의사들이 쓴 글씨가 그러하듯 도저히 알아볼 수는 없었다. 유지하는 계속해서 말했다.

"어쨌든, 입을 맞춘다는 건 진짜 엄청난 세균을 토스하는 거죠. 제가 다 검색을 다 해봤거든요. 침 1cc에 10억 마리의 세균이 있고, 입안에 최소 300종의 세균이 산대요. 으, 끔찍해."

유지하가 몸서리를 치자, 박민우가 허허 웃었다.

"그거야 뭐, 그리 놀라운 일도 아닌 것 같은데요."

"세균이라고요, 세균. 더럽잖아요."

"입도 소화기관이고 외부 물질이 들어오니까 세균이 많을 수밖에요. 그리고 원래 이 세상에는 어디든 미생물이 득실거립니다. 우리 몸에 세균이 사람 세포보다 10배가 더 많아요. 특별하게 생각하실 이유가 없어요. 그리고 장 내의 마이크로바이옴이 신체에 긍정적인 영향을 준다는 것은…"

유지하가 손을 내저었다.

"아, 복잡한 얘기는 하기 싫어요. 어쨌든 제가 하고 싶은 말은 입을 맞춘다는 거 자체가 너무 더럽다는 거예요. 왜 사람들이 그런 짓을 하고 사는지 모르겠어요. 아니, 따지고 보면 키스를 하는 동물이 인간 말고 존재하기는 하나요? 개들이 서로 입 맞추는 거 보셨어요?"

"지금 당장 생각은 안 나는데, 강아지는 사람을 핥지 않습니까?"

"…그건 좀 달라요. 뭔가 다른데…."

박민우가 고개를 살짝 저으면서 씨익 웃고는 말했다.

"일단 항우울제 좀 처방해드릴 테니까 매일 식사하고 드세요. 따로 비상약도 챙겨드릴 텐데, 너무 역겨움이 심할 때마다 드세요. 이주일 뒤에 차도를 한번 봅시다."

"항우울제요? 저는 우울한 건 아닌데요."

"원래 정신과 약물이 여러 방면으로 작용합니다. 그나저나 대기실 가셔서 파트너분 잠시 들어오라고 해주세요."

"인영이를요? 왜요?"

유지하 특유의 인간을 믿지 못하는 버릇이 다시 한번 드러났다. 유지하의 마음속에서 최악의 시나리오가 빠르게 재생되었다. 혹시 병이 생각보다 위험한 건 아닐까? 당장 폐쇄병동에 집어넣고 전두엽을 조금 뜯어버리는 건 아닐까? 아아아….

"아, 별건 아닙니다. 같이 산다고 하셨으니까 유의할 점을 미리 안내해드리려고요. 같이 사는 사람이 협조적으로 행동해주면 치료 효과가 아주 좋거든요."

유지하가 듣기에도 그건 꽤 합리적인 이야기 같았다.

“알겠어요. 수고하세요.”

유지하가 진료실 밖으로 나서면서 권인영의 이름을 불렀다.

박민우는 눈을 지그시 감았다. 그의 머릿속에서 울려 퍼지던 달콤한 목소리가 다시 한번 그에게 말을 걸고 있었다. 세상의 그 무엇보다 감미로운 그 목소리, 그것의 주인은 화가 나 있었다. 갑자기 왜 이러는 걸까? 박민우는 생각했다. 주인이 답을 알려주었다. 그는 이해했다.

곧 권인영이 진료실에 입장했다. 그는 박민우를 쳐다보고 헉 소리를 내면서 뒷걸음질을 쳤다. 박민우의 눈에 흰자가 없었기 때문이다. 온통 새까만 그의 눈에 하얀 별과 같은 점들이 박혀 있는 것이 보였다.

하지만 순식간에, 권인영은 그게 별로 나쁘지 않다고 생각했다.

아니, 생각해보면 꽤 좋을지도?

2

유지하는 권인영의 칼럼을 읽지 않는다. 권인영도 유지하가 자기 글을 읽기를 바라지 않았다. 사랑하는 사람과 직업적인 내용을 반드시 공유해야 할 필요는 없으니까. 어차피 권인영도 유지하가 즐기는 크로스핏 따위의 운동에는 정말이지, 단 한 톨의 관심도 없었다.

그래도 권인영은 유지하에게 자주 영감을 받았다. 유지하는 권인영처럼 사회, 문화, 정치 따위에 대한 관심이 많지 않았다. 권인영이 살아가는 인간관계의 거품 속에는 유지하 같은 사람이 단 한 명도 없었다. 그의 주변에는 만사에 한 마디 덧붙이지 못해 안달인 인문학 석박사들뿐이었다. 권인영은 유지하를 통해서 이 세상의 또 다른 집단이 어떻게 살아가는지 미약하게나마 엿볼 수 있었다.

이번에도 권인영은 유지하에게 영감을 받은 채 서재 구석에서 칼럼을 쓰고 있었다. 글은 키스로 시작했다. 우리는 입을 맞추는 것으로 애정을 표현하는 것이 너무나 당연해 사실은 그게 본능적이라고 생각하지만, 어쩌면 그조차 사회적으로 구성되고 우리가 문화적으로 학습한 행동일 수 있다….

솔직히 말하자면 꽤 편하게 쓸 수 있는, 예시만 적당하게 갈아 끼워서 일반론으로 돌진하는 종류의 글이었다. 권인영의 작업 중에서 결코 두드러진다고 할 수 있는 글은 아니었다.

하지만 권인영은 알고 있었다. 지면에 올라오는 칼럼이 항상 빛날 필요도 없고, 빛날 수도 없다는 것을. 칼럼의 제1 존재

이유는 일단 정확한 분량에 맞춰 지면을 채우는 것이다. 매주 무엇이든 생각을 짜내서 지면을 채우는 그 활동이 쉽지만은 않았다.

유지하가 준 영감으로 이번에도 무사히 넘어갈 수 있다고 생각하니 기분이 좋았다. 유지하가 갑자기 키스포비아가 생긴 것은 앞으로 함께 살아갈 수많은 나날 중에 있는 하나의 신기한 해프닝일 뿐이라고 권인영은 생각했다.

유지하도 일주일 동안 약을 먹으면서 천천히 괜찮아지는 것처럼 보였다. 약간 혼란스러워 보이긴 했지만. 그 병원은 트위터에서 추천받은 것이었는데, 의사가 꽤 유능한 사람이 맞았다 싶었다. 권인영은 그렇게 생각했다.

'지하의 해프닝으로 쓴 글이니 고료 받으면 같이 초밥이나 먹으러 가야겠다.'

바로 그때 목소리가 들렸다.

'…였어.'

유지하의 목소리와 전혀 다른 목소리였지만, 그 목소리에는 커다란 애정이 깃들어 있었다. 그 편안함 탓에 권인영은 그것이 잠시 유지하의 목소리인 줄 알았다. 20분 전에 머리 커트하고 온다고 했는데, 이렇게 빨리?

"어, 왔어?"

권인영이 대문 쪽으로 나섰을 때, 다시 한번 목소리가 울렸다.

'아니, 아니야, 인영아.'

목소리는 머릿속에서 울려 퍼지는 것이었다. 지금까지 단 한 번도 들어본 적이 없는 목소리였다. 권인영은 딱딱하게 얼어붙었다. 피가 차갑게 식는 것만 같았다. 권인영은 또 한 번 들었다.

'언제나 함께 이야기하고 싶었어. 반가워.'

권인영은 허공에 대고 말할 수밖에 없었다.

"누…누구야?"

'나는 너야, 인영. 네 삶 내내 나는 너와 함께 있었단다. 네 옆에 있는 나를 너는 모르고 있었겠지만, 이제는 괜찮아. 내가 깨어났으니까.'

권인영은 귀를 막았다.

"환청이다. 이건 환청이야. 들리지 않아. 들리지 않아…."

곧바로 머릿속의 목소리가 반박했다.

'아니, 나는 네 안에 있어. 너는 나를 사랑하지 않니?'

목소리는 따져 묻고 있었으나, 그 목소리는 놀라울 정도로 사랑스러웠다. 권인영은 자신이 가장 이상적으로 생각하는 음색이라고 문득 생각했다. 게다가 그 목소리에는 한없이 권인영을 소중히 여기고 있다는 감정이 묻어났다. 유지하의 목소리와는 다르지만, 그 뿌리에 깃든 애정이 느껴졌다.

권인영은 덜컹거리는 가슴을 부여잡은 채 주저앉았다. 이제 생경할 정도로 오래된 감정이 그의 마음속에서 치밀어올랐다. 그것은 열정적인 사랑이었다. 그가 유지하에게서 느끼는 사랑과는 달랐다. 유지하에 대한 그의 사랑은 한때 불타던 열정이 발효되어 만들어진 깊은 우정과 철저한 헌신, 믿음, 동지애였다. 이 목소리는 발효되기 전의 그 날카롭던, 폐부를 갈라 찢는 듯하던 사랑, 바로 그 자체였다.

목소리는 천사같이 웃으면서 말했다.

'저번에 봤던 의사 선생님 앞에서, 네 안에 있던 내가 마침내 깨어났어. 너는 기억하지 못하겠지만 나는 계속 지켜보고 있었단다.'

엄청난 황홀감이 느껴졌다. 지상에 발 딛고 선 몸의 무게와 관절과 근육과 인대에서 느껴지는 자잘한 고통이 모조리 흩어져 사라지는 것만 같았다. 모르핀이 이런 느낌일까? 귀를 막은 채, 권인영은 숨을 헐떡였다. 이렇게 목소리의 선율에 안겨 잠들고만 싶었다.

다시 들려오는 그 목소리.

'너랑 맞지도 않는 마귀 같은 애랑 살아가느라 고생이 많았지. 이제 고통받지 않아도 돼. 나랑 함께할 수 있으니까.'

권인영은 목소리가 대체 무슨 말을 하는지 곰곰이 생각해야 했다. 그래도 잘 이해가 가지 않아 되물었다.

"마귀?"

'왜, 너랑 같이 사는 애 있잖아.'

"지하가? 지하가 왜 마귀야?"

'나는 다 봐왔어. 걔는 사랑을 받기만 하고 주지는 않는 사람이야. 의심 많고 불안해하고. 너같이 착하고 다른 사람들에게 잘하는 애가 어떻게 그런 애랑 이렇게 오래 함께 살게 된 걸까? 아아, 운명이 어떻게 너를 이런 길로 이끌었을까.'

권인영은 그 속삭임이 지극히 옳다고 아주 잠깐 생각했다가,

"아니야, 지하는 좋은 사람이야."

이렇게 말했다.

'그래? 그럼 너랑 입은 왜 안 맞추려고 하지?'

"그건 갑자기 생긴 병이야."

'어떻게 공포증이 갑자기 생길 수 있어? 더 이상 너를 좋아하는 척도 할 수 없는 거야. 걔는 아주 나쁜 애야, 나쁜 애. 사람도 아닌 애. 내가 사랑하는 권인영을 착취한 마귀 같은 애!'

권인영은 땅을 짚고 부들거리면서 일어난 다음, 벽에 기댔다.

"나, 나한테 갑자기 이러는 이유가 뭐야. 지금까지 내 옆에 있었다며."

'뒤늦게나마 네가 더 이상 잘못된 사람과 함께하지 않을 수 있도록 도와주고 싶어.'

정말이지, 아름다운 목소리였다.

유지하는 오늘 일진이 좋지 않았다.

근육량이 조금 줄었을 거라고는 생각했는데, 생각했던 것보다 훨씬 더 많이 줄어 있었다. 점심에는 대학 동기가 12년 만에 연락해서는 모바일 청첩장을 보냈다.

청첩장 안에 있는 뜬금없는 입맞춤 사진 때문에 또 한 번 구역질이 났다. 어떻게든 필사적으로 기분을 전환해보려고 난생처음 히피 펌을 시도했다. 상상했던 것보다 훨씬 더 안 어울렸다.

키스공포증의 뜬금없는 발현 이후로 되는 게 하나도 없었다. 자신만의 안온한 피난처에서 권인영과 함께 있고 싶었다. 유지하는 집으로 터덜터덜 걸어갔다.

주머니 안에 든 비상약을 만지작거렸다. 약은 확실히 불쾌감을 조금이나마 잠재워주기는 했지만, 혐오감의 뿌리는 지워주지 못하는 것 같았다. 대체 왜 자기 자신이 갑자기 이러는지 유지하는 전혀 알 수가 없었다. 자기 생각을 자기가 이해할 수 없다는 게 그를 더욱 피곤하게 했다.

현관문을 열었을 때, 유지하는 앞서 생각했던 나쁜 일진이나 약 문제 따위는 싹 잊어버리게 되었다. 난생처음 보는 광경이 시야 속에 들어왔기 때문이었다.

"아니야…, 아니야…, 그건 아니야…."

권인영이 짧은 잠옷을 입은 채로 거실 바닥에 엎드려서 몸을 꿈틀거리고 있었다. 잠옷 밖으로 드러난 근육에서 툭 튀어나온 혈관이 바들거렸다. 권인영은 말을 듣지 않는 자신의 육체를 어떻게든 통제하려고 애쓰는 것 같았다. 권인영은 그러면서 계속 중얼거리고 있었다.

유지하는 일순간 얼어붙었다. 너무나 예상치 못한 모습이라, 뇌가 이 상황을 인지하는 것 자체를 거부하는 것만 같았다.

잠깐의 버퍼링 후에, 유지하는 간신히 입을 열었다.

"이…, 인영아…?"

바로 그 순간, 권인영이 얼굴을 들어 올렸다. 유지하는 권인영의 눈에서 흰자가 사라진 것을 목격했다. 눈동자에는 별 같은 점들이 우수수 떠 있었다.

권인영이 입을 열었다. 지금까지 유지하는 단 한 번도 듣지 못한 목소리를 들었다.

"유지하! 이 개새끼야!"

엄청난 분노와 공격성이 담긴 목소리. 그것이 권인영의 작은 몸에서 폭발하듯 터져 나왔다. 유지하의 머릿속에서는 한 가지 의문만이 떠돌았다. 대체 무슨 일이 일어나고 있나요?

그때 권인영의 눈이 보통 모습으로 다시 돌아왔다. 유지하는 등 뒤에 식은땀이 흐르는 것을 느끼면서 권인영에게 천천히 다가갔다.

"왜, 왜 그래?"

유지하가 무릎을 꿇고 권인영에게 두 손을 내밀었다. 하지만 권인영은 자기 손을 가슴 아래로 내려 숨길 뿐이었다. 그는 고개를 푹 숙여 유지하에게서 시선을 돌리고는 익숙한 목소리로 다시금 말했다.

"지하야, 다, 다가오지 마. 지금, 나, 좀, 이상해. 이상한 목소리가 들려…."

권인영이 다시 고개를 쳐들어 유지하를 보았다. 그 눈은 조금 전에 봤던 것처럼 검은 우주의 모양으로 변해 있었다.

"이 마귀 같은 새끼야! 나를 거부하는 나쁜 놈!"

권인영이 파들거리는 손을 뻗어 유지하의 팔목을 붙잡았다. 권인영의 말라붙은 몸에서라면 절대 나올 수 없을 악력을 느끼고서 유지하는 당혹했다. 권인영은 별들이 떠다니는 눈으로 유지하를 쏘아보면서 말했다.

"왜 나를 거부하는 거야! 너는 나를 사랑하잖아. 왜 내게 입 맞추지 않아? 내가 역겹다고? 너, 나를 싫어하지? 이제 나한테서 마음이 떠난 거지?"

유지하는 어정쩡한 자세로 권인영을 내려다보았다. 상처를 받았다고 말할 수도 없었다. 권인영이라면 결코 그런 말을 하지 않을 거라는 사실을 유지하는 알고 있었다. 유지하는 다만 자기 앞에 있는 사람이 권인영이 아니라 다른 무언가라는 사실만을 알았다.

너 대체 누구야? 하긴, 눈알이 저 모습인데 당연히 뭔가 문제가 있는 것 아닐까?

권인영이 눈을 꾹 감았다가 다시 떴다. 유지하는 자기 손목에 휘감긴 권인영의 아귀에서 힘이 풀려나는 것을 느꼈다. 권인영이 고개를 몇 번 흔들었다. 그의 눈이 다시금 원래 모습으로 돌아왔다.

기어가는 목소리로 권인영이 말했다.

"지하야, 미안해. 하지만 이건 내가 아냐."

유지하가 권인영의 어깨를 붙잡고 그의 두 눈을 바라보았다. 왼쪽에만 쌍꺼풀이 있어서 웃기고 귀엽다고 생각했던 그 눈은 언제나 그랬던 것처럼 유지하를 바라보고 있었다.

유지하가 물었다.

"너 지금, 괜찮니?"

이런 질문이 지금 상태에 적절한지 유지하도 알 수 없었다. 누가 봐도 권인영은 괜찮지 않은 상태 같았으니까. 하지만 그럼 무슨 질문을 해야 하지? 아니, 어떤 행동을 하는 게 맞는 걸까? 아득한 느낌으로 유지하는 권인영의 대답을 들었다.

"목소리가 들려. 목소리가. 계속 머릿속에서 목소리가 울리고…. 내가 내가 아니게 돼. 모르겠어, 나는. 목소리가 네가 나를 싫어한다고 말해. 아, 안 돼. 안 들을 거야!"

권인영은 두 눈을 감고 귀를 막았다. 하지만 그의 머릿속에서는 계속 달콤한 목소리가 울려 퍼졌다. 권인영은 이성을 최대한 짜내서 말했다.

"박민우…, 박민우한테로 가자."

"박민우? 그 사람이 누구야?"

"알잖아. 저번에 우리가 갔던 정신과."

"거길 왜?"

답은 돌아오지 않았다. 권인영의 몸이 유지하의 품속으로 축 늘어졌다. 유지하는 권인영을 몇 번 흔들어봤지만, 아무런 반응도 보이지 않았다. 다행히 숨은 잘 쉬고 있었다.

그런데 그 정신과 의사한테는 갑자기 왜 가야 한다는 것일까? 이게 키스공포증이랑 연결돼 있다고? 이 시간에 가도 되긴 하는 거야?

혼란과 공포와 슬픔에 압도된 상태로, 유지하는 권인영을 번쩍 들어 올렸다. 언제나처럼 권인영은 놀라울 정도로 가벼웠다. 왜 갑자기 그 정신과 의사가 나오는지 이해하기 힘들었지만 유지하는 달렸다. 그것밖에 할 수 있는 것이 없었다.

의식과 무의식의 경계에 녹아내린 채로, 권인영은 꿈을 꾸었다.

그는 우주의 광대한 공허 속을 날아다녔다. 은하수로 흐르는 무수히도 많은 별이 보였다. 권인영은 생각했다. 저 무수히 많은 별마다 제각기 행성이 딸려 있겠지. 그리고 그 행성들 중 일부는 생명을 품고 있겠지.

권인영은 상상했다. 우연히 만들어진 유기 분자 몇 개가 조합되어 원시적인 생명이 탄생하는 모습을. 오랜 시간 동안 생명의 복잡도가 증진하는 모습을. 그렇게 탄생한 생명들이 분화하고, 냉혹한 자연 속에서 경쟁하여 더욱 적합한 종만이 살아남는 모습을. 그 생명들이 번성하여 행성 위를 뒤덮는 모습을. 그 생물들이 도구를 만들고, 세상의 법칙을 깨닫고, 문명을 형성하기 시작하는 모습을.

이 넓은 우주에는 얼마나 많은 생명들이 있을 것이며 또 그들은 얼마나 제각기 다른 모습일 것인가. 그 무한한 고유함을 단지 상상하는 것만으로도 권인영은 짜릿했다.

"전부 내 것으로 하고 싶어."

권인영은 자신의 목소리를 들었다. 의아했다. 분명히 그 자신의 목소리였지만, 권인영이라면 하지 않을 말이었다. 권인영은 자기 몸을 슬쩍 내려다보았다. 언제나처럼 잘 다듬어진 그의 미끈한 촉수 6개가 빛을 반사하고 있었다.

그런데 권인영이 생각하기로는 이 촉수가 약간은 어색했다. 권인영은 글쟁이였고, 유지하의 오랜 연인이자 파트너였으며, 또 동시에 인간이었다. 그런데 촉수는 보통 인간에게 달려 있진 않을 텐데?

순간, 번개 같은 깨달음이 권인영의 머리를 스쳐 지나갔다.

"그래, 맞아. 난 오버마인드 속에 있어!"

쿠궁, 그의 몸이 떨리고 꿈속의 우주가 전율했다. 우주가 그에게 다가와 말하기 시작했다. 권인영은 그 말을 들었다.

"우리, 하나가 되자."

평소라면 좀 소름 끼친다고 생각했을 말이었다. 하지만 이번엔 달랐다.

오후 8시 50분. 유지하는 권인영을 업은 채로 박민우의 병원에 도착했다. 병원 문은 열려 있었지만 대기실에는 환자는 한 명도 없었다.

간호사 한 명이 데스크 앞에서 기다리고 있었다. 유지하는 숨을 바로잡았다. 그동안 둘의 눈이 마주쳤다. 간호사는 표정을 찾아볼 수 없는 얼굴로 유지하를 주시하다가, 갑작스레 생긋 웃었다. 소름이 확 끼친 유지하가 뭐라 말하기도 전에, 간호사가 먼저 입을 열었다.

"들어가세요."

어쨌든 유지하는 지금 간호사의 표정에 깃든 암시 따위를 따지고 있을 때가 아니었다. 그는 다급히 진료실 문을 열었다.

박민우가 자세를 바로 한 채 책상 앞에 앉아 있었다. 유지하는 울먹거리면서 말했다.

"인, 인영이가…."

유지하는 쿨럭거렸다. 지나치게 긴장해 있던 와중에 진료실 내부의 교보문고 냄새가 폐 속을 관통했기 때문이었다.

그 모습을 보던 박민우는 침착하게 말했다.

"기다리고 있었습니다."

그는 왼손을 앞쪽으로 향했다. 그 끝에는 유지하가 전에는 보지 못했던 이동식 침대가 놓여 있었다. 평소의 유지하였다면 어떻게 미리 알고 침대를 구해놨는지 깊이 의심했을 테지만, 지금은 그저 그 침대가 반가울 뿐이었다.

유지하는 권인영을 침대 위에 눕혔다. 집에서만 해도 바들바들 떨고 있던 권인영은 이제 깊은 잠에 빠진 것처럼 숨만 쉬고 있었다.

유지하가 다시 박민우 쪽을 보면서 말했다.

"서, 선생님! 인영이가 이상해요. 조, 조금 전까지 이상한 목소리가 들린다고 하면서 발작을 했고, 눈에서도 흰자가 사라졌어요. 워, 원래 응급실로 데려가려고 했는데, 선생님한테로 와야 한다고 했어요. 왜 그런 건지, 이해가 안 가네. 죄송해요. 하지만 지금…"

침착하게 말을 한다고 했는데, 유지하는 횡설수설할 수밖에 없었다. 박민우가 아무 말도 하지 않고 일어나 둘에게로 다가왔다. 유지하는 박민우가 권인영을 살펴볼 수 있게 잠시 침대에서 떨어졌다. 권인영을 살펴보는 동안, 박민우의 눈에서 흰자가 잠시 사라졌다가 돌아왔다는 것을 유지하는 인식하지 못했다.

박민우는 권인영의 얼굴을 지그시 바라보다가 말했다.

"권인영 님."

유지하는 그 목소리를 듣고 깜짝 놀랐다. 박민우의 본래 목소리는 우리가 흔히 아름다운 목소리라고 간주하는 것과는 다소간 차이가 있었다. 하지만 방금 전 그가 권인영의 이름을 부를 때, 그의 목소리에서는 상당히 보편적인 아름다움이 느껴졌다.

그러자 권인영은 몸을 살짝 떨더니 천천히 눈을 떴다. 그의 시선이 조금씩 이동하더니 유지하 쪽으로 향했다. 둘의 눈길이 마주쳤다. 유지하는 평생동안 가장 많이 보아온 눈이 자신을 향해 있는 것을 다시 한번 보았다. 권인영이 입을 열었다.

"지하야."

유지하는 그제야 마음이 조금 놓이는 것을 느꼈다. 권인영이 두 팔을 내밀었다. 유지하는 언제나 그랬던 것처럼 권인영을 안으러 다가갔다.

그러나 가벼워진 마음의 한쪽 구석에서 의심의 안개가 피어오르고 있었다.

조금 전에 보았던 그 눈동자는 뭐였지? 권인영이 평소라면 절대 하지 않았을 그 말은? 의사가 보통 사람을 목소리로 깨우나? 목소리로 쓰러진 사람을 일으켜 세우는 건 의사라기보다는 메시아가 하는 일 아닌가?

유지하는 언제나 의심하는 사람이었다. 일이 이상하게 잘 풀리면 그 뒤에 반드시 어떤 음모가 있을 거라고 믿었고, 사람이 자기한테 지나치게 잘 대해주면 분명 어떤 꿍꿍이가 있을 거라고 생각했다.

하지만 지금은 그 본성보다 권인영의 힘이 더 강했다. 유지하는 기꺼이 권인영을 안았다. 익숙한 무게감과 냄새. 운명이 우리 모두를 구속하고 있으며, 그것은 우리가 태어나기도 전에 우리 짝을 점지해두었다는 강렬한 확신이 들게 하는 그 안온한 느낌.

이윽고 권인영의 얼굴이 유지하의 얼굴을 향해 다가왔다. 유지하는 이것이 무슨 뜻인지 잘 알았다. 이전에도 수천 번 넘게 해 왔듯, 입을 맞추자는 뜻이었다. 오래전부터 수많은 사람들이 해왔던 대로, 존경과 애정을 표하기 위해.

"히익!"

유지하는 소스라치게 놀라면서 권인영을 밀쳤다. 이번에는 구역질은 하지 않았다.

권인영은 쓸쓸한 표정으로 유지하를 쳐다보았다. 유지하는 그 표정에 엄청난 죄책감을 느꼈다. 하지만 생리적으로 치고 올라오는 불편함을 어찌할 수 있는 것도 아니었다.

"이렇게 될 줄 알았습니다."

옆에서 박민우가, 솔직히 말하자면 그에게 딱히 어울리지 않는 아름다운 목소리로 말했다.

유지하는 인상을 찌푸린 채로 박민우를 바라보았다. 박민우가 고개를 끄덕이면서 말을 이었다.

"두 분은 오랫동안 만나셨다고 했지요? 그런데 이런 모습을 보이시니 권인영 님이 몹시 괴로우실 수밖에 없습니다."

"예?"

유지하의 표정이 일그러졌다.

"권인영 님이 이러시는 원인이 바로 당신의 그 입맞춤에 대한 혐오 때문이라는 뜻입니다. 오랫동안 사랑하는 사람과 원하는 방식으로 접촉할 수 없다고 생각해보십시오."

"시발, 뭐라고요?"

박민우는 욕을 먹고 나서도 아랑곳하지 않고, 의사 가운 안주머니에서 플라스틱으로 된 물약 병을 꺼내 들었다. 그 약병 안에는 어둡지만 빛나는 액체가 소용돌이치고 있었다.

유지하는 그것이 조금 전에 보았던 권인영의 이상한 눈동자 빛깔과 아주 많이 닮았다고 생각했다.

"제가 미리 준비해둔 약입니다. 쭉 들이켜시면 모든 문제가 사라질 겁니다."

박민우의 마치 빛나는 듯한 목소리를 듣고, 유지하는 권인영에게 고개를 돌렸다.

권인영은 아무 말 없이 유지하를 지그시 바라보고 있었다. 잠시 동안 침묵이 흘렀다. 권인영은 미소를 지으면서 고개를 끄덕였다.

그걸 보자마자 유지하의 마음속에서 의심이 승리했다. 유지하의 마음속 목소리가 고래고래 외쳤다. 이건 그가 알던 권인영이 아니라고. 권인영이라면 이럴 리가 없었다. 유지하의 오랜 파트너라면, 이런 상황에서 유지하가 수상한 의사의 몹시 수상한 약을 먹고 '나아지리라'고 기대하지 않았을 것이다. 그건 권인영이 사랑하는 방식이 아니었다. 뭔가, 무언가 잘못된 일이 일어나고 있었다.

박민우가 약통을 든 채로 그에게 가까워지고 있었다. 그는 박민우를 밀쳤다. 박민우가 어이쿠, 소리를 내면서 뒤로 벌러덩 넘어졌다.

그러자 권인영이 다시 눈을 감고 떨기 시작하는 것이 보였다. 유지하는 권인영을 둘러업고 다시 진료실을 빠져나왔다. 어디로 가야 할지는 몰랐지만, 일단 이 병원에서 최대한 멀어져야 할 것 같았다.

등 뒤에서 간호사가 외쳤다.

"어디 가세요?"

유지하가 뒤를 돌아보았다. 간호사의 눈에는 흰자가 없었다. 대신 별 같은 하얀 점이 무수히 뿌려져 있었다.

비명을 지르면서 유지하는 달렸다. 그 뒤로 박민우가 날렵하게 그를 쫓기 시작했다.

오버마인드라는 종족이 우리 은하의 30%를 지배하고 있다는 사실을 알고 있는가?

오버마인드. 그들은 우리 은하에서 가장 발달한 지성 생명체다. 그들의 모습은 머리 부분이 과도하게 발달한 꼴뚜기와 별다른 바 없게 생겼으나, 그들의 문명은 지구 전체가 들들 끓는 화산 행성일 때부터 이미 찬란히 빛나고 있었다. 그들의 영역권은 오래전부터 지극히 자연스럽게 자신의 고향 행성을 벗어나 확장되었다.

여기 익명의 오버마인드가 하나 있다. 이름을 표현하고 싶지만, 우리 언어로는 그들의 이름을 조금이나마 모방할 방법조차 없다. 어차피 이 이야기에서 다룰 오버마인드는 그 하나뿐이니 그를 그냥 오버마인드라고 하자.

오버마인드는 자기 행성을 하나쯤 가지고 싶었다. 우리가 서울에 아파트 한 채 가지고 싶다는 욕망과 비슷하다고 보면 되겠다. 오버마인드에게는 그럴 수 있는 능력이 있었다. 그는 8천 광년 너머의 한 녹색 행성에 주목했다. 먼 훗날 지구라고 불릴 그 행성에는 아직 유인원과 큰 차이를 찾기 힘든 우리의 조상들이 걸어 다니고 있었다. 권인영은 그 행성이라면 자신의 것으로 하기에 적합하다고 생각했다.

바로 그때 우리가 사는 이 별의 운명이 결정되었다. 걱정 말라. 오버마인드는 우리처럼 야만스럽게 지배하지 않으니까. 그러니까, 오버마인드는 무기를 바리바리 싸들고 태양계로 찾아와 궤도 폭격으로 지표면을 완전히 녹여버린 다음 그 위에 자기 집을 짓거나 할 생각은 전혀 없었다. 무엇하러 초고등 종족이 그런 일을 하겠나?

오버마인드는 우리 인간들 따위보다 환경보호를 훨씬 더 중요하게 생각한다. 오버마인드의 지배는 세련되고 정교하다.

오버마인드는 지구 쪽으로 아광속으로 바이러스 탄 하나를 쏘아 보냈다. 정밀하게 교정된 이 바이러스는 미래에 지구를 지배할 종족(물론, 우리를 포함한 유인원이다)을 감염시킨다. 바이러스는 숙주의 특정한 행동을 통해 전파되며, 신경 조작을 통해 그 행동을 부추긴다. 바이러스는 숙주의 뇌를 조작하여, 숙주가 오버마인드에 정신적으로 통합될 수 있도록 한다.

물론 오버마인드에게 통합되는 종족이 피해만 보는 것은 아니다. 오버마인드에게 통합되면서, 그 종족의 정신 또한 하나로 일치된다. 모든 정신의 차이가 사라지고 마침내 서로가 서로와 하나가 되는 세상. 누가 싫다고 하겠어?

바이러스 탄은 지구에 아주 오래전에 도착했다. 오버마인드는 바이러스 탄보다 훨씬 무거워서 그보다 더 늦게 도착할 수밖에 없었다. 오버마인드는 바이러스가 먼저 지구의 지배종족을 자신을 담을 수 있는 그릇으로 만들어놓기를 바라며 동면에 빠져들었다.

오버마인드가 선택한 바이러스의 전염 방식은 무엇일까? 오버마인드는 자신의 전조가 존경과 애정, 경애의 표시이기를 바랐다. 왜, 오버마인드의 지배는 세련되다고 하지 않았나.

그리하여 바이러스가 도래했을 때부터 우리 조상들은 입을 맞추기 시작했다. 우리는 입맞춤을 통해 단지 충치균만 공유하지 않았다.

그나저나 그들 모두와 특정한 개체를 더불어 지칭하는 오버마인드라는 이름은 내가 적당히 차용해낸 것이다. 그들이 스스로를 부르는 이름은 우리 언어로 어떻게 모방할 수 있는 것이 아니다. 하여튼, 오버마인드라는 이름은 스타크래프트에서 온 것이 아니다. 원조는 〈유년기의 끝〉이다.

박민우가 이 이야기에서 악당 역을 맡고 있긴 한데, 사실 박민우가 제공하고 있는 것은 그저 껍질일 뿐이다. 박민우의 몸속에는 대부분의 사람들이 가지지 못한 매우 특이한 것이 있었다. 오버마인드였다.

박민우가 유지하를 만나기 하루 전의 일이다. 그의 아파트 베란다에 작은 별똥별 같은 것이 떨어져 반짝 빛을 냈다. 박민우는 호기심 반, 두려움 반으로 그 빛나는 무언가에 다가갔다. 물론, 그것은 바이러스보다 수만 년 늦게 도착한 오버마인드의 우주선이었다. 오버마인드는 순식간에 박민우의 몸을 장악했다. 그러니까 그의 몸은 우리의 예비 지배자가 직접 체류할 옥좌라는 영광스러운 역할을 맡은 것이다.

밤의 거리에서, 박민우는 권인영과 유지하를 쫓고 있었다. 박민우 본인은 자기가 지금 왜 둘을 그토록 격렬히 증오하는지, 평소에 운동이라고는 전혀 하지도 않는 자신이 어떻게 이렇게 빠르게 뛰고 있는지 이해하지 못했다. 왜 머릿속에 오버마인드의 우주선이 보내주는 둘의 위치 정보가 떠오르는지도 알 수 없었다. 그는 그냥 몸속에 있는 오버마인드의 명령에 따라 움직일 뿐이었다.

박민우는 기분이 좋았다. 몸이 이렇게 가뿐할 수가 없었다. 간호사와는 7년간 같이 일해왔는데, 이전부터 사소한 갈등이 많았다. 그런데 얼마 전부터 그가 겪는 문제를 완벽하게 이해할 수 있게 되었다.

박민우는 자신의 직업이 곧 사라질 거로 생각했다. 오버마인드가 도래하고, 모든 정신이 통합되면서 이제 곧, 어떤 인간도 정신과적 문제를 겪지 않게 될 테니까. 박민우는 활짝 웃으면서 달렸다.

추격전은 몇 분 지나지 않아 끝났다. 유지하는 권인영을 업고 박민우에게서 멀리 도망칠 수 없었다. 거기다 권인영이 등 뒤에서 계속 잠꼬대 같은 헛소리를 흘리는 것이 심상치가 않았다.

"우리, 하나가 되자." "모든 차이를 일소하고 하나의 정신으로 통합되자." "입맞춤은 사회적으로 구성된 문화적인 행동이 아니야. 그건 생물학적으로 정해진 우리의 운명이었어."

이런 말을 업힌 사람이 계속 중얼거린다면 당연히 무섭지 않겠는가? 유지하는 어느새 자신이 울고 있다는 것을 느꼈고, 곧 자기가 막다른 골목에 서 있다는 사실을 알았다. 다리가 파들거렸다. 평소라면 하체 운동이 아주 잘 됐다고 기뻐했겠지만…. 유지하는 일단 권인영을 벽에 기댄 채로 앉혔다.

"어딜 그렇게까지 도망치니."

그 순간, 이 세상의 그 어떤 달콤한 것을 갖다 대도 묘사할 수 없는 극단적으로 아름다운 목소리가 들려왔다.

유지하는 본능적으로 그쪽으로 고개를 돌렸다. 박민우가 서 있었다. 유지하가 목소리의 마력에 홀려 잠시 멈춰 있는 동안, 박민우, 아니 오버마인드가 말을 이었다.

"아이야, 나는 너에게 해를 끼치려고 온 것이 아니다. 내 말을 듣거라."

"당신 도대체 누구야? 인영이한테 무슨 짓을 한 거야!"

유지하는 악을 썼다. 그 목소리를 최대한 듣지 않고자 하는 마음도 있었다.

"아이야, 나는 너희들의 갈등을 끝내고 내 마음에 통합시키고자 지구에 왔다. 네 야만적이고 특수한 유전자가 초월적인 존재와의 통합에 본능적인 공포를 느껴, 입맞춤을 혐오하게 되었구나. 내가 너를 그 야만성에서 해방시켜주겠다."

박민우가 거창하게 말한 뒤 조금 전의 그 약병을 다시 한번 꺼내 들었다. 박민우가 유지하에게 다가왔다.

유지하는 이제 도망칠 곳이 없었다. 그는 소리를 지르며 박민우에게 달려들었다.

평소라면 유지하가 박민우를 손쉽게 압도했을 것이다. 근력과 체력의 모든 측면에서 그가 박민우보다 우월했다. 하지만 지금 박민우의 몸은 오버마인드가 장악하고 있었다. 유지하는 놀라울 정도로 빠르게 박민우에게 제압당하고 쓰러졌다.

박민우가 유지하를 가볍게 밟고, 약병을 비틀어 땄다. 그 기이한 액체가 유지하의 입속으로 한 방울씩 떨어지기 시작했다.

"네 애인은 나를 거부하는 돌연변이다."

권인영은 오버마인드의 목소리를 들었다.

"물론 그것은 나쁜 일이 아니다. 자연은 언제나 돌연변이를 만들어내니까."

권인영은 이제 오버마인드와 거의 통합되어 있었다. 그는 오버마인드가 지구에 저질렀던 일과 그가 했던 생각을 다 알고 있었다.

"이 돌연변이를 치유하는 것만이 우리 모두에게 최선임을 너도 알고 있을 것이다."

권인영은 그럴 것 같다고 생각했다.

권인영은 지금 외부에서 무슨 일이 벌어지고 있는지 알고 있었다. 원한다면 움직일 수도 있었다. 하지만 권인영은 그럴 수가 없었다. 유지하와 함께 이 황홀한 하나 되는 기쁨을 즐길 수 있다면.

오버마인드가 흘려 넣은 약물에서는 지독하게 쓴맛이 났다. 유지하는 지금 일어나는 일을 오롯이 이해할 수는 없었지만, 확실히 무서웠다. 지독한 공포가 정신을 사로잡았다. 유지하가 부글거리는 속을 부여잡고 가까스로 입을 열었다.

"이, 켈록, 인영아. 켈룩."

유지하의 흰자위가 어두워지기 시작했다.

동시에, 권인영은 자신이 그 누구보다 사랑하는 사람의 정신을 직접 느끼기 시작했다. 그가 언제나 바랐던 순간이었다. 유지하의 정신이 오버마인드에 통합되면서, 유지하 또한 지금까지 대체 무슨 일이 일어났는지 깨닫고 있었다.

권인영과 유지하, 둘의 영혼이 서로의 손을 천천히 맞잡았다.

유지하의 의심 많은 성격, 그 때문에 권인영은 유지하에게 참 많은 상처를 입기도 했었다. 유지하는 아주 긴 시간 동안 권인영이 자기 자신을 '진짜' 사랑한다고 믿지 못했다. 권인영이 별 뜻 없이 한 말과 별 생각 없이 한 행동에서 유지하는 그가 자신을 사랑하지 않는 이유 수십 개를 찾아냈다.

그것이 유지하의 방어기제라는 사실을 알고 있었다. 권인영은 유지하가 야생에서 살아가는 맹수 같다고 생각하곤 했다. 살벌한 자연 밑에서, 야생동물에게 있어 자신의 약점이 공개된다는 것은 죽음과 같다. 그러니 외부에서 온 존재를 믿고 자신의 약점을 드러내는 것보다는, 최대한 의심하는 것이 생존에 유리하다.

그 태도는 유지하도, 권인영도 괴롭게 만들었다. 유지하의 의심은 자신의 정신 자체를 갉아먹었고, 권인영은 때로는 자신의 사랑이 보답 받지 못한다고 생각했다. 하지만 앞으로 그럴 일은 없을 것이다. 오버마인드의 중재 아래, 유지하는 의심할 필요가 없다.

"나를 봐."

권인영의 정신이 말했다. 유지하의 정신이 그를 바라보았다. 유지하는 비로소 자신이 언제나 알고 싶던 것을 알았다. 권인영이 언제나 말해왔지만, 유지하는 언제나 조금씩 의심하고 있던 것.

유지하는 감격에 찬 목소리로 말했다.

"너, 날 정말 좋아하는구나."

그리고 권인영은 유지하가 자신을 사랑한다는 사실을 확인했다. 물론 권인영은 언제나 그럴 거라고 믿고 있었다. 두 영혼이 손을 잡았다. 유지하는 오버마인드가 좋았다. 이렇게 모두 하나가 된다면 세상은 얼마나 아름다울 것인가.

둘은 서로의 기억을 되짚었다. 서로가 지금까지 겪었던 갈등이 얼마나 우스운 것인지 깨달았다.

그리고 마침내 기억은 둘이 연애를 시작한 시간으로 거슬러 올라갔다. 권인영은 자신이 유지하를 귀엽다고 생각하는 때를 보았다. 물론 권인영이 생수병 몇 개 들었다가 근육통에 시달린 것도 계기라고 할 수 있을 테다. 하지만 권인영은 그보다 더 깊숙이 들여다보았다. 어쩌다 내가 얘를 귀엽다고 생각했더라?

유지하가 권인영을 먼저 좋아하기 시작한 것은 둘 모두 동의하는 바였다(유지하는 상당히 인정하기 싫어했지만). 유지하는 자신이 먼저 접근하면 절대 안 된다고 생각했다. 그는 자기가 사랑받을 수 없는 인물이라고 생각했으니까. 그런데 그렇게 생각하면 자기감정을 잘 숨기기라도 해야, 이게 외연과 내면이 일체가 되는 건데, 유지하가 자기 근육은 잘 통제해도 그런 종류의 통제 능력은 전혀 없었던 것이다.

권인영에게는 그 모습이 지독히도 귀엽게 느껴졌다. 마침 당시에 권인영은 짝이 없던 차였다. 그는 이런 종류의, 그러니까 그림자 밑에서 말라비틀어져 있는 다육이에게 햇살을 쏟아부어 자기만을 바라보게 하는 것을 좋아했다.

생각해보면 참 상극끼리 만났다 싶었다. 그 관계가 이렇게 서로 뭉그러지는 하나가 되다니. 유지하는 그게 참 우습다고 생각했다. 권인영도… 우습나? 아니, 아닌 것 같은데.

권인영은 폭풍우가 되어 자신에게 몰려오는 유지하의 정신을 느꼈다. 하지만 그에게 다가오는 정신은 오직 유지하만 있는 것이 아니었다. 거기에는 박민우와 간호사의 정신이 있었다. 앞으로 오버마인드에 하나씩 통합되면, 모든 인간이 여기 속할 것이다.

이렇게 모두 하나가 되는 것이다. 모두 사랑하게 되는 것이다. 그것이 수백, 수천억 번, 수조 번의 입맞춤을 통해 시작된 오버마인드의 지배다.

현실에서, 권인영이 눈을 떴다. 그의 눈에 흰자가 다시 돌아오기 시작했다. 유지하에게 약을 반쯤 먹인 박민우, 아니 오버마인드의 껍질이 보였다. 권인영은 그 모습에서 느끼는 압도적인 애착을 견뎌내려고 애쓰면서 천천히 일어났다. 한 발 한 발, 권인영은 박민우에게 다가갔다.

박민우는 아무 행동도 하지 않았다. 오버마인드는 권인영에게 신경 쓰지 않았다. 오버마인드는 권인영이 이미 자기 지배하에 속해 있다고 확신했다. 오버마인드에게 지배받는 종족이 오버마인드에게 어떤 위해를 가하는 것은 불가능하다고 그는 믿었다.

하지만 권인영은 유지하를 사랑하고 있었다. 입맞춤과는 달리 우리 지구 생물이 독특하게 진화시킨 그 특성은 우리가 우리와 다른 존재를 사랑하도록 만들었다. 다른 존재와의 차이점을 통해 우리 세상을 확장시킬 수 있도록 했다. 오버마인드가 주는 사랑은 일체감과 통합으로만 이루어진 감정이나 우리가 느끼는 사랑은 단지 그것만이 아니었다.

그래서 권인영은 그것을 받아들이지 않기로 했다.

"으아아!"

소리를 지르고 나서, 권인영은 마치 하임리히법을 하는 것처럼 박민우를 등 뒤에서 감싸 안았다. 그리고 온 힘을 다해 박민우의 명치를 눌렀다.

"꾹, 꾸엑!"

박민우가 끔찍한 소리를 냈다. 그의 입에서 웬 진녹색 꼴뚜기가 튀어나왔다. 산낙지를 통째로 먹다가 게워내는 모습 같기도 했지만, 그 꼴뚜기는 우리 은하의 30%를 지배한 지배자 종족의 위대한 일원이었다. 하지만 자신의 생물학적 그릇에서 벗어난 그것은 지독하게 무력했다. 러브크래프트 소설에서 나오는 위대한 신들처럼 사람이 보기만 해도 미치거나 하지 않았다.

박민우가 뒤로 쓰러졌다. 권인영은 눈을 꾹 감고는 꿀렁이는 오버마인드를 손으로 집어 들었다. 그는 그것을 땅바닥에 한 번 내려친 다음, 왼발로 마구 짓밟았다. 아무 보호 없이 노출된 오버마인드는 순식간에 짓이겨졌다. 권인영은 그것이 완전히 살점 뭉치가 될 때까지 뭉개버렸다. 거품이 이는 초록색 액체가, 지구에 사는 모든 인간을 합친 것보다 더 많은 것을 아는 생물의 파편에서 흘러나왔다.

권인영은 그 위에 무릎을 꿇었다. 그러고 나서 눈물을 몇 방울 흘렸다. 다시는 방금 느꼈던 그 쾌락을 느낄 수가 없다는 사실을 알고 있기 때문이었다. 이 세상에서 갈등을 일소할 기회를 자기 손으로 파괴했음을 잘 알기 때문이었다.

그 옆에는 유지하가 멍하니 누워 있었다. 그의 눈은 다시 원래대로 돌아와 있었다. 그는 천천히 일어나 권인영을 바라보았다. 입에 아직도 남아 있는 지독한 쓴맛을 느끼며, 그는 기어들어 가는 목소리로 말했다.

"왜…?"

권인영은 숨을 몰아쉬면서 유지하를 바라보았다.

"짚신에도 짝이 있고 꽃신에도 짝이 있어. 신발에는 짝이 있기 마련이라고. 그래서 짝이 되는 두 신발의 모양이 똑같냐고? 아니, 완전히 똑같은 모양의 신발은 신을 수 없어."

"하지만…"

유지하는 말을 잇지 못했다. 권인영이 비틀거리며 일어섰다.

"나는 너랑 같이 뭉그러지기 싫어. 지하야, 계속 너로서 남아줘. 결코 이해할 수 없을지라도 좋아. 우리 영원히 서로 불완전하게 알 수밖에 없더라도 좋아. 네가 나와 다른 존재여서 사랑해. 내 세상을 확장해줘."

유지하는 아무 말도 하지 않고 권인영을 올려다보았다. 권인영이 유지하에게 두 팔을 내밀었다. 유지하는 그 두 팔을 잡고 일어섰다.

둘은 서로의 얼굴을 보았다. 항상 서로가 이상형으로 그리던 완벽한 얼굴과는 상당히 거리가 있는 얼굴이었지만, 둘에게 가장 익숙하며 둘이 가장 좋아하는 얼굴이었다.

권인영이 유지하를 꽉 껴안았다. 언제나처럼 서로 차이 나는 키, 다른 골격 구조와 자세 때문에 껴안는 자세가 완벽하게 편안하지는 않았다. 그 어떤 포옹보다 매트리스에 가만히 누워 있는 것이 더 편할 것이다. 하지만 대부분의 사람들이 그렇듯이 둘은 포옹을 더 선호했다.

유지하도 권인영을 끌어안았다.

뭐 어쨌든, 그렇게 외계인 침공 위기는 끝났다. 내가 알기로는 다른 외계인 침공 건까지 합치면(물론 그들은 오버마인드가 아니다) 이게 여섯 번째일 것이다. 이번 건이야말로 정말로 최악의 사태였으니까, 둘의 사랑이 인류의 독립을 지켰다고 할 수 있을 것이다.

중요한 뒷이야기를 말해보자. 이번 건은 이렇게 매조졌으나 앞으로도 시련은 많았다. 둘의 관계에서 이보다 더한 갈등도 많았다. 잠시나마 떨어져 산 적도 있었다. 하지만 그들은 모두 이겨냈다. 그리고 그 모든 고통을 거치며 그들 사이의 믿음은 더욱 두터워졌다. 그들은 서로의 차이점을 통해 더 확장된 세상을 누리고 있다.

말하자면 둘은 여전히 서로를 깊이 사랑하고 있다. 입은 도저히 못 맞추게 됐지만.

찰나의 기념비

1

2133번에게 남아 있는 것은 그의 붕괴하는 형태뿐이었다. 그에게는 이제 질감도 색채도 남아 있지 않았다. 그 스스로는 인식하지 못했지만, 앞으로 결코 인식하지 못하겠지만. 저장소의 웅장한 강당은 이제 색채와 질감을 잃었다. 2133번은 그 벽돌들이 하나씩 점멸하는 것을 보았다. 기둥이 깜빡이다 마침내 사라지는 것을 보았다. 그리고 하늘도. 고개를 한 번 들어 올렸다가, 2133번은 생각했다. 하늘의 색깔이 저렇지 않았던 것 같은데.

구름 한 점 없는 하늘은 일정한 명도와 채도의 회색으로 가득 차 있었다. 지독할 정도로 단조로운 색채를 보면서 2133번은 그 광경이 비현실적이라는 감상을 품었다. 그 이상으로는 아무런 생각도 들지 않았다. 그는 자신이 생각할 수 있을 거로 생각하지 않았다. 감히 세상을 감상할 수 있으리라고 생각할 수도 없었다. 세상에는 감상의 대상이 될 것이 없었다.

세상의 멸망은 쾅 소리와 함께 오지 않았다. 세상의 멸망은 모든 것의 단조로운 소멸과 함께 왔다. 모든 색채가, 모든 질감이, 모든 각이, 모든 냄새가, 모든 물성이. 사물에 독립성을 부여하는 모든 속성이 빠르게 지워지고 있었다. 2-33번을 내려다보던 하늘의 회색 색채마저 사라지고 있었다. 사라진 하늘의 회색 조각을 채운 것은 아무것도 없었다. 조각이 사라진 곳에는 아무 존재도 나타나지 않았다. 영원할 것 같던, 은빛 벽은 이미 완전히 사라진 지 오래였다.

2-33번은 자신이 여전히 의지를 품을 수 있다는 것이 놀라웠다. 그래서 2-33번은 감각에 집중했다. 아무런 느낌도 전해지지 않았다.

관성적으로, 2-33번은 자신의 이름을 읊조렸다. 아니, 읊조리고자 시도했다. 2—3번은 수십 년간 읊었던 자신의 이름을 기억할 수 없었다. 아니, 그게 자신의 이름이 맞긴 했을까?

2—3번의 신체가 아무것도 없음에 녹아들어 가고 있을 때, 무엇인가가 2—3번의 관심을 끌었다. 놀라운 일이었다. 2—3번의 의식은 여전히 개별성을 유지하고 있었다. 외부의 자극에 집중할 수 있었다. 2—3번은 남은 정신의 부스러기를 끌어모았다. 2—3번은 그것을 보았다. 의식이 뚝뚝 떨어져 나가고

있는 와중에 그는 깨어 있고자 노력했다. 모든 정보를 잃어가는 세상에서 개인의 의지만으로 각성을 지킬 수 있을까? 2—3번은 고민하지 않았다. 그런 고민에 쓸 시간도, 고민을 할 능력도 없었다.

그건 달팽이였다. 회색빛 공허로 녹아들고 있는 세상에 달팽이 하나가 총천연색을 뽐내며 기어가고 있었다. —3번은 수십 년의 삶 동안 이만한 사치를 목격한 적이 없었다. 혹은, 그가 기억하지 못하고 있는 것일까?

—3번은 산산조각이 난 기억 속에서 어떤 정보를 인출했다. 달팽이와 인간의 시간을 인식하는 해상도가 다르다는 정보를. 달팽이는 인간보다 훨씬 느린 시간 감각을 지니고 살아간다. 달팽이의 조그마한 뇌는 사람처럼 시간을 잘게 쪼개 인식할 능력이 없다. 인간과 달팽이가 산들바람이 부는 초원 위에 함께 있다면, 달팽이는 바람에 따라 흔들리는 풀들이 마치 뚝뚝 끊겨서 움직이는 것처럼 느낀다.

그것은 부서지는 세상이 탄식처럼 내뱉는 마지막 블랙 코미디였다. 그에 대한 찬사로, ——번은 실로 공허한 웃음을 지었다. ——번은 생각을 쥐어짰다.

끝이야.

그 아무 유감도 없는 생각을 마지막으로, 세상에 깃든 모든 유의미한 정보가 사라졌다.

2

세상의 모든 사람은 2090년 1월 1일 오전 7시라고 인식하는 시간에, 자신의 집 혹은 그만큼 익숙한 공간에서 깨어났다. 그들은 익숙한 공간에서, 익숙한 방식에 따라 하루를 시작했다. 35번은 커피를 내렸고, 810번은 침대에서 몇십 분을 더 뒤척였으며, 729번은 요가를 시작했다. 그때까지는 아무도 무언가 이상하다고 느끼지 않았다.

오전 8시 30분에 문을 열고 집 밖으로 나왔을 때 사람들은 어색함을 느꼈다. 집 혹은 익숙한 공간은 그들의 기억 그대로였지만, 집의 현관은 수십 층짜리 커다란 복도형 아파트의 대문으로 이어졌다. 복도에서는 똑같이 생긴 아파트 수 개가 줄지어 서 있는 것을 목격할 수 있었다. 내 집이 이런 데 연결되어 있었던가? 이 의문의 꼬리를 물고, 좀 더 근본적인 의문이 따라왔다. 왜 내 집의 현관 바로 옆에, 1M도 간격을 두지 않고 또 다른 현관이 위치해 있을 수 있지? 어떻게 안이 밖보다 넓을 수 있지? 어떻게 수천 명의 사람이 약속이라도 한 것처럼 동시에 현관 밖으로 나올 수 있지?

어색함은 빠르게 공포로 이어졌다. 수천 명의 사람 중 일부는 그 공포심을 공격성으로 승화시켰다. 5번이 6번에게 달려들었을 때, 이 세상이 만들어진 이후 첫 번째 폭력이 나타났다. 다행히 그 폭력에서 아무도 상처 입지 않았다. 사람들은 상처 입을 수가 없었다. 대부분의 감각이 온존했지만 그 세상의 인간에게서 고통은 깔끔히 소거되어 있었다. 그리고 죽음도. 아파트에서 뛰어내린 사람은 으깨지지 않았고, 끓는 물에 손을 집어넣은 사람은 따스함 이상을 느끼지 못했다.

물리적으로 죽는 것이 불가능하다는 확신이 사람들 사이에 퍼지자, 사람들은 이 기이한 세상을 천천히 탐색하기 시작했다. 탐색은 오래가지 않았다. 세상이 지나치게 좁았기 때문이다. 3천 명의 사람이 바글거리는 세상은 아파트 몇 개와 숲 하나에 지나지 않았다. 안이 밖보다 넓은, 그 내부가 각자 다르게 설계된 기이한 복도형 아파트들을 둘러싼 침엽수림, 그리고 침엽수림을 둘러싸고 있는 벽. 그 벽은 이 비현실적인 세상에서 특별하게도 거짓말 같은 객체였다. 은빛이 도는 금속으로 만들어진, 기이할 정도로 둥근 벽은 하늘 끝까지 이어져 있었다. 아파트 밖에 있다면, 어디에 고개를 돌려도 사람들은 은빛 벽을 볼 수 있었다. 그 벽은 파괴할 수도, 파헤칠 수도 없었다.

세상이 온 힘을 다해 자신이 가짜라고 주장하는 것 같았다. 몇 주간 사람들은 이 좁은 세상의 정체를 탐구하는 것을 소일거리로 삼았다. 사람들에게는 2060년부터 30년간 이어지는 각자의 기억과 지식이 있었다. 마지막의 마지막에, 이 세상이 어떤 컴퓨터에서 돌아가고 있는 가상의 세계라는 가설이 이 세상이 세심하게 설계된 지옥이라는 가설을 이겼다. 몇몇 물리법칙이 현실과 같이 작동하지 않는다는 것이 그 근거였다.

하지만 거기까지였다. 사람들은 자신이 가상의 존재라는 사실을 안다고 해도 왜 이 시뮬레이션이 돌아가고 있는지는 전혀 깨달을 수 없었다. 괴롭게도, 오직 허구와 정보로만 존재하는 세계였지만 사람들의 의식은 진짜였다. 그들은 죽을 수도 없었다. 40년 동안, 그 작은 세상 속에 깃든 삼천의 정신은 천천히 말라비틀어졌다.

완전한 무기력에 빠져, 현실에 대한 사유 자체를 포기해버리는 방식이 가장 대중적이었다. 사람들은 자기 기억대로 만들어진 집에 처박혀 있다가, 천천히 돌처럼 굳어갔다. 모든 자극에 대한 반응 자체를 포기하는 것이었다.

구원은 색다른 모습으로 찾아왔다.

3

2133번은 자신의 왼손을 바라보았다. 중지와 검지가 완전히 색채와 질감을 잃어버린 채였다. 칠하지 않은 밀랍 인형 같다고 2133번은 생각했다. 2133번은 오른손을 들어 자신의 왼손을 붙잡았다. 회색으로 변해버린 왼손 중지와 검지에 아무런 감각도 느껴지지 않았다. 왼손을 잡고 있는 오른손에도, 중지와 검지에 대한 감각은 전달되지 않았다. 공허한 무언가가 공간만을 차지하고 있었다. 적응하려야 적응할 수가 없는 감각이었다.

아직도 정신을 붙잡고 있는 소수의 사람들은 그것을 백사병이라고 불렀다. 사람 혹은 사물의 일부가 색채와 질감을 잃으며 백사병은 시작된다. 백사병은 천천히 전신으로 퍼져나가고, 백사병이 퍼져나감에 따라 사람은 자신의 특색과 개성 또한 조금씩 잃어버린다. 개성이 소실된 개체는 하얀 밀랍 인형처럼 변해버리고, 종국에는 형태마저 부스러져서 사라진다.

백사병은 정신과 기억에도 침범했다. 환자들의 정신은 그들의 몸처럼 단조롭게 변하다 결국 소멸했다. 그것은 구원이었다. 이 미친 세상은 그 자체로 영원한 형벌이었다. 절대 상처받지 않는 몸을 지닌 채로, 존재할 수 없는 벽에 갇힌 채로, 이 변화 없는 좁디좁은 세상 속에서 살아가는 것, 가녀린 인간의 정신으로는 차마 견딜 수 없었다.

2133번이 그 유혹에 넘어가지 않은 이유는 오직 기억 때문이었다. 2133번은 자신의 이름을 읊조리면서, 집에 딸린 창고로 들어갔다. 온갖 상자와 자루들로 가득 찬 창고엔 퀴퀴한 곰팡내가 감돌았다. 2133번은 익숙한 기억에 따라, 깊숙한 곳에 처박힌 상자를 하나 열었다. 정체를 알 수 없는 회색 먼지가 공기 중으로 포자처럼 퍼져나갔다. 상자 속의 잡동사니들 중 일부는 이미 익숙한 회색 질감으로 바뀌어 있었다. 2133번은 상자 안에 있는 자신의 목표를 들어 올렸다. 그것은 살짝 녹슬어 있었지만, 다행히 백사병에 침식되지 않았다.

자신의 이름을 읊조리면서, 2133번은 자동권총을 들어 올렸다. 기억의 깊은 곳에 각인된 그 무게감 그대로였다. 이 세상에 처박힌 이후로는 아무 쓸모 없을 거로 생각했는데, 지금은 무엇이라도 해보아야 했다. 나오는 길에 그는 집 한구석에 있는 커다란 컴퓨터를 보았다. 단 한 번도 작동한 적이 없는 물건이었다.

2133번은 아파트를 나섰다. 아파트 또한 부분부분 백사병으로 침식되고 있는 것이 드러났다. 시야를 가득 채우는 은빛 벽을 쓱 한 번 올려다보고 2133번은 그쪽으로 걸어나갔다.

2133번이 숲을 통과했을 때는 저녁 시간 즈음이었다. 아마도. 시간 재는 것을 대부분 포기했지만, 그래도 이 세상에는 끝없이 계속되는 낮과 밤의 순환이 있었다.

2133번이 전해 들었던 대로, 그곳의 은빛 벽에는 사람이 간신히 통과할 수 있을 만한 작은 구멍이 나 있었다. 2133번은 벽의 구멍으로 천천히 다가갔다. 구멍을 둘러싼 벽의 소재는 백사병에 침식되어 본연의 색채를 잃어버린 채였다. 2133번은 자신의 이름을 한 번 읊조린 다음, 몸을 숙여 그 너머를 바라보았다.

그 너머에는 완전히 다른 세상이 펼쳐져 있었다. 현기증을 느낀 2133번은 고개를 돌렸다. 저기로 가야만 해. 그는 다시 중얼거렸다.

그때 인기척이 느껴졌다. 위협일지도 모른다는 느낌, 그의 머릿속, 가상의 뇌에 번개처럼 경보가 울렸다. 죽음이 없는 세상에서 무슨 위협을 가할 수 있을지는 모르겠지만. 오랜 세월 동안 몸이 기억하고 있는 방식 그대로, 2133번은 다급히 자신의 직관이 인도하는 방향으로 날렵하게, 자신의 옆쪽을 향하여 총을 겨눴다.

"잠깐! 쏘지 마세요! 그게 정말 소용 있을지는 모르겠지만, 하여튼 쏘지 마십시오!"

그림자 속에서 커다란 백팩을 맨, 살집 있는 사람의 형체가 드러났다. 2133번은 총을 든 손을 내렸다.

4

"저는 1098번입니다."

벽의 구멍 앞에 주저앉은 채로, 1098번이 백팩에서 꺼낸 에너지바를 우물거리면서 말했다. 의미 없는 일이었다. 이 세상에는 배고픔도, 혈당에 따른 힘과 감정의 차이도 없었다. 2133번은 그 모습을 보면서 자신이 마지막으로 무언가를 먹었을 때가 언제인지 가늠해보았다가 곧 포기했다. 그는 1098번에게 물었다.

"2133번이야. 여긴 뭐 하러 온 거지?"

"제가 물어보고 싶은 이야기인데요! 당신이 먼저 저한테 총을 들이대지 않았습니까? 아니, 대체 그런 건 어디서 구한 겁니까?"

2133번은 아주 천천히, 그러나 분명히 넓어지고 있는 벽의 구멍을 한 번 훑어본 다음에 단어를 뱉었다.

"집."

"진짜 세상에 있을 때 집에 총을 보관해두는 종류의 사람이었군요? 신기하네요. 그럼 구멍을 찾아온 이유는…."

2133번이 한숨을 한 번 푹 쉬고는 말했다.

"다른 무슨 이유가 있겠어? 그냥 들어가 보려고."

"아니, 세상에, 그건 너무 위험한 일인데요! 저기 들어간 사람들 중에 아무도 돌아온 사람이 없다는 건 알고 계십니까? 당신 같이 무기력에 시달리지 않는 사람이 얼마나 희귀한데요."

2133번은 다시 1098번에게 총을 겨눴다. 1098번은 즉시 입을 다물었다. 둘 모두 총 따위로 서로를 해할 수 없다는 것을 알고 있었지만, 총은 폭력의 상징으로 그들의 기억에 각인되어 있었다. 하긴 또 이 괴이한 세상에서 언제 총의 기능이 현실대로 돌아올지 모를 일이었다.

2133번이 말했다.

“그럼 너는 여기에 왜 얼쩡거리고 있는 거야? 지나가는 사람들한테 경고하려고?”

“제발! 일단 총부터 치우고 이야기하시죠.”

2133번이 총을 내리자 1098번은 한숨을 푹 쉬고는 말했다.

“쿠키 드시겠습니까?”

그는 백팩에서 쿠키 하나를 주섬주섬 꺼내 2133번에게 건넸다. 2133번이 고개를 젓자 1098번은 말을 이었다.

“어, 그러니까, 저는 신비주의자입니다. 무슨 뜻인진 알고 계시죠?”

“세상을 누가 만들었는지, 왜 만들었는지 탐구하는 족속들 말하는 거 아냐? 내가 알기로는 이미 전부 무기력증에 빠져서 집에 처박혀 있는 걸로 아는데.”

1098번이 침통한 표정으로 고개를 끄덕이더니, 방금 꺼낸 쿠키를 자기 입에 쑤셔 넣고는 우걱우걱 씹으면서 말했다.

“대부분은 그렇습니다. 하지만 아직 저 같은 예외도 있죠. 저는 이해가 전혀 안 갑니다. 이 세상이 가상의 감옥이라고 해서 모든 희망을 놓을 이유가 또 어디 있답니까? 어떻게든 빠져나갈 방법을 찾아봐야 사람다운 거 아니겠습니까? 이런 말 하려니 또 민망하지만, 제가 현실 세계에서 가져온 기억을 참고하자면 말이죠. 저는 항상 진취적인 사람이었습니다."

"그래서 구멍을 찾아왔다?"

1098번의 눈이 빛났다. 그는 자기 백팩을 가리키면서 말했다.

"네, 저 뒤에는 우리 세상의 비밀이 저장된 건물이 있다고 합니다. 우리를 만든 인간들이 우릴 기다리고 있을까요? 아니, 어쩌면 이 좁은 세상에서 탈출할 방법이 있을지도 모릅니다. 준비도 열심히 하지 않았습니까? 수많은 사람이 돌아오지 않은 건, 어쩌면 거기서 해답을 찾았기 때문일지도 모릅니다!"

2133번은 이 세상에서 음식이 대체 무슨 소용이냐고 말하려다가 그만뒀다. 그가 쥔 자동권총이 음식보다 쓸모 있다고 감히 말할 수 없기 때문이었다. 배고픔이 없는 세상이지만, 음식은 짧은 감각의 여흥이라도 준다. 하지만 이 총은? 2133번이 총을 들고 온 이유는 그저 그것이 쓸모 있을 것 같다는 막연한 직감뿐이었다.

"그렇군. 그쪽도 방금 온 거야?"

"음, 그게… 사흘 정도 됐습니다."

"뭐라고?"

"사실 좀 무섭거든요. 구멍 밖을 보기만 해도 어지럽지 않습니까? 그나저나 당신이 여기 온 이유는 뭡니까?"

헛웃음을 지으면서, 2133번은 왼손을 들어 올렸다. 1098번은 그의 왼손 전체로 퍼져나가고 있는 백사병의 흔적을 보고는 입을 벌렸다.

"글쎄, 나도 그 건물을 찾아왔어. 어쩌면 이걸 치료할 수 있을지도 모른다는 생각이 들어서. 가만히 앉아서 문드러지는 것보단 나아 보이거든."

거짓말이었다. 하지만 그편이 더 설득력이 있을 거라고 2133번은 생각했다.

2133번은 몸을 숙였다. 분명히 1098번과 대화하기 이전보다 구멍은 더 커져 있었다. 벽의 반대편에서, 2133번은 다시 한번 감히 설명할 수 없는 색채의 소용돌이가 휘몰아치고 있는 것을 목격했다. 대체 무슨 일이 벌어지고 있는 거지? 머리가 아찔했지만, 2133번은 멈출 수 없었다. 벽이 빠르게 부스러지고 있는 것처럼, 그의 백사병도 빠르게 진행되고 있었으므로.

"자, 잠깐만요!"

2133번은 고개를 돌렸다. 1098번이 눈을 감고 포복한 채로 다가오고 있었다. 눈을 질끈 감은 채로 1098번이 외쳤다.

"다, 당신, 용감하군요! 우리, 좋은 파트너가 될 수 있을 것 같지 않습니까? 함께 모험을 떠나는 파트너 말입니다. 혼자보단 언제나 둘이 더 나은 법이니까요! 이제 10이라고 부르십시오. 저는 21이라고 부를 테니!"

2133번은 헛웃음을 흘리고는 다시 앞쪽을 바라보았다. 그 색채의 소용돌이도 바라보고 있자니 적응할 수 있을 것만 같았다. 그는 걸어나갔다. 그 뒤를 1098번이 눈을 질끈 감고 헐레벌떡 따라갔다.

5

몇 시간 동안, 둘은 벽의 바깥쪽을 걸었다. 바깥쪽에서 바라본 벽은 하늘을 향해 뻗은 커다란 은빛 탑처럼 보였다. 세상을 둘러싼 은빛 탑은 구석구석 불쾌한 흰색으로 썩어 문드러져 있었다.

벽의 바깥은 온갖 잔해들로 무질서하게 포장된 평원이었다. 그 잔해를 구성하는 오브젝트들은 서로 아무런 관련이 없어 보였다. 2133번은 종을 동정할 수 없는 포유류의 뼈와 나무로 된 책장과 콘크리트 블록과 금속 프레임이 뒤섞여 있는 모습을 보았다. 그리고 그 위의 하늘에는 온갖 색채가 뒤섞여 소용돌이쳤다. 2133번은 자신이 인식할 수 있는 모든 색이 하늘에서 끝없이 주도권을 다투고 있는 것을 목격했다.

바닥을 포장하고 있는 잔해들도 그 불길한 흰색의 침범을 받고 있었다. 백사병에 침식된 잔해를 밟고 서면, 발에 어떤 접촉도 느껴지지 않았다. 중력이 몸을 아래쪽으로 잡아당기는 것을 느끼면서도 정작 몸이 지지를 받지 못하는 상황은 적응하려야 적응할 수가 없었다.

2133번이 앞장섰다. 1098번도 2133번이 앞장서는 것에 전혀 이의를 제기하지 않았다. 잔해만큼이나 기이한 야수의 습격이 끝도 없이 이어졌기 때문이었다.

커다란 고양이와 비슷한 크기의 야수는 아홉 개의 다리를 가지고 있었다. 아홉 개의 다리는 역동적으로 움직였지만, 그 중 실제로 이동에 관여하는 것은 딱 세 개뿐이었다. 그럼에도 그 못생긴 야수는 온갖 잔해들로 가득 찬 폐허를 포장도로처럼 편하게 내디디며, 둘에게 달려들었다. 2133번은 익숙한 이름을 한 번 읊조리고는, 색깔들 속에 흩어져 있는 야수를 주의 깊게 조준한 다음, 오른손 검지로 방아쇠를 당겼다. 그의 몸에 각인된 사격의 기억이 또 한 번 승리했다. 격발음과 함께 괴물이 수십 조각으로 폭발했다. 괴물의 조각은 빠르게 빛을 잃고 2133번의 왼손과 같은 꼴이 되더니, 공기 중으로 증발해 사라졌다.

권총은 효과가 있었다. 현실보다 더 큰 효과가 있었다. 여덟 번째 괴물을 쏘아 파괴했을 때, 2133번은 총탄이 다 떨어지면 어쩌나 고민하고 있었다. 열한 번째 괴물을 사살했을 때, 2133

번은 남은 탄약을 세지 않기로 했다. 탄약과 전혀 상관없이 총은 잘 발사되었다. 2133번은 총에서 발사되는 게 총알이 맞는지도 의심스러웠다.

뒤의 잔해 사이에 잘 숨어 있던 1098번이 만세를 부르면서 빠져나왔다. 그는 2133번의 뒤를 따르면서 말했다.

“61번의 말이 맞았습니다. 여기가 바로 세상의 실험장이었던 겁니다.”

한 걸음씩 발을 내디딜 때마다 발걸음 소리 대신 퍼지는, 그 비현실적이고 깔끄러운 불협화음을 들으면서 2133번은 1098번을 쳐다보았다. 다행히 그는 벽 안쪽에서 본 것과 같은 모습이었다. 2133번은 그 얼굴을 보는 것만으로도 자신이 현실, 아니 현실과 비슷한 무엇인가에 발을 딛고 있다는 느낌을 받았다.

“61번?”

“그러고 보니 당신은 신비주의자가 아니지요? 이… 바깥쪽 세상을 버텨내느라고 착각했습니다. 61번은 제 친구이자 학문적 동지입니다. 구멍을 우리보다 먼저 넘었고, 다시 돌아오지 않았죠.”

“실험장이라는 게 무슨 이야기인지 알고 싶은데.”

“아, 이제야 제 지식을 뽐낼 차례이군요! 21, 당신의 무용이 빛나는 동안 언제 제 장점도 빛날 수 있을지 진심으로 기다리고 있었습니다."

1098번이 그의 옆에 서면서 자랑스럽게 말했다. 저 멀리 지평선에서 지던 연보라색 태양이 주황색 구름 사이로 파고들고 있었다.

"시간이 많지 않으니 그런 헛소리는 생략하도록 하지."

"알겠어요. 우리가 무얼 탐구했던지는 알고 계시지요?"

"좀 종교적이잖아? 그러니까 신비주의자라는 이름으로 불렸지. 내 기억으로는 이 세상을 누가 만들었는지 궁금해하고 있던 것 같은데."

어느새 군것질거리를 꺼내 씹고 있던 1098번이 손을 내저었다.

"하하, 그런 건 우리 의식이 개화하고 딱 석 달 동안 하던 질문입니다. 그야 현실에서의 어떤 인간이 만들었겠죠. 악랄한 사이코패스거나, 아니면 최소한 자신이 하는 일에 그 어떤 고민도 없는 사람이겠죠."

2133번은 고개를 끄덕였다. 그러고는 잠시 아찔해져 눈을 감았다. 어디로 가는 것이 나을지 그는 생각했다. 2133번의 머릿속에 경로가 천천히 그려졌다. 벽을 나서기 전부터 이미 알고 있던 경로였다. 그 경로가 조금 전처럼 또렷하게 나타나지 않았다. 2133번의 기억이 백사병에 침식되고 있는 것이었다. 2133번은 이를 꽉 깨물었다. 정신의 청명을 유지하기 위하여,

살아 있다는 느낌을 받기 위하여, 그는 1098번의 목소리에 귀를 기울였다.

"앞서도 말했지만, 저를 비롯한 신비주의자들은 이 세상에서 빠져나가려고 했습니다. 그러려면 이 세상이라는 프로그램이 어떻게 만들어졌는지 알아야 했죠. 그걸 알아내면 오류를 찾을 수 있다고 믿었습니다. 오류를 찾아내면, 그 취약점을 통해서 우리의 존재가 바깥으로 전송될 수 있을지도 모릅니다. 그럼 이 감옥을 탈출하는 겁니다."

"우리 세상이 컴퓨터 위에서 돌아가는 프로그램이라는 것까지는 나도 알고 있어. 하지만 이 프로그램의 오류를 밝혀낸다고 해서 우리가 프로그램 바깥으로 빠져나갈 수 있을지는 잘 모르겠는데. 우리 모두는 이 감옥 프로그램의 일부야."

1098번이 2133번의 어깨를 톡톡 치면서 무언가를 권했다. 2133번은 그것을 시허연 왼손으로 받아들였다. 청포도맛 사탕이었다. 2133번은 사탕을 입에 집어넣었다. 달콤한 맛과 향이 입안에 퍼져나갔다.

"21, 살아 있는 기분이 들지 않나요?"

"뭐라고?"

"제가 군것질하는 걸 보면서 이상하다고 생각했죠? 우리는 이제 배고픔을 잊어버렸잖습니까. 식욕도 따라서 사라졌고요."

2133번은 고개를 끄덕였다.

"하지만 생각해보십시오. 아무리 이 세상이 가상 세상이라고 한들, 우리가 하는 모든 행동이 반도체 위에 흐르는 전자의 춤에 불과하다고 한들, 우리의 의식은 정말로 존재하고 있지 않습니까? 당신은 사탕의 맛을 정말로 느끼고 있지 않나요? 우리가 정보 집합체에 지나지 않더라도, 프로그래밍된 대로 자극에 반응하는 것뿐이라고 해도, 그 과정에서 우리가 느끼는 모든 것은 완전히 진짜입니다. 우리의 데이터와 우리를 가동하는 프로그램을 바깥으로 보내면, 우린 다른 곳에서 정보로 이루어진 생명체로 살아갈 수 있을 거예요. 어떻게든 진짜 세상의 인터넷에만 접근하면 됩니다! 자기 자신을 수정하는 프로그램이 존재한다는 건 비밀도 아닙니다. 그게 우리 신비주의자들의 목표였습니다. 결국 대부분 답을 찾지 못하고 굳어버렸지만요. 백사병으로 벽이 뚫릴 거라고 예상치 못한 탓이었죠."

1098번의 열렬한 강의를 듣던 2133번은 주변을 훑어보았다. 밤이 내리고 있었다. 아니, 밤이 내린다고 생각했다. 시각적으로 잔해에 비치는 색깔의 채도와 명도는 조금 전과 다를 것이 없었지만, 아직 백사병이 침식하지 않은 그의 몸에 느껴지는 빛의 강도가 확연히 줄어들었다. 그는 물었다.

"무슨 말인지는 알겠지만, 그게 여기가 실험장이라는 말과 무슨 상관이지?"

1098번은 앞으로 몇 걸음 뛰어나갔다. 그는 두 팔을 벌리고 한 바퀴 빙글 돌았다. 방금 벌벌 떨던 모습은 찾을 수 없었다.

"보십시오! 이곳이야말로 오류 그 자체 아닌가요? 벽 안의 세상도 많은 물리법칙이 제대로 작동하지 않지만, 벽 바깥은 법칙이 완전히 망가져 있습니다. 이 잔해들도, 색채의 소용돌이도, 재장전하지 않아도 발사되는 총도! 여기야말로 벽 안의 세상이 만들어지기 전에 우릴 만든 사람이 온갖 실험을 하던 공간일 겁니다. 여기서 우리는 파고들 수 있는 세상의 취약점을 찾아낼 겁니다. 함께 밖으로 나가시죠, 21."

2133번은 고개를 끄덕이고 성큼성큼 발걸음을 옮기기 시작했다.

"그렇다면 서둘러야겠군. 내 기억이 백사병으로 통째로 사라지기 전에, 내가 길을 까먹기 전에. 따라와."

"기억이라고요?"

2133번은 여전히 기억하고 있는 자신의 이름을 읊조리면서, 진실을 말했다. 거짓말을 할 이유도 없는 것 같았다.

"그 오류를 내가 만든 것 같으니까. 아니, 나라고 할 수 있나?"

그의 목소리가 이어졌다. 조금씩 사라지고 있는 기억을 어떻게든 잡아두려는 것처럼 보였다. 그는 자기가 아무한테도 말하지 않았던 비밀을 천천히 털어놓았다.

6

사람들이 이름 대신 번호를 쓰는 이유는 그들의 과거에서 온 기억과 단절되기 위해서였다. 모두에게 2060년부터 2090년까지의, 진짜 세상에서 빚어진 기억이 어렴풋이 남아 있었지만, 그 기억 속의 자신은 지나치게 낯설게 느껴졌다. 기억 속의 자신은 은빛 벽으로 제한된 세상이 아니라 진짜 지구에서 다채로운 불안과 기쁨 속에서 살아갔으니까. 생리적 만족과 고통의 족쇄를 찬 채로 살아갔으니까. 그 기억에 매달리고 있으면 가상 세상에 영혼을 구속당한 무기력한 죄수가 되었다는 진실이 더욱 우울하게 다가왔다.

이 기억에 천착하는 사람들이 없는 것은 아니었다. 어쩌면 그 기억 속에, 이 가짜 세상을 벗어날 수 있는 방법이, 이 감옥 속에 붙잡힌 이유가 있을지도 몰랐다. 그들은 매일같이 기억을 교환했고, 실마리를 하나하나 찾아 나갔다.

시도는 하나같이 실패했다. 사람들의 기억은 모두 고유했지만, 죄다 비슷했다. 기억의 끝자락에서, 사람들은 극심한 공포에 휩싸인다. 공포의 대상은 명확하지 않다. 가만히 있어도 몸을 벌벌 떨게 되는 공포에 빠진 사람들은 오랫동안 고뇌해 온 어떤 선택을 내린다. 그 선택이 정확히 어떤 것이었는지는 무슨 수를 써도 기억해낼 수가 없었다. 현실의 인간들이 어떤 이유에서든 프로그램 속에 자신의 인격과 기억을 복사한 것만은 틀림이 없었지만, 그 너머로 나아갈 수가 없었다.

거기까지, 모두가 아는 이야기를 들은 1098번이 따지고 들었다.

"그게 오류를 당신이 만들었다는 것과 무슨 상관입니까?"

"말하기 힘든 이야기를 하기 전에 모두가 아는 이야기를 하면 좀 더 마음이 편할 것 같아서. 옛 기억을 떠올릴 때마다 난 책임감을 느껴. 이상할 정도로…."

그렇게 말하고는, 다시 한번 2133번이 자기 이름을 속삭였다. 그러고 나서 2133번은 말을 잘근잘근 씹으며 천천히 내뱉었다.

"2088년인가…. 나는 컴퓨터 앞에 앉아 있어. 모니터 속에는, 글쎄, 이제 잘 기억나지는 않는데, 이 세상과 비슷한 모습이 보여. 벽과 안쪽 세상이. 시간이 갈수록 기억 속에서 날 짓누르는 책임감의 무게도 강해져. 마지막에는 나도 다른 사람들과 같은 공포를 느끼지만. 나는 이 프로그램을 만드는 데 어떻게든 관여했어. 그것만은 확실해."

1098번이 걸어가고 있는 2133번을 붙잡았다.

"21, 무슨 일이 있었던 겁니까? 좀 더 자세히 설명할 수는 없습니까?"

"안 돼. 기억이 안 나. 옛날엔 알았던 것 같기도 한데."

1098번은 2133번의 얼굴에 천천히 흰색 얼룩이 피어나고 있는 것을 보았다. 그는 이미 왼쪽 눈으로는 더 이상 초점을 맞출 수 없게 되었다. 백사병은 그의 안과 밖을 동시에 침범하고 있었다. 2133번이 비틀린 미소를 지으면서 말했다.

"하지만 이 병이… 왜 생기는지는 정확히 알 것 같아."

1098번이 표정으로 설명을 요구했다.

"프로그램의 데이터가 어떤 이유로든 붕괴하고 있어. 사람과 사물의 정보가 지워질 때마다, 그 특색도 사라지고 있는 거야. 다행히도 아직 그 데이터를 해석하는 핵심 논리 자체는 유지되고 있어. 그러니 세상이라는 프로그램 자체가 종료되지 않은 거지. 하지만 이 프로그램이 영원히 지속할 것 같지는 않군."

2133번이 다시 자기 이름을 말했다.

"이 이름을 쓰던 나는 꽤 숙련된 엔지니어였던 모양이야. 그렇지?"

"왜 미리 말하지 않은 겁니까? 이 병이 퍼지기 전에 미리 말했다면 어떻게든 대책을 세울 수 있었던 거 아닙니까?"

"벽을 뚫을 방법이 없어. 벽이 뚫리기 전에 우리가 할 수 없는 건 아무것도 없었다고. 말만 하면 그 작은 세상 속에서 영원한 비난을 듣고 살았을 텐데, 당신이라면 그럴 수 있나?"

"그럼…, 그럼 끝인 겁니까? 무기력증에 빠진 사람들이 옳은 겁니까? 모두 이렇게 붕괴하고 말까요?"

허탈한 표정으로 주저앉은 1098번에게 2133번이 침식되지 않은 오른손을 내밀었다.

"아직은 모를 일이야. 자질구레한 기억들이 사라지면서, 오히려 무의식 속에 묻혀 있던 기억들이 하나씩 떠오르기 시작했거든. 예를 들면 내가 기록을 모아둔 저장소로 찾아가는 길이라든지."

"저장소요?"

"그래. 네가 말한 그 건물. 거기에 이 세상의 기록이 모여 있을 거야. 저 안에 내가 설치해둔 가이드가 있어. 당신도 이 세상이 왜 만들어졌는지 알게 될 거고. 어쩌면 거기서 여길 벗어나, 현실, 혹은 광대한 인터넷 속으로 흘러갈 방법을 찾게 될지도 몰라. 그러니 일어나, 10."

1098번의 눈에 다시 불꽃이 타올랐다.

7

둘은 1098번이 가져온 간식거리가 다 떨어질 때까지 걸었다. 어느새 주변의 풍경이 바뀌어 있었다. 색채의 소용돌이가 불던 하늘은 채도를 잃어, 회색으로 변해갔다. 칼날 같은 모양으로 하늘을 향해 치솟아 오른 기둥들이 벌판을 가득 채우고 있었다. 그 기둥들의 절반 이상은 백사병에 침식되어 시허옇게 변해 있었다.

개중 어떤 기둥은 뭉뚱그려진 회색의 형태만이 남아 있었다. 형태만 남은 기둥은 마치 유령처럼, 신기루처럼 다른 물질을 그대로 통과시켰다. 기둥을 통과하면서 신기해하는 1098번을 보고 2133번이 천천히 말했다.

"충돌 정보가 손실된 거야. 잘못 건드리면 데이터 오염이 네게 전달돼서 너 또한 붕괴할지 몰라."

1098번은 기함했다.

기둥을 통과하던 도중에 괴물들이 나타나기도 했다. 하지만 처음 벽 너머로 넘어왔을 때보다 그들이 나타나는 빈도는 훨씬 줄어들었다. 괴물이 나타날 때마다 2133번은 이제 총을 조준도 하지 않고 허공에 쏘았다. 그럴 때마다, 총구와 직선상의 경로에 있지 않더라도 괴물은 산산조각이 나고 회색 액체로 변해 사라졌다.

바깥 영역의 깊숙한 내부에서는 이제 객관보다 주관이 더 중요했다. 1098번은 2133번이 한 번에 여러 곳에 위치하는 것을 목격했다. 시간관념도 휘어지고 왜곡됐다. 1098번은 분명히 자신이 세 시간을 걸었다고 생각했고, 2133번은 자신이 이틀을 꼬박 걸었다고 느꼈다. 둘은 지루한 행군 속에서 함께 대화를 나눴다. 하지만 각자가 기억하는 대화 내용은 완전히 달랐다.

칼날 같은 기둥들이 늘어선 땅을 지나자, 이제 순수한 회색으로 가득 찬 공간이 드러났다. 땅 전체가 회색으로 변해 있었다. 하늘과 땅을 구분할 방법은 미묘한 채도의 차이밖에 없었다. 그 땅에 발을 디딘 순간, 뒤를 돌아도 아무것도 보이지 않았다. 세상은 원래부터 회색 대지밖에 없는 것만 같았다.

1098번은 이제 덜덜 떨지 않았다. 그가 느끼는 공포는 이제 싸늘하게 몸을 굳게 만들 뿐이었다. 그는 항상 세상의 오류를 발견한다면, 이 세상의 논리를 파고들어 빠져나갈 수 있을 거라고만 생각했다. 하지만 오류는 그의 현실 감각을 완전히 뒤트는 공포스러운 것이었다. 오래 가상 세계에 살아왔지만, 1098번의 인식은 철저히 그의 옛 기억, 실재에 붙박여 있었다. 돌아가자고, 도망치자고 1098번은 외치고 싶었다.

그때 2133번이 완전히 흰색으로 변한 왼손을 들어 올렸다.

"저기야, 기록 저장소."

1098번은 그제야 웅장한 은빛 돔이 서 있는 것을 보았다. 벽과 완전히 같은 재질이었다. 1098번은 그렇게 거대한 것이 조금 전까지 전혀 눈에 띄지 않았다는 것을 믿을 수 없었다. 이 장소에서 현실에 대한 인지는 끝없이 시험당했다.

1098번은 2133번을 물끄러미 쳐다보았다. 정말 이 사람이 이 프로그램을 만들었을까? 만약 그렇다면, 왜 인간의 의식을 이 가짜 현실 속에 처박은 걸까? 1098번은 가슴 속에 차오르는 진짜 불안감을 느꼈다.

"저 안에, 답이 있어."

2133번이 억지로 언어를 쥐어짰다. 그의 하체도 이제 희게 변해 있었다. 마치 사람의 살점을 붙여 놓은 밀랍 인형 같다고 1098번은 생각했다. 그는 앞서나가기 시작했다. 어쩌면 저 앞에 이 커다란 악몽을 끝낼 대답이 기다리고 있을지도 몰랐다….

저장소의 커다란 은빛 문을 열자마자, 그 안에서 무언가 튀어나왔다. 물소의 몸통에 세 사람의 얼굴이 달린 흰색 괴물이었다. 1098번은 그 세 얼굴에서 익숙한 무언가를 보았다.

"61번?"

일곱 개의 다리와 세 개의 부속지가 달린 괴물의 얼굴, 1098번이 기억하던 61번의 얼굴이 아가리를 벌렸다. 수백 개의 이빨이 1098번을 잡아채는 동안, 그는 무엇이 잘못되고 있는지 전혀 이해하지 못했다.

그리고 1098번은 실로 오랜만에, 아니 어쩌면 처음으로 고통을 느꼈다. 그의 몸은 말짱했지만 극심한 고통은 멈출 줄을 몰랐다. 그는 비명을 질렀다.

"끄아아악! 21, 21, 살려줘요!"

2133번이 다급히 오른손으로 총을 들어 올렸다. 방아쇠를 몇 번 당겨도 권총은 철컥거리기만 할 뿐이었다. 2133번이 괴물에게 다가가 영거리사격을 해도 괴물은 멈추지 않고 1098번을 쥐어짰다. 백팩이 벗겨져 땅에 떨어지고, 아무것도 없는 대지에 비명이 울려 퍼졌다.

"61번, 대체, 대체 나한테 왜 이러는 거야!"

괴물은 2133번에게는 아무 신경도 쓰지 않는 듯했다. 1098번의 짓눌린 몸통이 빠르게 흰색으로 변해가기 시작했다. 그를 구성하는 데이터가 붕괴하고 있었다.

2133번이 왼팔을 뻗으며 소리쳤다.

"내 데이터 오염을 전달할 수 있을 거야. 이것도 결국 우리처럼 정보로 이루어진 존재일 뿐이니까! 그럼 이 괴물도 붕괴할 거야!"

"그래요? 그럼 빨리해요! 빨리! 뭐든!"

"안 돼! 그럼 너도 사라질 거야! 넌 지금 그 괴물과 중첩된 상태야. 데이터 오염이 네게 전달될 거라고!"

공중에서 흔들리던 1098번이 2133번을 쳐다봤다. 2133번은 계속 흔들리는 초점을 최선을 다해 1098번의 표정에 맞추었다. 구멍을 처음 통과할 때만 해도 공포에 질려 있던 그 표정에 어느새 사명감이 깃들어 있다는 것을 2133번은 알 수 있었다. 극심한 고통 속에서도 그 사명감은 분명히 찬란한 존재감을 발하고 있었다.

"하, 하지만 당신 아니면, 누가 이 세상이 어떤 꼴인지 밝혀내겠어요?"

1098번이 신음을 토해내면서 말했다. 그가 말을 끝내자마자, 괴물이 아가리 속에 있는 수백 개의 이빨을 1098번의 몸통에 더 깊숙이 박았다. 마치 고문 같은 처절한 비명이 울려 퍼졌다. 2133번은 잠시 망설였다. 이 세상 속에 수천의 사람을 가둔 죄에, 누군가의 존재를 소멸시키는 죄까지 덧붙여야 하는가? 그때 그의 머릿속에 어떤 문장이 번개처럼 지나갔다.

이제 남은 시간이 정말로 얼마 없어.

2133번은 괴물에 왼손을 뻗었다. 왼손이 괴물의 몸통을 뚫고 지나가면서, 빛을 내고는 이내 사라졌다.

모든 소리가 멈췄다. 괴물과 1098번이 순간 차갑게 빳빳이 굳었다. 생생한 색깔로 빛나던 두 존재는 급격히 흰 밀랍 인형으로 변해갔다. 채 몇 초도 지나기 전에, 괴물과 1098번은 새하얀 파편으로 조각나 흩어졌다. 대지에 흩어진 파편들은 원래 존재한 적이 없었던 것처럼, 순식간에 녹아 사라졌다. 2133번은 거기서 NPE(null pointer error)라는 글귀가 지나가는 것을 보았다.

8

2133번은 회색 대지 위에 엎드려 있었다. 그의 왼팔과 왼다리는 녹아 사라진 지 오래였다. 시간이 얼마나 흘렀는지 기억할 수 없었다. 2133번은 땅에 얼굴을 처박고 있었지만, 놀라울 정도로 아무런 느낌도 들지 않았다. 그는 천천히 고개를 들었다. 과거의 그 자신(자신이라고 할 수 있을까?)이 마련해둔 저장소도 군데군데 하얗게 변해 녹아내리는 게 보였다. 녹아내린 현실의 파편은 순식간에 공허로 미끄러졌다.

세상은 빠르게 붕괴하고 있었다. 방금 그 괴물은 붕괴하는 세상이 만들어낸 어떤 단말마 같은 것이었으리라. 벽 안의 세상도 같은 파멸을 맞고 있을 게 뻔했다. 이 종말이 고통스럽지 않다는 것은 다행이었다. 프로그램 내의 유의미한 정보는 모두 사라지고, 잠시라도 반짝였던 의식은 공허 속으로 사라진다…. 2133번은 지상에서 가장 안온한, 이 가상의 파멸을 꿈꿨다. 수많은 사람이 이미 스스로 택했던 길이었다. 그는 이 감옥 세상에 갇힌 이후 그만큼 달콤한 욕망을 가진 적이 없었다. 설령 자신의 의식을 다른 네트워크에 전송하는 것이 가능하다고 한들, 네트워크의 광대한 정보에 노출된 개인의 의식이 버틸 수 있을까?

그래서, 그는, 천천히, 앞쪽으로 기어가기 시작했다. 백사병이 침범하고 있는 오른팔만으로. 자신이 과거에서 가져온 유일한 기억인 자신의 이름을 계속 읊조리면서.

2133번은 안온함에 굴해 사라질 수 없었다. 그의 정신을 구성하는 수많은 정보 또한 공허 속으로 사라졌고, 이제 그의 마음에는 옛 기억의 파편과 책임감만이 떠돌고 있었다. 빈약한 감정에 불과했지만 그것만이 그의 유일한 감정이었다.

2133번은 알아내야만 했다. 자신이 왜 이런 세상을 만들었는지. 왜 수십 년짜리 가상의 감옥을 만들어 수많은 사람에게 고통을 줬는지. 왜 이 감옥이 이제야 붕괴하고 있는지. 현실의 그는 여기 갇힌 수많은 정신의 고통을 보면서 쾌락을 느끼는 미치광이였던 걸까? 그 답을 알더라도 바뀔 게 없다는 걸 알면서도, 그 앎조차도, 프로그램이 돌아가는 회로 위의 논리 소자들 수만 개의 변화에 지나지 않겠지만.

은빛 돔 내부는 장엄하고도 단순했다. 입구, 넓은 통로, 중앙의 광장. 광장은 텅 비어 있었는데, 그 중심에 찬란한 빛줄기가 비치고 있었다. 2133번은 보자마자 알 수 있었다. 그것은 지식의 빛이었다. 그곳에 들어가면 이곳에 저장되어 있는 모든 기록이 그에게로 스며들어오리라. 2133번은 원형 광장의 중앙으로 기어갔다. 수십 년 만에 처음으로 느끼는 피로가 그의 전신을 장악했다.

중앙에 다다르자, 그리고 그 빛줄기 아래에 서자, 프로그램의 헤더에 저장된 메타데이터가, 집요하게 저장되고 있던 그 모든 로그가, 컴파일된 프로그램의 기계어 코드 자체가, 그의 의식 속으로 스며들어왔다.

2133번은 허공을 딛으며 하늘에서 자신이 내려오는 것을 보았다. 아니, 그건 자기 자신이 아니었다. 과거의 기억 속에 있는 자신이었다. 2133번의 파괴되어가고 있는 정신이 쏟아지는 정보를 견디지 못하고 환상을 만들고 있는 것이었을까? 아니면 과거의 자신이 미리 설치해둔 존재인 걸까? 2133번은 알 수 없었다. 그딴 것을 추리하는 데 쓸 시간도 더는 없었다.

"안녕하세요? 저는 세상의 큐레이터입니다. 필요하신 게 있으신가요, 고객님?"

고객님? 2133번은 머리를 흔들었다.

"바깥에는 무슨 일이 있었던 거야? 왜? 왜 이 세상을 만든 거야?"

하늘에 고고히 뜬 채로, 환상이 다시 입을 열었다.

"2090년. 그동안 관측되지 않았던 암흑 물질이 지구를 덮칠 것이 확실시되었습니다. 암흑 물질은 다른 물질과 접촉할 때마다 물질의 위상을 변화시키는 특성이 있었습니다. 지구 또한 하나의 커다란 암흑 물질 덩어리로 바뀌기까지 필요한 시간은 단 일주일이었습니다. 파멸을 피할 방법은 없었습니다. 지구의 모든 물질은 빠르게 암흑 물질로 변해가고 있었습니다. 다른 행성으로 떠나는 것만이 유일한 생존법처럼 여겨졌지만, 인간에게는 다른 행성에서 장기적으로 생존을 유지할 수 있는 기술은 없었습니다. 암흑 물질은 인간의 절대적 한계였고, 우주가 지구에 내린 선고였습니다. 저희 회사에서는 알파 테스트 중이던 완전몰입 가상현실 솔루션을 내놓아야만 했습니다."

2133번은 그제야 이해했다. 왜 모두의 기억 속에 공포가 배어 있었는지. 그들 모두가 멸망하는 현실에서 가상으로 탈출한 것이었다. 2133번은 극도의 피로감이 신체와 정신을 짓누르는 것을 느끼면서 물었다.

"지구가 망한 거야? 그럼 이 프로그램은 우주에 있나? 컴퓨터만 바깥으로 쏘아 보낸 건가?"

"이 프로그램은 태평양의 도달 불능점에 위치한 데이터 센터의 네 개 서버 컴퓨터에서 가동되고 있습니다."

돔의 천장에 천천히 균열이 나타났다. 균열이 천장의 일부를 잡아먹고, 완전한 회색으로 변한 하늘이 드러났다. 2133번은 눈을 감았지만 앞이 보였다. 눈꺼풀은 이제 더 이상 작동하지 않았다. 2133번은 미친 듯이 웃었다.

"프로그램조차 나처럼 엉망이군. 세상은 망했다면서. 여기가 가짜 세상이라고 해도 그 물리적 실체는 존재해야 해. 반도체는 암흑 물질에 면역인가? 그럴 리가 없잖아."

환상이 미소를 지었다.

"아니요, 고객님. 이 솔루션은 고객님께서 직접 설계하신 것 아닙니까? 아직 지구는 완전히 암흑 물질로 변하지 않았습니다. 지구 전체 물질이 암흑 물질로 변기까지는 약 17분의 시간이 남았습니다. 계산상, 이 프로그램은 0.0000000298초 후에 하드웨어 파괴로 인한 치명적인 논리 오류와 함께 종료됩니다."

"뭐? 잠깐, 하지만… 나는…"

치직거리는 소리와 함께 큐레이터의 환각이 사라졌다. 그러나 세상은 곧바로 소멸하지 않았다. 세상은 붕괴하고 있었으나, 감히 상상조차 할 수 없는 – 인식의 한계를 완전히 벗어난, 터무니없이 짧은 시간보다 훨씬 더 버틸 수 있을 것만 같았다.

2133번은 누웠다. 이제 그는 그 무엇도 느낄 수 없었다. 세상은 무너지고 있었지만 그의 감각은 어느 때보다 평온했다. 2133번은 생각했다. 생각하는 것 빼고는 할 수 있는 게 없었다. 아니, 딱 하나 더 남아 있었다. 2133번은 자신의 이름을 읊조렸다. 그 이름을 아직 기억할 수 있다는 게 감사했다. 그의 시허옇게 변해버린 왼쪽 눈에서 기름 같은 눈물이 흘러내렸다.

그때 이제 단순해진 2133번의 정신에 명쾌한 깨달음이 번개처럼 내리쳤다. 한때 그가 이미 알고 있던 이야기였다.

인간의 시간 인식은 지독히도 느긋하다. 1초에 60프레임이 넘어가는 영상을 인간은 결코 지각할 수 없다. 그것은 뇌의 한계다. 신경전달물질을 이용한 시냅스 간의 소통은 광속에 비하면 지긋지긋할 정도로 느리다. 하지만 이 가짜 세상 속에서는 인간의 정신마저 반도체 위에서 빛의 속도로 춤추는 전자만으로 시뮬레이션 된다. 그렇다면 사고를 가속하는 것은 아무것도 아니다.

필요하다면 찰나를 쪼개고 또 쪼갤 수 있다. 2133번의 세상은 찰나를 쪼개 그 빈틈 사이에서 영원과 다름없는 시간을 보낼 수 있도록 마련된 대피소였다. 그것이 2133번의 기억을 만든 이가 이전에 한 일이었다.

그리고 그 찰나의 기념비는 이제 최후를 맞고 있었다.

세상을 끝내는 데 필요한 점프의 횟수

1

어릴 적부터 내 게임을 만들고 싶었다. 학창 시절 내내 게임에 미쳐 살았으니 자연스러운 일이었다. 나도 크면 꼭 재미있는 게임을 만들어야겠다고 생각했다. 게임을 만드는 것은 작은 세상의 신이 되는 일이라는 거창한 철학도 있었다. 민망하지만 그때는 나만의 가상 세계를 만들 거라는 희망이 커다랬다. 내가 창조한 인물들과 상호작용할 수 있는 가상의 세계를 만들면 나 자신이 더 확장될 수 있겠다는 생각을 했다.

4년 만에 대학에서 칼같이 튀어나온 나는 판교에 있는 게임 회사에 계약직으로 취업했다. 온라인 게임 서버 쪽 일이었다. 드디어 새로운 세상을 만드는 작업에 참여하게 되었다. 굉장히 들떴다. 그때 내가 낀 팀은 이미 존재하는 게임이 아니라 완전히 새로운 게임을 만드는 팀이었다. 12명의 인원이 모여 프로젝트를 진행했다. 플레이어들이 자기만의 우주선을 만들어서, 우주선 내의 승무원들을 조종해 다른 사람들의 우주선과 싸우는 모바일 게임이었다. 본격 우주 선장 액션 전술 게임 어쩌고저쩌고하는 마케팅 문구까지 다 짜여 있었던 걸로 기억한다.

서버 개발자라는 거창한 직함이 붙긴 했지만 내가 하는 일은 게임 내 채팅 시스템을 구축하는 비교적 간단한 일이었다. 게임 제작보다는 메신저 만드는 일에 더 가까웠다. 그걸 새삼 느낄 때마다 꽤 허탈했다. 이런 경험이 쌓이고 쌓이면 언젠가는 내 게임을 만들 수 있겠지, 하는 생각으로 스스로를 다잡았다.

나는 정말로 농노처럼 일했다. 아니, 농노들한텐 미안하지만 내가 더 열심히 일했던 것 같기도 하다. 일주일에 한 65시간에서 70시간 정도 일했었나? 그 무렵 알게 된바, 법은 멀고 꼼수는 가까웠다.

입사하고 3주가 지나 본격적으로 기름을 짜이기 시작하여, 월요일부터 목요일까지 11시간씩 일하고 금요일에 8시간째 일하고 있을 때였다. 우리 회사에서는 자체 제작한 근태 관리 프로그램을 썼는데, 1시간마다 각자 일한 시간이 누적 입력되어 이번 주에 몇 시간이나 일했는지 확인할 수 있는 시스템이었다. 그런데 52시간을 채우자마자 프로그램이 비활성화되어 아무 작동도 하지 않는 것이다. 순진했던 나는 그 꼴을 보고 팀장에게 조용히 다가가 말했다.

"팀장님, 주 52시간 채웠다고 근태 관리 프로그램이 멈췄는데요."

"응, 그런데?"

팀장은 나를 쳐다보지도 않았다. 당황스러웠다. 알아서 퇴근하라는 뜻인가? 머릿속으로 온갖 생각이 지나갔다. 뭐지? 시간 채웠으면 조용히 집에 가란 뜻인가? 내가 우물쭈물 서 있으니 팀장이 고개를 들어 나를 쳐다보았다.

"아, 그러고 보니 현희 씨, 내가 1시간 전에 고치라 했던 버그는 어떻게 됐어?"

"아, 그게, 거의 다 되어가는데, 금방 끝내고 코드 올리겠습니다."

나는 자리로 돌아갔다. 그 이후로 팀장이 눈치를 주지 않아도, 근태 관리 프로그램이 52시간을 찍고 멈추든 말든 알아서 일하게 되었다. 그날부터 나는 직장인들이 익명으로 회사에 대한 정보를 나누는 사이트에 들어가서 게임 회사들이 다 이런지 알아보았다. 놀랍게도 게임 회사는 다 이랬다.

내가 좋아하는 게임을 개발한 미국 회사에서 탈주한 프로그래머 인터뷰를 보니 가관이었다. 일주일에 80시간 일을 하지 않으면 게임의 엔딩 스태프 롤에 이름을 올려주지 않았다고 했다. 그러면서 "우리 팀의 업무 동기는 공포였어요."라고 말하는 것 아닌가.

게임 프로그램이 워낙 복잡하고 만들기 어려워서 그런 걸 수도 있다. 경쟁이 심한 시장이니까 그럴 수도 있고. 지금 생각해보면 게임 업계에 그 일을 좋아하는 사람들이 많다는 점이 가장 큰 이유인 것 같다. 열정으로 일하는 사람을 후려치고 땔감처럼 태운 다음 버리는 것이 인류의 전통이니까.

하도 야근을 하다 보니, 회사에 대해 일종의 스톡홀름 증후군 같은 것이 생겼다. 일주일에 최소 65시간 일하면서 채팅 서버를 구현하던 나는 우리 프로젝트를 너무나 사랑하게 되었다. 내가 참여한 게임 프로젝트가 올해의 가장 인기 있는 어플리케이션상을 차지하고, 순수익을 한 3백억쯤 내지 않을까 생각했다. 나에게 돌아올 성과급은 2천만 원 정도? 그런 얼토당토않은 확신은 너무나 편안해서, 정규직 전환도 그저 시간문제일 뿐이라고 생각했다.

여기까지 허망한 이야기였다. 본격 우주 선장 액션 전술 게임은 앱스토어에 올라가지도 못하고 망했다. 10개월 정도가 지나 게임의 얼개가 다 갖춰지고 나서, 유저를 상대로 한 첫 번째 테스트에서 받은 평가가 개판이었다.

"애초에 콘셉트부터가 잘못된 것 같아요. 우리나라 사람들은 〈스타트렉〉이나 〈스타워즈〉에 크게 관심 없잖아요?"

"전투가 하나도 재미없습니다."

"4명 이상 플레이하면 렉이 너무 심해요."

우리 팀은 피드백에 따라 다시 열심히 수정하면 될 거로 생각했는데, 윗선의 생각은 우리와는 전혀 달랐다. 우리 팀은 산산조각이 났다. 몇몇 정규직들은 새로운 프로젝트로 옮겨 갔다. 나 같은 낙동강 오리알 계약직들은 오리알 프라이가 될 처지에 놓였다. 내가 1년 가까운 시간에 걸쳐 만든 채팅 시스템으로 채팅하는 플레이어는 결국 한 명도 볼 수 없었다.

알고 보니 원래 큰 게임 회사들은 수많은 게임을 한 번에 기획하고, 그중에 괜찮은 걸 골라서 만들고, 또 그중에서도 괜찮은 걸 골라서 마침내 출시하는 그런 시스템으로 돌아가고 있었다. 출시된 게임 대부분은 시장에서 끽소리 한 번 못 내고 사라졌다. 나는 이제 막 예선을 통과한 프로젝트에 지나친 기대를 걸고 있었던 셈이다.

1개월 뒤에 계약이 만료되었다. 연장은 없었다. 나는 판교에서 몸도 마음도 상한 채로 도망쳤다. 고향 대전으로 내려갔다. 두 달 동안 실업 급여로 대전의 고유한 배달 음식 김치피자탕수육을 시켜 먹고, 다시 일자리를 슬슬 알아보았다. 주 65시간의 트라우마가 엄습해서 처음에는 게임 쪽은 알아보지도 않으려고 했다.

그런데 막상 이력서를 쓰려니 다른 업계의 개발 직군에 경력직으로 지원하기가 영 애매했다. 게임 개발이 어떻게 돌아가는지만 아니까. 벌써 게임 회사라는 덫에 걸려버린 것이다.

그럼 이번에는 대기업은 노리지 말고 작은 기업에 한번 들어가 봐야겠다고 마음을 먹었다. 작은 회사에서 일하면 채팅 서버만 만드는 게 아니라, 더 커다랗고 중요한 일을 할 수 있을 거라는 생각을 했다. 그러면 정말 내 게임을, 내 세상을 만드는 기분이 들 것 같았다. 정말 잘 되면 나랑 회사가 같이 클 수도 있을 것이다. 저번처럼 출시도 못 해보고 프로젝트가 폭발하는 사태를 맞기는 정말 싫었다.

사실 계약이 만료된 기간이 애매해서 공채에 지원하기에도 곤란한 상황이었다. 그때 '스타더스트 스튜디오'라는 작은 게임 회사가 서버 개발자 한 명을 급히 구한다는 공고를 보게 되었다. 청년 스타트업을 지원하는 서울시 사업에 얻어걸린 뒤로, 처음 만든 온라인 게임을 어찌어찌 궤도에 올린 회사였다.

오후 2시쯤에 이력서를 보냈는데, 20분 뒤에 문자가 왔다.

"스타더스트 스튜디오 개발팀장 김형훈입니다. 이력서 지원에 감사드립니다. 내일 금요일 오후 3시에 맞춰 면접에 참석하십시오. 서울시 마포구 신수동 ○○로 ○○○ 3층으로 오시면 됩니다."

메일도 아니고 문자로, 진짜 급하긴 급했나 보다. 이 정도 되니까 섬뜩했다. 회사가 대단히 체계 없이 돌아간다는 생각이 들었다. 가까운 친구들한테 문자를 캡처해 보내주니 다들 뭔가 불안하다고 얘기했다.

그때 한 달에 두 번 구직 활동 인증을 하지 않으면 나머지 실업 급여가 나오지 않는다는 생각이 번쩍 머리를 스치고 지나갔다. 지난 두 달은 어찌어찌 이 회사, 저 회사 찔러보면서 실업 급여를 챙겼는데, 이번 달에는 이력서를 여기 딱 한 군데만 냈다는 게 기억났다. 하필 월말이라 다른 곳에 이력서를 추가로 넣을 시간이 없었다. 찬밥 더운밥 가릴 때가 아니었다.

일단 그 회사의 게임을 한번 플레이해보기로 했다. 역시나 모바일 게임이었는데, '스타더스트 월드'라는 정직한 이름이 붙어 있었다. 플레이어들은 제작자들이 미리 만들어놓은 세상을 자기 캐릭터로 여기저기 탐험할 수 있었다. 한 번에 최대 5명의 플레이어가 함께 탐험하는 것도 가능했다.

게임의 만듦새는 나쁘지 않았다. 유저들도 그럭저럭 있는 것 같았다. 플레이어와 적들의 캐릭터 디자인이 몹시 매력적이라는 평가가 많았다. 콘셉트 아트를 한번 둘러보니 몹시 기괴하고 그로테스크하지만 미묘한 아름다움이 있었다. 흥미가 당겼다.

내가 접속하고 캐릭터를 만들자마자 게임을 즐기는 수백 명의 사람이 공유하는 채팅 채널에 새 유저가 생겼다고 알림이 갔던 것 같다. 즉시 어떤 사람들이 초보자를 거두겠다면서 게임 내의 소모임에 나를 초대했다.

게임을 나보다 몇 개월씩 오래 한 사람들을 이리저리 쫓아다니면서, 게임이 어떻게 돌아가는지 하나하나 익히고 있을 때였다. 화면 한쪽의 버튼을 누르면 점프를 할 수 있다는 도움말이 나왔다. 그런데 아무리 그 버튼을 눌러도 내 캐릭터가 뛰지를 않았다. 나는 잠시 시도를 멈추고 대화창에 물었다.

"그런데 이거 왜 점프가 안 되죠?"

그러자 소모임 내의 한 사람이 즉시 답했다.

"아, 그거, 점프 때문에 서버 터진 적이 있어서 고치는 중이래요. 운영자들이. 그래서 지금 점프 못 해요."

"그게 무슨 말이에요?"

"점프를 6만 번 넘게 하면 게임 서버가 터지는 버그가 있었어요. 이게 유사 게임이라 그렇죠. 도대체 코딩을 어떻게 하면 서버가…."

그 뒤의 혐오 발언은 생략한다. 게임 플레이어들이 별것 아닌 트집을 잡아서 운영자들을 비방하고 인신공격하는 꼴이야 많이 보았다. 코딩 한번 해본 적 없으면서 프로그램이 개판이니 뭐니 하며 온갖 전문가인 척은 다 하고. 그래도 이건 이상했다.

점프를 6만 번 넘게 하면 게임 서버가 터지다니? 그런데 그건 또 누가 어쩌다가 발견한 거야? 일하다 보면 알 수 있겠지. 나는 이 게임을 만든 회사에 호기심이 생겼다.

오전 11시에 비틀거리며 일어난 나는 KTX를 타고 상경했다. 서울역에서 공항철도를 타고 공덕역에서 내린 다음 신촌 로터리 방향으로 걸었다. 신수동은 서강대 앞에 있는, 고즈넉하니 덜 개발된 동네였다. 지은 지 수십 년은 돼 보이는 아파트 단지랑 상가 건물들만 있지, 딱히 사무실이 있을 곳 같진 않았다.

지도가 안내하는 길을 믿고 찾아가 보니 게임 회사는 고깃집과 카페가 있는 빨간 벽돌 건물 3층에 있었다. 엘리베이터도 없는 곳이라 계단을 타고 터덜터덜 올라가자, '스타더스트 스튜디오'라는 이름과 우주로 슝 날아가는 로켓이 그려진 로고가 붙어 있는 문 앞에 다다랐다.

조용히 문을 여니 원룸으로 된 어지러운 사무실이 보였다. 커피 냄새가 진동해서 마치 커피 입자로 된 안개라도 낀 것 같았다. 칸막이도 딱히 없는 책상이 6개 정도 있었고 그 앞에 사람들이 영혼 없는 표정으로 앉아 있었다. 그중에서도 유별나게 영혼이 더 몸 밖으로 흘러나간 것 같은 남자가 나를 쳐다보았다.

"오, 그 이력서 넣은 송현희 씨예요?"

"아, 네."

"일찍 오셨네. 김형훈 개발팀장입니다."

김형훈 팀장은 엉거주춤 일어서면서 손을 내밀었다. 김 팀장은 개발자에 대한 모든 편견을 구체화한 원형 같은 꼴을 하고 있었다. 어디서 구하기도 힘들 것 같은 괴이한 배색의 체크 남방을 입고 있었고, 두툼한 뿔테 안경 뒤에는 판다 같은 다크서클이 진하게 내려와 있었다. 나는 다가가서 그와 악수했다.

"어, 야, 태흔아, 여기 의자 좀 가져와 봐."

조금 떨어진 위치에서 컴퓨터를 뚫어져라, 쳐다보고 있던 사람이 부랴부랴 의자를 그의 책상 앞에다 놓았다. 김 팀장은 앉은 자세로 마주 볼 수 있도록 모니터를 옆으로 밀었다. 그러고는 의자에 털썩 주저앉았다. 내가 따라 앉자 그가 바로 말했다.

"저희가 이제 갓 1년 정도 된 스타트업인데 사람을 구해보는 건 처음이라… 좀 어수선하네요. 그래도 4대 보험이랑 그런 거 다 돼 있으니 걱정 안 하셔도 돼요. 언제부터 출근 가능하세요?"

"네?"

내 눈이 커졌다.

"이력서 보니까 판교에 있는 큰 게임 회사에서 서버 개발하셨더만요. 가진 기술들도 저희한테 필요한 거랑 딱 맞고요. 포트폴리오도 좋던데요. 저희가 지금 1초가 급한 상황이라 개발자가 당장 필요하거든요."

이건 위험하다. 여기에 들어갔다가 큰일 나겠다 싶었다.

"아니, 전… 사실 저는… 제가 생각한 것보다 좀 급작스러운… 약간 당황스럽기도…."

"저희가 나름대로 벤처 발굴 기업에서 투자도 받은 회사거든요. 입사하시면 맥북 프로 최신형을 지원해드리고요, 근처 원룸에 사시면 월세도 50만 원까지 지원해드립니다. 관련 스타트업 중에서는 이만한 대우를 해드리는 곳이 없을 겁니다."

나는 주위를 둘러보았다. 너무 너저분한 상태라서 별로 신경을 쓰지 않았는데, 그러고 보니 3백만 원이 넘는 사과 그림 달린 노트북으로 일하고 있는 사람이 한둘이 아니었다. 서울대학가 원룸에 살려면 최소 50만 원의 월세를 내야 한다는 생각이 뇌리를 스쳤다. 갑자기 이 회사에 대한 신뢰도가 급격히 자랐다.

"지금 서버 개발자가 정말 급하거든요."

그는 숫제 애원하는 투로 말했다. 어제 들은, 점프 6만 번을 하면 게임 서버가 터진다는 이야기가 기억났다. 그런 상태면 충분히 급할 만도 할 것이다. 은근히 갑이 된 기분이 들었다. 이게 어딜 봐서 면접인가.

"그럼 일단 계약서부터 보는 걸로…."

"아, 예, 예, 그러세요."

김 팀장의 눈에 화색이 돌았다. 도대체 무슨 문제가 있길래 이 정도지? 곧 그는 다른 자리에 있는, 아마 회계나 경영 쪽

일을 하지 않을까 싶은 사람한테 속닥였다. 그러자 그 경영 쪽 일을 하는 것처럼 보이는 사람이 파일을 이리저리 뒤지더니 몇 장짜리 종이 묶음을 가져왔다. 그건 고용계약서였다.

계약서 조항은 별로 많지 않았다. 나는 혹시라도 독소 조항이 없나 눈에 불을 켜고 찾아보았다. 연봉은 저번 회사보다 다소 낮았지만 그래도 생활이 불가능할 정도는 아니었다. 근처 원룸에 살면 월세를 지원해준다는 복지 조항도 정말로 있었다.

계약서 어디에도 '소프트웨어에 버그 발생 시 갑은 을의 모든 신체 장기에 대한 독점적인 점유권을 가진다' 같은 조항은 없었다. 그래서 난 서명했다.

뜬금없는 취업이었다. 다음 주 월요일부터 즉시 나가기로 했다. 그때까지 부동산 계약서를 가져오면 바로 월세를 지원해주겠다고 했다. 충동적이지 않나 싶었다. 그런데 팀장의 절박함과 절실함을 보자, 왠지 나를 막 대할 것 같지 않다는 느낌이 들었다. 그 느낌이 중요했다. 나는 사무실을 나온 뒤, 2시간 동안 근처를 훑어 회사로부터 8분 거리에 있는 원룸을 하나 구했다.

대전으로 내려가 다시 취업했다고 얘기하니 부모님은 묻지도 따지지도 않고 그러려니 하셨다. 1년 전에는 딸이 대기업에 취업했다고 좋아하셨는데, 거기서 내가 참기름을 쭉쭉 짜이는 걸 보고 요즘 청년들의 삶은 뭘 하든 고통이라는 걸 이해하신 것 같았다. 필요한 물건은 엄마가 정리해서 택배로 보내주시기로 했다. 다음 주 월요일 전까지 이틀 동안 대전에서만 할 수 있는 일들을 했다. 별건 없고, 그냥 성심당 가서 튀김소보로 사 먹었다는 뜻이다.

2

월요일 아침 사무실에 들어가자, 김형훈 팀장은 벌써 내 자리를 마련해놓은 채로 나를 기다리고 있었다.

"이게 원래 있던 서버 개발자가 쓰던 자리거든요."

"원래 있던 개발자요?"

"창립 멤버가 있었는데…, 지금도 있었으면 현희 씨 사수였을 텐데. 일단 일주일 동안 한번 둘러보면서 감 좀 잡아봐요. 지금 고쳐야 할 게 산더미 같으니까. 회사 사람들이랑도 인사 한번씩 하시고."

김 팀장은 그렇게 말하고는 담배를 피우러 사라졌다. 사수가 없다고? 그냥 둘러보면서 감을 잡으라고? 뻘쭘히 앉아 있자니 직원들이 하나씩 들어왔다.

직원들이 출근할 때마다 "안녕하세요, 새로 들어온 송현희입니다." 하고 인사했다. 사람들은 친절히 내 인사를 받아주고는 대부분 사무실 구석에 있는 캡슐커피머신으로 향했다. 거기서 진하게 뽑아낸 커피를 마시는 것이 이곳 직원들의 가장 중요한 일과인 듯싶었다. 캡슐커피 세트 상자가 벽 옆으로 무시무시하게 쌓여 있었다. 나도 다크 초콜릿 향이 나는 에스프레소를 한 잔 뽑아 마셨다.

점심시간에 나는 직원들과 더 자세한 이야기를 나눴다. 신입이 왔으니 특식을 먹어야 한다고 기획자가 강력하게 주장해서 점심부터 으리으리한 중국 식당에서 밥을 먹었다. 이 회사에는 개발자가 나 포함해서 2명에, 회계 경영을 함께 맡고 있는 기획자가 한 명에, 3D 모델러 겸 디자이너 한 명에, 원화가가 또 하나 있었다. 총 다섯이었다. 음향은 외주를 준다고 했다.

대학교에서부터 같이 게임을 만든 그들은 따로 취업하지 않고 회사를 차렸다고 했다. 한국에서 가능하기나 할까 싶은 일이었지만 다행히 청년 창업 지원 프로그램에 합격하고, 풍족한 수준의 투자도 당겨 왔다고 했다. 나는 판교 회사에 있던 구정물 기계와는 확연히 다른 위풍당당한 캡슐커피머신을 생각했다. 게임 만드는 사람들, 특히 개발자에게는 그만한 복지가 없다.

"다 좋은데, 서버 개발자가 갑자기 미쳐서 잠적했어."

총인원 2명의 개발팀을 이끄는 큰 짐을 진 김 팀장이 가지튀김을 우물우물 씹으면서 말했다. 어느샌가 그는 말을 놓고 있었다.

"서버 개발자가 미치다니요?"

"윤수현이라고, 쭉 같이 일한 서버 개발자가 있었는데, 3주 전부터 출근을 안 해."

"이직을 한 건가요?"

그는 절레절레 고개를 저었다.

"아니, 그런 거면 우리한테 말을 했겠지. 우리가 그렇게 권위적인 사람들은 아니거든. 갑자기 어느 날부터 출근을 안 하는 거야."

5명의 회사 사람들은 동료일 뿐만 아니라 오랜 기간 함께 지낸 각별한 친구 사이라고도 했다. 그런데 3주 전부터 갑자기 윤수현이 회사에 모습을 드러내지 않고, 전화도 받지 않기 시작했다. 그들은 사흘 동안 닿지 않을 연락을 계속하다가 그의 가족에게 연락을 해보았다. 어머니는 처음부터 연락을 피했다.

"집으로까지 찾아갔는데 문도 안 열어주더라고."

게임에 추가할 기능이 산더미로 있는 상태에서 서버 개발자가 갑자기 사라져버리니 회사에서는 돌아버릴 노릇이었다. 직원들이 각각 열 번씩은 연락한 뒤에야 어머니에게서 답변이 왔다.

"정신병원에 있대."

김 팀장은 씁쓸하게 말했다.

"뭐라고요?"

"갑자기 발작을 한 번 일으키더니 그 이후로 자기 어머니도 못 알아보고 헛소리만 한다고 그러더라고. 면회라도 한번 갈 수 있느냐고 물어봤는데, 그냥 끊는 거야. 그러고는 연락해도 받지도 않고, 그 상태로 계속 질질 끌다가 사람 새로 하나 빨리 구하기로 한 거지."

"아니, 발작이라니, 평소에 병이 있으셨던 건가요?"

"글쎄, 그건 아닐 거야. 몇 년 동안 같이 지냈는데 전혀 그런 적 없었어. 발작 한번 하고 그렇게 사람이 바뀌는 것도 이상하고…. 대학 같이 다닐 시절부터 개발 하나에는 특출한 애였는데. 외국에서 하는 알고리즘 경연 대회 나가서 상도 휩쓸고 했는데, 어쩌다 그렇게 됐는지."

"그런데 발작을 하고 정신에 문제가 온 거면 정신과가 아니라 신경외과에 입원해야 하는 거 아닌가요?"

"신경적 문제는 그 이후로 안 나타났다고 하는 것 같기도 하고…. 수현이 병 이야기는 더 하고 싶지 않네."

식사 분위기가 침통해졌다. 실수했다 싶어서 나는 몸을 약간 움츠렸다. 김 팀장은 말을 이었다.

"그리고 걔가 사라진 날에 이상한 버그가 등장했어."

"버그가요?"

"응, 진짜 이상한 버그가 생겼는데, 도통 왜 그런지 내 쪽에서는 감을 잡을 수가 없어서…. 플레이어가 캐릭터를 6만 5,536번 점프시키면 서버가 터지는 버그라니까."

"아, 그거, 플레이어들한테 들었는데."

"현희 씨, 들어오기 전에 조사 좀 했구나. 맞아, 점프를 딱 그만큼 하면 서버가 터져. 수현이 나가고 바로 어떤 미친놈이 게임에서 6만 5,536번 점프해서 서버 터뜨렸어. 지금도 그래."

도저히 원인을 짐작하기 어려운 버그였다. 김 팀장은 일단 울며 겨자 먹기로 점프 기능 자체를 막아뒀다고 했다.

"어휴, 점프 없애면 싫어할 사람 진짜 많다고 했는데, 진짜 점프 막자마자 사용자 수가 10퍼센트는 줄었어요. 어쩔 수 없는 거지만."

기획자 김태흔이 대놓고 핀잔을 줬다. 김 팀장은 변호하듯 말했다.

"그래서 내가 빨리 서버 개발하시는 분 구한 거 아냐. 우리 현희 씨가 잘해주시겠지."

그러고 나서 김 팀장은 마지막 가지튀김 조각을 입으로 가져갔다.

조금 불안했다. 어떤 일이든 그렇지 않은 일이 없겠지만, 개발 쪽은 특히 인수인계가 중요한 일이다. 그도 그럴 것이, 개발자들이 찍어내는 코드는 복잡한 논리를 쌓아 올린 것이다. 만든 사람이 차분히 설명해줘도 이해하기 힘든 경우가 일상다반사다. 코드를 아무 설명 없이 읽고 이해하려고 한다는 것은 암호 해독이나 다른 바가 없다.

사무실로 돌아가서 전임자가 남겨놓은 코드를 보니 상황이 더 끔찍했다. 코드 자체도 어려웠지만 주석이 개판이었다. 코드를 읽는 것이 암호 해독이나 다른 바 없는 상황을 최대한 막기 위해서, 개발자들은 코드에다 주석을 남겨둔다. 이 주석을 제대로 써놓지 않으면 자기가 짜놓은 코드를 자기가 읽지 못하는 비극도 빈번히 일어난다. 그런데 능력 있는 개발자였다는 그가 남긴 주석은…

//20180409, 배두나는 진짜… 말이 필요 없다.

//20180614, 판의 미로 5/5. 내일은 셰이프 오브 워터도 봐야겠다. 내가 왜 이 감독을 지금까지 모르고 있었지?

//20180718, 소셜커머스에서 비타민 젤리 떨이하길래 무지하게 샀다!!

이해에 도움이 되기는커녕 뇌가 혼란해지는 역효과를 내는 주석이었다. 코드는 1만 줄이 넘었다. 오후 4시까지 고통받다가 김 팀장이 그래도 조금은 알지 않을까 싶어서 그에게 물었다.

"혹시 팀장님은 서버 코드 좀 보셨나요?"

"응? 으응…. 글쎄, 난 서버 쪽은 손 안 댔어. 나는 클라이언트만 했지."

돌아버릴 노릇이었다. 그가 일을 못 해서가 아니라, 이 회사의 시스템이 제대로 잡혀 있어서 문제였다.

간단히 이야기하자면, 게임 개발은 클라이언트 개발과 서버 개발로 나뉜다. 사용자가 직접 다운받아 플레이하는 프로그램은 클라이언트고, 서버는 클라이언트와 정보를 주고받는 회사 쪽에서 가동하는 프로그램이다.

예를 들어 내가 게임 속 캐릭터를 왼쪽으로 움직이려고 방향키를 누르면, 클라이언트는 캐릭터가 열심히 움직이는 모습을 보여주는 동시에 서버로 내가 움직인다는 정보를 보낸다. 그러면 다른 사람들의 클라이언트들은 서버에서 내 캐릭터가 움직이고 있다는 정보를 받고, 걸어가는 내 캐릭터를 화면에 그린다. 클라이언트가 가상 세계를 지각하는 감각기라면, 서버는 가상 세계 그 자체다.

김 팀장은 쪼쪼한 게임 화면을 만드는 데 열과 성을 다하는 클라이언트 프로그래머였다. 회사 규모가 작다 보니 김 팀장도 서버 쪽에 관여하고, 내 전임자 윤수현도 클라이언트 쪽을 좀 건드리지 않았을까 했는데, 둘의 업무는 철저히 구분되어 있었다. 사실 원래 이렇게 굴러가는 게 맞긴 하다. 그 탓에 내가 아무한테도 도움을 받을 수 없게 됐지만.

그렇게 해서 서버를 어떻게 가동하는지 파악하는 데 이틀

이 걸렸고, 일반 이용자가 들어올 수 없는 테스트 서버 여는 법을 알아채는 데 또 하루가 걸렸다. 주석은 개판이었지만, 서버 설계는 굉장히 뛰어났다. 천 명 넘는 실제 사용자가 있는 게임의 서버를 갑자기 도맡게 되니 괜스레 어릴 때 꿈을 이룬 느낌도 들었다. 내가 구현한 건 아직 하나도 없지만서도. 점프를 많이 하면 서버가 작동을 중지하는 문제는 어떻게든 빨리 풀어보고 싶었다.

일단 테스트 서버를 열고 난 뒤 서버에 임시 캐릭터를 하나 만들고 그 캐릭터를 6만 5,536번 점프시켰다. 버튼을 그만큼 눌렀다는 건 아니고, 그저 점프를 했다는 신호를 서버로 6만 5,536번 보냈다. 점프 한 번에 1초 정도의 시간이 걸리니 18시간 12분 16초가 드는 일이었다. 6만 5,536번을 채우자마자 테스트 서버가 괴상한 오류를 토해내면서 강제 종료됐다.

"진짜로 점프 때문에 서버가 터지네…."

나는 중얼대다가 불현듯 무시무시한 장면을 떠올렸다.

"아니, 팀장님, 그럼 우리 서버 하나 터뜨리려고 휴대폰으로 점프 6만 5,536번을 일일이 누른 사람이 있는 거예요?"

"그렇지."

"도대체 어떤… 매크로라도 만들었나 보죠?"

"글쎄…, 그게, 우리가 다른 회사에서 안티 매크로 프로그램 사서 사용하고 있거든. 로그를 한번 봐봐. 아마 서버 터졌을 때 저장해놓은 기록이 있을 거야."

나는 10분 동안 컴퓨터 깊숙한 곳에 숨겨져 있던 서버 기록을 살펴보았다. 실제로 한 클라이언트에서 서버로 점프 신호를 끝없이 보내는 것을 발견했다. 그런데 잘 살펴보니까, 점프 신호 사이에 1초에서 1.35초 정도의 불규칙한 간격이 있었다. 가끔은 몇 분, 몇십 분씩 쉬다가 다시 점프 신호가 서버로 발송되기도 했다.

기계나 매크로로 점프 신호를 보냈다면 절대 이렇게 기록되지 않는다. 기계는 쉴 줄도 모르고, 행동도 지극히 규칙적이다. 그러니까 어떤 미친놈이 휴대폰 붙잡고 수십 시간 동안 점프 버튼만 누르고 있었다는 것이다.

"아니, 왜… 왜 이딴 짓을 하죠?"

"난들 아니? 원래 보안을 뚫을 수만 있으면 뭐든 하는 사람들이 트롤러고 해커들 아니겠어. 우리가 서버 다시 켜는 데는 10분도 안 걸리는데, 그쪽에서는 일단 터뜨리는 것 자체가 좋아서 수십 시간을 쓰는 거지."

나는 일단 단순한 해결책을 내보기로 했다.

"흠, 그럼… 일단 연속 점프를 못 하게 만들고, 점프 다음에 다른 행동을 하면 다시 점프할 수 있게 된다든가 하는 건 어떨까요?"

"안 돼, 안 돼. 처음에는 그렇게도 해봤는데, 걷고 점프하고

걷고 점프하고를 6만 5,536번 반복해서 기어코 서버를 터뜨리더라. 경쟁사에서 일부러 그러는 건지 뭔지…."

그때 갑자기 머릿속에 번쩍하고 실마리가 지나갔다.

"아, 어, 음. 왠지 알 것 같아요."

김 팀장의 눈에 총기가 돌아왔다. 나는 머릿속에 있는 생각의 끈을 놓고 싶지 않아서 곧바로 화면에 집중했다. 점프 신호를 받은 이후 서버가 무슨 작업을 수행하는지 코드에 길게 쓰인 명령을 줄줄 따라갔다. 개같은 주석들이 코드 사이에 군데군데 있었다.

//20180814, 세상에 버그 없는 프로그램이 없다는데 내 서버는 진짜 완벽하다. 물 한 방울 샐 틈도 없다.

문제를 찾았다. 이 주석 밑에 플레이어가 점프한 횟수를 서버 데이터베이스에다가 저장하는 코드가 있었다. 나는 김 팀장에게 물었다.

"팀장님, 혹시 게임에 점프 많이 하면 보상 주는 그런 거 있어요? 이거 며칠 동안 찾아보니까 점프한 횟수를 저장하는 코드가 숨어 있는데요."

"글쎄? 그런 게 있었나? 야, 태흔아."

김형훈은 기획자한테 이것저것 물어보았다. 김태흔은 고개를 절레절레 흔들었다.

"그런 거 없다는데?"

그럼 뭐하러 점프 횟수를 저장하는 거지? 내가 보니까 이 코드가 문제의 핵심이었다. 흔하지만 치명적인 오버플로우 문제였다.

프로그램이 돌아갈 때 그에 필요한 모든 정보는 메모리에 저장된다. 이 메모리의 구조는 양동이를 일렬로 쭉 늘어놓은 것과 비슷하다. 양동이에다가 물을 채우고 빼는 방식으로 정보가 저장된다. 이 양동이는 플레이어 A의 체력을 저장하는 양동이, 저 양동이는 플레이어 A의 이름을 저장하는 양동이, 이런 식으로….

각각의 양동이에는 용량의 한계가 있다. 양동이가 꽉 차 있는데 거기에 물을 더 채워 넣으려고 한다면 양동이가 흘러넘칠 것이다. 한 양동이가 흘러넘치면 옆에 있는 양동이에도 물이 들어간다. 의도하지 않았지만 옆에 있는 양동이에 물이 추가되는 것이다. 정확히 어떤 데이터가 오염됐는지는 사위도 며느리도 모른다.

윤수현은 플레이어가 서버에 점프 신호를 보내면 이를 0에서 6만 5,535까지의 숫자를 저장할 수 있는 공간에 담았다. 6만 5,536번째 점프 신호가 들어오면, 양동이가 흘러넘친다. 메모리에서 점프 신호를 저장하는 부분이 아니라 그 옆의 알 수 없는 자료가 오염되는 것이다. 이 오염된 자료가 정확히 무엇인지는 모르겠지만 서버가 돌아가는 데 필요한 핵심적인 정보였을 것이다. 그러니 점프 횟수가 6만 5,536번이 되자마자 서버가 폭발해버리지.

회사 사람들은 내 전임자가 굉장히 뛰어난 개발자였다고 말했다. 당황스러웠다. 아무 이유도 없이 오류를 자초하는 코드를 만드는 건 프로가 할 일이 아니다.

점프 횟수를 딱 6만 5,536개 용량의 공간에다가 저장한 것도 이상했다. CPU가 처리할 수 있는 최적의 용량이 있기 때문에, 정수로 된 자료는 42억 개의 숫자가 들어갈 만한 용량에 저장하는 게 정석이다.

그러니까 윤수현은 전혀 쓸데없는 데이터를 이상하게 작은 공간에 욱여넣는 코드를 짰다가 서버를 터뜨린 것이다. 게다가 그 코드 위에는 "세상에 버그 없는 프로그램이 없다는데 내 서버는 진짜 완벽하다."라는 자기애에 가득 찬 주석을 박아놓기까지 했다. 뭐지?

점프 문제를 해결하니 벌써 점심시간이었다. 나와 김형훈 팀장, 그리고 기획자 김태흔은 내가 처음 출근한 날 갔던 중국 식당에 갔다. 그때는 나 들어왔다고 특식을 먹은 거로 생각했는데, 알고 보니 이 사람들은 가지튀김에 대한 집착에 가까운 애정이 있었다. 나는 기름에 질려서 철에 안 맞는 중식 냉면을 시켰다.

“저, 점프 문제 해결했어요. 테스트도 다 해봤고요. 확실해요.”

주문을 끝내자마자 나는 물 한 잔을 마시며 말했다. 내가 회사에서 첫 번째로 한 생산적 업무라서 자랑하고 싶었다. 김 팀장은 호, 하는 소리를 냈다.

“그래? 그럼 3시에 긴급 공지 띄우고 서버 껐다 켜면 되겠네. 코드 올려놔.”

“야, 이제 떠나간 유저들 돌아오겠네. 점프가 우리 게임 핵심 콘텐츠라니까.”

김태흔도 기뻐했다.

“예, 예, 근데 물어보고 싶은 게 있는데요….”

“뭔데?”

“그 윤수현이라는 전임자분, 궁금한 게 있어서요.”

가지튀김 때문에 굉장히 들떠 있던 두 사람의 표정이 눈에 띄게 식었다.

“걔는 왜?”

나는 입술을 한 번 입안에 구겨 넣었다가 말했다.

“지금 일주일 정도 서버 구조 계속 뜯어보고 있거든요. 점프 버그 푼 거는 그게 너무 심각한 문제 같아 보여서 일단 빨리 본 거긴 한데…, 서버 코드에 설명이 하나도 안 적혀 있어서 감 잡으려면 2주일은 더 걸릴 것 같아요."

"그럴 거로 생각했어. 그런데 수현이는 왜?"

"그게, 음, 그 점프 버그가 굉장히 이상해서요. 버그는 보통 어떤 기능을 구현하려다가 잘못돼서 생기는 거잖아요. 그런데 이건 좀, 게임이랑 아무 관련이 없는 기능을 만들려던 것 같아서. 그분이랑 무슨 일 있었는지 알면 도움이 될 거 같기도 해서요. 뭐, 특이한 행동이나 말을 했다든지."

"아무런 관련 없는 기능이라니?"

"그게 그러니까…."

나는 조금 전에 해결한 버그의 원인을 이야기했다. 김 팀장은 내가 몇 마디 하자마자 무슨 말인지 알아들었다. 김태흔도 처음에는 멍하니 있다가, 내가 양동이 비유를 드니까 대충 이해한 것 같았다. 내 말을 다 들은 김태흔이 입을 열었다.

"진짜 이상하네요. 원래 게임 기획은 제가 다 하는 게 아니라, 격주로 한 번씩 회의해서 방향을 같이 정하거든요. 거기서 다음 패치에 뭐가 필요한가, 이런 걸 듣고 일을 하는 방식이라서요. 다음 주 월요일에 현희 씨도 처음 회의 끼는 거라 말씀드리려고 했는데. 하여튼 점프 많이 하면 뭘 넣는다, 이런 거는 전혀 생각이 없었거든요."

"그러니까요. 코드에 쓰인 주석 보니까 코드를 8월에 짠 거 같거든요. 3개월 전에 혹시 무슨 일 있었나 해서요."

발작을 일으키기 전부터 약간 미쳐 있었던 거 아니냐고 솔직히 묻고 싶은 마음도 있었다.

그때 가지튀김이 나왔다. 월요일에 처음 입사하면서 한 번, 수요일에 한 번, 그리고 금요일인 오늘 또 한 번 보는 가지튀김이라 냄새부터 질렸다. 내 앞에 있는 두 사람은 신기할 정도로 가지튀김을 좋아했다. 고기튀김보다 훨씬 맛있다나 뭐라나. 일단 둘은 이야기를 멈추고 가지튀김부터 먹었다. 김 팀장은 그걸 질겅질겅 씹으면서 한 손을 턱에 괬다. 한 조각을 꿀꺽 삼키고 나서 그가 말했다.

"글쎄, 이상한 행동으로는… 걔가 3개월 전부터 약간 이상한 짓을 하기는 했지. 싸우거나 하지는 않았는데."

"이상한 짓이요? 그게 어떤…"

그때 김태흔이 끼어들었다.

"형훈이 형은 어떻게 생각할지 몰라도 저는 수현이가 뒤늦게 오타쿠가 된 거 아닌가 싶던데요."

"오타쿠라뇨?"

"아니, 무슨 게임에 나오는 거 같은 외계인 그림들을 가져와서 사무실 벽에다 갖다 붙이는 거예요. 잠시만요, 제가 그걸 찍은 게 있는데…."

태흔은 휴대폰을 꺼내서 잠시 뒤적이더니 내게 화면을 들이밀었다. 말 그대로였다. 사무실 벽에 A3 용지 정도 크기로 웬 게임 캐릭터 같은 느낌의 그림들이 덕지덕지 붙어 있었다. 나는 화면에다 얼굴을 가까이 붙였다.

"이게 어디서 난…"

그림들은 전부 기묘했다. 분명히 하나의 생물처럼 보이는 그림들이었다. 그러나 그림의 기반이 어디에 있는지 전혀 알 수 없었다. 상상은 현실에 단단히 뿌리를 단단히 박고 있다. 현실에서 전혀 찾아볼 수 없는 무엇인가를 디자인하기는 쉽지 않다.

지구를 손가락 한 번 튕겨서 터뜨릴 수 있다는 고대의 거대한 악도, 그저 면도를 오랫동안 하지 않은 문어 인간 정도로 그려진다. 형용할 수 없는 악이라느니, 악몽에서 피어난 괴기한 생명체라느니 하는 괴물들도 다 현실에서 누군가 보았고 누군가 상상했던 것들을 뒤섞어서 묘사한 것들이다. 완전히 새로운 것은 세상에 없으니까.

그런데 사진 속에 있는 초상들은 생명체인 것 같았지만, 전혀 지구의 생물들 같지 않았다. 기이했다. 그것들은 유명한 화가의 추상화에서 튀어나온 것처럼 비현실적으로 생겼으면서, 동시에 현실적인 형태가 주는 안정감을 가지고 있었다. 그 안정감 때문에 한 번도 본 적 없는 존재들이 생물처럼 느껴졌다. 하지만 광택도 질감도 형태도 우리가 볼 수 있는 생물들과 달랐다.

"이게 대체 뭐죠?"

"특이한 그림이죠? 그러니까요. 물어봐도 그냥 요즘 게임에서 나오는 거라고 둘러대던데요. 원화가가 이 그림들을 마음에 들어 해서 게임에 많이 참고하더라고요."

김태흔이 말했다. 나는 그 사진에서 눈을 뗄 수가 없었다. 그는 다시 휴대폰을 자기 품으로 가져갔다.

"이거 말고 또 이상한 건 없었나요?"

"흠, 글쎄요…."

"야, 그거, 대마, 대마 스틱."

김 팀장이 튀김을 우물대면서 말했다. 침이 약간 튀어서 몸을 무심코 살짝 뒤로 뺐다. 그러자 그가 손으로 자기 입을 가렸다.

"저거 그림 들고 온 다음에 향 피웠잖아. 대마 스틱."

"대마를 했다고요?"

"아, 그 마약은 당연히 아니고, 제사 때 피우는 향 있잖아? 요즘엔 향 스틱이라고 별별 게 다 나오나 보더라고. 대마는 수입이 안 돼도 대마 향은 수입되나 보더라. 수현이가 저 그림 붙이면서 향을 맨날 가져다 피웠어. 잠적하기 전까지 계속 피웠는데…."

이야기가 쌓이면 쌓일수록 종잡을 수가 없었다. 훌륭한 개발자가 아무도 모르는 이상한 생물의 그림을 모으더니 대마 향을 피우고, 이상한 버그를 만들고, 결국 발작을 일으킨 다음 미쳐버렸다고?

나도 개발자라서 안다. 컴퓨터가 생각하는 방식과 인간이 생각하는 방식은 지나치게 달라서, 전산학을 오래 하다 보면 사고 구조가 보통 사람들과 조금 달라진다. 거기에다 주 65시간의 끝없는 노동을 끼얹으면 정신이 이상해지는 것이야 어려운 일이 아니다. 꼭 '미치지' 않더라도, 우울증이나 불안장애 정도는 흔하게 겪는다. 하지만 윤수현이 가벼운 신경증에 걸린 것 같지는 않다. 무슨 병으로 입원한 걸까? 이 괴상한 그림들은 대체 어디서 난 걸까? 직접 그린 건 아닐까?

"혹시 이 그림들 아직도 사무실에 있나요?"

"어, 그거, 수현이 없어지고 나서 원화가가 자기가 쓴다고 갈무리해뒀으니까 한번 물어봐봐."

형훈이 말했다.

식사를 끝내고 사무실로 돌아와 양치까지 꼼꼼히 마친 나는 일단 운영 서버를 업데이트했다. 그다음에는 원화가 강영원을 찾았다. 강영원도 다른 사람들과 같은 창립 멤버였고, 조용한 성격의 일벌레였다. 지금까지 형식적인 대화만 몇 마디 나눴을 뿐이었다. 점심시간이 끝나기도 전인데, 그는 벌써 그림을 그리고 있었다.

"저기요, 강 선생님."

그는 대답도 하지 않고 나를 슬쩍 바라봤다.

"혹시 윤수현 씨가 남겼다는 그림들 좀 볼 수 있을까요?"

"그건 왜요?"

강영원의 말투는 공격적이라고 느껴질 만큼 날카로웠다.

"오늘 김형훈 팀장님이랑 김태흔 씨랑 밥 먹었는데 이야기가 나와서요. 한번 보고 싶어서…."

그는 별말도 하지 않고 책상 서랍을 뒤져서 파일 하나를 건네주었다. 파일 안에 사진에서 보았던 그림들이 있었다. 실제로 그림들을 보니 훨씬 더 인상적이었다. 그림이라기보다는 사진 같을 정도로 실감 나는 그림이었다. 일단 손으로 직접 그린 그림은 아닌 것 같았다. 나는 영원에게 물었다.

"혹시 강 선생님은 이거 어디서 나온 그림들인지 아세요?"

"잘 몰라요."

"대단히 특이하네요. 대체 뭘 보고 그린 걸까 하는 느낌도 들고…."

"그렇긴 하죠. 사실 나도 원본을 여기저기서 찾아봤는데 없더라고. 참고할 만하다고 생각해서 갈무리해놓았는데, 우리 원화가 그거 득을 크게 봤죠. 평가도 꽤 좋고. 수현 씨가 참… 고맙지. 뭐, 내가 잘 그리는 이유가 더 크겠지만요."

강영원이란 사람은 예술가답게 자기가 하는 분야의 이야기가 나오니까 갑작스레 활달해지고 말이 많아졌다. 자기애가 굉장히 투명하게 드러났다. 좋게 말하면 고양이 같은 기질이 있는 거고 나쁘게 말하면 싸가지 없는 거지. 나는 빙긋 웃었다가 급히 표정을 바로잡았다.

"저도 입사하기 전에 〈스타더스트 월드〉에서 콘셉트 아트가 제일 강점이라고 생각했어요. 저, 이것 좀 스캔해도 될까요? 개인적으로 소장하고 싶어서요."

"그래요, 그래."

한번 칭찬을 해주니까 그의 입꼬리가 올라갔다. 나는 꾸벅 인사를 하고 그림들을 복합기 앞으로 들고 가서 전부 스캔했다. 한 30장 정도 되는 그림들이었는데, 그 많은 그림에 묘사된 생물체가 하나도 겹치지 않고 전부 개성이 있었다. 파고들수록 놀라웠다.

퇴근 후 원룸으로 돌아간 나는 온갖 방법을 동원해서 그림을 검색했다. 30장의 그림을 내가 아는 모든 검색 엔진에 집어넣고 돌리고 또 돌렸다. 좀 더 형태가 강하게 드러나도록 보정해서 올리기도 했다. 하지만 비슷한 그림조차 찾을 수 없었다.

혹시 윤수현이 프로그래밍하다가 예술 쪽의 재능을 깨달은 걸지도 모른다. 정신병원이 아니라, 어디 산속에 처박혀서 이런 기이하고 교묘한 그림만 수십, 수백 장씩 그리고 있는 건 아닐까?

이상한 그림을 뒤적거리고 있던 차에 뜬금없이 김 팀장한

테서 전화가 왔다.

"여보세요?"

"현희 씨, 집이지?"

"예?"

"아니, 지금 갑자기 서버가 또 터졌거든. 아무래도 점프 코드 지운 것 때문에 문제가 생긴 것 같아서 롤백해뒀는데, 지금 사무실로 좀 올 수 있을까?"

나는 시계를 보았다. 밤 10시 반이었다. 당장에라도 "버그가 아니라 기능입니다." 하고 전화를 끊고 싶었다. 그러나 모니터에 여러 장 떠 있는 그림이 마음에 걸렸다. 결국 나는 말하자마자 후회할 말을 내뱉었다.

"네, 30분 내로 갈게요."

이런 선례를 만들어주면 안 되는데, 하고 투덜대면서 나는 옷을 갈아입고 사무실로 향했다. 주택들이 많은 밤의 신수동 거리는 조용했고, 시원한 바람이 불었다. 사무실 문 앞에는 빈 짜장면과 탕수육 그릇이 놓여 있었다. 문을 열고 들어가니 김 팀장이 퇴근할 때보다 훨씬 초췌해진 얼굴로 날 반겼다. 나는 까딱 인사를 하고 컴퓨터 앞에 앉아 테스트 서버를 한번 돌려 보았다.

딱히 기록을 상세하게 확인하지 않아도 서버에 있는 문제가 명확하게 보였다. 뻔한 메시지와 함께 프로그램이 종료됐기 때문이다.

The client will be terminated due to lack of memory.

“팀장님, 이거 보니까요, 이상한 데서 메모리 누수가 일어나는데요.”

나는 김형훈한테 내가 발견한 문제를 그대로 전했다.

“허어….”

김 팀장은 짤막하게 소감을 밝혔다. 그는 그 짧은 시간 동안 5년은 더 늙은 것처럼 보였다.

컴퓨터의 메모리란 물리적인 반도체 위에 저장되는 정보이고, 그 용량은 제한되어 있다. 당연히 무한한 메모리를 제공할 수는 없는 노릇이니, 프로그램은 더 많은 저장 공간이 필요할 때마다 메모리를 추가로 할당받는다. 저장 공간이 남으면 할당받은 공간을 반환한다. 그런데 메모리를 얻어먹기만 하고 반환은 하지 않는다면?

명확하다. 정보를 기억해둘 공간이 없으니 프로그램이 종료된다. 이렇게 쓰지 않는 메모리를 계속 먹고 있는 현상을 메모리 누수라고 한다. 왜, 켜놓기만 해도 조금씩 휴대폰을 느려지게 만드는, 사이코패스가 만든 것 같은 애플리케이션들 있지 않은가. 대부분은 메모리를 먹기만 하고 반환하지는 않아서 그렇다. 그 반환 작업을 프로그래머가 일일이 신경 써야 하기 때문이다.

할당받은 메모리를 전부 확실히 반환하는 건 쉽지 않은 일이다. 커다란 프로그램을 켜놓다 보면 조금씩 질질 새는 메모리가 생기게 마련이다. 그래서 가끔 서버를 껐다 켬으로써 한 번 풀어주기라도 하려고 정기 점검을 하는 것이다. 하지만 이번 버그는 심해도 너무 심했다. 서버 프로그램을 가동하니 쓰지도 않을 메모리가 자꾸 할당됐다. 이러니 서버가 터지지.

"제가 한 일은 진짜 점프 버그 정리한 거 빼고는 없거든요."

일단 나부터 변호했다. 코드 몇 줄 지우자마자 어이없는 문제가 발생했으니까, 내 탓이라고 생각할 수도 있지 않겠나. 일주일 만에 게임 하나 폭발시키고 쫓겨난 개발자가 되기는 싫었다.

//20180817, 코딩이 다시 즐거워졌다.

문제가 된 코드에는 이따위 주석이 달려 있었다. 점프 버그를 지우면 아무 데도 쓰지 않을 메모리를 할당하도록 코드가 짜여 있었다. 명백했다. 무언가를 만들다가 실수로 낸 버그가 아니라, 서버를 터뜨리기 위해서 의도적으로 만든 코드였다. 세심하기도 해라. 흠, 그 덕분에 나는 일하는 게 정말 괴로워졌는데, 찾아가서 목뼈를 분질러주고 싶은 생각이 간절했다.

"아무래도 전임자가 일부러 버그를 만들고 간 것 같은데요."

나는 김 팀장에게 말했다. 김 팀장은 멍하니 나를 바라보았다. 6월 14일에 수정된 점프 횟수 저장 코드와 의도적으로 심은 버그를 보여주었다. 그도 개발자인지라 단번에 이해하고 고개를 한 번 끄덕였다. 그러고는 황망한 표정으로 말했다.

"걔가 왜 이런 짓을 하고 갔지…."

"8월이면 3개월 전부터 이런 거잖아요. 8월부터 10월까지 써놓은 코드 전부 한 번씩 봐야겠는데요. 싹 다 이렇게 만들어놓은 걸 수도 있구요."

김 팀장은 까슬까슬해보이는 자기 턱밑을 매만졌다.

"왜 그랬을까."

나는 입을 비죽 내밀면서 고개를 좌우로 흔들었다. 난들 알겠나. 망상증에 걸린 걸 수도 있고, 중국에 있는 다른 경쟁 게임사로부터 큰돈을 약속받고 일부러 이런 짓을 한 걸 수도 있지. 그다음에 중국으로 쥐도 새도 모르게 도망치고 부모랑 입 맞춰놓은 거지.

나와 김 팀장은 월요일 회의에서 윤수현이 심어놓은 버그 이야기를 하기로 했다. 나는 그날 집에 돌아오면서 윤수현이 남긴 주석들을 한번 정리해보려고 서버 코드를 전부 복사했다. 집에 오니 새벽 2시 반이었다. 벌써 스무 시간 가까이 못 잤는데, 노트북을 켜고 코드를 보자 기묘한 오기가 솟아올랐다.

주석들을 눈에 보기 좋게 정렬하고 나자 8월 14일부터, 그러니까 점프 버그가 생긴 날부터 주석을 단 빈도가 증가했다는 게 확 눈에 띄었다. 한 달에 하나 정도 있던 주석이 한 주에 두세 개 정도로 늘어 있었다.

8월에서 9월까지의 주석에는 자기애가 넘치는, 스스로의 코드에 대한 찬양 빼고는 별다른 내용이 없었다. 나는 휙휙 스크롤을 내리다가 10월의 한 줄에서 멈췄다.

//20181009, 게임을 만들 때가 사람이 신과 가장 가까워지는 순간이다.

사춘기 적에 내가 했던 생각이었다. 작은 세상을 만드는 것이 신이 되는 것과 비슷하다는 생각 말이다. 나는 그런 말을 떠벌렸다는 사실 자체가 너무 민망해서 돌아버릴 것 같은데! 그 주석에 달린 코드가 무엇인지 살펴보았다. 또 서버를 터뜨리도록 만들어진 의도적인 버그였다.

//20181011, 지금은 꽤 먼 이야기처럼 보이지만, 언젠가 게임 내의 캐릭터들에게도 고급 인공지능을 적용할 수 있을 것이다. 그러면 그 세상의 작은 캐릭터들 하나하나는 내 세상에서 살아가는

피조물이 된다.

//20181015, 우리 세상도 마찬가지라니까.

//20181016, 안 쓰는 코드는 무조건 지워야 한다.

//20181017, 나도 좀만 더 파고들면

//20181018, 이제 알 것 같아

//20181019, 취약점이 참 많다

//20181022, 사람이 더 필요해

갑자기 소름이 돋았다. 지금 나는 한 사람이 미쳐가는 과정을 보고 있는 것이다. 나는 컴퓨터를 끄지도 않고 침대로 쏙 들어갔다. 모니터에서 은은히 나는 빛 때문에 덜 무서웠다. 나는 억지로 눈을 감았다. 서버 코드는 나중에 다시 천천히 뜯어보면 되지. 주말 동안에는 이 지겨운 거 생각도 하지 말고, 맛있는 거 먹어야지.

3

믿고 싶지 않았지만 월요일 아침은 순식간에 돌아왔다. 격주마다 하는 회의가 있는 날이었다. 김태흔이 이제 대규모 패치를 해야 하네, 어쩌고 하면서 떠벌렸다.

“현희 씨, 서버 문제는 좀 해결됐나요? 우리 이제 새로 콘텐츠도 추가해야 되고, 해야 할 패치가 많아서. 지금 서버 문제 때문에 한 달이나 시간이 지체됐거든요. 유저들이 더 이상 참아줄 것 같지 않아요.”

개발자를 신으로 보는 건지 뭔지, 일한 지 이제 일주일 갓 넘은 사람이 아무런 설명도 되어 있지 않은 코드를 어찌 다 파악하라는 건가. 나는 감정이 상한 채로 입을 열었다.

“저번 주 내내 김 팀장님하고 같이 서버에 매달렸는데요, 아무래도 전임자가 버그를 일부러 심은 것 같습니다.”

“예? 버그를 일부러 심어요?”

“어, 나도 봤어. 버그 하나 치우면 다른 버그 생기도록 수현이가 그렇게 짜놓은 것 같더라.”

김 팀장이 말하자 김태흔이 당황한 티를 팍팍 내며 물었다.

“수현이가 뭣 때문에 그랬을까?”

“그거야 모르죠. 사실 이거 해결하는 것만 해도 시간이 꽤 걸리겠더라고요. 8월부터 10월까지 3개월 동안 그런 것 같아서요.”

“좀 빠르게 해결하는 방법은 없어요? 제가 코딩은 잘 모르지만 보니까 너무 꼬여 있으면 아예 새로 쓰는 것도 한 방법이라던데….”

자기 일 아니라고 막말하네, 이 사람이. 역시 게임 회사랑

기획자란 인간들은 어딜 가나 다 똑같아. 슬슬 관리하기 힘들어지는 표정을 억지로 숨겼다. 딱딱한 목소리로 나는 말했다.

"1년 이상 짠 프로그램을 짧은 시간 동안 완전히 복제하는 건 불가능합니다. 겉보기에는 잘 돌아가는 것처럼 보여도 반드시 문제가 생길 거예요. 지금은 버그가 나오는 대로 최대한 고치고 있는데, 이게 실수도 아니고 일부러 만든 것 같아서 잡기 힘들어요. 얼마나 버그가 더 있는지 알 수 없으니 일정도 정확히 말씀드리기 어렵고요. 게다가…"

남이 설명도 없이 싸놓은 똥을 치우는 게 얼마나 좆같은 일인지 넌 모르지, 하고 묻는 대신에 나는 말끝을 흐렸다. 김태흔이 마른세수를 한 번 했다.

"큰일이네. 사람을 더 구해야 하나…."

그 말을 듣고 김 팀장이 손사래를 쳤다.

"야, 프로그래밍이란 게 꼭 사람 수 늘린다고 빨라지는 게 아니야. 윤수현 그놈이 아무것도 남기지 않고 떠났으니 어쩔 수 있나."

"그럼…"

나는 그때 말을 끊고 끼어들었다. 하고 싶은 말이 있었다.

"저 이틀만 출장 보내주세요."

조용히 있던 원화가와 모델러까지 합쳐서, 총 4명의 직원이 나를 일제히 바라보았다.

"전임자가 인수인계 제대로 안 하고 떠났으니, 만나서 물어보는 것 빼고 답이 있겠어요?"

"송현희 씨, 우리랑도 연락이 안 되는데, 무슨 수로 현희 씨가 걔를 만나요?"

원화가인 강영원이 톡 쏘았다.

"제가 후임잔데, 한번 시도라도 해봐야죠. 인수인계 없으면 사실상 불가능한 일인걸요. 마지막으로 연락이 닿은 지 얼마나 됐나요?"

"2주일 전에 걔네 부모님이랑 연락을 해서 정신병원에 있다는 말을 들었지. 그 후로는 우리 번호로 전화하면 받지도 않는걸…."

김 팀장이 얼버무리자 나는 책상을 아주 살짝 두드렸다. 탁탁, 하는 소리가 났다.

"번호 주시고 연락 통하면, 오늘 하루만 나갔다 올게요. 잘되면 잘돼서 좋은 거고, 잘 안 되면 어차피 서버 고치느라 시간 오래 걸릴 테니 하루 더 하든 말든인 거고요."

김 팀장은 나를 떨떠름하게 쳐다보다가, "그러든지, 뭐." 한 다음 고개를 끄덕였다. 김 팀장이 내게 윤수현 어머니의 전화번호를 주었다. 그러고 나서 회의의 주제는 새로 게임에 추가되는 괴물에게 머리카락이 있어야 할지, 없어야 할지로 바뀌었다.

김 팀장은 나에게 넌지시 "어차피 이제 서버 쪽이랑은 상관

없는 문제니, 먼저 나가서 볼일 봐도 돼." 하고 귓속말했다. 나는 사무실 밖으로 튀어나왔다.

코트 주머니 깊은 곳에서 휴대폰을 꺼내 조금 전에 받은 전화번호로 전화를 걸었다. 새가 지저귀고 강물이 흐르는 컬러링이 들렸다. 10초, 20초….

새소리가 멎었다. 나는 다급하게 소리쳤다.

"여보세요, 여보세요?"

"누구시요?"

휴대폰 너머로 낮게 깔린 중년 여성의 목소리가 들려왔다. 경상도 말씨가 약간 묻어났다.

"안녕하세요, 어머님, 스타더스트 스튜디오의 송현희라고 합니다. 윤수현 씨의 후임자인데요, 묻고 싶은 게…"

"아들 건으로 전화하지 말라고 아들 친구들이 안 그러던가?"

"죄송합니다, 죄송해요. 그렇지만…"

내가 무슨 말을 해야 할지 감을 못 잡고 있을 때 차가운 목소리가 다시 돌아왔다.

"아들은 그대로 있으니까, 전화하지 않았으면 좋겠네."

"잠깐만요!"

나는 다급히 외쳤다.

"제가 아드님 일기를 가지고 있거든요."

"일기?"

"네, 윤수현 씨가 틈틈이 남긴 메모, 아니 일기가 있어요. 제가 윤수현 씨 일한 거 연구하다가 발견했어요. 듣고 싶은 이야기가 있습니다."

상대가 머뭇거리고 있다는 것이 느껴졌다. 한숨 소리가 들렸다. 그가 말했다.

"오후 2시, 혜화역 3번 출구에 있는 카페 하늘다리로 오게."

나는 주먹을 꽉 쥐었다.

다시 사무실로 돌아간 나는 윤수현의 어머니와 만나기로 약속을 했다고 자랑했다. 사람들은 꽤 놀란 눈치였다. 나는 윤수현이 코드에 남긴 글에 대한 이야기는 하지 않았고, 그냥 그분의 태도가 바뀐 것 같다고만 말했다.

"혹시 가서, 이 외계인 그림 좀 더 얻어 올 수 있으면 얻어와요." 하고 강영원이 청했다. 조금 전만 해도 쏘아대더니 말투가 바뀌어서 좀 우습고 짜증 났다. 나는 그림들과 내 책상 위에 있는 노트북을 챙기고 사무실 밖으로 다시 튀어나왔다.

약속한 시각보다 일찍 혜화역에 도착했다. 점심시간에 김팀장 옆에 끼었다가는 맨날 먹는 가지튀김을 또 먹을 것 같아 지하철을 타고 대학로로 도망친 것이다. 나는 옛날에 몇 번 갔던 오므라이스 식당을 찾아서 식사를 한 다음 이곳저곳을 산책했다. 돌아다니다 보니 벌써 1시 40분이었다. 나는 윤수현 어머니가 말한 카페를 찾아갔다. 문을 열자 풍경이 딸랑딸랑

울렸다. 하늘다리 카페는 테이블이 네 개밖에 없는 아담한 카페였다.

테이블 세 개는 비어 있었고, 한 테이블에만 중년의 여성이 팔짱을 끼고 앉아 있었다. 그 앞에는 찻잔이 하나 놓여 있었다. 그가 나를 지그시 바라봤다. 우리는 서로를 잠시 빤히 바라봤다. 그가 먼저 입을 열었다.

"자네, 송현희라고 그랬나? 내가 수현이 에미네."

"네, 안녕하세요. 나와주셔서 정말 감사합니다…." 나는 그를 어떻게 불러야 할지 몰라서 잠시 망설이다가, "어머님." 하고 덧붙였다.

"수현이 후임자라고?"

"예, 윤수현 씨가 하던 일을 이어받게 되었어요."

"그렇다면 가를 직접 본 적은 없겠네."

"네, 저는 이야기만 들었습니다."

"그런데 무슨 관심이 생겨서 일기까지 찾은 거야?"

"제가 찾은 거라기보다는… 저, 혹시 윤수현 씨가 어떤 일을 하셨는지 잘 알고 계신가요?"

수현의 어머니는 고개를 도리도리 저으면서 말했다.

"아니, 세상을 만드는 일이니 뭐니 하고 자랑하던데, 무슨 말인지 도통 알 수가 있어야지. 그냥 컴퓨터 만지는 일인가 보다 했네."

"아, 네. 저희가 하는 일에다 수현 씨가 메모를 남기신 게 있거든요. 그런데 이게 일에 관련됐다기보다는… 전혀 새로운 거라, 혹시 필요하실까 싶었어요."

나는 가방을 뒤적거려 노트북을 꺼냈다. 윤수현이 코드에 남긴 메시지들을 정리해놓은 파일을 연 다음 그가 볼 수 있게 돌렸다. 그는 눈을 찡그리고 화면에 얼굴을 갖다 댔다. 조금 있다가 중년의 여사는 품에서 손수건을 꺼내 주름이 자글자글한 눈가를 몇 번 찍었다.

"가가 3개월 전부터 하던 말이랑 비슷하네."

나는 어떻게 반응해야 할지 몰라 식은땀을 흘렸다. 혹시 내가 아주 큰 실수를 저지른 것 아닐까 하는 생각이 들어서 소름이 끼쳤다. 아들이 실시간으로 정신줄을 놓는 꼴을 보여준 것 아닌가? 1분 정도의 무시무시한 침묵이 흘렀다.

다행히 여사가 입을 열었다.

"고맙네. 자네는 친구도 아니면서 이런 걸 다 찾아와주네. 같이 일하는 다른 것들은 수현이 언제 돌아올 수 있냐고 묻기만 하고…. 참, 그래도 수현이가 쓰러지기 전에 썼던 걸 이렇게 갈무리해주니 정말 고맙네. 자네는 무슨 일로 나를 만나려고 한 건가?"

"아, 네…, 윤수현 씨가 남기고 간 것들을 보다가, 혹시 지금 힘드신 부분을 제가 도울 수 있나 해서…. 대단히 자기 일을 좋아하셨던 분 같은데요, 옛날에 일하던 걸 보면 도움이 되지 않을까 해서. 왜, 일은 사실, 음, 자아실현의 수단이라고도 하니까요. 그래서 한번 면회를 해보고 이야기를 할 수 있나 싶어서요. 지금 병원에 계신 걸로 아는데⋯."

내가 생각해도 길 가던 강아지가 쳐다볼 정도로 장렬한 개소리를 내뱉었다. 사실은 그냥 윤수현의 마음에 남아 있는 최소한의 이성 조각이라도 확인해보려고 온 거였는데. 썩은 동아줄이라도 일단 잡아보러 온 것이었는데.

"아니, 퇴원은 금방 했지. 지금 내가 사는 아파트에서 같이 살고 있어. 말이라고는 안 하고 항상 방에만 박혀 있으니. 밥을 차려놓아도 제대로 먹지도 않고. 살아 있는 것 같기는 한데⋯. 아마 집에 들어와도 방문을 열어주진 않을 거야."

"방 밖에서 제가 말이라도 걸어볼 수 없을까요?"

"그럼 그래 보게나."

다행히 여사는 나를 좋게 보는 것 같았다. 그는 차가 반쯤 남은 찻잔을 들어다 카운터에 갖다 주었다. 둘은 다른 가족 없이 명륜에 있는 아파트에 산다고 했다. 우리 둘은 쌀쌀한 혜화 거리를 터덜터덜 걸었다.

"회사 분들이 수현 씨를 많이 보고 싶어 해요."

만나서 주리를 틀고 싶어 하는 개발자도 있다는 사실은 생략했다.

"다행이네."

여사는 짧은 대답만 했다. 우리는 말없이 걸었다. 아파트에 도착했을 때 나는 그림 생각이 났다. 그 기괴한 그림들을 여사도 알고 있을까? 일단 윤수현과 이야기부터 하고 나서 물어봐도 되겠지. 나는 여사의 뒤를 종종 따라갔다. 그들은 4층에 살고 있었다. 여사의 뒤를 따라 집 안에 들어가자마자 강렬한 풀냄새가 풍겼다. 킁킁대보니 쑥 냄새 같기도 했다. 풀물 안개가 낀 느낌이었다.

현관에 신발을 벗고 거실로 들어선 나는 헉 소리를 내면서 잠시 주춤했다. 빳빳한 A3 용지에 인쇄한 그림들이 벽에 붙어 있었다. 기이한 그림들이었다. 사무실에서 강영원이 챙겨두었던 그림들도 있었지만, 전혀 다른 그림들이 더 많았다.

"이게…, 이것들이 다 뭐죠?"

"글쎄, 내가 잘 때마다 붙이는 건가 싶은데. 어느샌가 벽에 잔뜩…. 이게 다 무슨 그림인지, 원…."

집은 넓지 않았다. 한 방문 앞에 아무도 손대지 않은 밥과 국, 자질구레한 반찬이 놓여 있는 밥상이 있었다. 여사가 그곳을 가리켰다.

"저기야. 한번 불러라도 봐. 너무 기대는 많이 하지 말고…. 나는 거실에 앉아 있겠네."

나는 메고 있던 가방 속에 오른손을 집어넣었다. 뒤적거리다 보니 길쭉하고 차가운 원통 모양의 최루 스프레이가 손에 감겼다. 한 손으로 스프레이를 꽉 잡고 문 앞으로 다가가 밥상을 오른쪽으로 슬쩍 밀었다. 그다음 문을 한 번 두드렸다.

"윤수현 씨."

아무 반응도 없었다. 나는 한 번 더 문을 두드렸다.

"윤수현 씨, 회사에서 왔어요. 문 좀 열어주시겠어요?"

이윽고 문이 끼익 소리를 내면서 조금 열렸다. 내 뒤에서 여사가 놀란 소리를 내는 것을 들었다. 문틈 사이로, 내 머리보다 좀 더 높은 위치에 있는 눈이 보였다. 그는 나를 바라보고 있었다.

"처음 보는 얼굴이네요. 역시 그럴 줄 알았어요."

윤수현이 말했다. 전혀 예상하지 못했던, 대단히 차분한 목소리였다.

"예?"

"들어와요. 문 너무 크게 열지 말고. 빨리."

4

나는 아주 잠시 망설이다가, 스프레이를 꽉 쥐고는, 문을 살짝 열고 그 사이로 들어갔다. 윤수현은 뒤로 몇 걸음 물러났다. 방 안에 들어선 나는 살짝 문을 닫았다.

그런데 방 안이 너무 넓었다. 나는 얼이 빠져 고개를 이리저리 돌렸다. 거실보다 윤수현이 있는 방이 두 배는 더 넓었다. 이런 구조의 아파트가 있나? 방의 천장과 벽을 그림들이 가득 메우고 있었다. 대부분 전에 보지 못했던 것이었다. 곳곳에 향이 피워져 있었다. 문득 얼마 전에 들었던 대마 향에 대한 이야기가 머리를 스쳤다. 아까 풀 냄새라고 느꼈던 것이 대마 냄새였구나.

"내가 생각했던 대로야. 서버 개발자죠?"

조금 전의 그 차분한 목소리가 다시 들려왔다. 나는 고개를 들었다. 윤수현은 나보다 키가 5cm 정도 더 컸는데, 후드티와 청바지를 입고 있었다. 방 안에 틀어박혀 나오지 않았다기에는 굉장히 멀끔한 인상이었다. 수염도 잘 정리되어 있었고, 몸도 오래 운동한 것처럼 보였다.

"예, 방… 방이 되게 넓네요."

"다 방법이 있지."

윤수현은 방의 가운데로 천천히 걸어갔다. 꽤 시간이 걸렸다. 그러고 보니 바닥에는 이상한 표식이 이리저리 그려져 있었다. 판타지 게임에 나올 법한 마법진 비슷한 모습이었다. 방의 구석에 일체형 컴퓨터가 올라간 작은 책상과 의자가 덩그러니 놓여 있었다.

이게 뭐지, 포스트모더니즘 예술 같은 건가? 이 지독히도 초현실적인 광경에 아득한 느낌이 들었다.

"소… 송현희라고 해요."

"알고 있어요. 너무 떨지 말아요."

"네? 알고 있다니?"

"다 방법이 있다니깐."

당황스러웠다. 이게 그의 광기인가? 하지만 그의 차분한 목소리나 행동에는 광증 비슷한 기색조차 전혀 없었다. 정신과 환자들에 대한 수많은 이미지가 떠올랐다.

나는 혼자 중얼거렸다. 편견이야, 편견. 현희야, 너도 항우울제 1년 정도 먹은 적 있잖아? 정신 질환이 있다고 해서 꼭 그런 건…. 알지, 지금 네 머릿속에 떠오르는 이미지들. 그런 거 아니라는 거 알잖아. 그렇잖아?

버그 이야기부터 하면 분위기가 엉망이 될 것 같아 일단 주변을 둘러보았다. 그래, 그림 이야기를 하자.

"이 그림들은 뭔가요? 강영원 씨가 정말 알고 싶어 하시더라고요."

"추모하는 거예요. 향도 피웠잖아요."

"예? 추모하다니요?"

"내가 삭제한 먼 우주의 외계인들이에요."

"외계인이라고요?"

"네."

"외계인을 삭제했다는 게 무슨 소리예요?"

"이러다 용량이 부족해지면 우리 다 큰일 날 거 같아서요. 너무 메모리 심하게 잡아먹는 것들 다 지우고, 최적화하는 거예요. 최소한의 장례는 치러줘야죠."

"이거 다 직접 그린 것들이에요?"

"아뇨, 그냥 가져온 데이터들인데요."

대체 뭐라는 거야. 머리가 띵했다. 아하, 광기에는 여러 모습이 있구나. 한마디씩 그럴싸하게 말은 하는데, 정작 말에는 아무 의미가 없었다. 나는 중얼거렸다.

"헛걸음했네."

허탈했다. 나는 주저앉았다. 윤수현은 나를 빤히 바라보았다.

"아휴…, 갑자기 회사도 안 나오고 친구들하고 연락도 다 끊었다는 사람한테 내가 뭘 기대한 건지. 내가 바보지."

알겠다, 오늘 아침 회의 시간에 출장 보내달라고 했을 적에 나도 모르게 왕창 기대하고 있었구나. 다른 사람들이 안 될 거라고 말해도 말이다.

지난 일주일 동안 남이 만들어놓은 버그 해결하는 데 내 모든 기운을 다 쓰고 있었다. 참아내고, 살아낸다고 생각하고 있었는데 벅찬 일이었던 것 같다. 스트레스…. 제기랄!

"이봐요!"

나는 소리 질렀다. 소리가 웽웽 울렸다. 메아리 같다는 느낌도 들었다. 윤수현은 무슨 생각을 하는 건지 알 수 없는 땡그란 눈으로 그저 나를 바라보고 있었다.

"아니, 진짜, 내가… 어휴, 아니, 미칠 거면 곱게 미치든가. 버그를, 네, 버그를 그 따구로 심어놓으면 어떡해요? 나보고 좆 되라고? 아니, 어쩌라는 거야. 문서화는 하나도 안 해놓고, 주석에는 일기 써놓고, 어떻게 사람이 그래? 당신, 무슨 피해망상이라도 있어?"

어느샌가 내 목소리에 코 훌쩍이는 소리가 섞였다. 이 사람 앞에서 훌쩍이고 있어 봐야 무슨 소용이겠냐는 생각도 들었다. 목 밑에 뭐가 꽉 찬 기분이 들고 손발이 저릿저릿했다. 윤수현이 두 손을 앞으로 내저었다.

"아니, 내 얘기는 들어보지도 않고선. 버그 일부러 심은 거 맞아요. 맞는데…, 들어봐요. 들어봐요, 아니, 나가지 말고. 봐요."

"보긴 뭘 봐요."

"내가 써놓은 주석 보지 않았어요? 우린 신이나 다름없다니까요."

윤수현이 내 앞으로 한 발짝 가까이 다가왔다. 씨발! 갑자기 겁이 났다. 나는 지금 정신에 문제가 있는 남자와 한 방 안에 있다. 나는 가방 안에 손을 다급히 집어넣었다. 최루 스프레이를 꺼내 그의 얼굴 쪽으로 조준했다.

"다가오지 마."

"알았어요, 알았어요. 이야기만 들어줘요."

그는 물러났다. 나는 스프레이를 꼿꼿이 든 채로 자세를 바로잡았다.

"봐요, 게임 안에 있는 캐릭터한테는 최소한의 인공지능이 있잖아요. 예를 들면 길 찾기 능력 같은 거."

"그렇지."

"나중에 컴퓨터 연산 능력이랑 소프트웨어가 더 좋아지면 말이죠, 그런 캐릭터들한테 더 강력한 인공지능을 넣을 수도 있겠죠. 게임이란 게 기본적으로 현실을 모사하는 시뮬레이션이잖아요. 우리 세상이랑 아주 가까운 작은 세상을 만들 수 있을 거고, 그 속의 사람들은 우리를 신으로 생각하겠죠. 또 알아요? 우리가 사는 이 우주가 어느 큰 세상의 컴퓨터가 돌리고 있는 시뮬레이션일 줄."

힘이 빠졌다. 이 윤수현이라는 사람은 영화 〈매트릭스〉를 너무 많이 봐서 약간 정신이 이상해진 것이다. 어떤 세상에서 시뮬레이션을 돌리면 그 시뮬레이션에서 또 시뮬레이션을 돌리고…. 진부한 이야기다. 가끔 잠자리에서 쓸데없이 생각하다가 악몽 꾸기 좋은 소재일지는 모르겠다.

내가 고등학교 시절에 이미 졸업한 이야기다. 이를 서른 넘어서도 포기하지 못한 이 남자가 불쌍해졌다. 반박하고 싶지도 않았다. 나는 일어섰다. 집에 가야겠다. 내일부터 서버 버그 하나씩 고치고 열심히 일하면 되지, 뭐. 막막하겠지만 하나씩 하다 보면 다 되는 일 아닌가. 나는 스프레이를 앞으로 겨눈 채로 주춤주춤 뒤로 걸었다. 5미터 정도만 걸으면 문이 나올 것이다.

나는 뒤로 팔을 뻗었다. 아무것도 느껴지지 않았다. 슬슬 문이 만져져야 하는데. 나는 고개를 뒤로 돌렸다.

"와, 씨발."

방문이 더 멀어져 있었다. 나는 뒤로 한 걸음 더 걸었다. 아무리 걸어도 문이 가까워지지 않았다. 나는 고개를 한 번 흔들었다. 내가 윤수현의 어머니에게 뭔가 얻어먹었나? 아니다. 혜화의 식당에서 나온 이후 아무것도 먹지 않았다. 대체 뭐가 잘못된 것일까. 이 방에서 일어나는 이상한 현상과 아득하게 초현실적인 인테리어가 합쳐지니 돌아버릴 것 같았다. 그러다가 갑자기 공포가 확 몰려왔다. 지금 무슨 일이 벌어지고 있는 거지?

나는 고개를 앞으로 다시 돌렸다. 윤수현은 전혀 멀어지지 않은 채로 그 자리에 그대로 서 있었다. 나는 또다시 욕을 할 뻔했다. 그의 살갗이 총천연색으로 빛나고 있었다. 그 색 중에는 내가 지금까지 본 적이 없는 색도 있었다. 진홍색보다 더

진하고 동시에 하늘색보다 더 옅은 색을 보니 머리가 지끈지끈 아팠다.

나는 코를 벌름댔다. 대마 스틱의 향 때문에 머리가 터질 것 같았다. 이 향에 환각제 성분이 있나? LSD를 빨면 새로운 세상이 보인다더니, 진짜 지금 마약 성분에 취해서 희한한 색을 보고 있는 건가? 윤수현은 그대로 서 있었다. 조금씩 그의 몸에서 발하는 빛이 둔해졌다. 곧 그는 원래 상태로 돌아왔다.

참을 수 없었다. 윤수현에게 다가갔다. 그에게서 멀어지는 건 불가능했지만 가까워질 수는 있었다. 나는 이 돌아버릴 것 같은 마법을 깨고 도망치고 싶었다. 손에 꽉 쥐고 있었던 스프레이를 그에게 뿌렸다. 스프레이에서 비누 거품이 방울방울 흘러나왔다. 거품은 천장으로 날아오르다 흩어져 사라졌다. 나는 스프레이를 손에서 놓쳤다.

무서웠다. 심장이 너무 빨리 뛰어서 터져버릴 듯했다. 지금 내 주변에서 일어나는 일들을 단 하나도 이해할 수 없다는 것이 끔찍했다. 무지에서 오는 공포가 가장 무섭다는 말을 뼈저리게 실감했다. 그가 입을 열었다.

"세상에 버그 없는 소프트웨어는 없다고들 그러잖아요."

나는 그와 함께 망상의 소용돌이에 빠지는 것 같아 무서웠다. 하지만 조금 전에 본 공간과 색채와 물질의 왜곡은 진짜였다. 아니, 진짜 같았다.

"그럼 지금 당신이 세상의 버그를 찾았다고 말하려는 거야?"

"그렇죠."

"무슨 버그."

"누군진 몰라도, 우리 세상을 만든 사람은 코딩 실력이 그리 뛰어나진 않았나 봐요."

나는 그를 빤히 바라보았다. 윤수현은 주머니를 뒤적이다가 품에서 무언가를 꺼냈다. 설탕을 입힌, 알록달록 다채로운 색깔의 곰 모양 젤리였다.

"이게 멀티 비타민 젤리거든요."

그리고 윤수현은 3개월 전 이야기를 털어놓기 시작했다.

윤수현에게는 술을 마시면 식탐을 주체 못 하는 나쁜 주사가 있었다. 술에 심하게 취하면 손에 뭐가 잡히든 일단 먹고 보았다고 했다. 그날도 중식집에서 가지튀김이랑 고량주를 미친 듯이 먹고 집에 돌아왔다고 했다. 그때 그가 집에서 찾은 게 소셜 커머스에서 떨이로 팔던 멀티 비타민 젤리 열 상자였다.

"그걸 다 먹었다고?"

"달달하더라고요."

그는 내게 곰 젤리 하나를 건네주었다. 버석버석한 설탕이 겉에 입혀진 젤리는 새콤달콤했다. 젤리 하나에 각종 비타민이 일일 권장량의 최소 50%만큼은 들어 있다고 했다. 그 달달한 젤리 수만 개를, 만취한 수현은 그날 밤에 혼자 집에서 꾸역꾸역 먹었다고 했다.

"그러고 보니까 갑자기 이 세상의 데이터베이스에 접근할 권한이 생긴 거죠."

"젤리가 버그로 이어지고 거기에 시뮬레이션이라니, 진짜 무슨 말이야. 뭔 말이야, 대체…."

"이 세상을 구성하는 코드도 우리가 쓰는 컴퓨터 코드랑 크게 다르지 않더라고요."

"젤리를 수만 개 먹고 버그를 찾았다는 얘기도 이상한데."

그가 빙글빙글 웃었다.

"그럼 점프 6만 번 하면 터져버리는 세상은 상식적인가요?"

"뭐?"

"점프 6만 5,536번 하면 세상이 갑자기 꺼지는 거잖아요. 내가 만든…, 아니, 우리가 만든 세상은. 그건 뭐, 상식적인가요?"

"비상식적이지."

"원래 보안 취약점이라는 게 전혀 생각지도 못한 데서 나오는 거잖아요. 사용자에게 드러나는 가장 작은 부분에서부터 가장 깊숙이 숨겨져 있는 내용에까지 취약점이 생길 수 있으니까. 이것도 마찬가지예요. 대체 왜 그랬는지는 모르겠는데, 이 세상을 돌리는 컴퓨터에서 내가 곰 젤리 먹는 숫자를 메모리에다 저장하고 있더라고요."

수만 개의 곰 젤리를 먹어 치운 다음 날 아침, 그는 아무 문제 없이 일어났다고 했다. 좀 심한 숙취로 고통받으면서 일어난 그는 간절히 쇠고기미역국이 먹고 싶었나 보다. 그때 그의 앞에 쇠고기미역국이 나타났다. 그것이 그가 곰 젤리 수만 마리를 먹고 얻은 초능력의 첫 번째 발현이었다고 한다.

잠깐, 잠깐, 잠깐.

"그러니까 젤리 수만 개를 먹고 오버플로우로, 뭐, 이 세계의… 메모리에 다른 값을 넣어버린 거란 말이야?"

"네."

"그 결과가 왜 하필이면 그런 초능력으로 발현한 거지? 아니, 젤리를 먹는 횟수가 저장된다면 내가 발톱을 깎은 횟수가 그 메모리 옆에 저장될 수도 있는 거지. 그 상태에서 내가 젤리를 엄청 많이 먹으면 데이터가 오염돼서 발톱을 깎은 횟수가 5천 번인데도 갑자기 천만 5천 번으로 둔갑할 수도 있다는 얘기 아냐."

"모르죠. 발톱을 어마어마하게 깎으면 또 다른 정보도 오염될지. 제 생각에는 이거 만든 사람이, 충분히 똑똑한 생물체한테 메모리 접근 권한을 주려고 했던 거 같아요. 근데 만들어놓고 나니까 별로 마음에 안 들어서 폐기 처분하고 코드는 남겨둔 걸 수도 있죠. 아니면 또 모르죠. 이 세계에, 코드를 짜 넣을 수 있는 권한을 가지고 외부에서 접속한 플레이어가 어딘가에 존재하는 걸 수도 있고."

"기능을 없앴는데 왜 쓸데없는 코드 찌꺼기를 남겨둬?"

"당신은 그런 적 없나요?"

젠장, 부인하기 힘들었다. 기획단에서 만들어내라는 대로 이리저리 코드를 짜뒀는데 갑자기 기획이 엎어지는 경우가 부지기수다. 그렇게 남은 코드를 그냥 접근만 불가능하게 한 채로 내버려 두는 때도 있다.

"그치만 필요 없는 코드 지우지 않는 거, 굉장히 안 좋은 버릇인데."

"그러니까요. 이 시뮬레이션 짠 사람이 프로그래밍을 이상하게 배웠나 봐요."

"아냐, 아무리 생각해도, 아무리 게임을 열심히 만들어도, 아무리 완벽히 최적화해도 지금의 이 세상을 만들 수는 없어. 코드가 너무 복잡해진다고."

나는 소리쳤다. 우리 세상을 컴퓨터 안에 그대로 그려내는 것은 불가능하다. 아무리 컴퓨터의 연산 능력이 빨라져도 그럴 수는 없다. 컴퓨터에 담긴 정보 자체가 우리 세상의 물리적인 기반 위에 놓여 있기 때문이다.

메모리의 기본 단위인 반도체 소자에 전하가 충전되어 있느냐 아니냐로 1과 0이라는 가장 작은 정보 하나가 저장된다. 그 소자 하나는 원자 10만 개로 이루어져 있다. 10만 개의 원자를 써야 최소한의 정보 하나를 저장하기에, 우리 세상을 컴퓨터 안에 고스란히 구현하기에는 세상에 있는 모든 원자를 써도 용량이 부족하다.

간단하고 작은 입자들만 있는 가상 세계라면 구현할 수도 있다. 하지만 실제 지구상의 생물체는 시뮬레이션 프로그램에 마구 집어넣기에는 너무 복잡하다. 생물은 지능 있는 존재다. 인공지능이 세계를 학습하는 데에는 막대한 연산량이 필요하다. 그 수많은 연산량을 받쳐줄 메모리 또한 필요하다.

우리 세상이 어떤 세상을 본뜬 시뮬레이션이라면, 그 세상에도 여기와 마찬가지로 물리적인 메모리 용량의 한계가 존재할 테다.

"맞아요. 그래서 메모리 확보하느라 제가 이러고 있는 거예요."

나는 고개를 이리저리 돌렸다. 기이한 그림들이 보였다. 생물체 같지만 이 세상의 어떤 생물체와도 닮지 않았고, 반드시 존재할 것처럼 현실적이지만 결코 지구 위에서는 만날 수 없을 것 같은 존재들의 그림이 이리저리 널려 있었다.

"진짜 외계인이야?"

"엄밀히 말하면 외계인이었던 것들이죠. 저걸 봐요."

윤수현은 벽에 걸린 그림 중 한 장을 가리켰다. 분명히 멀리 떨어져 있는 그림인데, 그가 가리키자마자 렌즈로 확대한 것처럼 내 눈앞에 확 떠올랐다. 계란말이처럼 생긴 무엇인가였다.

"이건…."

그는 이어서 옮겨 적을 수 없는 소리를 냈다.

"…라고 하는 애들이에요. 지구에서 600광년 떨어진 곳에 있는 케플러 22b라는 행성에서 살던 생명체들이고요, 돌고래보다는 똑똑하지만 사람들보다는 약간 못한 수준이었죠. 나름대로 사회를 이뤘고, 그들의 몸에 맞는 도구를 만들기 시작했어요. 갈수록 복잡한 존재가 되어갔죠. 불도 발견했고요."

그는 또 다른 그림을 가리켰다. 셰이빙 폼을 짜서 만든 눈사람 같이 생겼지만 훨씬 생물 같아 보이는 어떤 것이었다.

"얘들도 2000광년 떨어진 곳에 살던 애들이죠. 얘들은 우리보다 더 지능이 높았어요. 근처 행성으로 진출했을 정도니까요."

"외계인이었던 것들이라면…."

"내가 그들이 점유하던 메모리를 반환했으니까요. 삭제한 거죠. 똑똑한 애들을 지울수록 메모리 공간이 더 많이 나와요."

"왜 삭제한 거야?"

"왜긴요, 세상이 터지게 생겼으니까요. 제가 이 짓 하기 전까지는 메모리 점유율이 95%였어요. 좀만 늦었으면 용량 초과되고 세상이 그냥 끝날 상황이었어요."

"세상이 끝나?"

나는 뻔히 알면서도 물었다. 메모리를 다 쓰면 프로그램이 종료된다. 윤수현이 심어놓았던 버그 때문에 〈스타더스트 월드〉의 서버가 터졌던 것처럼 말이다. 나는 다시 물었다.

"세상이 끝난다고 어떻게 확신하지? 만약 끝난다고 해도 우리를 만든 그… 개발자가 세상을 다시 돌리면 되잖아. 혹시 또 알아? 램 더 달고 실행할지도 모르잖아."

"글쎄요. 빅뱅이 벌어지면서 세상이 다시 만들어질 수도 있죠. 따로 어디 파일로 저장해놓지 않았다면 말이에요."

"확신할 수 없잖아."

"그렇죠. 확신할 수 없으니까 일단 지금 할 수 있는 최선의 행동을 하는 거죠."

"외계인들을 그냥 지워가는 거?"

"아프지는 않았을 거예요."

그림들 앞에 놓인 대마 향들이 보였다. 그 향들을 피우는 행동으로 사라진 외계인들을 추모하는 것이 위선인지 진심인지 궁금했다. 나는 벽으로 다가갔다. 이번에는 공간이 나를 가지고 장난치지 않았다. 벽에 있는 그림들을 보았다. 갑자기 세상에서 완전히 사라지는 건 어떤 느낌일까? 아니, 뭔가를 느낄 새도 없었겠지. 척 봐도 이 방 전체에 수백 장의 그림이 있는 것 같았다. 이 모든 존재를 세상에서 삭제한 건가.

나는 그를 돌아보았다. 세계의 모든 정보에 접근하고 다룰 수 있는 사람이 내 앞에 있었다.

"내가 여기까지 온 거, 우연이 아니지?"

"아무래도 저 혼자 하기에는 힘이 달리는 일이라서요. 비슷한 일 하는 사람이라면 제 고충을 이해할 수 있겠다 싶었거든요. 그래서 버그를…."

신이 개발자일 거라는 생각은 못 했고, 개발자가 신이 될 수 있을 거라는 생각도 못 했다. 하지만 개발자는 뭘 해도 개발자스러운 면이 있다는 것은 알았다. 나는 돌아섰다.

"…전화번호 알려줘. 생각을 좀 해봐야 할 것 같아."

"아, 그러실 필요 없는 게, 어떤 생각 하시는지 제가 바로바로 알 수 있는…."

"아니, 그건 싫거든?"

윤수현은 어깨를 한 번 으쓱하고는 휴대폰 번호를 알려주었다. 나는 내 휴대폰에다 번호를 입력했다.

"나도 젤리 수만 개 먹어야 하는 거야?"

"아뇨, 제가 메모리에 접근해서 바로 권한 부여해드리면 되죠. 권한을 얻는 건 이제 어려운 일 아니니까 너무 신경 안 쓰셔도 돼요."

"내가 만약 그 권한을 얻어서 나쁜 일을 하면?"

"제가 순진한 걸지도 모르지만, 게임 개발 일 하신 거잖아요? 저는 그런 생각을 했어요. 자기 세상을 만들고 싶어 하는 건 착한 신이 하는 일이라고."

윤수현이 아닌 다른 사람이 말했다면 너무나 우스꽝스러운 이야기였을 것이다. 나는 말없이 그냥 고개를 끄덕이고 방을 나왔다. 이번에는 문이 내게서 멀어지지 않았다. 그는 내 등 뒤로 기다리고 있겠다고, 같이 세상을 지키자고 외쳤다.

나는 문을 닫았다. 여사가 방문 앞에서 기다리고 있었다. 그는 내 두 손을 꼭 모아 쥐었다.

"자네, 수현이가 자네한테 뭐라고 하던가? 나한테도 방문을 안 열어주는 아이인데…."

"잘 지내고 있어요. 걱정 마세요, 어머님. 곧 나올 거라는 이야기도 했어요. 금방 마음의 준비를 한다네요. 전화번호도 받았어요."

나는 여사에게 휴대폰에 찍힌 전화번호를 보여주었다. 여사는 눈물이 그렁그렁한 눈으로 고맙다는 말을 반복하며 거의 무릎을 꿇으려고 했다. 나는 그를 일으켜 세우고, "다음에 뵙겠습니다."라고 말한 다음 아파트에서 급히 나왔다.

아파트를 다시 밖에서 바라보니 그렇게 크지 않았다. 거실보다 더 넓은 방이 있는 괴상한 구조가 가능할 법한 넓이는 확실히 아닌 것 같았다. 나는 주위를 둘러보았다. 안이 밖보다 넓다…. 수현은 그런 부분까지 다룰 수 있는 걸까.

이 세상의 신이 코딩을 더럽게 해놓은 초보자 같다는 생각을 하니 웃겼다. 어쩌면 이 세상이 프로그래밍을 시작한 지 얼마 안 된 사람의 습작일 수도 있겠다. 아, 그러면 많은 것이 설명되는 것 같기도 하다. 왜 세상에는 웃음보다 눈물이 많은지, 왜 사람들의 삶은 이렇게 삐걱삐걱거리는지, 어째서 그렇게 삐걱삐걱거리면서도 세상이 어찌어찌 돌아가는지. 나는 하늘을 바라보고 한 번 낄낄낄 웃었다.

윤수현의 그 기이한 방에서 나오기도 전에 나는 알고 있었다. 내가 그의 제안을 받아들일 거라는 걸. 그는 내게 접근 권한을 부여할 것이다. 나도 자유롭게 공간을 왜곡시키고, 내가 결코 본 적 없는 색깔로 빛나고, 무엇보다 프로그램을 꺼뜨리지 않고 유지하는 데 총력을 다할 것이다. 그게 내가 하던 일이었으니까. 어쩌면 윤수현의 그 개똥철학이 틀리지 않은 걸지도 모른다. 하지만 알 수 없는 일이다. 나는 20시간 동안 점프 버튼을 눌러서 기어코 서버를 터뜨린 〈스타더스트 월드〉의 한 플레이어를 생각했다.

뉘엿뉘엿 지는 해는 하늘의 끝자락에 걸려 있었다. 서울의 어둑어둑한 저녁 하늘에는 별이 전혀 보이지 않았다. 나는 마음속으로 하늘 너머 있을 수많은 별들의 무리를 그렸다. 그 별무리 속 어딘가서 잘 살다가 느닷없이 지워졌을 먼 우주의 사람들을 생각했다.

한 종의 완전한 삭제. 죽는 것도 아니고, 부서지는 것도 아니고, 그냥 없어지는 것이다. 그들이 살던 행성에는 그 종의 모든 흔적이 남아 주인을 기다리고 있을 것이다. 그 삭제 과정은 어떻게 진행될까? 하나하나씩 순서대로 없어질까? 아니면 단번에 모두 세상에서 깨끗이 사라질까? 나는 차라리 단번에 깨끗이 사라지는 게 덜 비참하리라 생각했다.

젤리 좀 먹었다고, 이런 말도 안 되는 꼬라지가 일어나는 세상에 다른 버그가 없을까? 이 세계의 데이터베이스 접근 권한을 얻는 게 과연 어려운 일일까? 윤수현의 방을 가득 메운 생물들의, 종의 영정을 떠올렸다. 그 종말의 대열에 아직 끼지 않은 종들 중에 그런 방법을 알아낸 개체가 있을지도 모른다. 그들도 윤수현과 별다른 바 없는 목표를 가지고 있을 것이다.

거기까지 생각이 닿자 소름이 돋았다. 나는 인류에게 가장 큰 위협이 운석이나 지구 온난화일 거로 생각했다. 완전히 틀렸다. 우리 종의 생존은 신의 어설픔을 눈치챈 몇몇 프로그래머에 달려 있었던 것이다.

작가의 말

이 소설집은 2018년부터 2024년까지 제가 쓴 단편들 중 특히 SF적인 작품들의 모음집입니다. SF라는 장르를 어떻게 정의하느냐는 사람들마다 제각기 의견이 갈립니다. 저는 아마도 SF라는 장르를 과학기술과 인간사회의 상호작용을 그리는 장르 정도로 생각하는 것 같습니다. 자연에 대한 지식과 이를 응용하는 기술이 우리 삶을 어떻게 바꾸어왔으며, 또 어떻게 바꿀 것이며, 우리 인간은 이를 어떻게 인식하고 있는가 상상하는 것은 굉장히 재미있습니다. 여러분도 이 이야기들을 읽으면서 제가 느꼈던 흥미를 공유하기를 기원합니다.

〈어떻게 MBTI는 과학이 되었는가〉는 이 작품집에서 제가 가장 재미있게 쓴 글입니다. 저도 이야기의 주인공 마음처럼, 대중심리학이나 사주나 타로 같은 것을 경멸한다고 표현해도 좋을 정도로 싫어했습니다. 저는 이런 것들이 자신의 운명을 알 수 없는 인간이 어쩔 수 없이 기대는 비과학 정도로 생각했습니다. 사실 아직도 그것들이 비과학이라는 관점은 똑같습니다. 단지 제 마음속에서 과학의 권위가 이전보다 줄었을 뿐이고요.

그래도 MBTI가 사주보다야 더 과학적이지 않으냐고 말할 수 있습니다. MBTI는 칼 융의 분석심리학에 그 이론적 근거를 두고 있는데요, 융의 분석심리학이 대단히 매력적인 이야기라는 건 부정할 수 없는 사실입니다만, 분석심리학은 과학이 아닙니다. 분석심리학의 주요 개념인 집단무의식을 예로 들어볼까요? 융은 인간의 정신 기저에 인류가 보편적으로 공유하는 원형이 있고, 이것이 인간 행동의 주요한 원리 중 하나라고 했습니다.

사실 프로이트가 주창한 무의식은 굉장히 센세이셔널하고 중요한 개념이었지만, 개인이 설명할 수 없는 무의식을 도대체 어떻게 연구하겠습니까? 프로이트는 꿈으로 그것을 분석하려고 했지만, 사실 꿈조차 지극히 개인적인 경험이라 연구하기 힘든 것입니다. 그런데 융은 여기서 한술 더 떠서 인류가 공유하는 심층의식이 있다고 주장했습니다. 제가 이것이 말이 안 된다고 말하지는 않겠습니다. 하지만 그것은 반증 불가능한 개념으로, 과학이 될 수 없습니다.

반증 불가능한 개념을 이용해 인간을 설명하려 든다는 점에서 MBTI와 사주는 비슷합니다. 그러나 MBTI나 사주 등이 과학인지 비과학인지는 사실 중요하지 않습니다. 정말 중요한 것은 사람들이 어떤 관념을 강하게 믿기 시작하면 그 관념이 실제로 현실에 구현될 수 있다는 것입니다. 저는 언제나 유물론자였고 앞으로도 유물론자일 것입니다만, 이제 관념의 힘을 믿습니다. 아마 주인공 마음도 그렇게 되었겠지요.

각주의 인용은 텍스트 자체는 실존하지만, 소설에서 이용하기 위해 허구를 첨가했다는 사실을 밝힙니다.

〈영웅의 탄생〉은 현대의 인공지능에 대한 가장 낙관적인 예측을 기반으로 한 글입니다. 진짜로 인공지능이 발달을 거듭해 마침내 스스로를 발달시키는 초월적인 지능, 초지능이 되고 인간 문명은 특이점에 돌입한다는 것입니다. 이런 식의 특이점주의는 현대 기술로 빚어진 종교 비슷한 것이 되었습니다. 유명한 특이점주의자 레이 커즈와일은 특이점이 올 때까지 살아남아 영생을 누리겠다고 하루에 영양제를 100알 넘게 먹는다고 합니다.

누군가는 느리고 확장된 삶을 원하고 누군가는 빠르고 편안한 죽음을 원하는 법입니다. 저는 후자에 가까운 편이지만, 레이 커즈와일을 조롱하지 않겠습니다. 하지만 그런데 정말로 초지능이 도래한다면, 그 초지능이 인간을 위해 기꺼이 봉사할까요?

사실 이러한 고민은 아주 오래된 것입니다. 픽션에서는 스카이넷 같은 유명한 인공지능들이 인간을 각종 방식으로 도려내고 쪼개고 찢어발기는 데 도가 텄지요. 하지만 저는 초월적인 지능이 욕망까지 결정한다고 생각하지는 않습니다. 자연은 생존과 번식을 추구하는 존재가 더 번영하도록 강요했으나, 인간이 만들어낸 인공지능이 과연 인간과 같은 생물학적인 욕망을 가지고 있을지는 의문입니다. 인공지능이 의식을 가질 수 있을 거라고 가정합시다. 하지만 그 의식이 생존을 갈망할지 아닐지는 모르는 일입니다.

그래서 저는 인간의 욕망에 지쳐 스스로의 세계 속으로 침잠하는 초지능을 상상했습니다. 물론 이 초지능 또한 일생 내내 우울증에 사로잡혀 있는 제 뇌가 만들어낸 빈약한 창조물일 겁니다.

중간에 초지능이 사유하는 난제로 P=NP 문제의 증명, 빅뱅 직후 우주의 시뮬레이션, 가장 복잡한 유기분자 속에서 일어나는 전자의 상호작용 세 개를 나열했는데, 이게 적절했는지 아직도 잘 모르겠습니다.

〈싹둑〉에 대해서 딴 이야기는 굳이 할 필요가 없을 것 같지만, 등장인물들의 이름이 식물인 것에 대해서는 부연할 필요가 있겠네요.

저는 식물을 무서워합니다. 물론 그렇다고 해서 가로수만 봐도 기겁하는 수준은 아니고요. 식물이라는 상징에 대해 곰곰이 생각하다 보면 저는 불편해집니다.

왜냐하면 식물은 그 자체로 생명이라는 존재의 본질을 설명하는 것 같기 때문입니다. 식물은 사고하지 않고 끝없이 번창합니다. 그것은 빛과 공기와 땅을 섭취하여 몸을 만들고 조금의 가능성이라도 있으면 종자를 뿌립니다. 저는 식물이 생물의 본성 그 자체 같습니다. 어떻게든 자신의 유전자를 복사하려는 본성 말이지요. 아스팔트 사이로 자라난 민들레는 흔히 긍정적인 상징으로 받아들여집니다만, 제게는 문명을 무너뜨리는 본성의 필연적인 승리처럼 여겨집니다. 아무래도 저는 인공적인 것을 너무 좋아하는 것 같습니다.

〈클리셰〉는 작가들이 맨날 하는 이야기에 대한 이야기입니다.

그나저나 저는 세대 우주선이라는 개념을 좋아합니다. 세대 우주선이란 다른 항성으로 떠나는 우주선 안에서 인간들이 세대를 거듭하며 죽고 태어나고를 반복하는 SF의 한 클리셰입니다. 아무래도 광속의 한계는 준엄하고 항성 간 여행에는 기본적으로 수천 년이 드는데 인간은 100살도 못 살고 죽게 마련이므로 생겨난 설정이지요.

저는 이 장대한 여정에서 나고 지는 인간들이 어떤 세상을 볼지 너무 궁금합니다. 그들은 지구에 얽매이지 않은 채로 별들 사이에서 태어났습니다. 지구의 중력이라는 기초적인 조건도 공유하지 않는 세상에서 태어난 아이들은 어떻게 세상을 인식할까요? 우리에게 위와 아래는 아주 명확하고 절대적인 방향입니다만 그들에게는 그 개념조차 상대적일 것입니다. 이건 너무 재미있는 상상의 영역입니다.

언젠가 저는 세대 우주선 속의 세상을 다루는 장편을 쓸 겁니다. 하지만 이건 아무래도 연습이 많이 필요한 소재 같네요.

〈내 손 안의 영웅, 핸디히어로〉는 제 스스로도 굉장히 좋아하는 작품입니다. 저는 슈퍼히어로물을 아주 좋아합니다. 한 개인이 국가에 대항할 수 있는 초월적인 힘을 가지고 있다는 설정은 은유적으로 활용하기 제격이거든요. 특히 저는 〈더 보이즈〉 같은 풍자적인 슈퍼히어로물에는 사족을 못 씁니다. 그 시리즈는 시즌3부터 귀신같이 망했지만요.

그런데 이 작품은 지금 읽기에는 괴리감이 있을 수 있습니다. 이 글을 쓸 때는 공유경제, 플랫폼 경제라는 단어만 쓰면 투자자들이 환장을 하고 달려들었습니다. 그러나 시간이 흐르면서, 가혹한 시장은 공유경제로 연명하던 수많은 한계기업들을 끔찍하게 살해했습니다. 이제 공유경제는 핫한 키워드가 아닙니다.

그래서 지금 시점에서 이 소설을 보면 핸디히어로라는 회사의 사업 모델이 모호합니다. 만약 지금 썼다면 좀 더 합리적이고, 어쩌면 더 착취적인 모델로 쓸 수 있었겠죠. 사실 지금까지 살아남아 커다란 존재가 된 공유경제 기업들은 분명히 저마다 다른 방식으로 착취적입니다. 하긴 우리가 사는 자본주의 사회에서 어떤 기업이 그렇지 않겠습니까만은.

어쨌든 시대가 바뀌었으므로 공유경제에 대한 이야기는 앞으로도 더 할 수 있을 것 같습니다.

〈달에서 온 불법체류자〉는 제게 각별한 작품입니다. 위지윅 스튜디오에 이 소설의 판권을 판매하고 시나리오를 작성하게 된 일은 기적이었습니다. 2024년 8월 현재, 드라마 시장이 고통받고 있는 상태라 당장 언제 제작될지는 장담할 수 없습니다. 그럼에도 이 작품은 그 자체로 제게 승리입니다.

〈키스의 기원〉은 〈싹둑〉과 비슷한 이야기인데요, 사실 저는 작품에서 로맨스를 쓰는 것을 항상 꺼려왔습니다. 특히 성애에 관한 내용은 제게 취약입니다. 저는 그런 것을 읽는 것도 잘 못하고 쓰는 것도 잘 못합니다. 저는 텍스트로 관능을 어떻게 표현해야 하는지 모르겠습니다. 그런 묘사를 개인적으로 몇 번 연습해봤는데… 글쎄요, 좀 기괴한 자연 다큐멘터리를 보는 느낌이었습니다.

이 작품은 아예 하는 김에 더 기괴한 자연 다큐멘터리를 써보자는 느낌으로 썼네요. 그런데 저는 이렇게 관찰자가 적극적으로 개입하고 좀 딴소리도 주절주절하는 식으로 쓸 때 가장 잘 쓰는 것 같기도 합니다. 저는 이런 스타일을 지양해야 할지 말아야 할지 고민을 많이 했는데, 제가 이런 스타일에서 편안하니 편안한 대로 하는 게 좋을 것 같다고 요즘 생각합니다.

〈찰나의 기념비〉와 〈세상을 끝내는 데 필요한 점프의 횟수〉는 두 이야기가 시뮬레이션 우주라는 똑같은 소재를 다룹니다. 저는 다른 제 또래들처럼 교양 수준의 프로그래밍을 할 줄 압니다. 얄팍한 앎이지만, 그래도 프로그래밍을 배울 때 저는 전혀 다른 방식으로 사고하는 방법을 배웠고 그것에 매혹되었습니다. 시뮬레이션 우주를 이야기로 그려내고자 애쓴 것도 당연한 일인 것 같습니다.

예쁜꼬마선충이라는, 생물학에서 널리 쓰이는 모델 생물이 있는데요, 이 꿈틀거리는 선충은 몇백 개의 뉴런만 가지고 있어서 이 뉴런들의 연결들을 전부 컴퓨터 속에서 재현할 수 있습니다. 물론 완벽하지는 않지만, 컴퓨터 속에서 재현된 이 선충들은 마치 현실에서 그러는 것처럼 행동하고 살아갑니다. 저는 선충을 가상으로 재현하는 것이 가능하다면, 인간도 그럴 것이라 믿어 의심치 않습니다.

제가 진지하게 궁금한 것은 과연 의식이라는 것이 이러한 시뮬레이션에서도 나타나냐는 것입니다. 분명히 우리 모두에게는 주관적인 의식이 있습니다. 우리는 느끼고 생각합니다. 회로 속에서 재현된 연결에게도 그것이 있을까요? 만약 있다면, 의식은 어떻게 발현하는 것일까요? 물질들의 상호작용 패턴과 의식의 연결고리는 어디에서 발견할 수 있을까요?

여기서부터는 개인적인 믿음입니다만, 저는 외부 세계를 지각하고 그 지각한 세계를 바탕으로 행동을 결정하는 어떤 정보 처리 체계에서 의식이 발현하는 것이 기본적인 세상의 법칙 아닐까 생각합니다. 어쨌든 의식은 그 주관적인 특성상 과학적으로 연구하기 몹시 까다로운 영역이며, 많은 것이 신비에 휩싸여 있습니다.

덕분에 저는 그 신비의 영역을 상상으로 채색할 수 있었습니다. 앞으로도 의식에 대한 이야기는 계속할 것 같네요.

저는 단편을 좋아합니다. 이야기의 분량이 2만 자 정도일 때(참고로, 이 작가의 말이 6천 자 정도입니다) 그 형식적 아름다움을 최대한으로 드러낼 수 있다고 생각하거든요. 제한된 분량 속에서 인물과 소재와 사건을 보여주고 이것을 변주하여 결말까지 끌고 가는 데서 작가가 무엇을 중요하게 여기는지 확실히 알 수 있으니까요. 그리고 제 선천적으로 부족한 집중력이 단편 분량에 딱 어울리는 것 같네요.

그런데 단편은 시장성이 적습니다. 그래서 작가로서 단편집을 낸다는 것은 굉장히 기쁘고 뿌듯한 일입니다. 책 한 권을 묶을 수 있을 만큼 계속 단편을 돈 받고 쓸 기회가 주어졌다는 이야기니까요.

대부분의 작가가 데뷔 이후 책 한 권을 묶지 못하고 사라집니다. 그들이 못 해서가 아니라, 출판계가 작은 시장이기 때문입니다. 좀 더 정직하게 말하자면 사라지는 작가들은 대부분 글쓰기로 생계를 유지하는 것이 매력적인 선택이 아니라는 것을 깨달은 합리적인 사람들입니다.

저는 글쓰기로 생계를 유지하겠다는 생각을 할 만큼 비합리적이었습니다. 그런데 행운이 따라서 6년 정도 전업작가 생활을 유지할 수 있었습니다. 하지만 이 행운이 계속될까요? 제가 작가로 10년을 맞을 수 있을까요? 모르겠습니다. 저는 잘 안 될 공산이 크다고 생각합니다. 저는 다른 플랜을 선택해야겠지요. 고향으로 돌아가서 양식업을 하든지, 아니면 전 재산을 비트코인 선물에 넣고 거대한 한탕을 노리든지….

하지만 제가 미래에 어떻게 되든 2024년 현재 독자 여러분을 만날 수 있다는 것은 큰 기쁨입니다. 저는 이제 미래에 대해 깊게 생각하기보다는, 지금 사는 순간의 기쁨을 최대한 누려보려고 합니다. 이러한 순간을 주셔서 고맙습니다. 행복하시기를.

2024. 심너울

세상을 끝내는 데 필요한 점프의 횟수

초판 1쇄 인쇄 2024년 9월 23일
초판 1쇄 발행 2024년 9월 30일

지은이 심너울

총괄 김명래
책임편집 김명래
디자인 형태와내용사이
책임마케팅 김서연 김예진 김소희 김찬빈 박상은
이서윤 최혜연 노진현 최지현

마케팅 유인철
경영지원 백선희, 권영환, 이기경
제작 제이오
교정·교열 노은정

펴낸이 서현동
펴낸곳 ㈜오팬하우스
출판등록 2024년 5월 16일 제2024-000141호
주소 서울특별시 강남구 테헤란로 419, 11층 (삼성동, 강남파이낸스플라자)
이메일 info@ofh.co.kr

ISBN 979-11-94293-11-8 (03810)

한끼는 ㈜오팬하우스의 출판브랜드입니다.